INFINITA

INCARNATE

Volume 1

ALMANOVA

Volume 2

ALMANEGRA

Volume 3

INFINITA

JODI MEADOWS

INFINITA

TRILOGIA INCARNATE VOLUME 3

Tradução
Bruna Hartstein

Rio de Janeiro, 2016
1ª Edição

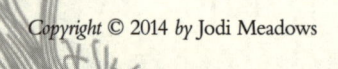

Copyright © 2014 *by* Jodi Meadows

TÍTULO ORIGINAL
Infinite

ADAPTAÇÃO DE CAPA
Marcela Nogueira sob original de Joël Tippie

FOTO DE CAPA
Gustavo Marx/MergeLeft Reps, Inc.

FOTO DA AUTORA
Housden Photography

DIAGRAMAÇÃO
editoríârte

Impresso no Brasil
Printed in Brazil
2016

CIP–BRASIL. CATALOGAÇÃO NA FONTE
SINDICATO NACIONAL DOS EDITORES DE LIVROS, RJ

M431i

Meadows, Jodi
    Infinita / Jodi Meadows; tradução Bruna Hartstein. - 1ª ed. – Rio de Janeiro: Valentina, 2016.
    328p.: 23 cm. (Incarnate; 3)

    Tradução de: Infinite
    Sequência de: Almanegra

    ISBN 978-85-65859-93-6

    1. Romance americano. I. Hartstein, Bruna. II. Título. III. Série.

16-30062

CDD: 813
CDU: 821.111(73)-3

Todos os livros da Editora Valentina estão em conformidade com
o novo Acordo Ortográfico da Língua Portuguesa.

Todos os direitos desta edição reservados à

EDITORA VALENTINA
Rua Santa Clara 50/1107 – Copacabana
Rio de Janeiro – 22041-012
Tel/Fax: (21) 3208-8777
www.editoravalentina.com.br

Para Jeff.
Meu marido. Meu melhor amigo.
Meu amor por você é como o título: infinito.

INFINITA

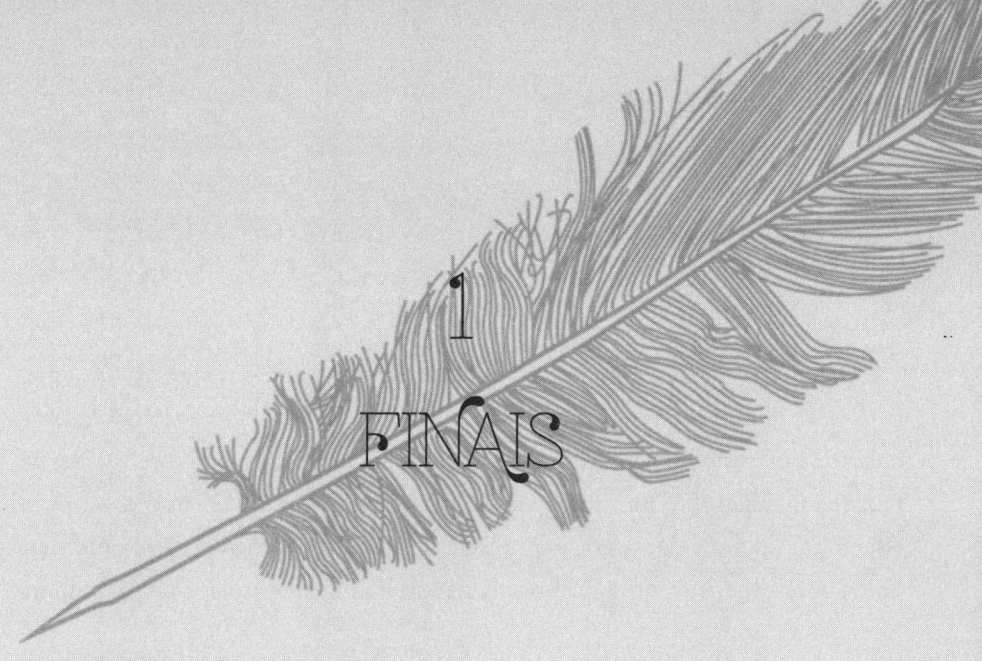

1
FINAIS

MINHA MORTE NÃO seria um recomeço.

Por milhares de anos, a morte em Range significou outro renascimento. Outra vida. Até que alguém morreu na noite em que o templo escureceu, e eu nasci no lugar dessa pessoa.

Uma sem-alma. Uma almanova. Uma alma rejeitada.

Eu era um mistério que todos buscavam controlar, uma criatura assustadora que havia obrigado o mundo a reconsiderar tudo o que sabia sobre a vida e a morte e o que acontecia em seguida. Mas era a única. Um mistério a ser desesperadamente ignorado, um erro que jamais se repetiria.

Até que meu pai planejou um segundo Escurecimento do Templo e, para dezenas de almas antigas, isso representou a morte definitiva. Violenta. Apavorante. Irreversível.

No ano que se seguiu, outras almasnovas nasceram, e o mundo lamentou com mais veemência ainda a perda das almasnegras, sem se dar conta da verdade sinistra a respeito da reencarnação. Todos achavam que renascer era algo natural, quando a verdade era exatamente o oposto: enquanto as almas antigas viviam, morriam e renasciam, milhões de almasnovas eram consumidas pela entidade responsável por essas reencarnações.

Janan. O Devorador. Um ser que um dia fora humano, mas que tinha ido longe demais e agora estava prestes a provocar a destruição do mundo.

Quando isso acontecesse, não restaria nada além de finais.

O relógio bateu meia-noite.

O Ano das Almas começou com um estrondo trovejante nas entranhas da terra.

— O que *foi* isso? — Minha voz retumbou pela sala, cujo chão continuava coberto por restos de instrumentos arruinados e pétalas de rosas. A luz da cozinha incidia sobre um quadrado de tábuas empoeiradas do piso, mas, afora isso, a sala estava imersa em penumbra. Tínhamos acordado alguns minutos antes, após pegarmos no sono no sofá depois que nossos amigos foram embora na noite anterior.

Do outro lado da sala, Sam inclinou a cabeça e apurou os ouvidos. Uma franja de cabelos negros encobriu-lhe os olhos, enquanto ele vasculhava a memória em busca de uma explicação para o estranho trovejar.

O chão tremeu sob nossos pés. Soltei um grito e me apoiei contra a parede. Os batimentos cardíacos de Janan pulsaram em contato com meus dedos.

Ajoelhei e apoiei as mãos no chão, distribuindo o peso para me equilibrar melhor.

— O que está acontecendo? — O pânico fez minha voz soar alta e esganiçada.

Sam aproximou-se cambaleando devido aos tremores do chão.

— É um terremoto. Não se preocupe. Vai passar.

Os objetos de decoração na estante em forma de colmeia que dividia a sala da cozinha tilintaram ao baterem uns contra os outros. Algumas estatuetas de obsidiana caíram das prateleiras. Um som de madeira, pedra e vidro batendo, rolando e se espatifando no chão ecoou pela sala. Redemoinhos de pétalas se formaram em alguns lugares.

O tremor enfraqueceu, mas não parou. O mundo regurgitou mais uma vez e fez com que tudo tombasse de lado. Peças de mobília viraram no andar de cima. Galhos de árvores se partiram do lado de fora. A terra inteira rugiu. Gritei quando as prateleiras esculpidas à mão racharam, lançando farpas por toda a sala.

Sam tropeçou e caiu ligeiramente fora do meu alcance. Uma expressão de surpresa e dor cruzou-lhe o rosto e ele levou a mão fechada ao peito, apertando-a com força. Uma mancha escura de sangue se espalhou pela camisa cinza do pijama.

— Sam! — Comecei a engatinhar em direção a ele, lutando contra o chão instável. — O que aconteceu com a sua mão? — Assim que terminei de formular a pergunta, vi um caco de vidro ensanguentado ao lado dele.

— Não foi nada. Está tudo bem. — O mundo pareceu se acalmar e ele se sentou nos calcanhares, apertando a mão machucada com a outra. — Até que não foi tão ruim assim.

A ideia dele de ruim devia ser o planeta inteiro se desfazendo. O silêncio repentino da terra estendeu-se pela casa, vivo e pesado. Agourento.

Sem conseguir confiar que o chão se manteria firme, arrastei-me sentada até ele, mantendo uma boa distância dos cacos de vidro.

Duas semanas antes, o conselheiro Deborl e seus amigos tinham destruído todos os instrumentos da sala do Sam. O piano, o cravo, o violoncelo, até mesmo outros instrumentos menores que deixávamos guardados dentro dos estojos. Só os que estavam no segundo andar tinham sido poupados, entre eles minha flauta. Por precisar de um pequeno reparo, ela estava na oficina. Fora salva por um simples golpe de sorte do destino.

Eu havia limpado a maior parte dos escombros imediatamente. O que restava eram pedaços que talvez um dia pudessem ser reutilizados, assim como as pétalas secas das rosas que tinham decorado uma festa com nossos amigos.

Agora, porém, a sala estava num estado mais deplorável do que Deborl conseguira deixar.

As prateleiras pendiam em ângulos estranhos, deixando livros, caixas e pedaços de objetos decorativos espalhados por todos os lados. Elas pareciam dentes prontos a se fecharem sobre alguma coisa.

Uma das lâmpadas se soltara do bocal e se espatifara no chão, deixando um rastro brilhante de cacos de vidro. Foi uma sorte ela não ter iniciado um incêndio. Qual seria o estado da cozinha, do segundo andar e das construções externas? Tinham ocorrido tantos tremores, tão fortes e em tão pouco tempo, que qualquer coisa poderia ter acontecido.

— Como está a sua mão? — Agachei-me ao lado dele e a puxei para ver.

— Está bem. — Mentira. A mão dele tremeu entre as minhas, a pele escorregadia devido ao sangue. Era difícil ver qualquer coisa sob todo aquele vermelho, mas pelo visto os cacos haviam rasgado a palma e os dedos.

— Precisamos limpar isso. Aguente firme.

Sam anuiu e se manteve imóvel enquanto eu retirava caco por caco. As pontas dos meus próprios dedos começaram a doer, mas continuei até não conseguir encontrar mais nenhum. Seria bom limpar o ferimento, mas antes precisava fazê-lo parar de sangrar.

— Isso vai doer.

— Já está doendo. — A voz dele soou áspera.

Quis dizer alguma coisa para tranquilizá-lo, mas não fazia ideia da extensão do machucado para prometer o que quer que fosse. Se após limpar o sangue o aspecto estivesse muito feio, ligaria para Rin, a médica. Por ora, peguei um pedaço grande de vidro, rasguei uma tira da minha camisola para improvisar uma atadura e a enrolei na mão dele, dando tantas voltas quanto possível.

— Segure firme. Mantenha a pressão.

— Minha mão vai ficar bem. — As palavras foram ditas de modo brusco, como comandos. Como se ele pudesse ordenar aos cortes que cicatrizassem sozinhos.

— Vamos subir e fazer um curativo decente. Não escutei nenhuma viga se partindo, portanto creio que a escada seja segura. — Com sorte, a tubulação de água estaria intacta também. As luzes e tudo o mais pareciam estar em perfeitas condições. Pelo menos isso.

Assim que fiz menção de me levantar, a terra estremeceu e uma explosão ecoou a oeste. Não foi um terremoto, e sim algo mais.

Sam e eu nos pusemos de pé e corremos até a porta da frente, atentos aos cacos de vidro espalhados pelo chão. Ao sair ao encontro da noite, uma lufada de ar gelado açoitou meu rosto.

— Consegue ver alguma coisa? — perguntei.

Ele fez que não.

— Não. Mas o barulho me pareceu uma erupção.

— Não da caldeira. — A caldeira de Range era gigantesca, estendendo-se em todas as direções, e com Heart situada bem no meio. Se ela entrasse em erupção, não sobraria nada da cidade.

— Não foi a caldeira — concordou ele. Passou o braço em volta dos meus ombros e me puxou de encontro ao próprio corpo para me aquecer. — Uma erupção hidrotermal. É como um gêiser, só que maior.

— Maior quanto? — Corri os olhos pela escuridão à nossa volta, mas as nuvens obscureciam a luz da lua. Ainda que houvesse luz suficiente, o muro da cidade bloqueava totalmente o horizonte. A erupção ocorrera fora da cidade, mas podia ter sido bem próximo ao muro. A região toda era pontilhada por gêiseres.

— Depende. Às vezes bem maior. Elas são uma resposta à mudança de pressão no subsolo.

De repente, começamos a escutar um som de coisas batendo contra as árvores e a casa num ritmo estranho. Uma pedrinha caiu do céu direto na minha cabeça.

Com a mão boa, Sam agarrou meu cotovelo e me puxou em direção à casa.

— De vez em quando, as erupções hidrotermais lançam pedras e árvores no ar, mas isso não é muito comum. Só vi duas desse tipo, e foi há muito tempo.

Enquanto ele falava, uma segunda erupção reverberou ao norte, e, em seguida, uma terceira ao sudoeste. O mundo vibrou com o som de coisas voando, batendo e retinindo. Animais ziguezagueavam por entre as árvores perenes, assustados. Pássaros piavam e levantavam voo, mas não havia lugar seguro para onde voar. Uma chuva de terra despencou do céu, como se o planeta tivesse sido virado de cabeça para baixo.

— Entre — mandou Sam, a voz mais dura ao perceber outras pedras batendo de encontro às paredes da casa. — Agora.

— Como isso é possível? — Ao nos virarmos para entrar, um brilho forte atraiu meu olho.

No meio da cidade, o templo de Janan reluzia com uma luz incandescente.

2

INVASÃO

A PORTA DA frente bateu às minhas costas, silenciando a suave cacofonia do mundo que desmoronava lá fora. Abracei a mim mesma enquanto Sam se afastava da luz que incidia da cozinha e parava em meio às sombras.

— Viu o templo? — perguntou ele. — Nunca o vi tão brilhante.

— Vi.

— Você acha que Janan tem algo a ver com isso? — Ele se recostou na parede e deixou a cabeça pender, segurando a mão de encontro ao peito. — Com o terremoto? As erupções?

— É bem provável. — Fui para o lado dele e apoiei o rosto em seu ombro. Sam passou os braços em volta da minha cintura. Pressionei o corpo contra o dele, ciente de que somente nossas roupas de dormir nos separavam. — Estou com medo — murmurei. Era mais fácil ser honesta abraçada a ele no escuro.

Ele apoiou o rosto no topo da minha cabeça.

— Eu também.

— Se a caldeira começar a fazer isso com frequência, talvez o exílio imposto pelo Conselho não seja tão ruim afinal. Provavelmente a coisa mais esperta a fazer é sair de Range. Estou feliz por saber que você vai comigo.

— Irei com você a qualquer lugar, sempre.

Ficamos abraçados ali por um tempo, escutando nossos respectivos corações e o tamborilar dos detritos batendo contra a casa. Tomei cuidado para não tocar nada além dele, principalmente agora que a pulsação de Janan nas paredes brancas estava mais forte ainda.

— Vamos subir e dar um jeito nisso. — Empertiguei-me e aninhei a mão machucada do Sam entre as minhas. A tira de camisola que eu havia cortado estava empapada de sangue.

Ele assentiu e permitiu que eu o conduzisse até o segundo andar. Subimos a escada devagar, testando cada degrau antes de apoiarmos nosso peso sobre a madeira. O exterior da casa não sofreria com o terremoto — Janan jamais deixaria que algo danificasse a pedra branca enquanto estivesse acordado —, porém o interior de todas elas fora construído pelas pessoas.

A escada estava firme o bastante. Nenhuma das vigas de suporte havia rachado.

O quarto dele estava frio e escuro. Formas se destacavam na penumbra: uma cama aconchegante, um armário e uma harpa grande. Seguimos direto até o banheiro e acendi a luz. Nós dois apertamos os olhos ao sermos ofuscados pelo brilho branco forte.

— Sente-se — mandei.

Ele se recostou no balcão da pia enquanto eu fechava a porta e ligava o chuveiro, deixando a água cair o mais forte e quente possível. Um sorriso travesso repuxou-lhe os cantos da boca.

— Ana, não sei se agora é o melhor momento, mas se você quiser...

— Quieto — retruquei com uma risadinha aliviada. Se ele tinha ânimo para brincadeiras, então ficaria bem. — O vapor vai ajudar a soltar qualquer caco que tenha ficado nos cortes.

— Isso não é tão divertido. — Ele fingiu fazer um beicinho, mas desenrolou a tira de pano e lavou o sangue. Encontrei ataduras e pomada, e juntos retiramos os últimos cacos de vidro, enquanto os vapores liberados pelo chuveiro se espalhavam pelo ambiente. O espelho embaçou, e o barulho da água batendo na banheira abafou os ruídos do mundo lá fora.

— Até que a aparência não está muito ruim — observei, espalhando a pomada sobre os dedos dele. A maior parte dos cortes era superficial.

— Eu te falei. — Sam manteve a mão parada enquanto eu fazia um novo curativo. — Além do mais, é a minha mão esquerda, o que é um alívio, porque eu sou destro. — O chuveiro fazia com que a voz dele soasse mais grave e profunda. — Vai dar para me virar até a esquerda se recuperar. E não preciso de nenhuma das duas para beijá-la.

Com um leve arquejo, soltei o rolo de esparadrapo.

— Vamos ter que testar essa afirmação. Se bem me lembro, você costuma usar as duas mãos quando me beija.

— Hum. — Ele se afastou da pia. — Talvez a gente deva fazer uma experiência. — Venceu o pequeno espaço que nos separava e tirou uma mecha de cabelos do meu rosto. — Oh — murmurou. — Você tem razão. Essa foi a primeira tentativa.

Fiquei na ponta dos pés e passei os braços em volta dos ombros dele. Seus lábios estavam quentes e macios devido aos vapores.

— Agora a segunda — completou, fechando o braço em volta da minha cintura e me puxando mais para perto. Os lábios roçaram meu rosto e pescoço. — A terceira. — Com a mão boa, afastou a camisola do meu ombro e beijou a pele nua; em seguida, desceu as pontas dos dedos pelo meu braço. Seu toque produziu faíscas que deixaram minhas entranhas pegando fogo. Arquejei. — Você tem razão. — Os lábios agora roçavam minha clavícula. — Não consigo deixar de usar as mãos quando a beijo.

Totalmente derretida, eu teria caído se ele não estivesse me segurando. Os vapores, os toques, os beijos: a soma de tudo isso me deixou com a cabeça leve, ligeiramente tonta, apesar do que havia acontecido menos de uma hora antes. Segura nos braços dele, escutando apenas o som da água escorrendo, era fácil esquecer o mundo lá fora e o resto dos nossos problemas.

— Lembra o que a gente conversou ontem à noite? — Beijei a orelha dele e, em seguida, seu rosto.

Sam soltou um suave gemido de confirmação.

— Você disse que me amava.

— Eu disse mesmo, não disse? — Uma onda de prazer invadiu meu corpo. Após anos acreditando que eu não merecia ser amada, Sam me provara o contrário. Só que isso não era o mesmo que aceitar que eu também era capaz de amar. Não fora fácil superar essa dúvida, mas na noite anterior eu tinha conseguido dizer, e percebido que o amava desde o princípio. — Adivinha só!

Ele se afastou e olhou dentro dos meus olhos.

— Continuo amando você hoje.

Seu sorriso tornou-se maior e mais caloroso.

— Escutei um boato — continuei —, de que você faz aniversário no primeiro dia do ano.

— Escutou, é? — Ele pareceu subitamente tímido.

— Quando a gente se conheceu, você me disse que fazíamos aniversário no mesmo dia.

— Eu disse? — Um ligeiro pânico cruzou seu rosto, e as faces enrubesceram. — É verdade, eu disse. Ah.

Tentei manter uma expressão séria, embora a vontade de rir fosse tanta que tive de morder a língua para me controlar.

— E então? — Ergui uma sobrancelha.

Ele estava vermelho de vergonha.

— Você acreditaria se eu dissesse que esqueci o dia do meu aniversário?

Bufei e caí na gargalhada. Isso era exatamente o que eu achava que ele diria, porque, em retrospecto, lembrava muito bem do momento de hesitação e confusão antes do Sam declarar que fazíamos aniversário no mesmo dia. Ele *tinha* esquecido.

— Não tem problema. Eu amo você qualquer que seja o dia do seu aniversário, o verdadeiro *e* o falso. E todos os outros dias também.

Ele deu uma risadinha e relaxou.

— Não há mais nada que possamos fazer essa noite. Você... — Sam pareceu lutar para encontrar as palavras certas. — Você gostaria de dormir aqui comigo? No meu quarto, quero dizer. Não no banheiro.

A bagunça continuaria lá embaixo pela manhã, e o quarto dele me parecera razoavelmente incólume ao passarmos. Poderíamos cuidar do resto depois. Ou não. Na véspera, o Conselho me expulsara de Heart, e Sam dissera que ia comigo. Em pouco tempo partiríamos em direção ao leste. Não *precisávamos* arrumar a casa.

Podíamos deixar a vida real um pouco de lado até o sol nascer.

— Se roubar todos os cobertores vai se arrepender. — Estiquei o braço e desliguei o chuveiro. Após a decisão do Conselho, a visita dos amigos enfurecidos com a notícia, o terremoto e as erupções, enroscar-me com Sam era a coisa mais atraente em que eu conseguia pensar.

O chuveiro pingou por mais alguns segundos e, então, a casa recaiu em silêncio. Talvez a chuva de detritos tivesse parado. O mundo inteiro parecia calmo e silencioso, à espera.

Estiquei a mão para trás em busca da maçaneta e abri a porta. Em instantes, a vida seria perfeita, ainda que só por algumas horas.

O sorriso do Sam desapareceu. Uma pergunta se desenhou em sua boca, mas ele agarrou meu pulso e me puxou, virando-me de modo que eu ficasse atrás dele.

— O que você está fazendo aqui? — rosnou. Esticou o braço para trás e apoiou a mão boa em meu quadril, como que pedindo para que eu ficasse onde estava.

Meu coração bateu acelerado diante da repentina mudança de comportamento. Dei uma espiada por cima do ombro dele.

Havia um estranho no quarto do Sam, e ele empunhava uma faca comprida. Usava um casaco imundo que descia até os tornozelos, mas mesmo com a pouca luz e o tecido pesado, dava para ver que trazia outra arma presa à cintura.

— Dossam. Sem-alma. — A voz soou familiar, mas não consegui identificá-la com precisão. — A gente tinha esperança de que vocês tivessem morrido esmagados.

A gente?

Torci a camisa do pijama do Sam, desejando ardentemente estar usando algo mais sério do que uma camisola ao sair de trás dele. Eu não precisava de um escudo.

— Você é um dos amigos do Deborl.

— E estava preso — acrescentou Sam. — Assim como Deborl e Merton.

O estranho abriu um sorriso cheio de dentes.

— Janan usou o terremoto para nos libertar. — Abriu o casaco, revelando uma pistola de laser presa à cintura. — Recebemos um chamado.

— Mat, não. — Sam tentou se colocar na minha frente de novo, mas afastei-o com uma cotovelada no flanco. — Por que você está fazendo isso?

O estranho — Mat — fixou sua atenção em Sam, nem um pouco preocupado com a possibilidade de que tentássemos fugir. Afinal de contas, estávamos encurralados no banheiro.

— Ela é uma aberração. Todos eles são. A praga de almasnovas *precisa* ser detida.

Estávamos encurralados no banheiro.

Dei um passo para trás e deixei que Sam bloqueasse a entrada.

— As almasnovas representam a ordem natural das coisas — começou ele. — Os outros animais nascem, vivem e morrem definitivamente. Nunca parou para pensar que o que acontece conosco é que é uma aberração?

— As almasnovas são um insulto a Janan. Ele nos criou. Ele nos deu a imortalidade. E, em pouco tempo, Janan irá retornar para recompensar os fiéis. Ele irá ascender. E os fiéis ascenderão junto com ele.

Meuric não achava isso. Estava convencido de que precisava da chave do templo para sobreviver à Noite das Almas.

Abstraí dos argumentos do Mat e me concentrei nos itens do banheiro do Sam. Xampu, sabonete, analgésicos. Desejei estar com meu DCS — assim poderia ligar para alguém pedindo ajuda —, mas tanto o meu quanto o do Sam estavam lá embaixo.

— Ana nunca lhe fez nenhum mal — disse Sam. — Nem as outras almasnovas.

Gaze. Analgésicos. Pomada para cortes e queimaduras. Se a camisola tivesse bolsos, eu teria pego a pomada, pois o plano que estava começando a se formar em minha mente envolvia ir lá para fora.

— Elas nasceram — retrucou Mat. — E substituíram as almas antigas. As almas *de verdade*. Elas tomam o que não é delas. A vida. Chaves.

De repente, lembrei quem era Mat. O homem que me atacara ao sair do templo. Fora ele quem roubara a chave e a entregara a Deborl.

— Isso precisa parar. Sinto muito, Dossam. Não tenho problema nenhum com você, mas a Ana tem que morrer.

Sapólio. Peguei o tubo de sapólio e desatarraxei a tampa no exato momento em que Mat empurrou Sam para o lado e apontou a arma. A luz de mira azul incidiu...

Com um berro, joguei o sapólio na cara do Mat. Enquanto ele gritava, os olhos lacrimejando, Sam o empurrou contra o balcão da pia. As partículas brancas se espalharam pelo ar, refletindo o brilho azulado da luz de mira da pistola.

Uma espécie de chiado ecoou pelo banheiro e um buraco surgiu no teto. Mat estava ocupado demais tentando limpar os olhos para prestar atenção.

Sam o agarrou pelo colarinho e bateu sua cabeça com força contra o balcão de pedra. Um som de osso rachando foi seguido pelo cheiro acobreado de sangue, mas não perdi tempo verificando se ele estava vivo ou não. Agarrei a pistola e saí correndo do banheiro com Sam.

Descemos em disparada a escada, parando apenas para pegar nossos DCSs e sapatos antes de sairmos descalços para o jardim com nossos pertences em mãos.

— Não faça barulho — falou Sam, numa voz baixa e alerta. — Pode haver outros.

Tremendo de medo e choque, deixei que ele me guiasse. Sam podia andar por Heart de olhos vendados, mas eu precisava de uma lanterna, o que não tínhamos e, mesmo que tivéssemos, não poderíamos usar.

Diminuímos o ritmo à medida que fomos ficando enregelados de frio e com os pés doloridos devido aos detritos pontiagudos espalhados pelo chão.

— Por aqui. — Sam nos conduziu em direção a uma faixa escura destacada contra as sombras. Árvores. Espinhos de abetos espetavam meus pés e calafrios sacudiam meu corpo. A adrenalina e o frio não me deixavam respirar direito. — Calce os sapatos — murmurou. Ao soltar a mão dele percebi que a estivera apertando com força de tanto medo. E logo a mão esquerda, a mão machucada. Sam, porém, não soltara um pio.

Agachando-me, calcei os sapatos o mais rápido que consegui, os sentidos em alerta, tentando captar o som de passos de outros possíveis invasores. No entanto, tudo o que consegui escutar foi minha própria pulsação reverberando em meus ouvidos. Será que Mat estava morto? Haveria outros? Deborl tinha outros amigos além de Mat, então, onde estavam eles?

— Quer que eu o ajude a calçar os seus? — perguntei.

— Já calcei. — A voz dele soou rouca, mas não soube dizer se era por causa do frio, da dor ou de algo mais. — Pegue suas coisas.

Peguei meu DCS e a pistola que havia roubado e o segui através da escuridão, mantendo uma das mãos apoiada em seu ombro. Quanto tempo tínhamos até que alguém descobrisse Mat no banheiro do Sam?

Será que ele estava morto? Será que Sam o matara?

Com os pensamentos em torvelinho, fomos nos embrenhando em meio às árvores. Nossos pés produziam mais barulho calçados do que descalços, mas o risco de pisar em algo cortante era grande demais. Meu corpo doía de frio.

Uma luz incidiu através das árvores, um brilho fraco e fragmentado. Estávamos diante da casa da Stef.

— Espere — sibilei, apertando o ombro do Sam. Ele virou a cabeça e seu perfil se destacou na contraluz. — E se eles tiverem mandado alguém vigiá-la?

— Ah. — Ele recuou alguns passos e se ajoelhou. Em seguida, tentou digitar algo no DCS. — Não consigo... vou levar tempo demais para escrever uma mensagem com a mão assim.

— Deixe que eu faço. — Agachei-me, tremendo de frio sob a camisola fina, e mandei uma mensagem rápida para Stef.

Mat nos atacou. Deborl e Merton escaparam da prisão. Estamos do lado de fora da sua casa, mas temos medo de que alguém a esteja vigiando. Ligue para Lidea e Geral. Alerte-as. Encontre-nos na biblioteca com os amigos de confiança. Por favor, traga roupas para mim e para o Sam.

Sam leu a mensagem por cima do meu ombro.

— A biblioteca?

— Mesmo que eles nos procurem lá, poderemos nos esconder. Além disso, tem algo que preciso contar a todos os nossos amigos.

— Você vai me dizer agora o que é ou preciso esperar também?

Ergui os olhos ao ver uma luz piscar no segundo andar da casa da Stef.

— Se Janan tiver sido o responsável pelo terremoto e as erupções, isso só vai piorar. Eles merecem saber, a fim de que tenham uma chance de fugir enquanto ainda há tempo.

Sam acariciou meu ombro e minhas costas.

— É verdade. Eles merecem saber. — Ele ficou imóvel ao perceber uma sombra cruzar o jardim da Stef. — Fique aqui. — Agarrou a pistola de laser e se afastou sorrateiramente. Um segundo depois, uma luz azul espocou e a sombra despencou no chão. Morta ou não, a pessoa não se moveu enquanto Sam atravessava correndo o jardim e pegava alguma outra coisa... uma segunda pistola.

Mandei outra mensagem para Stef, atualizando as informações. Ela me respondeu imediatamente.

Vão para a biblioteca. Tenho um plano.

Após uma rápida confirmação, desliguei a luz do DCS. Sam voltou para junto de mim.

— Ele está morto? — perguntei. Talvez fosse melhor não saber.

Sam simplesmente me entregou a segunda pistola.

— Vamos. — Eu não tinha nenhum bolso nem pochete para carregar a arma e o DCS, portanto levei-os nas mãos.

— Tudo bem. — Sam ergueu os olhos, não para a casa da Stef, mas para uma luz ofuscante na direção do centro da cidade: o templo brilhava como uma tocha. — Não podemos ir pelo caminho de sempre. Se Deborl tiver organizado uma patrulha, eles estarão à nossa procura. A essa altura, Mat provavelmente já deveria ter entrado em contato.

— Concordo. Então o que fazemos, seguimos no escuro em meio às árvores?

Ele franziu o cenho, empunhando a pistola à frente.

— Não temos muita escolha. Pronta?

Levantei e dei o braço a ele.

— Aonde você for eu vou, Dossam.

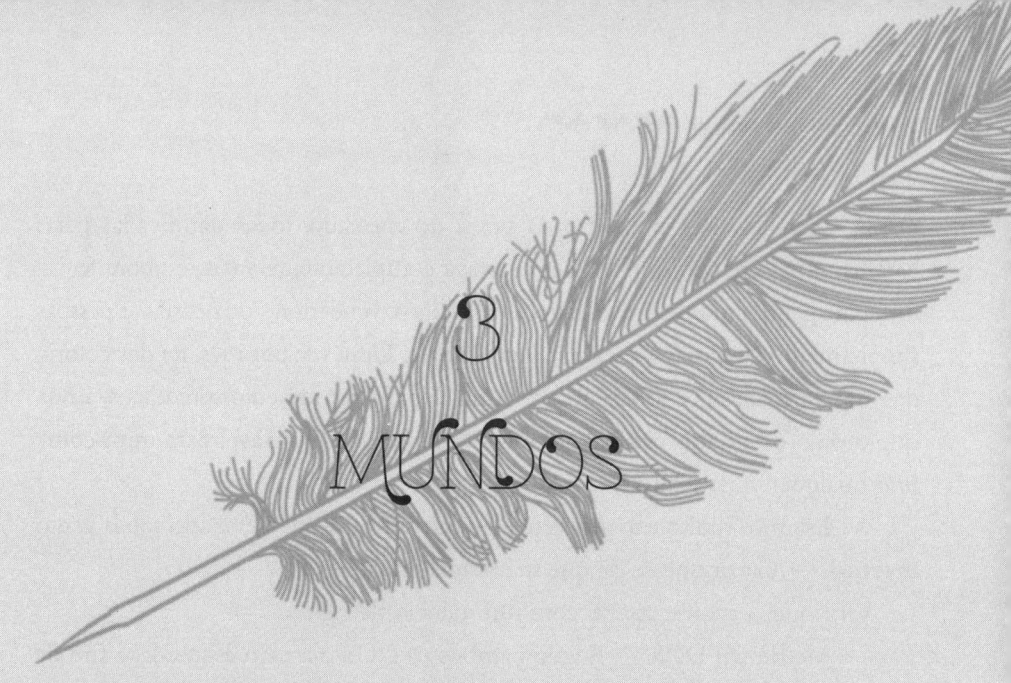

3
MUNDOS

ALCANÇAMOS A PRAÇA do mercado uma hora depois. Sam preferira não pegar o caminho mais direto da nossa casa até o centro de Heart, imaginando que essa seria uma boa forma de sermos pegos, portanto seguimos sorrateiramente pelas ruas geladas, refazendo nossos passos pelo menos duas vezes antes de finalmente alcançarmos a ampla área com calçamento de pedra do centro da cidade. O chão estava coberto de detritos decorrentes do terremoto e das erupções. Algumas das pedras tinham se soltado e partido.

As quatro avenidas principais não deviam estar em condição muito melhor, mas Sam não quisera usá-las — nem mesmo passar perto delas, até que não tivéssemos opção. Rezávamos para que as estradas não estivessem totalmente destruídas; precisávamos deixar Heart o quanto antes.

Eu ainda não conseguia acreditar que tinha sido *expulsa*. Para todos os efeitos, isso era o mesmo que uma sentença de morte. O mundo fora dos limites de Range era inacreditavelmente perigoso, repleto de toda espécie de criaturas.

Embora agora Heart talvez fosse tão perigosa quanto.

O templo derramava uma luz brilhante sobre a praça do mercado. Quantas almas teriam sido necessárias para fazê-lo brilhar tanto? No mínimo umas cem milhões.

Ao seu lado, colada em alguns pontos, erguia-se a Casa do Conselho, imensa e majestosa. Janan a construíra antes que qualquer um dos cidadãos chegasse a Heart, assim como o restante das casas, porém as colunas e adereços, no momento envoltos em sombras, tinham sido acrescentados posteriormente. Eu mal conseguia distinguir as estátuas em torno da praça do mercado, todas danificadas pelas batalhas e pelo tempo. A praça agora estava completamente vazia, embora fervilhasse de gente durante o dia: grupos de amigos, vendedores de ocasião e pessoas simplesmente desejosas de escutar outras vozes. Uma vez por mês, tendas coloridas eram armadas por toda a área; era um dos meus momentos prediletos, ainda que o ódio de muitos pelas almasnovas tornasse quase inviável para mim comprar qualquer coisa sozinha.

— Estamos muito expostos aqui — murmurou Sam, tremendo sob o vento invernal. — Certifique-se de que sua pistola esteja ligada.

Verifiquei a trava e assenti com um meneio de cabeça.

— Me dê seu DCS. — Segurei ambos os DCSs na mão esquerda, a fim de que ficássemos livres para atirar sem interferências. Ainda assim, esperava não ter que usar a minha.

— O homem diante da casa da Stef. Você o matou?

Os olhos do Sam estavam encobertos pelas sombras.

— Isso a faria mudar de opinião a meu respeito?

A reencarnação fazia com que matar alguém fosse algo meio sem sentido. A pessoa simplesmente renasceria, e buscaria vingança. Ninguém *gostava* de morrer, pois além de a morte ser dolorida, ela o obrigava a parar o que quer que estivesse fazendo — escrevendo romances, elaborando projetos ou explorando —, enquanto você esperava para renascer e se tornar adulto. De qualquer modo, a pessoa sempre voltava, pelo menos até recentemente.

Segundo nosso amigo Cris, quando Janan ascendesse, ele não se daria ao trabalho de reencarnar mais ninguém. Isso significava que em três meses a morte passaria a ser definitiva. Ninguém que morresse agora reencarnaria novamente; não havia tempo para tanto. Se Mat estivesse morto no banheiro, estaria morto de fato.

Se isso me faria mudar de opinião a respeito do Sam?

— Não — murmurei. Eu tremia de frio da cabeça aos pés. — Sei que você só estava tentando me proteger.

— Eu faria qualquer coisa para proteger você. — Ele me deu um beijo no rosto. — Vamos.

Juntos, atravessamos a praça do mercado, perscrutando o entorno em busca de movimentos. O templo emitia um brilho feroz e o espaço, além de ser amplo, estava deserto. Cruzá-lo era praticamente como *pedir* que alguém atirasse na gente.

Ainda assim, atravessamos a praça coberta de detritos sem maiores problemas. Nenhum ataque nem terremoto. Afora o eco dos nossos passos e o assobio do vento cortando as ruas, reinava o silêncio.

Ao alcançarmos a entrada da biblioteca, Sam meteu a pistola debaixo do braço e abriu a porta. Com um último olhar por cima do ombro — a praça continuava deserta — passei por baixo do braço dele e entrei. Ele me seguiu, deixando que a porta batesse às nossas costas e nos envolvesse na mais completa escuridão.

— Cuidado. — A voz dele soou alta em meio à quietude que nos cercava. — O terremoto pode ter mudado algumas coisas de lugar. Talvez haja livros pelo chão.

Liguei um dos DCSs. A luz branca emitida por ele não iluminava muita coisa, mas bastou para que eu encontrasse um abajur com cúpula de vitral e o acendesse.

O terremoto realmente tivera fortes efeitos sobre a biblioteca. Havia livros espalhados pelo chão. Estantes e cadeiras viradas. Uma lâmpada se espatifara ao bater no piso de madeira, deixando um rastro de cacos de vidro. Papéis cobriam toda e qualquer superfície como uma mortalha. Eu não conseguia ver os andares superiores com clareza, mas sem dúvida os outros onze andares deviam ter sido igualmente afetados.

Sam abriu caminho pela bagunça.

— Você pode mandar uma mensagem para a Stef e dizer a ela que chegamos em segurança? Aproveita para tentar descobrir qual é o plano dela.

Botei a pistola e o DCS do Sam sobre a mesa e mandei uma mensagem do meu. A biblioteca estava aquecida, principalmente após o frio invernal da noite lá fora, mas meu corpo continuava meio congelado e eu não conseguia parar de tremer.

— Da próxima vez que formos obrigados a fugir de casa no meio da noite — falei —, vou me certificar de estar usando algo além de uma camisola fina.

Sam resmungou alguma coisa em concordância e arrastou a mesa para escorar a porta. Ela abria para fora, de modo que a mesa não impediria ninguém de entrar, mas pelo menos retardaria qualquer um que tentasse nos atacar.

Quando finalmente terminamos de barricar todas as entradas, recebi a resposta da Stef.

Lidea, Geral e Orrin estão indo ao encontro de vocês.

Repassei a informação para Sam e digitei:

E quanto aos outros?

Ela não respondeu de imediato. Suspirei e soltei o DCS de novo sobre a mesa.

— Como está a sua mão?

Sam deu de ombros.

— Vai doer por um tempo, mas acho que não está mais sangrando.

— Podemos dar um pulo na ala hospitalar. — Peguei alguns livros e os coloquei sobre a mesa. — Ver se conseguimos arrumar algum analgésico mais forte.

Sam me ajudou a recolher mais algumas outras coisas do chão, abrindo um espaço em volta de uma das poltronas acolchoadas com um cobertor pendurado sobre o encosto. Tudo o que eu queria era me afundar nela, mas...

— Vamos apenas dar um pulo no banheiro e nos limpar — retrucou Sam. — Depois a gente volta para cá. Minha mão vai ficar bem.

Minutos depois, saímos do banheiro com o rosto lavado e os cabelos arrumados. Antes que eu pudesse sugerir que nos enroscássemos na enorme poltrona, um rugido baixo reverberou lá fora.

— O que foi isso?

— Parece um dos drones. Deve ter sido enviado para limpar os detritos.

Enfim a praça do mercado e as ruas seriam limpas. Antes tarde do que nunca.

— Imagino que seja uma sorte eles não terem sido danificados pelo terremoto. Você acha que os drones vão limpar as estradas do lado de fora de Heart também?

— Deveriam.

Isso era uma boa notícia. Sair de Heart e de Range seria muito mais difícil se as estradas estivessem bloqueadas.

Batidas soaram na porta. Ela se abriu um segundo depois, porém tudo o que pudemos ver do outro lado foi escuridão. Dei um pulo para desligar a luz, mas Lidea falou:

— Cuidado. O terremoto arrastou a mesa para cá.

Um pequeno grupo de pessoas aguardava do lado de fora. Lidea e Geral seguravam seus bebês, enquanto Orrin carregava as sacolas.

Relaxei, aliviada.

— Na verdade, quem fez isso foi o Sam. — Aproximei-me depressa para tirar a mesa do caminho. Assim que todos se viram em segurança dentro da biblioteca, nos sentamos em volta do abajur para compartilhar as histórias.

— Mat tentou matar vocês? — Orrin parecia não conseguir acreditar.

— Ele era um dos seguidores de Deborl. — E talvez de Meuric, antes de Deborl. — Acho que ele me atacou uma vez antes.

Orrin olhou de relance para Sam.

— Quando foi isso?

— Lembra quando a Ana ficou desaparecida? — respondeu Sam, e todos anuíram. Na verdade, eu não havia desaparecido, estava dentro do templo, mas graças à mágica do esquecimento que Janan lançara sobre as almas antigas, Sam não fora capaz de lembrar para onde eu tinha ido. Ele tinha dito a todo mundo que eu estava doente enquanto, junto com alguns amigos, procurava por mim.

Gostaria de poder dizer a meus amigos a verdade sobre o templo, mas eles logo esqueceriam, a menos que eu passasse meses relembrando-os sem parar, tal como fizera com Sam. Era melhor não preocupá-los com um conhecimento que eles não conseguiriam reter.

— Bem — continuou ele —, Ana apareceu na praça do mercado certa manhã. Pouco antes de eu a encontrar, alguém a atacou e roubou uma chave, mas ela estava tão exausta e assustada que não foi capaz de identificar a pessoa.

Assenti com um menear de cabeça.

— Agora sei que foi o Mat. Eu o reconheci hoje à noite. — Achei melhor não acrescentar que ele provavelmente estava sangrando até a morte no banheiro do Sam. — Depois que ele nos atacou, mandamos uma mensagem para Stef e viemos para cá.

— O que aconteceu com vocês? — indagou Sam.

Lidea e Geral trocaram um rápido olhar e Lidea disse:

— Bem, começou com o terremoto.

— Ariana não conseguia voltar a dormir — continuou Geral —, de modo que eu já estava acordada quando Stef entrou sorrateiramente lá em casa. Orrin estava comigo. Tivemos que arrumar as coisas no escuro, para o caso de alguém estar vigiando a casa.

Orrin concluiu o relato.

— Fomos até a casa de Lidea e, depois, Stef ativou os drones e disse para virmos o mais depressa possível para cá.

— Muito esperto. — Era exatamente o tipo de plano que Stef bolaria.

— Vocês acham que eles vão atacar as almasnovas agora? — perguntou Lidea. — Achei que o Conselho tivesse prometido protegê-las. Achei que sua apresentação tivesse dado resultado.

Fiz que não e repeti o que a conselheira Sine tinha me dito certa vez:

— Existe uma lei que proíbe as pessoas de tentarem me matar. Assassinatos não são vistos com bons olhos, é claro, mas no meu caso, como eles não sabiam se eu reencarnaria ou não, o Conselho tornou o ato ilegal. A lei se estende às outras almasnovas também, mas Deborl, Merton e os amigos deles não dão a mínima. Eles acham que qualquer punição vale a morte de um de nós. Simplesmente nos querem mortos.

— Por quê? — Lidea apertou Anid de encontro ao peito. — Não consigo entender por quê.

Eu não queria ter que explicar quem era Janan nem a absurda devoção que eles tinham a ele. Não agora. Portanto, dei de ombros e me recostei no ombro do Sam.

— O Conselho está fazendo o melhor possível para proteger as almasnovas, mas a verdade é que eles não vão conseguir. Eles podem criar regras, colocar vigias e prender todo mundo que acham que pode vir a causar problemas, mas sempre haverá alguém, alguma falha na segurança. As almasnovas não estão seguras em Heart. E nem os demais cidadãos.

— O que você quer dizer com isso? — Orrin se inclinou ligeiramente para a frente, os olhos sombrios.

— Quero dizer que não sou a única que precisa sair de Heart. Todos nós temos que ir embora.

Após vestir as roupas que Geral e Orrin tinham trazido, Sam e eu fomos até o andar onde ficavam guardados os mapas.

— Achei que você tivesse um destino em mente. — O ar empoeirado da biblioteca abafou as palavras dele. — Que fôssemos voltar para o laboratório de Menehem. Por causa das sílfides.

— É, mas, e depois? Não podemos ficar lá. — Talvez *pudéssemos*, mas tinha que haver opção melhor. — Não sei. Acho que as sílfides talvez tenham algumas respostas. Tenho certeza de que as encontraremos lá. Elas estavam lá da outra vez.

Sam anuiu.

— Preciso ter uma ideia melhor do mundo fora dos limites de Range. Ele é tão grande! Tenho que bolar um plano. — Despenquei numa cadeira ao entrarmos na seção dos mapas. — Sam, não faço ideia do que estou fazendo. Não sei como impedir Janan.

Ele me fitou com um olhar ao mesmo tempo triste e ardente, mas não falou nada sobre a confissão.

— Que mapas você quer?

Corri os olhos pelas estantes repletas de pergaminhos enrolados e livros grandes. Devia haver uma centena de mapas ali. Talvez mais.

— Não sei.

— Vamos começar com Range. — Sam perambulou pela pequena e fechada seção até encontrar um mapa enrolado. Juntos, abrimos o papel grosso sobre a mesa, alisando as quinas com as mãos. Eu não sabia como lê-lo, nem como mensurar as distâncias e elevações, mas identifiquei alguns locais familiares.

O lago Rangedge ficava no sul, perto do Chalé da Rosa Lilás, onde eu havia crescido. Já o lago Midrange era uma grande extensão de água próximo a Heart. Uma série de pequenos *X* marcava os gêiseres e fumarolas, enquanto os *O* marcavam as poças de lama e fontes de águas termais.

As montanhas se espalhavam por todos os lados, seguindo rumo ao nordeste numa fileira de picos escarpados. As florestas cobriam toda a região de Range e as áreas fora dos limites habitados pelo homem.

Arrastei o dedo em direção ao leste, até encontrar os picos gêmeos que conseguíamos ver do laboratório de Menehem.

— O laboratório deve estar em algum lugar por aqui, certo?

Sam assentiu e apontou para um lugar escolhido de forma aparentemente aleatória.

— Ali. — Arrastou um pouco o dedo. — Veja, aqui está a estrada.

Agora que ele havia mostrado, consegui reconhecê-la. Ela parecia perdida entre uma série de linhas e borrões de tinta. Enquanto eu me debruçava sobre o mapa para estudar o terreno ao redor do laboratório, Sam foi pegar outros e os colocou sobre a mesa.

Ao norte de Range, a floresta parecia mais densa e os detalhes eram mais escassos, como se poucas pessoas tivessem se dado ao trabalho de explorar e mapear a região. Uma simples mensagem rabiscada alertava sobre o perigo de dragões nas terras gélidas do norte, mas eu não fazia ideia da distância que seria preciso percorrer até encontrá-los. Será que uma semana de caminhada seria o bastante? Provavelmente mais.

— Sam.

Ele parou ao meu lado e passou o braço em volta da minha cintura.

— Lembra quando você me falou sobre como havia morrido em sua última vida? Você foi para o norte, deparou-se com um grande muro branco e, em seguida, com os dragões, certo?

Ele hesitou.

— Foi.

— Pode me mostrar onde fica esse lugar?

— Eu... — A mão enfaixada flutuou acima do mapa, mas sem parar em lugar nenhum. — Não tenho certeza. Você não quer ir até lá, quer?

— Claro que não. — A última coisa que eu queria era botar Sam no caminho dos dragões. Eles o haviam matado trinta vezes. Por algum golpe de sorte, eu conseguira salvá-lo duas vezes durante sua vida atual. Não queria colocá-lo em risco uma terceira vez. — Só estou tentando ter uma visão melhor do restante do mundo, já que não poderei voltar aqui.

Ele soltou um pequeno suspiro, aparentemente aliviado.

— Não tive a intenção de duvidar de você. Aprendemos um monte de coisas sobre as sílfides nos últimos meses, o suficiente para saber que elas não são tão perversas quanto achávamos, mas os dragões ainda me apavoram.

Trinta vezes. Não conseguia imaginar morrer trinta vezes nas garras dos dragões.

— Eu jamais arriscaria a sua vida.

Ele abriu um sorriso fraco e cansado, e nós dois voltamos a atenção para a mesa.

— Stef pode inseri-los no DCS para você. Não é tão bom quanto observar a área toda no papel, mas é melhor que nada.

— Ah, ótimo. — Encontrei alertas sobre trolls no leste, centauros no sul e pássaros-roca no oeste. E essas eram somente as criaturas que os cidadãos de Heart poderiam encontrar nas cercanias de Range. Havia outras nas áreas mais afastadas, mas o mapa não chegava a tanto. — Acho que preciso de um mapa maior.

Sam pegou um globo, o mundo inteiro representado num pedaço de pedra polida. Os continentes eram delineados com tinta dourada e prateada, e preenchidos em tons de verde, marrom, bege e branco, dependendo do tipo de vegetação ou da ausência da mesma. Os oceanos e os grandes lagos eram exibidos em belos e brilhantes tons de azul.

Corri a mão pelo globo, sentindo a suavidade da pedra e do metal sob a palma.

— Eu não fazia ideia de que o mundo era tão maior do que Range. Onde estamos?

— Aqui. — Ele apontou para o meio de um continente mais ao norte. — Range é menor do que a ponta do meu dedo.

— Ah. — Girei o globo. Ele parecia ligeiramente inclinado... um dos meus professores tinha me dito que o planeta era ligeiramente inclinado no eixo, mas que *eixo* era esse, eu não fazia ideia... e olhei para os continentes que subitamente me pareceram tão distantes que não fazia sentido sequer pensar neles. — Range parece tão grande!

— E é grande. — Sam afastou uma mecha de cabelos do meu rosto. — O restante do planeta é ainda maior.

— Isso faz com que eu me sinta pequena. Não gosto da sensação.

— Nem eu. — Ele se sentou na beirada da mesa e me observou analisar os outros mapas, descartando alguns e separando outros numa pilha. Respondia a qualquer pergunta que eu fizesse, mas na maior parte do tempo, manteve os olhos fechados, parecendo perdido em pensamentos.

Bocejei ao terminar de verificar os mapas e enrolei-os novamente.

— Vamos tirar um cochilo, Sam.

— Aqui? — Olhou para o chão. — Aqui me parece ótimo.

Ajudei-o a descer da mesa e seguimos de volta para o térreo, apagando as luzes que havíamos acendido pelo caminho. Ao alcançarmos a escada, meu DCS vibrou com uma mensagem da Stef.

Desçam já. Tenho uma notícia importante.

4

ENCONTRO

COM UMA FORTE dor de cabeça devido à falta de sono e ao excesso de perigo mortal, arrastei-me escada abaixo e descobri que Stef havia chegado com vários dos nossos outros amigos.

— Lá se vai nosso cochilo — murmurou Sam.

— Rin veio também. — Apontei com a cabeça para o grupo. — Ela pode dar uma olhada na sua mão. — Rin era uma menina com cerca de dez ou onze anos, mas era uma das melhores médicas em Heart. Por alguma razão, gostava de mim. Ela havia me acobertado diversas vezes, mesmo antes de a gente se conhecer.

— Uau. — Stef olhou para nós dois, que terminávamos de descer a escada. — Vocês estão com uma aparência horrível.

— Ana! — Sarit se levantou num pulo e jogou os braços em volta de mim. — Você está inteira.

Abracei-a de volta, aliviada por ela estar ali. Todos sabiam que Sarit era minha melhor amiga; se a deixássemos para trás, Deborl descontaria sua frustração nela. Stef sabia cuidar de si mesma, mas Sarit era uma garota gentil. Jamais machucaria ninguém, nem mesmo para se proteger.

— Estamos seguros aqui? — perguntou alguém.

Stef anuiu.

— Acionei o sistema de segurança das entradas da biblioteca. Depois que sairmos daqui, ninguém vai a lugar nenhum sozinho. Andaremos em grupos de no mínimo cinco.

Todos assentiram.

— Qual é a notícia, Stef? — Sam correu os olhos em volta e descobriu uma poltrona vazia. Todos pareciam exaustos, com seus casacos por cima das roupas de dormir e bolsas arrumadas às pressas ao lado da porta. As armas tinham sido deixadas sobre uma das mesas, e todos estavam debruçados sobre seus respectivos DCSs, mandando mensagens ou verificando funções referentes a mapas.

Todo mundo ali era a favor das almasnovas. Alguns tinham me dado aulas sobre vários assuntos, enquanto outros eram simplesmente bons amigos do Sam. Reconheci mais algumas pessoas da lista que Sarit e eu havíamos feito: mulheres grávidas. Elas talvez estivessem carregando almas antigas, mas... poderiam também estar carregando almasnovas.

— Não é nada boa. — Apesar da situação caótica, Stef estava muito bem arrumada. Não parecia com alguém que tinha passado os últimos momentos ajudando pessoas a saírem de casa e provavelmente matando outras.

Olhei de relance para Sam aconchegado na poltrona, mas não havia espaço para dois, a não ser que eu sentasse no colo dele, e ninguém mais estava sentado no *colo* de ninguém. Até mesmo as outras almasnovas estavam dormindo em algum lugar afastado. Irritada, arrumei minha própria poltrona, longe do Sam.

— Todo mundo sabe que o Sam e a Ana foram atacados hoje à noite. Eles me pediram para chamar a maioria de vocês, preocupados com a possibilidade de haver mais ataques, mas a verdade é que o problema é bem maior. Enviei um programa para os DCSs de vocês. Whit e Orrin já tinham, é claro; quanto ao resto, olhem com atenção. — Ela ergueu o próprio aparelho. — O programa está conectado às estações de monitoramento de Range. Elas fazem a leitura de todas as atividades sísmicas e as traduzem em informações úteis.

Enquanto Stef explicava, encontrei a nova função no aparelho e a abri. Uma série de pequenos pontos vermelhos surgiu sobre o mapa de Range. Outro bem maior estava localizado no centro de Heart.

— Os pontos representam terremotos recentes — prosseguiu ela. — Quanto maior o ponto, maior o terremoto. Se vocês baterem no menu, podem trocar para tipos diferentes de eventos. Entre as opções, há uma que mostra onde ocorreram as erupções hidrotermais. Não teremos mais detalhes até que alguém vá lá verificar pessoalmente. Sinto dizer que parte dos equipamentos foi danificada ou destruída, mas isso deve dar uma ideia geral do que está acontecendo.

— E o que *está* acontecendo? — Rin se enrolou num dos cobertores e soltou um bocejo. — Desculpe. Só estou cansada, não entediada. Stef me acordou, ainda que não houvesse ninguém tentando me matar. — Lançou um olhar irritado para Stef, sugerindo que seria melhor ela não se deitar perto da médica ou correria o risco de acordar morta.

Isso era realmente curioso. Por que todas aquelas pessoas estavam ali? Eu estava esperando os pais das almasnovas e alguns dos nossos amigos mais próximos. Talvez dez ou doze pessoas. Não quarenta.

Whit se manifestou.

— A caldeira está instável. O solo vem sofrendo consideráveis deslocamentos nos últimos meses e o lago Midrange está secando, provavelmente devido a uma rachadura no fundo. Os gêiseres têm liberado a pressão com mais frequência e o número de terremotos, mesmo aqueles tão fracos que não conseguimos sentir, mais do que triplicou. — Ele correu os olhos pelo grupo, parando em mim por alguns instantes. — A caldeira vai entrar em erupção. Não sei quando, mas sei que será logo.

— Isso irá acontecer na Noite das Almas — intervim.

Todos se viraram para mim.

Os segundos pareceram virar minutos, até que, por fim, Sarit falou:

— Bem, você vai nos dizer como sabe isso?

— Meuric me contou, na noite do Escurecimento do Templo. Ele disse que algo iria acontecer na Noite das Almas, e que, depois dela, nada mais importaria. Acho que estava falando da erupção. E... — Olhei de relance para Sam e Stef, que menearam a cabeça em encorajamento. — Da ascensão de Janan.

Alguém ofegou.

— Janan não é real — retrucou Aril. Eu me lembrava dela vagamente das aulas de matemática; por mais que ela sempre tivesse se mostrado amigável, não imaginava que se importasse tanto assim comigo.

— Ele é real. Menehem provou isso na noite do Escurecimento do Templo. Ele parou a reencarnação com o uso de um veneno, lembram?

Todos estremeceram.

— Janan é real — continuei —, mas ele não é o que vocês pensam. Não é o que Meuric e Deborl lhes disseram que é. — Provavelmente não havia problema em revelar isso, embora a verdade... que Janan costumava ser apenas um homem... fosse algo que eles certamente esqueceriam de imediato. — Ele irá retornar na Noite das Almas. Ou melhor, ascender. Não sei como. Nem por quê. Também não sei o que vai acontecer depois disso. No entanto, é quase certo que a ascensão dele irá provocar uma tremenda instabilidade na caldeira, fazendo-a entrar em erupção. Não apenas erupções hidrotermais como as que vimos hoje à noite, mas um evento catastrófico.

Stef concordou com um menear de cabeça.

— Também acho. Whit? Orrin? Vocês andaram estudando o trabalho da Rahel.

As pessoas se encolheram à simples menção do nome — Rahel era uma almanegra, uma das almas que tinham se perdido durante o Escurecimento do Templo —, mas Whit e Orrin assentiram.

— Os sinais indicam que estamos caminhando para algo do gênero — comentou Whit com um suspiro. — Mas, o que podemos fazer? Não há como impedir que isso aconteça.

— Não podemos impedir a caldeira — retruquei —, mas se conseguirmos impedir Janan de ascender, talvez o resto volte ao normal.

— Isso parece impossível. — Sarit se recostou na poltrona e cruzou os braços. — Parece um pouco louco também. Acredito no que você disse sobre Janan, mas, ainda assim, parece loucura.

— Eu sei.

Stef guardou o DCS no bolso.

— Concordo com a Ana quanto a precisarmos impedir Janan. — Os olhos dela cruzaram com os meus, e percebi que ela estava pensando em Cris e no sacrifício dele, e em todas as outras coisas que tinham acontecido dentro do templo. — Mas vamos falar sobre isso depois. Há outras coisas que precisamos discutir antes que todos desmaiem de cansaço.

Lancei-lhe um olhar de pura gratidão. Não queria discutir um plano para deter Janan na frente de todas aquelas pessoas. Principalmente porque eu não tinha nenhum.

Ela correu os olhos por cada um de nós.

— Deborl e seus amigos querem ferir as almasnovas. Sabemos disso. A lei que o Conselho está tentando implantar não irá detê-los. Mas a verdade é que estamos todos em perigo.

Analisei as expressões de todos os presentes, as posturas cansadas e os olhares de incredulidade.

— A melhor coisa para as almasnovas... e para todos os que querem ajudá--las... é sair de Heart.

— Precisaremos nos afastar *bastante* para escapar da erupção — prosseguiu Orrin. — Se a caldeira entrar em erupção, Range inteira será reduzida a um buraco no chão. Tudo o que há em volta ficará coberto por uma camada de cinzas da altura da Ana. Podemos esperar cinzas mais além também. O ar vai se tornar tóxico na maior parte do continente, e as cinzas na atmosfera farão com que a temperatura do planeta despenque. Animais irão morrer, plantações irão secar.

— A que distância as pessoas terão que estar para ficarem seguras? — Pensei no globo e no quanto o planeta me parecera *imenso* menos de uma hora antes.

Orrin fez que não, frustrado.

— Todos os lugares serão afetados de alguma forma, mas quanto mais conseguirmos nos afastar, melhores serão nossas chances de sobrevivência.

— Tanto em relação à erupção quanto a Deborl. — Engoli em seco. — Precisamos deixar Heart o quanto antes.

— Acho que esse é um bom momento para despejar a próxima má notícia — falou Stef. — Ao que parece, Sam e Ana não foram os únicos alvos da noite. Todos os conselheiros que aprovaram a lei de proteção às almasnovas foram assassinados. Frase, Antha, Finn e Sine: estão todos mortos.

5
FÊNIX

— ELES ESTÃO mortos? — Levantei-me num pulo; o DCS escorregou do meu colo. — Não…

Todo mundo começou a falar ao mesmo tempo, e uma onda de fúria e pesar varreu o salão. As pessoas gritavam: "Deborl tem que pagar!" e "Precisamos avisar os guardas!". Várias pegaram seus DCSs, mas Stef elevou a voz:

— Parem com isso!

Todos se calaram.

— Vamos esclarecer a situação. — Ela correu os olhos pela sala. — Não sabemos quem está do lado de Deborl. Ele e os outros escaparam da prisão durante o terremoto, até aí a gente sabe, mas como? Algum desmoronamento os libertou? Eles conseguiram fugir sozinhos? Ou será que receberam ajuda de alguém que sabia que o terremoto e as erupções seriam a desculpa perfeita?

— Ninguém pode prever terremotos — comentou Moriah.

— Deborl talvez possa. — Pigarreei. — Ele substituiu Meuric como o Escolhido de Janan, seu representante, e, se o terremoto estiver ligado à ascensão de Janan, então talvez Deborl já soubesse que isso iria acontecer. Ao receber a visita de amigos na prisão, ele pode tê-los avisado e pedido ajuda.

Stef concordou com um menear de cabeça.

— De qualquer forma, *como* ele conseguiu escapar não é tão importante quanto o fato de que ele *conseguiu* fugir. Pedi a vocês que viessem para cá por uma de duas razões: ou Deborl é uma ameaça direta a vocês ou porque sei a quem são leais. Quanto aos demais? Não sabemos. Temos que partir do pressuposto de que eles estão do lado de Deborl.

Quarenta pessoas contra o mundo.

Enquanto elas murmuravam entre si, cruzei olhares com Sam. Ele sorriu de modo triste, como se adivinhasse que eu estava imaginando que tudo isso era perda de tempo.

— O que vamos fazer? — perguntou Lorin. — Não vamos mudar a opinião das pessoas a respeito das almasnovas, nem vamos nos aliar a Deborl. Mesmo que arrumemos provas de que matou metade do Conselho, Deborl irá convencê-las de que fez a coisa certa.

— Como eu disse, temos que ir embora. — Inclinei-me para pegar o DCS e o guardei no bolso; em seguida, me sentei de novo. — Eu fui expulsa. — Será que isso ainda valia agora que metade do Conselho havia morrido? — Por sua própria proteção, quero que as almasnovas saiam daqui também. Quanto ao resto? Vocês podem ficar ou ir com as almasnovas. Elas precisarão de ajuda. — Levando em conta que eles conseguissem se distanciar o suficiente de Range caso houvesse uma erupção. Se a única forma de impedir a erupção fosse impedindo Janan, então o futuro parecia demasiadamente incerto. De minha parte, eu ia tentar, mesmo que isso significasse a minha morte. — O mais seguro para qualquer um, seja almanova ou alma antiga, é se afastar o máximo possível.

— Tudo bem, mas... para onde? — perguntou Lidea.

Balancei a cabeça, pensativa.

— Converse com Whit e Orrin acerca de qual seria o lugar mais seguro. Imagino que o mais longe possível. — Apertei os lábios numa linha fina e olhei de relance para Sam, que parecia triste. — Tem algo que preciso fazer, de modo que não posso ir com vocês. Pelo menos, não até o destino final.

— Para onde a Ana for, eu vou. — Sam abriu um meio sorriso.

— Eu vou com o Sam e a Ana também. — Havia um significado mais profundo nas palavras da Stef. Afora Sam e eu, ela era a única que sabia o que Janan realmente era, e o que ele fazia com as almasnovas. O tempo passado dentro do templo abrira sua mente, destruindo a mágica do esquecimento que a mantivera na ignorância por cinco mil anos.

— Eu... eu vou também. — Sarit me fitou. — Não sei exatamente o que está acontecendo, mas quero tomar parte nisso.

— Obrigada. — Talvez eu não devesse ter ficado aliviada em saber que Sarit e Stef estavam dispostas a participar de uma missão que sem dúvida seria perigosa, mas fiquei. Stef era a melhor amiga do Sam, e Sarit a minha. Elas nos ajudariam. E tornariam a viagem mais suportável.

— Eu vou também. — Whit baixou os olhos para as mãos. — Talvez um arquivista possa ser útil.

— Você será. — Se eu conseguisse pegar os livros do templo de novo, o que precisava tentar fazer antes de partir, Whit poderia me ajudar a decifrá-los.

— Eu... — Orrin hesitou, olhando de Geral para Whit.

— Você vai com Geral — disse Whit. — E Ariana. Elas precisam de você.

Orrin assentiu.

— Eu vou ficar — declarou Armande. — Alguém precisa permanecer aqui para ficar de olho em Deborl.

Stef anuiu, mas pelo canto do olho pude ver Sam abaixando a cabeça. Armande era seu pai nessa vida e, além disso, eles eram muito chegados. Ele já havia perdido a conselheira Sine, e agora estava prestes a perder Armande.

— Sinto muito. — Armande não olhou para Sam nem para nenhum dos demais. — Sei que parece covardia, mas...

— Não é covardia — retruquei. — É coragem. Ficar aqui será muito perigoso. Você terá que se esconder. Os terremotos serão cada vez mais frequentes. Você não vai poder permanecer em casa nem abrir sua barraquinha de pães, porque Deborl sabe que somos amigos.

Ele fez que sim.

— Compreendo.

— Então está combinado — falou Stef. — Partiremos todos, com exceção de Armande.

— E quanto a Emil? — perguntou Whit. — Ele deveria vir conosco.

Emil, um dos Contadores de Almas, não estava na biblioteca.

Stef negou com um movimento de cabeça.

— Ninguém mais. Não sabemos quem está trabalhando com Deborl.

— Emil jamais se aliaria a Deborl. Nem Darce. Há muitas outras pessoas que deveríamos chamar. — Whit se levantou e encarou Stef. — Não podemos deixá-las para trás.

— Concordo com Whit — atalhou Orrin.

— Claro que concorda. — Stef revirou os olhos. — Só que já assumimos esse risco antes. Será que alguém se esqueceu do que Wend fez depois que Ana o convidou para nossa reunião sobre os direitos das almasnovas? Ele contou a Deborl sobre nossos planos. Juntos, eles mataram duas mulheres grávidas, fizeram com que uma terceira abortasse e quase mataram mais duas. Incluindo Geral.

Lidea, que costumava ser a companheira de Wend, deixou a cabeça pender como se as ações dele fossem, de alguma forma, culpa dela.

— Stef tem razão — interveio Sam. — Não podemos confiar em mais ninguém. Todos teremos que deixar para trás pessoas que amamos, mas os riscos são grandes demais. Se Deborl conseguir nos impedir de partir, isso será o fim de tudo.

— Você está dizendo que a segurança vem antes da amizade? — indagou Orrin. — É isso?

Alguns outros se manifestaram, argumentando contra os medos de Stef ou a raiva de Whit. Suas vozes elevaram-se pela biblioteca até se transformarem em gritos à medida que as pessoas lutavam para se fazer ouvir.

Levantei de novo.

— Parem com isso!

O salão recaiu em silêncio.

— Concordo com a Stef e com o Sam. Já vimos o que pode acontecer se formos traídos, e não vou arriscar a segurança das almasnovas. Não posso.

Sam concordou com um ligeiro menear de cabeça, e Whit e Orrin despencaram em suas poltronas.

— Quando foi que você perdeu a fé nas pessoas, Ana? — perguntou Whit.

Era de admirar que ele achasse que eu tinha alguma, levando em conta tudo o que eu tinha passado nas mãos de Li e de todos os que haviam sido contra minha entrada em Heart. As pessoas continuavam *fazendo coisas* para reforçar minha falta de confiança nelas.

— Eu confio em você — disse a ele. — E em Orrin. Em Sam, Stef, Sarit e todos os outros aqui. Mas preciso levar em consideração o que é melhor para as almasnovas. Se não as protegermos, ninguém irá. Talvez outras pessoas amigáveis à nossa causa, como Emil e Darce, se manifestem após termos ido embora. Armande pode mandá-las ao nosso encontro, ou elas podem ficar aqui e tentar formar alguma espécie de resistência. Mas as almasnovas precisam partir *agora*, enquanto ainda há chance de sobreviverem à erupção.

Orrin lançou um olhar de relance para Geral e para o bebê deles no colo dela. Ninguém mais disse nada.

— Vamos pensar a logística — falei, como se a discussão jamais tivesse acontecido. — Eu aviso a vocês quando for a hora. Arrumem suas coisas, mas façam isso rápido e em sigilo. Vamos partir todos ao mesmo tempo. Deborl não quer que eu deixe Heart. — Ele tinha dado o máximo de si para que eu fosse expulsa, mas pelo visto agora preferia me ver morta. — Duvido que ele vá ficar feliz se souber que vocês estão planejando partir também.

Todos concordaram e começaram a anotar em seus DCSs uma lista do que precisariam, discutindo quem levaria o quê e onde seria o lugar mais seguro quando a caldeira entrasse em erupção.

Quando Rin se levantou para dar uma olhada na mão do Sam, afastei-me dos demais e fui até as portas grandes que davam para o restante da Casa do Conselho. Sem um destino específico em mente, vagueei pelos corredores até parar diante do meu quadro predileto.

Talvez a imagem pudesse ser descrita como uma águia grande, exceto que as penas pareciam feitas de fogo. Centelhas em brasa ardiam entre as cinzas de sua pira, e a exuberante floresta que circundava o pássaro parecia ofuscada por sua luz. Apesar de ser um pássaro de fogo, não havia fumaça.

Era a representação de uma fênix, ou da lembrança de alguém sobre a aparência das fênix, porque a criatura parecia linda demais para ser real.

Certa vez, perguntara ao Sam se ele já tinha visto uma. Ele dissera que não, o que me deixara desapontada. Sam era tão velho! Já tinha visto e feito tanta coisa que eu não conseguia aceitar que jamais houvesse se deparado com uma fênix em seus cinco mil anos de vida.

Cris havia mencionado as fênix no templo, antes de lutar com Janan. Ele me contara que elas haviam aprisionado Janan numa torre, embora não soubesse o que este tinha feito para merecer tal punição. Meuric também falara sobre elas. Tinha dito que as sílfides eram seres amaldiçoados, e que achava que as fênix estavam por trás disso.

O que será que havia *acontecido* cinco mil anos atrás?

Esperava que as respostas estivessem nos livros do templo. Precisava, portanto, recuperá-los. E decifrá-los.

— Você acha que as fênix se lembram de suas vidas passadas? Como a gente? — Dei um pulo ao escutar a voz da Sarit às minhas costas. — Desculpe. — Ela parou ao meu lado e passou o braço em volta da minha cintura. — Vi você saindo.

— Não tem problema. — Apoiei a cabeça no ombro dela. — Só precisava de um pouco de tempo para pensar. Aconteceram tantas coisas hoje!

Ela anuiu, admirando o quadro da fênix comigo.

— Perguntei a mesma coisa ao Sam uma vez. — Virei o rosto para a pintura novamente. — Ele disse que não há motivos para acreditarmos que não.

— Espero que você reencarne também. — Ela me apertou. — Mesmo que Range entre em erupção e que todo mundo morra, haverá muitas pessoas longe daqui. Pode levar um tempo, mas no fim todos voltaremos.

Baixei os olhos.

— Sarit.

Ela esperou.

A verdade estava entalada na minha garganta. Quase contei a ela o que descobrira no templo, mas não aguentaria sua compaixão agora.

— Se Janan ascender, você acha que ele continuará reencarnando as almas?

— Talvez. — Ela soava esperançosa. — Acho que depende do motivo de ele estar retornando. Para governar? Então ele vai querer um povo que possa governar.

— Meuric me disse que precisava de uma chave especial para sobreviver à ascensão de Janan. Pelo que entendi, se você não tiver a chave, não irá sobreviver. — Cris e Stef também não achavam que Janan se daria ao trabalho de reencarnar mais ninguém. Meuric jamais fora afetado pela mágica do esquecimento, e desde que a deles fora quebrada, a opinião dos três me parecia o desfecho mais provável.

— Ah.

— Você sabe que eu estou tentando impedir Janan de ascender, certo?

— Claro. Impedi-lo significa deter a erupção. Mas... e quanto às reencarnações? A morte dele fará com que as reencarnações parem?

Fiz que sim.

— Elas pararam durante o Escurecimento do Templo.

— É verdade. — Sarit estremeceu, e sua voz tornou-se mais rouca de tristeza. — Então, de qualquer forma... esse é o fim. O que quer que aconteça, essa será nossa última vida.

— Existe um preço a pagar pela reencarnação — falei.

Ela me fitou com uma expressão sombria, preocupada.

— Preço?

Depois de contar ao Sam, a verdade quase o destruíra. E quando Cris e Stef se lembraram...

Stef passara a ser particularmente gentil comigo desde então, e Cris se sacrificara para me salvar. Eu não queria magoar Sarit, mas ela merecia saber a verdade. Todos mereciam. Talvez ela conseguisse se lembrar. Talvez eu pudesse ajudá-la a quebrar a mágica do esquecimento, como tinha feito com Sam.

— As almasnovas. — Quase engasguei com a palavra. — Sempre que alguém renasce, Janan reivindica uma almanova.

— E faz o quê?

Fechei os olhos e repeti o que Meuric me dissera no templo.

— Elas estão sendo consumidas.

— Ah. Ai, Ana. — Sua voz falhou.

— Em vez de deixar a almanova nascer, Janan suga o poder dela e reencarna uma alma antiga. Foi assim que as coisas aconteceram por cinco mil anos, até Menehem fazer sua experiência na praça do mercado, na noite em que Ciana morreu.

— O primeiro Escurecimento do Templo — murmurou Sarit.

— Janan não conseguiu capturar a alma dela porque estava adormecido. Desse modo, anos depois, eu nasci em seu lugar. — A primeira, mas não a única. Não mais.

— Menehem fez a mesma coisa no ano passado.

— É verdade. Não só para permitir que mais almasnovas nascessem como para ver se era possível deter Janan. Ele estava simplesmente curioso.

Ela fechou os olhos com força, franzindo a testa e repuxando os cantos da boca.

— E, por causa disso, muitas almas se foram para sempre.

E outras novas nasceriam no lugar delas.

— Isso é tudo tão... tão *horrível*. Não é justo. — Ela abraçou a si mesma e olhou para o teto, as lágrimas escorrendo pelos cantos dos olhos. Seus cabelos negros desciam em cascata pelas costas como tentáculos de nanquim. — Nem todo mundo vai acreditar que Janan irá parar de nos reencarnar depois de ascender.

Esperei, mas ela não me disse no que acreditava.

— As pessoas irão ver seus atos como uma escolha: uma escolha entre almas antigas e almasnovas. Assim sendo... — Ela baixou a voz. — Se você deixar Janan ascender, ele continuará reencarnando o resto de nós. Mas continuará consumindo as almasnovas.

— E se eu o impedir — continuei —, então as almasnovas irão nascer, mas as pessoas que eu amo não reencarnarão mais depois que morrerem.

— O que significa que você optou pelas almasnovas. Em detrimento de mim. Dos seus outros amigos. Do Sam.

— Gostaria de não ser a responsável por essa decisão, mas parece que ela cabe a mim de qualquer jeito — falei após um minuto. — Não pedi por nada disso.

— Não consigo me imaginar tendo que tomar essa decisão.

Eu estava prestes a contar a ela o resto da verdade, que todos em Heart tinham concordado com a troca mesmo sabendo o que aconteceria, mas Sarit já estava chorando.

Fiquei de boca fechada. Eu não havia contado a ninguém, nem mesmo ao Sam. Isso era demais. Eles não aguentariam.

Os únicos que sabiam eram Stef e Cris. Stef se sentia humilhada, e Cris se tornara uma sílfide.

Sarit não precisava saber.

Ela soltou um longo suspiro.

— Mudei de ideia. Vou ficar aqui com Armande.

Meu estômago revirou.

— O quê? Por quê? — Sarit tinha que ir comigo. Era minha melhor amiga. Ela *dissera* que ia. — Por causa do que eu acabei de te contar?

— Não. — Seus lábios se apertaram numa linha fina. — Talvez. De qualquer forma, não gosto de andar por terras inóspitas. Eu faria isso, por você, mas quando Armande disse que ia ficar, percebi que devia ficar também. Não quero deixá-lo sozinho. Além disso, sou boa em desencavar informações. Eu serei mais útil para vocês aqui.

Ela *será mais* útil. Mas isso não significava que eu *queria* que ela ficasse.

Talvez eu não devesse ter lhe contado a respeito de Janan. Talvez tivesse sido melhor manter tudo em segredo.

Ficamos ali por mais alguns instantes, até que Sarit apertou minha mão e se afastou.

Permaneci no corredor, observando o quadro da fênix e desejando ardentemente que minha vida fosse diferente. Melhor. Queria ter uma vida inteira em companhia do Sam e dos meus amigos, em companhia da música. Deveria ser assim, certo?

— Gostaria de ser uma fênix — falei para o corredor vazio.

Amanheceria dali a pouco. Bocejando, voltei para a biblioteca e descobri que todas as luzes tinham sido desligadas, exceto uma. Vários tinham ido embora, mas alguns cochilavam nas poltronas ou enrolados em cobertores nas pequenas alcovas. Sam estava reclinado na poltrona que escolhera mais cedo, com um cobertor esticado sobre as pernas.

Não vi Geral nem Orrin em lugar nenhum — eles deviam estar em algum outro canto da biblioteca com o bebê —, e ninguém mais estava dormindo enroscado com ninguém. Bom, se isso os deixaria constrangidos era problema deles. Sam havia prometido dormir de conchinha comigo, e era isso o que ia acontecer. Nesse instante.

Depois de tirar os sapatos e pegar um cobertor sobressalente, desliguei a luz e encontrei Sam no escuro. Ninguém disse nada quando o empurrei ligeiramente para o lado e me aninhei junto a ele. Com os cobertores sobre a gente, ele passou um braço em volta da minha cintura e nos ajeitamos até encontrarmos uma posição confortável.

— Lembra quando você disse que gostaria de se mudar para a biblioteca? — murmurou ele em meu ouvido.

— Não foi isso o que eu quis dizer.

Ele beijou meu pescoço, os lábios quentes e possessivos.

— Aonde você foi?

— Fui dar uma olhada no quadro da fênix.

— Sarit foi atrás de você. — Ao ver que eu não dizia nada, acrescentou: — Ela ajudou?

— Ela disse que vai ficar aqui com Armande. Que mudou de ideia.

— Sinto muito — murmurou Sam. — Ela disse por quê?

Fechei os olhos e entrelacei os dedos com os da mão boa dele.

— Contei a ela a verdade sobre as almasnovas. — Parte da verdade. Se eu tivesse contado o resto, qual teria sido sua reação? A decisão dela reforçara minha própria determinação em não dizer nada sobre a escolha feita pelas almas antigas.

— Ela merecia saber — retrucou Sam. Não consegui encontrar uma resposta que não soasse egoísta ou lastimosa, portanto fiquei de boca fechada.

Escutei os outros se ajeitando em suas poltronas e um murmúrio abafado de vozes do outro lado da parede de estantes. Enquanto os primeiros raios de luz penetravam a biblioteca, peguei no sono, metade no colo do Sam e metade na poltrona. Não era uma posição confortável, mas não me mexi. Precisava senti-lo junto de mim.

Ao acordar, horas depois, ainda aninhada nos braços dele, percebi que a maioria das pessoas tinha ido embora. Stef deixara um bilhete preso na cúpula do abajur, dizendo que partiríamos não no dia seguinte, mas naquela noite.

Porque, naquela noite, roubaríamos de volta os livros do templo e a pesquisa de Menehem.

6
ARQUIVOS

— ENTÃO ESSE É o plano? — Ele me parecia demasiadamente simples e fácil, mas quem era eu para contestar? Jamais invadira uma das salas de acesso restrito da Casa do Conselho antes.

— Você tem outro melhor? Descanse um pouco antes que a noite caia. Você vai precisar de toda a sua energia. — Stef apontou para o sofá encostado na parede, ao lado de um pequeno piano. Quase não havia onde sentar na entulhada sala da casa de Stef, com suas dúzias de estantes de livros. Enquanto a do Sam tomava quase todo o primeiro andar, Stef separara apenas um pequeno espaço para receber as visitas. O restante era ocupado por máquinas em vários estágios de construção. Ela preferia sair a receber os amigos em casa.

Depois que Stef subiu a escada estreita e desapareceu no segundo andar, olhei de relance para Sam, que estava recostado no umbral da porta com os braços cruzados e uma expressão de cansaço estampada no rosto.

— Bom. — Apontei com a cabeça para nossas sacolas empilhadas num dos cantos da sala. — Pelo menos já fizemos a parte mais chata.

Um leve sorriso repuxou-lhe os cantos da boca.

— Stef realmente assumiu o controle, não é mesmo?

O que era um alívio. Ao deixarmos a biblioteca, ela nos arrastara até a casa do Sam e nos forçara a empacotar nossas coisas o mais rápido possível. Em seguida, enquanto armávamos os alarmes e sensores de movimento em volta da casa dela,

Stef explicou o plano e tudo o que deveríamos fazer. Whit e Orrin estavam coordenando o restante do grupo, certificando-se de que todos conseguissem se movimentar pela cidade em segurança.

A notícia da morte dos conselheiros se espalhara rapidamente.

Os amigos de Deborl — os que não tinham sido presos no decorrer da última semana — estavam disseminando rumores de que as almasnovas eram responsáveis pelos assassinatos, assim como pelo terremoto e pelas erupções da noite anterior. Se todos se juntassem para livrar Heart da praga de almasnovas, a cidade voltaria a ser como era antes...

Sam se virou e olhou para o piano, flexionando a mão enfaixada.

— Essa é provavelmente a última vez que verei um piano, e nem mesmo posso tocar.

— Eu toco a mão esquerda. — A gente se apertou no banco, nossas pernas encostadas uma na outra. Recostei a cabeça no ombro dele e inalei o perfume de sabonete e roupas limpas. — O que você quer tocar?

Ele se virou no banco e me fitou com um olhar caloroso e sedutor.

— Apenas toque.

Posicionei a mão sobre as teclas e toquei um acorde maior. O som ecoou pela casa e me encheu de esperança. Esse piano tinha um som um pouco mais fraco e mais agudo do que o dele, embora fosse lindo de qualquer forma. De mais a mais, era um piano, e eu sentia falta de poder tocar um.

Sam plantou um leve beijo em minha testa e encontrou uma nota que combinasse com o acorde. Sua mão esquerda apertou meu quadril ligeiramente, como se doesse demais *não* usá-la. Ele tocou quatro notas, três descendo para tons mais graves e uma alta.

— Entreguei "Ana Incarnate" para o Orrin.

Ergui os olhos. Estávamos tão colados que a respiração dele soprou uma mecha de cabelos diante do meu rosto.

— Enquanto você observava o quadro, Orrin perguntou se eu queria que ele levasse alguma música.

— Um arquivista de alma.

Sam anuiu.

— Ele sabe como eu me sinto em relação às minhas músicas. Orrin se sente da mesma forma em relação à biblioteca. Ele e Whit passaram diversas vidas a construindo.

Tal como Sam passara diversas vidas compondo. Será que qualquer dessas coisas sobreviveria à Noite das Almas?

— A maior parte dos arquivos da biblioteca está digitalizada, de modo que Orrin pode levar tudo com facilidade. Mas ele queria levar algo palpável também. Alguma coisa que representasse um pedaço da nossa história, para o caso de eles conseguirem sobreviver. Ele quer que as almasnovas tenham algo que possam passar para as gerações futuras.

Senti a garganta apertar.

— A maioria das suas músicas não foi digitalizada também?

— Foi, e Stef enviou tudo para os nossos DCSs. — Sam tocou as notas seguintes de "Ana Incarnate" — Mas ele sabe que eu gosto de ter as partituras em papel.

— E, de todas as músicas, você escolheu a minha? — Havia tantas outras que ele poderia ter pedido a Orrin para guardar. A "Sinfonia Fênix". A "Serenata da Rosa Azul". A "Dança da Luz" ou qualquer outra composição feita em homenagem ao nome dos anos.

— Ela é a mais importante para mim. — Ele me beijou, apenas um leve roçar de lábios. — Depois que Li destruiu a partitura original, trabalhamos juntos para reescrevê-la.

— Eu lembro. — Mal conseguia falar de tão emocionada. Sam fora preso, e Li havia jogado a partitura no fogo. Eu tentara salvá-la, mas a maior parte tinha virado cinzas. Depois que Sam fora finalmente exonerado e eu voltara a morar com ele, tínhamos passado um mês reescrevendo "Ana Incarnate", a valsa que ele havia composto para mim. E não tínhamos parado por aí. Ele insistira que a transcrevêssemos para flauta também e, pouco depois, me presenteara com uma.

— O que quer que aconteça, quero que pelo menos essa partitura sobreviva. Quero que as pessoas se lembrem do que tentamos fazer quando a escutarem, quer tenhamos sido bem-sucedidos ou não. E quero que elas saibam que sem Ana Incarnate, o plano de Janan teria sido levado a cabo sem resistência. Você abriu nossos olhos. Quero que esse legado continue.

— Ah! — Eu mal conseguia respirar. Mais uma vez, Sam fazia de mim alguém mais importante do que eu realmente era. — Não sei o que dizer.

Ele abriu um sorriso matreiro e deixou os dedos dançarem sobre as teclas.

— Não precisa dizer nada. Apenas toque.

A música fluiu pela sala como um rio contornando pedras e árvores. Enquanto Sam tocava melodias razoavelmente familiares e sussurros de algo novo, eu procurava acordes e outros acompanhamentos. Por duas vezes, o desespero cintilou na expressão dele. Seu piano se fora. A flauta, o violino, o clarinete: todos destruídos. Tínhamos empacotado minha flauta — ela iria aonde quer que fôssemos —, porém a dor pela perda dos outros instrumentos ainda era como uma ferida aberta.

Tocamos até o cair da noite, quando Stef desceu novamente. Preparamos um pequeno jantar de frango com legumes. Saboreei até a última migalha; aquela talvez fosse nossa última chance de aproveitar uma refeição quente e fresca.

À meia-noite, nossos três DCSs biparam ao mesmo tempo, e me desvencilhei lentamente das mãos e pernas do Sam. Relaxados pela música, tínhamos pegado no sono no sofá, mas agora era hora de deixar tudo para trás. Nossa casa. Heart. Aquela relativa paz.

Botei meu DCS no modo silencioso e verifiquei mais uma vez se a faca estava no bolso do casaco.

— Vamos deixar as sacolas — falou Stef, pendurando uma mochila vazia no ombro. — Whit e mais alguns amigos virão buscá-las. Precisamos pegar os livros e a pesquisa e, em seguida, encontraremos os outros no posto da guarda ao leste. Teremos carros suficientes para todos nós. Com sorte, estaremos longe quando Deborl perceber que fugimos.

Era o mesmo plano que ela explicara mais cedo. Assenti.

Ao sair, a neve fustigou meu rosto; puxei o capuz e verifiquei o DCS. O programa que Stef inserira abriu imediatamente, mostrando um punhado de terremotos que eu nem sequer sentira. Então, consciente de que a luz do aparelho poderia atrair uma atenção indesejada, meti-o no bolso e dei a mão ao Sam, a fim de deixá-lo me guiar pela escuridão da noite. A única luz era a do templo, que continuava emitindo um brilho sobrenatural.

Nossos passos foram abafados por uma fina camada de neve e pelo assobio do vento através das árvores.

— Vamos repassar mais uma vez — disse Stef. — Ajustei as câmeras de segurança da Casa do Conselho para que não registrem nossa entrada. Ser pega não fará a menor diferença para você, Ana, já que você foi expulsa da cidade mesmo, mas fará para mim e para o Sam.

Será mesmo? A maioria dos conselheiros tinha sido morta.

Quanto tempo os restantes levariam discutindo antes de tomarem alguma atitude contra as almasnovas ou de aceitarem Deborl de volta no Conselho? E se ele fosse promovido a *Orador*? Um calafrio percorreu meu corpo.

— Temos, então, os escâneres de almas. — Stef nos guiou por um caminho diferente. — Dei uma olhadinha nos registros dos escâneres. Ao que parece, vários conselheiros entraram numa das salas de acesso restrito enquanto você e eu estávamos presas no templo, e mais uma vez depois da sua reunião com eles.

A reunião em que eles haviam me expulsado de Heart.

— Eles estavam com os livros do templo e a pesquisa.

— Exatamente. Tenho a impressão de que eles guardaram algo importante nesta sala, tal como os livros ou a pesquisa. Talvez até mesmo a chave. Infelizmente, o escâner está programado para só permitir a entrada dos conselheiros.

— Felizmente — replicou Sam, a voz traindo um sorriso —, temos você.

— É verdade. — Ela soou como se estivesse tentando abafar uma risadinha. — Nenhum dos conselheiros jamais percebeu que eu *sempre* crio um segundo código de acesso para mim mesma em todos os prédios de Heart. Imagino... — Tropeçou nas palavras. — Imagino que eles jamais descobrirão.

Uma onda de tristeza apertou meu peito, e não consegui responder. A atitude de Sine em relação a mim mudara desde que ela havia se tornado a Oradora, mas ainda assim ela continuara sendo razoavelmente amigável.

Será que ainda havia alguém capaz de se opor publicamente a Deborl depois do que ele tinha feito? Todos com coragem suficiente para enfrentá-lo — com exceção de Sarit e de Armande — partiriam conosco essa noite.

Stef ficou em silêncio por um tempo. Ela havia sido bastante seletiva em relação às pessoas que convidara para irem à biblioteca. Provavelmente deixara para trás alguns de seus próprios amigos, sem saber se poderia confiar neles.

Stef fizera sua escolha. E havia escolhido a mim.

Com profundo respeito, segui-os até a praça do mercado, prestando atenção para o caso de nos depararmos com alguém. O caminho, porém, estava deserto, e não escutei nada exceto o vento. A neve abafava os sons, envolvendo o mundo numa quietude estranha. Com a luz do templo refletindo na neve, a praça do mercado parecia acesa.

— Tente não pensar nisso — murmurou Sam.

— Pensar em quê? — Encolhi-me dentro das camadas de lã e seda. O capuz bloqueava minha visão periférica; eu só conseguia ver o caminho bem à frente.

— Nos riscos e nas consequências. Para onde iremos depois que sairmos da cidade. Concentre-se apenas em terminar logo com isso.

Abri a boca para contestar, dizer que eu não estava preocupada com essa parte, mas pensei melhor. Embora os livros e a pesquisa fossem meus e Deborl os tivesse confiscado, pegá-los novamente me parecia uma espécie de roubo.

— Devo presumir então que vocês já invadiram várias salas de acesso restrito? — indaguei.

A neve abafou a resposta, impedindo-a de se propagar.

— Recuso-me a admitir qualquer coisa, exceto que Stef é uma má influência.

Bufei.

— Não tente me enrolar. Sei muito bem que Stef não é a única responsável por seu mau comportamento.

— Mas você a conhece bem o bastante para saber que a maior parte dos problemas em que me meti foi culpa dela, certo? — Ele me lançou um olhar de fingida inocência.

— É claro — respondi num tom ligeiramente incrédulo, embora soubesse que ele tinha razão. Sem Stef para meter Sam em confusões, ele provavelmente ficaria em casa compondo e praticando o dia inteiro.

Pensando bem, cheguei à conclusão de que Sam sem dúvida atraía um determinado tipo de mulher.

Stef fez beicinho.

— Você dois vão acabar arruinando minha boa reputação.

— Ah, ela foi arruinada há muito tempo. — Sam deu uma risadinha e passou o braço em volta dos ombros dela.

Verificamos a área aberta e iluminada da praça do mercado mais uma vez antes de atravessá-la numa marcha rápida. De repente, nossos passos pareceram ecoar alto demais.

Ninguém, porém, nos pegou e, pouco depois, Sam abriu a porta da biblioteca e eu entrei atrás da Stef. Ela empunhava uma pistola.

A biblioteca estava quieta e escura. Apurei os ouvidos, mas não escutei nada suspeito. Nenhum ranger das tábuas do piso. Nenhum farfalhar de roupas que não fossem as nossas. Não havia ninguém ali além de nós.

Cruzamos furtivamente o comprido corredor. Era pouco provável que alguém estivesse trabalhando àquela hora, mas não tínhamos como prever o que o pessoal de Deborl estava fazendo.

E se ele tivesse pego os livros e a pesquisa?

Fisgadas de preocupação me acompanharam enquanto percorríamos o silencioso corredor.

— É aqui. — Stef pegou uma chave de fenda no bolso e abriu a tampa do escâner de almas. — Só um segundo. — Ela guardou a chave de fenda novamente e pescou um fio fino, o qual usou para conectar seu próprio DCS a uma das portas de saída do escâner. Após um momento verificando as funções, digitou algo no aparelho e o escâner emitiu um bipe. A tranca se abriu.

— Bom trabalho. — Sam segurou a porta antes que ela trancasse novamente.

— Eu sei. — Stef recolocou a tampa no escâner e entrou na sala. Entrei logo atrás e as luzes se acenderam assim que a porta se fechou.

Fileiras de armários preenchiam a sala comprida, centenas deles. Não havia espaço para uma mesa, apenas bancadas ao longo das paredes.

— Vamos começar logo com isso. — Segui até a outra extremidade do aposento e comecei a abrir os armários. Alguns estavam vazios, mas a maioria continha velhos documentos ou artefatos guardados em estojos de vidro fechados a vácuo. — O que é isso? — Apontei para uma vareta de madeira com uma pena na ponta. — Uma flecha? — Já vira vários desenhos, mas ninguém as usava mais hoje em dia. As pistolas de laser eram mais eficazes e não criavam tanta sujeira quando se queria matar alguém à distância.

— Algumas de nossas primeiras invenções e coisas que encontramos na região pouco depois de chegarmos. — Stef deu de ombros. — Tudo isso não passa de tralha inútil, mas o Conselho está determinado a guardá-las.

— Isso é coisa do Whit e do Orrin — retrucou Sam. — A princípio, eles mantiveram essas coisas na biblioteca, onde todos poderiam observá-las, mas algumas pessoas jamais entenderam a necessidade de guardá-las em estojos fechados a vácuo para retardar a deterioração, de modo que eles eram constantemente abertos. Orrin transferiu-os para cá.

— Ah. — Achei bacana que eles guardassem aquelas coisas. Gostaria de ter tempo de olhar tudo, mas como estava com pressa, simplesmente tentei memorizar o maior número possível de detalhes enquanto verificava as pilhas de objetos e documentos. Por fim, ao abrir um dos armários, encontrei uma familiar pilha de livros com capa de couro e um envelope grande repleto de cadernos e diários. — Achei, está tudo aqui.

Bem, quase tudo. Despejei o conteúdo do envelope numa das bancadas, mas não vi a chave do templo.

— Algum de vocês viu a chave? — perguntei, verificando o armário ao lado e abaixo daquele onde eu encontrara os livros, mas ela não estava em nenhum dos dois.

Procuramos por mais um tempo até que, por fim, Stef disse:

— Precisamos ir. Whit e os outros estão à nossa espera.

Eu não queria deixar a chave para trás, não que ela fosse ser de qualquer serventia fora de Range. No entanto, tê-la conosco significaria que Deborl não poderia usá-la.

Com a mochila pendurada nas costas, Sam deu de ombros e deixamos a sala.

Refizemos nossos passos o mais rápido possível. Lá fora, a camada de neve que cobria o solo reluzia sob a luz do templo, e uma névoa esbranquiçada pairava no ar. Contornamos a Casa do Conselho e o enorme templo. Seguiríamos mais rápido se estivéssemos usando um dos veículos, mas ele chamaria a atenção. Deborl certamente perceberia. Desde que prosseguíssemos de maneira furtiva, chegaríamos ao posto da guarda sem incidentes.

O templo continuava emitindo uma luz ofuscante, excessivamente forte desde que o Ano das Almas havia começado. Ela me provocava comichões pelo corpo inteiro.

Quando finalmente alcançamos o posto da guarda, uma grande construção embutida no muro, eu estava molhada e tremendo de frio.

Stef abriu a porta e um feixe retangular de luz incidiu sobre a rua coberta de neve. Uma figura surgiu de um dos cantos da construção.

Um raio de luz azul brilhou em nossa direção.

— Cuidado! — Empurrei Stef para dentro do posto e mergulhei atrás dela, mas um cheiro de lã chamuscada me acompanhou. O tiro tentara acertar minha cabeça.

Sam me agarrou pelo pulso e me puxou para longe da porta.

O atirador saiu das sombras e adentrou a área iluminada.

Deborl.

7

COMPAIXÃO

BATI A PORTA, passei o ferrolho e, ao me virar, encontrei todos já reunidos em volta de dez veículos pretos.

— Deborl. — Minha voz tremeu, mas a palavra ecoou pelo posto da guarda fortemente iluminado.

Stef soltou um palavrão e se virou para os demais.

— Preparem-se para abrir o portão, mas não saiam até nos certificarmos de que é seguro. Pode haver outros atiradores no telhado.

Todos entraram em ação, ao mesmo tempo em que algo batia contra a porta voltada para a cidade. Gritos ecoaram pelo posto da guarda, ordens e pedidos de ajuda. As almasnovas começaram a chorar diante da súbita comoção.

Stef me entregou a pistola.

— Atire em qualquer um que passar por esta porta. — Agarrando Sam pelo cotovelo, puxou-o para o interior do posto.

Segurei a pistola com as duas mãos e fiquei observando a porta estremecer por alguns agonizantes momentos antes de me dar conta de que não havia ninguém em quem atirar. A menos que eu quisesse fazer buracos na madeira. Com as mãos trêmulas, meti a pistola no bolso do casaco e procurei por algo para bloquear a porta. Uma mesa ou uma cadeira. Qualquer coisa.

Os postos de guarda eram parcamente mobiliados. Havia apenas um arsenal — sem dúvida já saqueado por Whit e Orrin — e um estábulo para os cavalos. Nada que pudéssemos usar, a não ser...

— Podemos bloqueá-la com os fardos de feno. — Pelo menos cinco outras pessoas estavam em volta da porta. Não precisávamos estar todos ali. Virei-me para Aril, parada ao meu lado. — Pode me dar uma mãozinha?

Ela ergueu os olhos.

— Fardos de feno? Boa ideia. — Ela agarrou Thleen, uma especialista em vida selvagem que eu conhecera recentemente, e nós três atravessamos correndo o curto e escuro corredor que ia dar nos estábulos.

— Cuidado — avisou Thleen. — Existe mais uma entrada na outra extremidade, por onde eles deixam os cavalos sair para se exercitarem.

Diminuímos o passo, escutando com atenção enquanto percorríamos uma longa fileira de baias. O barulho criado pelos nossos amigos ecoava às nossas costas. Os únicos sons à frente eram dos cavalos ressonando, revirando o feno em suas baias ou bebendo água. Um cheiro de adubo com um leve quê de suor impregnava o ar.

— Os fardos são guardados ali. — Aril apontou para uma escada instável que levava a uma espécie de mezanino. Algumas palhas de feno despencaram de lá, mas não havia vento, então como...

— Cuidado! — Agarrei-a pelo braço e a puxei de volta para o corredor no exato instante em que um raio de luz azul cintilou em nossa direção e um buraco se abriu na parede à minha esquerda.

Estranhos surgiram na área destinada a guardar o feno acima das baias. Alguns pularam para o chão e começaram a atirar em direção ao posto da guarda.

Meus companheiros atiraram também. Presas em meio ao fogo cruzado, Thleen me empurrou para uma pequena alcova. Senti uma fisgada de dor ao bater o cotovelo contra o revestimento de madeira, mas ergui os olhos bem a tempo de vê-la se dobrar ao meio e fechar as mãos em torno da perna.

Mas não estávamos sozinhas. Nossos amigos vieram correndo em nosso auxílio, atirando sem parar. Os cavalos começaram a relinchar, assustados, e um cheiro de madeira queimada elevou-se pelo ar. Os dois grupos entraram num confronto selvagem e caótico.

— Ana! — A voz do Sam ecoou acima da cacofonia. — Ana!

Espremi-me para passar em meio à luta acirrada, procurando por ele, mas ao voltar para o posto da guarda, outros aliados de Deborl invadiram o aposento principal. Uma série de luzes de mira azuis iluminou a sala. O para-brisa de um dos veículos explodiu, e os gritos aumentaram.

Eu não devia ter deixado meu posto. Stef me dissera para ficar ao lado da porta, mas eu tinha saído.

— Aí está você. — A voz de Deborl sobressaiu em meio à barulheira. Ele parou diante de mim com o laser apontado para a minha cabeça. Era um rapaz baixinho, mais ou menos do meu tamanho e com apenas um ano mais que seu primeiro quindec. Tinha braços e pernas finos, ainda não completamente desenvolvidos, e, embora em outras circunstâncias pudesse ser considerado estranhamente atraente, seu olhar e sorriso cruéis destruíam essa chance. — Sem-alma.

Se eu erguesse minha pistola, ele atiraria. Ele atiraria de qualquer jeito. As palavras saíram aos tropeços.

— Só estamos tentando ir embora de Heart, tudo bem? Você ganhou. Pode ficar com a cidade. As almasnovas estão partindo.

Ele deu dois passos largos e me empurrou contra a parede, a mão livre apertando minha garganta. Senti a visão escurecer e lutei para respirar; a pistola escorregou de minha mão.

— Vou matar todos vocês — retrucou ele, pressionando a arma em meu ombro. — Você não representa a menor ameaça para Janan. Não mesmo. Mas eu a acho irritante.

Primeiro Meuric, agora Deborl. Os Escolhidos de Janan pareciam precisar desesperadamente se convencer de que eu não era importante.

Ergui o joelho com força entre as pernas dele. Deborl cambaleou para trás e a luz de mira azul da pistola piscou. Com um arquejo, agachei-me para pegar minha arma.

Atrás dele, o confronto tomara nova forma e agora transcorria quase que exclusivamente no corredor, com meus amigos obstruindo a passagem. Eles estavam em maior número do que a gente, mas parecíamos estar ganhando de qualquer forma.

Agarrei a pistola e me levantei ao mesmo tempo em que Deborl endireitava o corpo. Seu rosto continuava contorcido de dor, e, em sua pressa de se afastar de mim, deixou a arma cair.

Sentindo minha pulsação reverberar na garganta, apontei a pistola para ele e me ordenei a atirar.

Próximo à saída, alguém soltou um grito.

Sam me chamou de novo.

Os capangas de Deborl começaram a recuar, embora eu não conseguisse entender por quê.

— Atire — murmurei para mim mesma, as mãos trêmulas. Deborl se recobrou e abriu um grande e vagaroso sorriso, como se soubesse que eu estava rezando para que alguém mais aparecesse e tirasse essa escolha das minhas mãos. Stef atirava em pessoas. Sam já fizera isso também. Por que um deles não podia tomar o meu lugar?

A luz de mira azul incidiu sobre ele. Tudo o que eu precisava fazer era apertar o gatilho.

Deborl tentou pegar a própria arma. Mudei a direção da mira e atirei na pistola antes que ele tivesse a chance de recuperá-la. Ela girou no próprio eixo por alguns instantes e, em seguida, explodiu em chamas. Pedaços de metal voaram pelo ar, e um deles acertou a mão do ex-conselheiro. Ele soltou um grito e apertou a mão ensanguentada e chamuscada de encontro ao peito. Xingando, ordenou que seu pessoal batesse em retirada, e todos recuaram correndo em direção à saída.

Com passos lentos, avancei ao encontro dele, mantendo a pistola firmemente apontada pela primeira vez.

— Me devolva a chave do templo.

Ele se afastou dos restos carbonizados de sua própria arma.

— Ela não está comigo.

Mentira. O casaco dele se abrira, deixando à mostra uma faixa de um objeto prateado despontando de um dos bolsos internos: a chave. Talvez eu não conseguisse me forçar a atirar nele, mas podia chutá-lo.

Enfiei a ponta da bota nas costelas de Deborl e, quando ele caiu, ofegando por ar, agarrei a chave. No entanto, ele segurou meu pulso com a mão boa e me puxou para o chão. Fechei a mão em volta da chave com força, mas a pistola escorregou da outra.

Deborl pressionou o polegar em meu braço. Uma dor causticante atravessou meu corpo, fazendo-me soltar um berro.

Enquanto eu lutava para me desvencilhar dele, Deborl pegou a chave de novo. A gente se engalfinhou, xingando um ao outro, e eu estava prestes a desistir quando uma bota colidiu contra a cabeça dele.

Sam suspendeu o antigo conselheiro e pegou a chave. Lutando contra as lágrimas, apertei o braço com a outra mão. Não me lembrava de ter sido ferida, mas algo devia ter me acertado.

Antes que Sam conseguisse passar a chave e a pistola para a mão boa, Deborl se desvencilhou e fugiu pela porta atrás dos amigos, sem dar ao Sam a chance de atirar.

Ele despencou no chão ao meu lado, segurando a chave do templo na mão boa.

— Ana. — Envolveu-me em seus braços enquanto Deborl e os amigos fugiam e nossos companheiros retornavam ao posto da guarda.

— Onde estão Anid e Ariana?

— Eles estão seguros. — Suas palavras soaram quentes em contato com o meu pescoço.

Fui tomada por uma onda de alívio, e me agarrei a ele.

— Sinto muito — murmurei numa voz rouca. — Não consegui atirar nele.

Dois dos dez veículos tinham sido danificados durante a luta. Orrin e Whit reorganizaram os grupos e suprimentos e removeram os painéis de energia solar do teto dos dois carros quebrados e os guardaram nos outros como garantia. Eles precisariam da eletricidade extra quando alcançassem seu destino.

Rin, que era a única médica no grupo, fez uma rápida avaliação dos ferimentos e mandou que os casos mais urgentes fossem colocados num dos veículos, de modo que pudesse tratá-los no caminho. Por milagre, ninguém tinha sido morto, embora uma pessoa tivesse quebrado uma perna e outra houvesse levado um tiro no pescoço; o laser, porém, cauterizara a ferida.

Subi num dos veículos atrás do Sam. Até onde conseguia me lembrar, eu só havia andado de carro uma vez, quando Meuric, Li e mais dois guardas tinham prendido Sam após a cerimônia de rededicação. No dia, eu estava zangada demais para aproveitar o luxo. E agora meu braço e meu peito doíam muito.

Stef sentou-se ao volante. Orrin, Geral e Ariana entraram conosco e, em seguida, partimos sorrateiramente atrás dos outros ao encontro da noite gelada.

Ariana chorou, e nem Orrin nem Geral conseguiram acalmá-la. O restante de nós se encolheu desconsoladamente à medida que o choro piorava, mais alto a cada sacudidela do veículo — o que acontecia com frequência. Afundei-me no assento e mandei uma mensagem para Sarit, a fim de avisá-la que tínhamos conseguido sair de Heart.

Gostaria que tivéssemos tido a chance de nos despedir, o que não fora possível em meio à correria de última hora para escapar. Já estava morrendo de saudades dela. Talvez conseguíssemos nos ver de novo antes da Noite das Almas.

Preocupado com o machucado em meu braço, Sam me ajudou a tirar o casaco e passou uma pomada para queimaduras. Precisei ajudá-lo a fazer o curativo, uma vez que, graças a Rin, sua mão esquerda estava imobilizada. Em seguida, a gente se cobriu com um dos cobertores. Ele se recostou na porta e eu no ombro dele.

— Nem percebi que havia levado um tiro — murmurei. — Não até Deborl segurar na ferida. — O machucado pulsava, quase embotando meus pensamentos. No entanto, era preferível sentir dor a estar morta.

Sam falou de encontro a meus cabelos.

— A adrenalina faz isso.

Observei as árvores cobertas de neve passando lá fora e as montanhas ao longe ficando cada vez maiores. Eu já havia caminhado muito no decorrer da vida. Do Chalé da Rosa Lilás até o lago Rangedge, de lá até a cabana do Sam e, em seguida, até Heart. Tempos depois, de Heart até o Chalé da Rosa Lilás, de lá até o laboratório de Menehem e, então, de volta para Heart. Estava acostumada a viagens levarem dias.

Stef reclamava sem parar da lentidão com que era preciso conduzir os veículos por causa da neve e dos buracos na estrada, mas, ainda assim, era muito mais rápido do que caminhar. Teria sido um verdadeiro luxo se eu não fosse uma exilada. Se nós não estivéssemos fugindo para salvar nossas vidas.

Éramos todos exilados.

Através do meu reflexo no vidro, continuei observando o mundo lá fora. Reparei nas silhuetas escuras de dúzias de obeliscos ao norte da cidade, iluminados pela luz do templo e destacados contra o céu estrelado.

O Memorial do Templo erguia-se solene e pacientemente, um testemunho silencioso da fragilidade de nossa existência. Por mais que eu desejasse esquecer os dias que havíamos passado homenageando as almasnegras, fui assaltada por um misto de sensações ao passarmos por ele. O vento açoitando as árvores, o cheiro de enxofre das fumarolas próximas e o repicar do sino por setenta e duas vezes. Uma badalada para cada almanegra.

Pouco depois, o Memorial do Templo sumiu de vista. As árvores se fecharam acima de nós, e os flocos de neve caíam como pequeninos dardos diante dos faróis. Mais além, o mundo inteiro estava tão imerso em escuridão que era como se estivéssemos nos encaminhando para um precipício.

O bebê finalmente pegou no sono e, no banco da frente, Orrin e Geral começaram a conversar em voz baixa. Sam passou o braço esquerdo em volta de mim e repousou a mão machucada em meu quadril, enquanto, com a outra, acariciava meus cabelos. Seu toque me acalmou e, por fim, dei-me conta de que tínhamos conseguido fugir. Estávamos vivos.

— Não consegui, Sam.

Seus dedos pararam por um momento em meu rosto e, então, prosseguiram com seu cálido passeio. Ele não perguntou sobre o que eu estava falando.

— Eu devia ter feito. Mas quando tive a chance, hesitei. Se eu tivesse reagido como deveria, não teríamos que lidar com ele nunca mais. O ódio que ele vier a disseminar durante nossa ausência será culpa minha, por eu não ter tido coragem de atirar nele.

O veículo diminuiu ainda mais ao passar por um calombo na estrada. A neném resmungou e todos ficaram imediatamente tensos, mas ela não acordou.

— As ações de Deborl — replicou Sam — são responsabilidade dele. Você não deve se culpar pelas escolhas que ele fizer.

— Mas se eu tivesse atirado...

— Não. Ele é o responsável por suas próprias ações.

— Certo. — Aquilo fez com que me sentisse um pouco melhor, embora ainda achasse que deveria ter atirado. Nem Sam nem Stef teriam hesitado.

— De qualquer forma — murmurou Sam —, isso não muda o fato de que Janan irá ascender na Noite das Almas. Teríamos que fugir de Heart de qualquer jeito, porque Deborl não está sozinho em seu ódio pelas almasnovas. Se você o tivesse matado, aos olhos dos outros isso seria uma prova de todas as terríveis alegações que ele fez contra você.

Mesmo assim. A ideia de nunca mais ser obrigada a lidar com Deborl...

— De mais a mais... — A voz do Sam soou grave e calorosa, transbordando compaixão. — Fico feliz por você não ter atirado.

Quando o dia amanheceu, Orrin chamou nossa atenção para as alterações no terreno. A estrada cedera sob a pressão, deixando algumas pedras soltas despontando em ângulos estranhos. Por todos os lados, o gelo que cobria as árvores como lençóis ou pendia dos galhos como pingentes brilhava sob a ofuscante luz do sol.

Não era de admirar que estivéssemos sendo obrigados a prosseguir tão devagar; qualquer coisa mais rápida do que a velocidade de uma lesma nos faria deslizar para fora da estrada.

Ao cair da tarde avistamos o laboratório de Menehem, uma gigantesca e feiosa construção de ferro. Em um dos lados ficavam os estábulos e a cisterna. Os painéis de energia solar do teto estavam cobertos de neve, mas eles podiam ser limpos com um dos esfregões de cabo extensível que Menehem guardava lá dentro.

Os oito veículos pararam em semicírculo e os motores foram desligados. O silêncio reinou por todo o jardim. Até mesmo o vento parou de soprar. Com a neve encobrindo o mundo num manto branco, a fachada do laboratório parecia uma pintura.

— Pronta? — Sam me apertou. — Todos estão esperando você.

Ele estava certo. Dentro do carro, nossos amigos aguardavam que eu desse o primeiro passo. Aquele era o laboratório do meu pai. Ele o deixara para mim, assim como tudo o que havia lá dentro. Inclusive o veneno que colocaria Janan para dormir novamente, se conseguíssemos produzir o bastante.

Não sabia muito bem se gostava da responsabilidade de um poder desses, a habilidade de impedir a reencarnação.

Reencarnar, porém, não era algo natural, e muitas almas sofriam por isso. Eu deveria, então, tentar consertar esse erro se pudesse, certo? Não podia fechar os olhos para o que estava acontecendo. Ainda assim, aquele poder, aquele veneno que estava sendo produzido no prédio, era demais para uma pessoa só.

Tal como o poder da reencarnação era demais para Janan. Ele não deveria ser responsável por decidir quem viveria e quem não teria a chance de viver. Janan roubava a chance de escolha das pessoas.

Saltei do carro e senti o ar frio gelar meu rosto ao me virar para o laboratório. A chave girou na fechadura. Inseri o código de acesso e a máquina emitiu um bipe. Somente depois que a porta se abriu que os outros vieram se juntar a mim ali fora, pegando seus bebês e sacolas para levar lá para dentro.

— Que lugar é esse? — murmurou alguém, a voz parecendo estalar no frio do fim de tarde invernal. Tinha me esquecido que não havíamos contado a todos para onde estávamos indo.

Sam parou ao meu lado.

— Pronta?

Ofereci-lhe um sorriso tenso, esperando que ele ignorasse minhas preocupações.

— Quando chegamos aqui no último outono, havia um guaxinim morto lá dentro. Estou com um certo receio em relação ao que mais pode ter entrado aí em nossa ausência.

Ele deu uma risadinha e entramos juntos.

As luzes se acenderam, iluminando os móveis empoeirados. A parte da frente era a área habitável: cozinha, quarto e um pequeno banheiro. Um zumbido baixo emanava do laboratório nos fundos, onde a máquina seguia produzindo o veneno que já pusera Janan para dormir duas vezes.

Pouco a pouco, os outros foram entrando e se acomodando na cama, no sofá e no chão. Eu teria que contar logo do que se tratava aquele lugar, embora alguns provavelmente já tivessem adivinhado.

Será que eu deveria contar também que a máquina estava produzindo o veneno? Sam só me dissera na véspera, pouco antes do terremoto.

— E agora? — perguntou ele enquanto terminávamos de trazer os suprimentos. Os outros ficariam apenas alguns dias, somente até se recuperarem de seus ferimentos.

— Agora a gente reza para que as sílfides apareçam. — Eu tinha certeza de que elas estariam ali esperando por mim. As sílfides haviam me encontrado no Chalé da Rosa Lilás, e depois me seguido até o laboratório quando decidi que precisava estudar o que meu pai tinha feito com elas.

Enquanto Sam e eu ajudávamos os residentes temporários do laboratório de Menehem a limpar a área e preparar o jantar, mantive o olho fixo na floresta. Elas tinham que vir. Eu precisava descobrir o que elas queriam de mim, e se poderiam me ajudar a deter Janan.

No entanto, com o cair da noite, apenas sombras normais agitaram a mata.

8
VENENO

O DIA AMANHECEU frio e silencioso, com delicados flocos de neve caindo do céu em espirais. Os veículos, porém, estavam cobertos por um manto branco e as montanhas pareciam estalagmites de gelo. O mundo enregelado fazia com que Heart e nossos problemas parecessem distantes, como uma lembrança que começa a se apagar.

Nenhuma sílfide surgira ainda, mas lembrei a mim mesma que elas tinham levado um tempo para aparecer antes. E Cris…

Com as mãos apoiadas no peitoril da janela, fechei os olhos e me vi subitamente de volta ao aposento repleto de esqueletos, com Cris deitado sobre a mesa de pedra ao lado do corpo de Janan. As paredes emitiam um brilho vermelho, e a faca de prata cintilou quando ele a fincou no próprio peito. Uma luz branca, acompanhada por lufadas de vento, envolveu a sala, fazendo com que o mundo parecesse estar sendo rasgado ao meio. Cris fora amaldiçoado. Era agora uma sombra de si mesmo. Incorpóreo.

Um leve e tranquilo ressonar me fez estremecer e me trouxe de volta ao presente. Passando entre os hóspedes que ainda dormiam, segui direto até o laboratório.

Eu estivera ali rapidamente na noite anterior. Estava escuro e eu não quisera atrair a atenção para o que acontecia ali dentro.

Havia muitos objetos de metal e outras geringonças amontoados nos fundos do laboratório, a maior parte coberta de pó e sujeira. A máquina que produzia o veneno era do tamanho de uma estante de livros, com uma esteira rolante na base que puxava as latas para baixo da bica e depois prosseguia até soltá-las no chão, onde ficavam aguardando que alguém viesse lidar com elas. Ao entrar na noite anterior, havia vinte latas em torno da esteira rolante. Eu as afastara um pouco e inserira outras tantas vazias no lado da "entrada".

Menehem havia preparado um *monte* de latas. Qualquer que fosse seu plano, a morte o obrigara a adiá-los.

Embora as latas fossem grandes, o metal era leve e elas eram preenchidas com aerossol, de modo que não eram pesadas demais para mim. Uma a uma, arrumei-as numa fileira ao lado da porta dos fundos do laboratório e, em seguida, as cobri com uma lona pesada. A porta era grande demais para que eu a abrisse agora; o ar frio entraria e acabaria acordando todo mundo.

Segundo as anotações de Menehem, ele usara seis delas para provocar o Escurecimento do Templo. Meu pai dizia também que Janan e as sílfides desenvolviam rápida tolerância ao veneno, mas até então tínhamos uma quantidade três vezes maior e continuávamos produzindo mais.

Talvez fosse o suficiente para deter Janan na Noite das Almas.

Ao terminar, voltei para a área habitável e me agachei ao lado do Sam. Seu rosto entregue ao sono transmitia paz e suavidade. Toquei-lhe a face e percorri com a ponta do dedo a linha do maxilar e do pescoço. Ele esboçou um leve sorriso e abriu os olhos.

— Ana.

Inclinei-me e dei-lhe um beijo rápido, pois os gemidos e farfalhar de cobertores indicavam que os outros estavam acordando também.

— Certifique-se de abrir a porta dos fundos mais tarde para que eu possa levar o veneno lá para fora sem que ninguém perceba.

Ele apertou os olhos e esfregou o rosto.

— Por quê?

— Quero escondê-lo.

— Dos nossos amigos? — Já mais alerta, Sam se sentou e sussurrou ao meu ouvido: — Você desconfia de alguém?

— Não. — Corri os olhos pelas pessoas que se espreguiçavam em seus sacos de dormir e conversavam com os vizinhos. — Não é isso. Só não acho que eles entenderiam. Pelo menos, não todos. Algum deles pode ficar com a ideia errada e resolver destruir o veneno. — Eu ainda não tinha um *plano* para o veneno, mas queria o maior número de opções possíveis.

— Você não precisa contar a eles o que é.

Dei de ombros.

— Se eles perguntarem, terei que contar a verdade. — Aquelas pessoas estavam do meu lado porque não queriam que as almasnovas sofressem. Mas isso não significava que estariam dispostas a abrir mão de sua própria imortalidade em prol de que outras mais nascessem. Elas não sabiam, não entenderiam, que de qualquer forma não haveria mais reencarnação.

Sam assumiu uma expressão de dúvida, mas não contestou, e passamos a hora seguinte ajudando a preparar o café da manhã enquanto Aril e Lorin reclamavam amargamente que Armande não estava lá.

— Ele saberia como lidar com isso. De algum jeito. — Lorin lançou um olhar por cima do ombro para as dúzias de pessoas perambulando pela área habitável. — Só temos um tabuleiro. Como vamos alimentar toda essa gente?

— Vocês vão dar um jeito — retrucou Sam, preparando mais um bule de café. A manhã passou rápido; Rin verificou todos os ferimentos, inclusive meu braço. Enquanto todos se ocupavam com alguma coisa, levei as latas de fininho lá para fora.

Levá-las conosco ao partirmos estava fora de questão. Quem sabia para onde iríamos? Mas eu não queria simplesmente deixá-las ali dentro. Se Deborl tivesse dado uma olhada na pesquisa de Menehem, saberia onde ficava o laboratório.

Havia um jardim amplo e aberto na frente do prédio, porém os fundos davam para uma mata densa de abetos, pinheiros e choupos. Rochas e pedregulhos despontavam por todos os lados. Uma trilha estreita na encosta de um penhasco levava a uma caverna não muito profunda, cuja entrada estava praticamente toda encoberta por arbustos cobertos de neve. Perfeito.

Levei duas horas para guardar todas as latas na caverna e cobri-las com pesados cobertores a fim de deixá-las protegidas do frio. Ainda bem que Menehem guardava tanta bugiganga no laboratório.

Ao retornar, suja e suada, encontrei todos sentados, discutindo para onde iriam a seguir. Sam ergueu uma sobrancelha assim que me sentei ao lado dele, e meneei a cabeça em assentimento, ignorando a conversa que não me dizia respeito. Preferia pensar para onde *nós* iríamos, e quando eu teria a chance de trabalhar na tradução dos livros do templo.

— Ana — falou Lidea —, que lugar é esse? Como você sabia sobre a existência dele?

Mudei de posição, com vontade de olhar para Sam ou Stef em busca de ajuda, mas todos esperavam uma resposta. Eu tinha que parecer confiante.

— Esse é o laboratório de Menehem. Foi para cá que ele veio depois que eu nasci.

Dezenas de rostos se viraram para mim com uma expressão de repulsa e desprezo diante da menção a Menehem e seus experimentos.

— Foi aqui que ele deu início ao Escurecimento do Templo? Onde desenvolveu o plano para matar nossos amigos? — perguntou alguém.

Resisti à vontade de baixar os olhos.

— Antes que vocês digam mais alguma coisa, deixem-me contar o que aconteceu. O Conselho disse a vocês que Menehem admitiu ter sido o responsável pelo Escurecimento do Templo, mas essa não é a história toda. Ela começou há cerca de vinte e cinco anos, quando ele procurava uma forma de controlar as sílfides. Certa noite, enquanto Menehem fazia experiências na praça do mercado, Ciana estava no hospital dando seus últimos suspiros. Ele estava trabalhando com um tipo de gás, e acabou provocando uma pequena explosão. O vento carregou o vapor na direção do templo, que escureceu.

Todos pareciam pálidos e enjoados. Lidea interveio:

— O que isso tem a ver com esse lugar? — Ela se contorceu como se o ar estivesse contaminado.

— Bom, vocês sabem que Ciana morreu durante o período em que o templo ficou apagado. E, no Ano das Canções, eu nasci no lugar dela.

— Foi o gás que provocou isso? — perguntou Whit.

Fiz que sim.

— Assim que Menehem percebeu o que tinha feito, deixou Heart para tentar descobrir os detalhes. A mistura na qual vinha trabalhando fora criada por acidente, e ele não sabia como reproduzi-la. Assim sendo, ele construiu este lugar e, dezoito anos depois, fez uma importante descoberta. Menehem estava trabalhando com as sílfides. Posso lhes mostrar os vídeos se vocês quiserem. Ele deixou tudo registrado. Certo dia, sua mistura botou todas as sílfides na área para dormir.

Duas pessoas murmuraram entre si, mas o restante apenas aguardou.

— Ele fez experiências repetidas com elas, anotando não só o tempo em que permaneciam afetadas pelo veneno como as doses usadas... tudo. Menehem percebeu que elas desenvolviam tolerância rapidamente, portanto seria inútil tentar usá-lo como arma.

— E então — concluiu Orrin —, ele levou o veneno para Heart.

— Por que você chamou a tal mistura de veneno? — quis saber Moriah. — Ele não mata as sílfides, mata?

Vários outros começaram a fazer perguntas, mas pararam quando ergui as mãos.

— Não mata. Elas se recuperam, aparentemente sem sequelas. Mas elas são colocadas para dormir contra a vontade. — Dei de ombros. — Se alguém fizesse isso comigo, eu chamaria o troço de veneno.

Moriah anuiu, satisfeita com a resposta.

— Quanto ao que aconteceu em seguida, Orrin, você está certo. — Comecei a brincar com a bainha da minha camiseta. — Por razões que somente Menehem poderia explicar, ele capturou dúzias de sílfides em ovos e as levou, juntamente com uma grande quantidade do veneno, para Heart. Chegando lá ele as soltou e liberou o veneno. Naquela noite, fomos atacados por dragões também.

O laboratório recaiu em silêncio, exceto pelo zumbido da máquina nos fundos.

— Então... — Moriah inclinou ligeiramente a cabeça. — O veneno era para ser uma arma contra as sílfides, mas ele afetou Janan também. Por quê? Como? Eles não são semelhantes.

Olhei de relance para Sam, mas ele não forneceu nenhuma resposta.

— Não sei — falei por fim. — Existe uma ligação entre eles, mas não sei qual é.

— E viemos para cá porque... — falou alguém nos fundos.

— Porque aqui estamos seguros. — Por ora.

— E quanto ao veneno? — indagou Lorin. — Ele ainda é uma ameaça?

Uma ameaça. Não uma opção para deter Janan. Exatamente o que eu havia pensado: eles não se importavam com as almasnovas que tinham entrado em suas vidas, mas não estavam dispostos a arriscar a própria imortalidade.

Talvez se soubessem que as almas antigas as vinham substituindo durante todos aqueles cinco mil anos — e não o contrário —, pensassem de forma diferente. Mas mesmo que eu contasse, eles não se lembrariam. A mágica do esquecimento não permitiria.

Odiava isso. *Todos* eles tinham aceitado a barganha em prol da imortalidade. Todos, sem exceção, tinham condenado inúmeras almasnovas em prol da própria reencarnação. E nenhum deles conseguia se lembrar.

— O veneno não é uma ameaça — murmurei, como se não tivesse acabado de esconder vinte latas cheias dele. — Menehem usou uma quantidade inacreditável em Janan na noite do Escurecimento do Templo, e as sílfides desenvolveram tolerância de forma exponencial. Se ele ainda não for imune, está muito perto disso.

Eles assentiram, e a maioria pareceu ficar mais tranquila. Após mais algumas perguntas, tirei a capa que cobria o monitor e separei alguns discos para que eles pudessem ver a primeira tentativa bem-sucedida de Menehem em botar as sílfides para dormir, assim como suas ideias iniciais sobre como provar a existência de Janan.

Em seguida, após convencer Rin a me dar um treinamento médico básico durante o tempo em que estivéssemos juntas, peguei os livros do templo e comecei o longo processo de traduzir os poucos símbolos que eu sabia.

Sam se aproximou.

— Achei que você fosse contar a eles que eu liguei a máquina.

Mantive os olhos fixos nos livros e alisei a ponta dobrada de uma das páginas.

— É melhor eles não saberem.

Eu tinha sido atacada e traída muitas vezes para confiar em qualquer um. Pessoas tinham sido *assassinadas* porque eu confiara em alguém que não deveria, como por exemplo Wend, e eu não deixaria que isso acontecesse de novo. Jamais.

De agora em diante, contaria a todos apenas o que eles precisavam saber, e na hora apropriada.

✺ ✺ ✺

Alguns dias depois, Sam recebeu uma chamada. Ao desligar, estava lívido.

— Era Armande.

Todos se calaram imediatamente.

— Deborl se autopromoveu a Orador. Com a maioria dos conselheiros mortos, isso faz dele o único governante de Heart. Ele enviou Merton e um grupo de três dúzias em algum tipo de missão. Armande não sabe o que eles estão procurando nem em qual direção seguiram, mas acho que é seguro presumir que estão atrás da gente. Enquanto isso, Deborl nomeou vários de seus amigos para cuidar da segurança e mandou fechar todas as entradas de Heart. Ele também instituiu um toque de recolher e está prendendo qualquer pessoa que defenda as almasnovas.

Ninguém disse nada.

— E isso não é tudo — continuou Sam. — Ele também enviou drones programados para nos procurar.

Usei a mão para marcar o livro em meu colo.

— Por que enviar drones se ele já enviou um grupo? — Comecei a tremer. — Quero dizer, por que enviar gente se ele já enviou os drones? Isso me parece perda de tempo.

— Talvez o grupo de Merton tenha outro objetivo. — Whit olhou de relance para oeste, na direção de Heart. — De qualquer forma, não precisamos nos preocupar com Merton e seu grupo por enquanto. Inutilizamos todos os outros veículos em Heart, e eles vão levar dias para chegar aqui a pé num tempo desses, isso presumindo que saibam onde estamos. É com os drones que precisamos nos preocupar.

— Eu talvez seja capaz de reprogramá-los. — Stef ergueu os olhos de seu DCS. — Embora não possa prometer que o pessoal de Deborl não vá perceber as alterações. Vou monitorar o programa. Estou enviando o arquivo com os mapas para todos os DCSs, a fim de que possamos repassar a rota de vocês mais uma vez. Acho que vocês devem partir logo. Quem não for ficar com a Ana precisa se afastar o máximo possível de Range. Vocês têm que partir hoje à noite.

Nesta noite, os oito veículos parados diante do laboratório partiram. Somente Sam, Stef e Whit permaneceram comigo.

— Por que a gente não se manda também? — perguntou Whit enquanto nos arrumávamos para deitar. — Se Deborl está procurando pela gente, acho que é melhor não ficarmos muito tempo num mesmo lugar, certo?

— Estou esperando alguém. — Dei uma olhada pela janela, mas Cris e as outras sílfides ainda não tinham aparecido.

9
TRILHA

AGORA QUE OS outros tinham partido, o laboratório de Menehem estava silencioso demais. Aproveitei o tempo para analisar os livros do templo e tentar decifrar mais símbolos, esperando algum tipo de insight. Mas se havia alguma coisa ali sobre como deter Janan, eu ainda não conseguira enxergar.

— Precisamos pensar em prosseguir viagem — falou Whit certa tarde. — Cada dia que passamos aqui aumentam as chances de Deborl nos encontrar.

— Principalmente se levarmos em conta que teremos de caminhar. — Sam verificava seu DCS, checando os terremotos e erupções no território de Range. Sentada ao lado dele, pude ver vários pontos vermelhos na tela, embora nenhum deles parecesse muito grande.

— E carregar todas as nossas coisas. — Stef ergueu os olhos das anotações de Menehem sobre como construir a máquina.

— Temos que esperar as sílfides. — Virei a página do livro que estivera analisando e rabisquei mais algumas possíveis traduções. — E Cris.

Whit inclinou ligeiramente a cabeça.

— Espere um pouco. Como assim, Cris? Ele morreu durante a comoção no dia do mercado.

Soltei um gemido e enterrei o rosto entre as mãos.

— Stef. Sua vez.

Ela suspirou.

— Você prometeu que se repetíssemos o bastante ele começaria a se lembrar.

Anuí, o rosto ainda enterrado entre as mãos.

— Funcionou com o Sam. A mágica irá rachar e por fim se partir, mas leva tempo.

— Eu estou sentado aqui — murmurou Whit de modo sombrio.

— Cris é uma sílfide agora. — Stef seguiu para a cozinha com sua caneca de café vazia. — Quando Deborl nos prendeu no templo, Cris, Ana e eu, ele se sacrificou para que pudéssemos escapar.

— Vocês estiveram dentro do templo? — indagou Whit.

Fechei o livro e peguei meu caderno.

— O que Cris me contou foi o seguinte: Janan era o líder de vocês há cinco mil anos. Até onde eu sei, o líder de todos os humanos. Ele era apenas um homem, só isso. Mas desejava a imortalidade, de modo que reuniu um grupo de guerreiros e partiu em busca dos segredos da vida eterna. Algo importante aconteceu. Não sei o quê. Estou estudando os livros para tentar entender. Só sei que Janan e seus guerreiros foram aprisionados em torres espalhadas ao redor do mundo. Quando seus seguidores... vocês... descobriram que ele tinha sido capturado, saíram ao encalço dele para libertá-lo. Vocês viajaram até encontrarem um imenso muro que circundava uma solitária torre. Mas ao tentarem libertá-lo, ele lhes disse que tinha sido aprisionado pelas fênix porque havia descoberto o segredo da imortalidade.

— E daí, o que aconteceu então? — perguntou Whit.

— Então...

Stef ergueu uma sobrancelha numa pergunta silenciosa. Ela devia contar?

Fiz que não. Ninguém mais precisava carregar aquela culpa. E... seria mais fácil se eles não soubessem.

Sam me fitou com uma súbita e penetrante curiosidade, como se soubesse que eu estava escondendo algo importante.

Desviei os olhos e continuei falando:

— Então Janan abriu mão de sua forma mortal. Ele se tornou parte do templo, o qual estava imbuído de magia das fênix, e começou sua jornada rumo à imortalidade. A *verdadeira* imortalidade, sem o interminável ciclo de vida, morte e renascimento. Janan queria que todos vocês esperassem por ele. Queria voltar e governá-los como fizera antes. — Pelo menos era o que tinha dito a eles. — Ele, então, fez com que vocês reencarnassem.

Stef concordou com um menear de cabeça.

— Permitimos que Meuric nos acorrentasse dentro do templo, pouco antes de Janan tornar-se parte dele. Nós todos nos ligamos a ele.

Do outro lado da sala, a expressão de Sam tornou-se sombriamente triste e pesada.

— Então isso significa... — Whit olhou de mim para Sam e, em seguida, de volta para mim. — Ah. Você não irá reencarnar, não é mesmo?

Dei de ombros e abri o livro do templo novamente.

— Isso não é importante.

— É sim... — começou ele.

— Não, não é. Não há nada que possamos fazer a respeito e, mesmo que pudéssemos, o preço a pagar é alto demais. — Tentei me concentrar no trabalho, mas minha visão estava turva. O que quer que acontecesse, meu destino estava selado. Esta seria minha única e efêmera vida.

Eu precisava aproveitá-la da melhor maneira possível.

— Certo — respondeu Whit com suavidade; ele só estava cedendo porque não podia discutir com uma garota que só viveria uma vez.

Não ergui os olhos do livro, mas pude sentir que todos me fitavam. Com pena.

E, da parte do Sam, tristeza.

— Isso não é importante — repeti. — Após a Noite das Almas, ninguém mais irá reencarnar. Nem mesmo vocês. Da próxima vez que alguém morrer, será definitivo.

Um pesado silêncio recaiu sobre nós, como uma camada de neve abafando a simples e aterrorizante verdade. Eu devia ter escolhido melhor as palavras. Todos eles sabiam a verdade, mas provavelmente não gostavam de ser relembrados, da mesma forma que eu não gostava de ser relembrada do fato de ser nova.

Passado um momento, Sam se sentou à mesa, diante de mim.

— A gente tem falado sobre a ascensão e o retorno de Janan, e como isso irá desestabilizar a caldeira a ponto de ela entrar em erupção, mas o que essa ascensão realmente significa? Será que ele vai ficar por aqui? Ou partir para algum lugar? Será que vai ter uma forma corpórea ou não? Você disse que ele não possui mais um corpo mortal. Será que ele vai ser uma alma voando por aí?

— Isso partindo do pressuposto de que ele tem alma — murmurei, mas as palavras do Sam despertaram algo dentro de mim. Nenhum corpo mortal. Apenas uma alma voando por aí.

Como as sílfides?

— Ele costumava ser humano. — Stef se recostou na parede e cruzou os braços. — Deve ter tido uma alma em algum momento.

Eu não estava tão certa, mas não queria discutir. Voltei-me novamente para a pergunta do Sam.

— Não sei o que irá acontecer, nem como. É por isso que estou tentando decifrar esses livros.

— Então vamos fazer isso. — Sam começou a folhear meu caderno até encontrar as possíveis traduções para a série de símbolos copiados dos livros. — Este aqui significa Heart, cidade ou prisão? — Apontou para um círculo com um ponto no meio.

Fiz que sim.

— Essa é minha melhor suposição. Você mencionou um muro ao norte antes. Ele hesitou.

— Foi. Eu lembro do muro.

— Cris me falou sobre outro muro branco no meio da selva. — Eu já contara a história ao Sam, e Stef sabia também, mas Whit ainda não a escutara. — Ele falou que estava procurando por plantas quando se deparou com uma parede de pedra branca em ruínas. Ao escalar uma das partes mais altas, deu-se conta de que a pedra costumava formar um enorme muro que circundava uma torre também em ruínas. Os escombros indicavam que a torre devia ter sido tão alta quanto o templo no centro de Heart.

— Mas não havia outras construções — acrescentou Stef. — Era como Heart, só que sem nossas casas nem a Casa do Conselho. Se alguém olhasse de cima, pareceria um círculo com um ponto no meio.

— Isso mesmo. Imagino que todas essas torres eram prisões, tal como o templo de Heart foi originalmente construído para ser a de Janan. Cris me contou que ele e os guerreiros foram aprisionados separadamente para que jamais conseguissem unir forças de novo. Isso também explica por que Heart foi construída sobre uma caldeira tão grande, o que não é nada prático.

— Por quê? — perguntou Whit.

— Porque era uma prisão. Isso deveria impedir as pessoas de virem resgatá-lo. As outras de que temos conhecimento ficam no gélido norte e no meio de uma selva onde nem mesmo a água é segura de se beber. Quem sabe onde ficam as demais? — Nenhum dos meus amigos conseguiria se lembrar da localização exata, mesmo que as tivessem visto com os próprios olhos. Não sem muita insistência e as perguntas certas, as quais eu só poderia fazer se soubesse por onde começar. Tal como a morte do Sam. Ou os símbolos que Cris tinha visto. — Talvez no fundo do oceano, ou no meio de desertos, ou no alto de uma montanha onde o ar é tão rarefeito que não dá para respirar. Elas podem estar em qualquer lugar.

— Em nossa defesa, preciso dizer que Heart não parecia perigosa a princípio. — Stef franziu o cenho. — Exceto pelos gêiseres, poças de lama e fumarolas...

Assenti.

— De qualquer forma, vocês estavam procurando seu líder. Acreditavam que ele tinha sido injustamente aprisionado, porque era isso que tinham lhe dito.

— Mas quem disse? — quis saber Whit.

— Não sei bem. Cris não falou. — Franzi o cenho e tentei me lembrar de tudo o que ele dissera, mas a lembrança daquelas horas no templo estava meio borrada. No dia, eu estava tão assustada e deprimida!

— E como a gente conseguiu a chave? — perguntou Stef. — Alguém deve ter posto as mãos nela, caso contrário Janan jamais teria saído para falar com a gente, nem nós teríamos conseguido entrar.

Comecei a rabiscar espirais nas margens do caderno.

— Se as fênix construíram a prisão, provavelmente tinham a chave. Alguém deve ter roubado delas.

— Isso me parece uma conclusão razoável — observou Whit. Perguntei-me o quanto da conversa ele conseguiria realmente reter. — Talvez esses livros nos deem alguma resposta.

— É o que eu espero. — Virei a página. Era fácil enxergar o texto em espiral agora, e eu estava melhor em reconhecer os símbolos que já decifrara sem precisar confirmar seu significado. Isso, porém, não era suficiente. O tempo estava se esgotando. E se eu conseguisse decifrar o texto apenas para descobrir que se tratava de uma lista de instruções complicadas que não conseguiríamos realizar antes da Noite das Almas?

E se os livros dissessem apenas que não havia mais nada a fazer para deter Janan? Recusava-me a pensar assim.

— Bom, por ora, vamos continuar trabalhando. — Sam virou o caderno para mim novamente. — Apenas diga o que você quer que a gente faça. Com sorte, as sílfides aparecerão logo. Elas levaram cerca de uma semana para aparecer da outra vez que estivemos aqui.

— Tudo bem. — Mas já estávamos ali havia uma semana e meia. Ou elas ainda apareceriam ou eu havia interpretado mal suas ações e elas não desejavam nenhum tipo de relação com a gente.

Um bipe estridente me arrancou do meu estupor.

Deitado em seu saco de dormir ao meu lado, Sam correu os olhos pela sala, parecendo tão confuso quanto eu.

— O que foi isso? — Acomodado no sofá, Whit expressou a pergunta por todos nós.

Erguemos os olhos para Stef, que, naquele dia, ficara com a cama. A luz do DCS iluminou o rosto dela, fazendo com que sua pele parecesse estranhamente pálida.

— Precisamos ir. — Sua voz soou rouca de sono, mas sua expressão tornou-se subitamente alerta. — Precisamos ir. *Agora*.

Batendo joelhos e cotovelos no chão, a gente se levantou rapidamente e, em cinco minutos, guardamos nossos pertences nas mochilas e enrolamos os sacos de dormir. Ao terminarmos, desligamos as luzes e saímos ao encontro da noite, deixando a máquina ligada emitindo um zumbido suave no laboratório.

A noite estava fresca, mas sem vento, ao descermos a trilha semiencoberta por mato em direção ao leste, para longe de Heart. A escuridão fazia com que fosse difícil andar por aquele terreno desconhecido, mesmo com o luar refletindo no gelo e na neve. Nossa respiração liberava nuvens brancas de vapor, como sílfides albinas.

Assim que o laboratório sumiu de vista, ajeitei as roupas quentes que eu havia vestido rápido demais e corri os olhos pelo entorno.

— O que foi aquilo, Stef? — Minha voz soou demasiadamente alta na escuridão.

— Um alerta de que alguém anulou os comandos que eu enviei para os drones. Eu os estava mantendo afastados do laboratório, fazendo-os vasculhar outras áreas de Range. Mas agora eles estão sendo controlados por outra pessoa.

— Você não pode reassumir o controle? — perguntou Whit.

— Se eu tivesse mais tempo, e uma mesa de acesso ao banco de dados. Meu DCS não é possante o suficiente.

— O Dispositivo Completo da Stef não é tão completo afinal? — zombou Whit.

Stef o fitou de cara feia, e ninguém riu.

— E quanto a Orrin e os outros? — perguntou ele. — Os drones conseguirão encontrá-los?

O menear de cabeça da Stef foi quase imperceptível no escuro.

— Talvez, mas é pouco provável. A essa altura, eles já devem estar longe o bastante de Range. Era com o laboratório que precisávamos nos preocupar.

— Deborl irá encontrá-lo — acrescentei. — Ele viu a pesquisa de Menehem. Claro que ele mesmo não vai vir até aqui, não depois do que aconteceu no posto da guarda.

— É verdade. — Stef digitou algo no DCS, que abriu uma tela repleta de símbolos desconhecidos. — Ele não sabe o que temos a nossa disposição para lutar contra eles. Menehem sempre deixou Deborl nervoso.

Menehem provavelmente deixara muitas pessoas nervosas.

Talvez isso fosse parte do que me tornava tão assustadora para os outros: além de ser uma almanova, eu era filha de Menehem.

Paramos para descansar no ponto onde a trilha mergulhava em direção a um pequeno vale, o que nos manteria fora de vista. Árvores e montanhas erguiam-se ao nosso redor, bloqueando a luz da lua. A trilha parecia prosseguir muito além dos limites de Range, embora não fosse bem mantida. Ela devia ser usada basicamente por cervos e outros animais grandes; pelos menos era o que indicavam os tufos de pelo presos nos arbustos e as marcas de cascos e patas sobre a neve.

Havia poucos indícios de que uma caravana de exilados passara por ali, embora tenha percebido, ao me abaixar, algumas folhas e gravetos quebrados, amassados em meio às marcas borradas das rodas dos veículos. O tempo e o clima se encarregariam de apagá-las, e nós quatro deixaríamos um rastro ainda mais indistinto.

— Temos que nos afastar o suficiente do laboratório para que os drones não nos achem com facilidade — observou Whit. Sua voz soou áspera na quietude da noite. — E é melhor abandonarmos a trilha. Ela seria o caminho mais óbvio, não? A gente deixa o laboratório e segue pela trilha?

Stef concordou com um menear de cabeça.

— Não gosto de ser óbvia.

Afastei-me um pouco da trilha, procurando por... algo que eu não sabia muito bem o que era.

— O que você está pensando? — Sam surgiu ao meu lado, uma presença forte e reconfortante que ao mesmo tempo me acalmava e me excitava. Não havíamos tido muito tempo sozinhos, exceto pelos breves momentos ao nos deitarmos, exaustos demais e separados por nossos sacos de dormir e uma estreita faixa de chão. A proximidade era suficiente para que nos víssemos e nos tocássemos esticando o braço, mas só isso. Se tivéssemos ficado mais próximos, se ele tivesse me abraçado à noite e me deixado beijá-lo, não tinha certeza se teria conseguido parar.

Virei o rosto para as estrelas.

— O que você vê?

— O céu. — Ele me envolveu pela cintura e me puxou mais para perto.

— Quilômetros e quilômetros de céu.

— Com que frequência os drones limpam essa trilha? — Estávamos fora dos limites de Range agora, além da área por onde as pessoas costumavam viajar. Não havia motivo para que a trilha estivesse tão limpa. Até mesmo as árvores acima pareciam ter tido seus galhos recentemente afastados, embora não com a uniformidade executada por um drone. Os galhos caídos tinham as pontas esfarpadas, como se tivessem sido arrancados do tronco.

— Não com muita frequência. — Sam baixou a voz. — Acho que entendo o que você quer dizer.

— Que tipo de criatura vive nessa região? Trolls?

— Sim.

E eles atravessam a área com frequência suficiente para abrir uma trilha na mata.

— Você acha que os outros podem ter se deparado com eles?

— Não sei. — Sam inclinou a cabeça e apurou os ouvidos. Prestei atenção também, mas tudo o que consegui escutar foi o murmúrio baixo de vozes na trilha, o farfalhar dos pinheiros sob a brisa fraca, o piado de alguma pequena criatura empoleirada num dos galhos mais altos de um choupo e os uivos distantes de uma matilha de lobos.

— Não estou ouvindo nada estranho.

— Nem eu. Ainda assim, concordo com Stef e Whit. Precisamos abandonar a trilha.

Voltamos para junto dos nossos amigos, mas assim que Sam fez menção de abrir a boca para falar, um guincho ensurdecedor ecoou acima de nossas cabeças.

Erguemos os olhos ao mesmo tempo.

Parecia uma águia, mas grande o bastante para bloquear metade do céu.

— O que é isso? — perguntei num sussurro apavorado, sentindo que já sabia a resposta.

Sam agarrou minha mão.

— Um pássaro roca.

A criatura soltou outro guincho terrível, ajustou o curso e mergulhou direto em nossa direção.

10
RELENTO

— CORRAM! — SAM ME PUXOU em direção à floresta. Nós nos embrenhamos pela vegetação baixa enquanto o pássaro roca soltava mais um guincho e abria bem as asas.

Galhos estalaram. Uma chuva de flocos de gelo caiu sobre nós. As garras da criatura bateram no chão pouco atrás da gente. Stef gritou e, ao me virar para ver como ela estava, tive um vislumbre das asas grandes e amarronzadas e dos olhos escuros da ave de rapina, mas Sam me puxou de volta.

— Vamos. — A voz dele soou autoritária, sem deixar espaço para argumentação.

Segui-o aos tropeços, tentando evitar ficar presa nos arbustos. Pedras, galhos e gelo atrapalhavam meu avanço, mas continuei forçando com renovada energia ao escutar o pássaro roca soltar um pio e arremeter contra a mata. Os troncos das árvores pareceram gemer, dilacerados pelas enormes garras que investiam contra nós.

A coordenação da ave ao tentar perseguir sua presa no chão, em meio à mata, era terrível. Suas garras derrubaram uma pequena árvore e deixaram sulcos fundos na terra ao recuar. Sam e eu continuamos avançando morro acima, ziguezagueando por entre as árvores. Trechos cobertos de neve me faziam escorregar, mas eu me levantava imediatamente. Afora os ruídos produzidos por nossa passagem, a floresta estava quieta. Nenhum passarinho ou outro animal pequeno emitiu um pio enquanto o pássaro roca lutava para nos alcançar.

Seu tamanho o atrapalhava. Ele não conseguia se mover no meio da floresta, embora certamente conseguisse escutar nossa fuga. Talvez até mesmo os gemidos e arquejos que eu soltava ao sentir o rosto e as mãos sendo arranhados pelos galhos.

Por fim, Sam nos permitiu parar. Dobrei-me ao meio para recuperar o fôlego. Minha bochecha ardia, e um fio de sangue escorreu até minha boca, frio e metálico. Limpei o sangue e corri os olhos em volta em busca dos nossos amigos.

— Onde estão Stef e Whit?

— Eles fugiram para o outro lado da trilha. — Sam despencou sobre uma pedra, ofegante. Inclinando-se para a frente, apoiou a cabeça entre os joelhos. Seus ombros subiam e desciam com o esforço de respirar. — O pássaro roca irá nos seguir.

Caí ao lado dele, totalmente ciente da destruição que continuava ocorrendo próximo à trilha. O pássaro grasnava e guinchava, e as árvores rangiam sob sua ira. Outros galhos se partiram, mas, pelo visto, ele não estava conseguindo avançar. Vi apenas a sombra de um movimento refletido na neve pela luz da lua, mas ele ainda parecia perto demais para que pudéssemos relaxar.

— Quanto tempo ele vai ficar à nossa espreita? — A adrenalina fazia minha cabeça zumbir, e eu não conseguia parar de checar a criatura.

— Até encontrar uma presa melhor. — Sam vasculhou os bolsos em busca do DCS. Não havia nenhuma mensagem de alerta dos nossos amigos. — Você pode descobrir se Stef e Whit estão bem?

Assenti e mandei uma mensagem do meu próprio DCS.

— Como está a sua mão?

— Melhor. — Ele a flexionou ligeiramente, fazendo uma careta.

— Espero que ela esteja realmente melhor. — Meti o DCS de volta no bolso. — E agora? A gente continua andando? Tenta dormir? A barraca ficou com eles.

E o pássaro roca estava *logo ali*. Eu não conseguiria pegar no sono enquanto ele continuasse por perto, embora a exaustão estivesse começando a embotar meus pensamentos.

— Vamos continuar andando. Precisamos nos afastar do pássaro roca; ele pode acabar atraindo alguma outra criatura. Desde que a gente fique na mata, não conseguirá nos alcançar. A gente encontra os outros depois, quando o caminho estiver livre.

Meu DCS emitiu um bipe. Ao ler a mensagem, soltei uma risadinha de leve.

— Stef está dizendo a mesma coisa. Nenhum dos dois se feriu.

— Ótimo.

Ajeitei minha carga e me certifiquei de que não havia furos nem rasgos nas minhas roupas.

— Estou pronta. — Quanto antes deixássemos o pássaro roca para trás, melhor. Todo mundo tinha dito que sair de Range era perigoso, mas eu não podia imaginar que o perigo surgiria assim que cruzássemos os limites do território. O laboratório de Menehem ficava bem próximo à fronteira, perto o bastante para que ainda houvesse armadilhas e um ocasional patrulhamento dos drones, de modo que as criaturas mais espertas mantinham-se à distância.

No entanto, já tínhamos cruzado uma trilha aberta por trolls e sido atacados por um pássaro roca. Não era de admirar que as pessoas preferissem ficar em Heart.

Ou que temessem tanto a morte que aceitaram a oferta de reencarnação feita por Janan sem pensar duas vezes.

Retomamos a caminhada, dessa vez atentos aos arbustos, à neve e ao gelo. Já estávamos distantes o bastante do bicho para que não tivéssemos que nos apressar; seria tolice arriscar uma queda ou qualquer outro ferimento naquela região. O treinamento médico que Rin me dera não fora *tão* completo assim, e tínhamos poucos medicamentos à nossa disposição.

O barulho da devastação provocada pela criatura ficou para trás. Camundongos e outros roedores voltaram a zanzar pela floresta, provavelmente tentando retornar às suas tocas. Um raio de luz cingiu o horizonte, um suave brilho vermelho quase imperceptível através das árvores.

— A barraca ficou com eles — repeti ao ver Sam bocejar.

Ele manteve a voz baixa enquanto subíamos uma pequena colina.

— Então vamos ter que dividir um dos sacos de dormir. Para nos manter aquecidos. E, desse jeito, eu não corro o risco de te perder acidentalmente para a selva.

— Você sempre bola os melhores planos.

Sam sorriu, mas continuamos andando. Ou tínhamos deixado o pássaro roca bem para trás ou ele havia desistido de tentar abrir caminho pela floresta. As árvores eram densas o bastante, de modo que ele não poderia descer sobre a gente, mas mantive um olho pregado no céu enquanto a luz começava a se derramar por entre os galhos e os passarinhos se punham a cantar, saudando a aurora.

Prosseguimos paralelamente à trilha, rumo ao leste, em direção às terras selvagens que circundavam Range. Pequenos animais dardejavam em meio às árvores, escondendo-se ao passarmos. Por todos os lados, vimos vestígios de animais maiores: tufos de pelo agarrados em arbustos, gravetos partidos e pilhas de excrementos, os quais conseguimos evitar graças à atenção do Sam.

O gelo recobria toda e qualquer superfície, fosse como gotas de orvalho congeladas ou pingentes de água escorrida, fazendo a floresta cintilar como uma joia. Corri os dedos enluvados pelos cristais de gelo, escutando seu leve tilintar ao se partirem. O frio e a conversa sobre música com Sam distraíram minha mente da sensação de fadiga por um tempo, mas quando a manhã já ia pela metade, não consegui mais ignorá-la. Enviei uma mensagem para Stef dizendo que iríamos descansar um pouco. Com sorte, nos encontraríamos dali a algumas horas.

Sam e eu nos acomodamos perto de um córrego de águas velozes. Lavei o sangue e a sujeira do rosto e dos braços; em seguida, sequei bem a pele antes de me enfiar no saco de dormir com o Sam.

O saco era um alívio aconchegante após o frio gélido do dia inteiro. Sam o posicionara numa pequena depressão entre as raízes de uma árvore — provavelmente o esconderijo abandonado de algum animal —, de modo que ficamos protegidos em três dos quatro lados. E Sam, sendo o homem que era, certificou-se de se colocar entre mim e a saída. Dessa forma, quando ele enroscou o corpo em volta do meu, foi como se estivéssemos num nicho fundo e escuro. Sua respiração aquecia minha nuca, enquanto a mão repousava em meu quadril.

— Está confortável? — perguntou ele.

— Estou. — Meus pés estavam espremidos contra as mochilas e nós estávamos usando o saco de dormir sobressalente como travesseiro. No entanto, embora o saco fosse grosso e macio, uma das raízes espetava meu ombro. Encostei-me mais nele, que pareceu ficar momentaneamente sem ar. — Muito. Você não?

Sua mão percorreu a lateral do meu corpo.

— Gostaria que estivéssemos em casa.

— Eu também. — Apalpei o entorno até encontrar meu DCS. — E gostaria que tivéssemos música, mas ela pode atrapalhar de escutarmos caso alguma coisa aconteça. — Quem saberia dizer que outro tipo de criatura poderia nos surpreender agora que estávamos longe da segurança de Range?

— Você pode escutar se quiser. — Sam beijou meu pescoço, deixando-me arrepiada. Era incrível como ele conseguia me fazer desejar algo tão forte e indescritível onde quer que estivéssemos, quaisquer que fossem as circunstâncias. — Escute se quiser — repetiu. — Eu te aviso se algo acontecer. Apenas relaxe.

Relaxar não parecia muito provável, mas quando botei os fones de ouvido do DCS e fechei os olhos, o mundo se resumiu à música.

O som caloroso do piano pulsou através de mim. Pesado. Familiar. E com Sam colado às minhas costas, me tranquilizando, resvalei para um sono sem sonhos.

Acordei no susto ao sentir um tremor de terra e me vi cercada pela escuridão.

Sam não estava comigo. Virei-me no saco de dormir e descobri que uma das mochilas havia desaparecido; a noite caíra.

— Sam? — Levantei-me no exato instante em que outro tremor sacudiu o chão e uma chuva de terra caiu em nosso nicho. Meu DCS continuava tocando uma antiga sonata, mas arranquei os fones de ouvido e meti tudo num dos bolsos.

A floresta estava escura e silenciosa, exceto pelo reverberar do solo. Não era um terremoto — não dessa vez —, portanto devia ser algum bicho grande passando nas proximidades.

Soltei um grito.

Encolhi-me, tentando ficar ainda menor enquanto perscrutava a escuridão. A luz suave da lua incidiu através das copas, porém tudo continuou imerso em sombras, e não consegui detectar nenhum movimento.

O chão estremeceu mais uma vez sob meus joelhos e palmas quando me agachei para tocar o solo. Era um tremor contínuo e uniforme, diferente do reverberar produzido pelos passos de um troll. Isso era algo mais, talvez veículos descendo a trilha. Nossos amigos já deviam estar longe, portanto se o estremecimento fosse decorrente de veículos, seriam drones ou gente?

Qualquer que fosse o caso, não seriam amigáveis.

Peguei os sacos de dormir, enrolei-os rapidamente e os prendi em minha mochila. Eu jamais encontraria aquela árvore de novo sozinha.

Antes de partir, porém, precisava encontrar Sam. Liguei para o DCS dele, que atendeu imediatamente.

— O que houve?

— O que houve? — Sacudi a cabeça, perscrutando a floresta sombria. — Você não está aqui. Foi isso que houve. Onde está?

— Não consegui dormir, portanto vim verificar a trilha. O pássaro roca se foi. Imagino que tenha voltado para o ninho. Estou a caminho. Assim que eu chegar, a gente pode ir procurar Stef e Whit.

O estremecimento amainou.

— Você viu alguma coisa? Escutei um barulho. Tipo um trovão, mas...

— Eu ouvi. — Sam fez uma pausa como se estivesse se concentrando em alguma coisa, provavelmente no caminho a seguir, e respirou fundo. — Eu ouvi, mas não sei o que foi.

— Certo. Aponte a lanterna em minha direção. Talvez eu consiga vê-lo e ir ao seu encontro.

— Só um segundo.

Antes que Sam dissesse mais alguma coisa, dei outra espiada em volta. Uma luz suave cintilava ao norte. Ajeitei a mochila e os sacos de dormir e comecei a refazer o caminho por entre as árvores.

— Está vendo? — perguntou ele.

— Estou. — Contornei algumas árvores e saliências rochosas, usando o DCS como lanterna; a minha estava guardada na mochila e eu não queria parar para pegá-la. Não com *alguma coisa* à espreita ali por perto. Alguns espinhos congelados de abetos farfalharam e galhos se partiram quando nos aproximamos um do outro. — Da próxima vez — falei, irritada —, me acorde para dizer que está saindo. Achei que alguma criatura tivesse nos surpreendido e comido você.

— Desculpe. — Sam me abraçou e me deu um beijo no rosto. — Por aqui. Tem um lago um pouco mais à frente. Stef e Whit estão nos esperando lá.

Assenti com um menear de cabeça e o segui através da mata. Estar fora dos limites de Range fazia com que eu me assustasse facilmente. Tinha a impressão de que qualquer coisa poderia acontecer. Não havia nenhuma armadilha nas redondezas para capturar ou deter as outras espécies dominantes nem drones patrulhando. Era um lugar estranho e selvagem, embora incrivelmente semelhante às florestas de Range.

O piso foi novamente acometido por vibrações, baixas e uniformes. Um cheiro estranho elevou-se pelo ar, um misto de suor animal, pinho e sujeira.

— Sam.

Ele assentiu com um menear de cabeça praticamente imperceptível na escuridão, mas foi suficiente. Sam sentira também.

Talvez fosse apenas um grupo de cervos ou bisões. Havia muitos animais grandes dentro e fora de Range. No entanto, à medida que fomos nos aproximando do lago que ele mencionara, as vibrações ficaram mais fortes, e um burburinho baixo ecoou pela mata. Pareciam vozes.

Centenas de vozes.

Sam e eu nos entreolhamos.

— O lago fica logo ali — murmurou ele.

Luzes dançavam em meio às árvores, feixes de um vermelho alaranjado e com intensidades diferentes, como fogo. Um calafrio percorreu minha espinha, mas continuamos avançando.

Sam desligou a lanterna para que seu brilho não atraísse nenhuma atenção e, alguns minutos depois, paramos no topo de uma encosta com um vale abaixo, onde ficava o lago. Vimos, então, a origem das luzes.

O rugido de vozes ecoava acima da água, onde pequenas ondulações refletiam a luz bruxuleante de centenas de tochas, revelando milhares de corpos. A princípio, achei que fossem pessoas a cavalo. Mas, então, à medida que meus olhos foram se ajustando, percebi que elas não podiam estar montadas, visto que pareciam estar bem à frente dos animais. E os "cavalos" não tinham cabeça.

— Centauros — soltei num ofego, e Sam anuiu. Mesmo sob a fraca iluminação, ele parecia pálido.

— Stef falou que ela e Whit estão bem ali. — Ele apontou para o lago, em direção a uma trilha entre as árvores que parecia ter sido aberta por trolls. — Teremos que contornar o bando.

Fora isso o que eu sentira antes, o tremor provocado por milhares de cascos seguindo em direção ao lago. Eles provavelmente haviam cortado caminho pela floresta, bem perto de onde eu estivera dormindo. E eu havia gritado o nome do Sam. Que sorte eles não terem me escutado!

— Eles realmente usam a pele dos humanos para fabricar roupas? — perguntei num sussurro.

Sam simplesmente estremeceu e me conduziu de volta para a floresta.

— Talvez Stef e Whit possam vir ao nosso encontro, em vez de a gente ir até lá.

— De qualquer forma, estamos seguindo naquela direção. — Sam manteve a voz baixa e verificou um dos mapas no DCS.

Estávamos seguindo naquela direção porque queríamos nos afastar de Heart, e não porque tivéssemos esperanças de encontrar respostas ou pistas acerca da localização das sílfides.

— Gostaria de saber por que esses centauros estão tão longe do território deles. Talvez eles tenham se separado do grupo principal ou estejam se preparando para uma batalha contra os trolls.

— Talvez eles tenham sentido a instabilidade da caldeira. — Meu DCS mostrava que haviam ocorrido cinco novos terremotos desde a última vez que eu checara. Nenhum deles fora tão forte quanto o primeiro, mas alguns tinham sido grandes o bastante para que as pessoas sentissem. O território dos centauros ficava ao sul de Range, de modo que eles provavelmente haviam sentido o que ocorrera logo após o início do Ano das Almas.

— É bem provável. — Sam apontou para o mapa. — Vamos descer por aqui, aproveitando a proteção da mata. Com sorte o vento não mudará de direção. Os centauros têm um excelente olfato. — Olhou de relance para o bando e torceu o nariz. — Além de um cheiro bem forte.

Abafei uma risadinha nervosa.

— Verdade.

— Ao terminarmos de descer a encosta, seguiremos até a trilha. Ficaremos visíveis ao atravessá-la, mas se mantivermos uma boa distância eles não nos perceberão. Ao que parece, estão se ajeitando para passar a noite, e sua visão é equivalente à dos humanos.

— Então não poderemos acender a lanterna.

Sam fez que não.

— Assim que cruzarmos a trilha, ficaremos bem. O restante do caminho parece bem encoberto pelas folhagens.

— Certo. É melhor irmos logo.

Começamos a descer o mais silenciosamente possível, encolhendo-nos a cada estalo de galho ou farfalhar de folhas. Se os centauros percebessem algum movimento na mata, poderiam presumir tratar-se apenas de mais uma das diversas criaturas noturnas que viviam ali.

Avançamos devagarinho, principalmente sem a luz de uma lanterna, mas tínhamos tempo para ser cautelosos, e o aproveitamos. Duas horas depois, chegamos à trilha.

Ela era larga o bastante para que dois veículos passassem lado a lado. Não me parecera tão larga na véspera, mas agora que precisávamos atravessá-la diante de um bando de centauros, tinha a sensação de estar cruzando a caldeira de Range inteira.

Sam checou a direção do vento. Ele ainda carregava o fedor e as vozes fragmentadas dos centauros. Não consegui entender as palavras, embora eles provavelmente não falassem nossa língua mesmo.

— É melhor atravessarmos engatinhando — sussurrei. — Assim não corremos o risco de eles verem duas criaturas altas cruzando a trilha.

— Você quer dizer uma alta e outra extraordinariamente baixa — retrucou ele, sorrindo, embora com um humor um tanto contido. — Tem razão. Vamos atravessar engatinhando. — Suspirou e flexionou a mão machucada.

Ajeitamos nossa carga e nos ajoelhamos no chão. A relva congelada chegava na altura dos meus cotovelos, bloqueando muito da minha visão — e, por outro lado, não o suficiente. Embora estivéssemos bem afastados do acampamento dos centauros, atrás de uma curva para nos manter fora do campo de visão deles, quando finalmente alcançamos o centro da trilha, pude ver suas tochas e suas silhuetas perambulando pelo campo. Eram muitos. Não precisariam se preocupar com um possível ataque aéreo dos pássaros roca.

O chão tremia sob minhas palmas, vibrações resultantes de toda aquela movimentação ao leste. Mesmo à distância, percebi a graciosidade dos movimentos de um grupo brincando de perseguir outro. Eles gritavam e riam, batendo os cascos no chão de forma ritmada.

A princípio, os centauros pareciam seres estranhos, desbalanceados, mais pesados na parte da frente do que na de trás, mas então a luz das tochas cintilou sob sua metade equina musculosa e com pernas fortes. Um casal se abraçou. Em seguida, um deles ergueu os braços para o céu, a lua e as estrelas.

Nenhum deles *parecia* estar usando roupas feitas com pele humana.

Tínhamos descoberto que estávamos errados a respeito das sílfides. Quer dizer, mais ou menos. Elas *haviam* atacado pessoas por milhares de anos. Tinham atacado a mim também, no dia do meu aniversário, um ano antes. Mas havia algo mais a respeito delas. As sílfides adoravam música. E agora Cris era uma também.

E se estivéssemos errados acerca dos centauros?

O som de cascos batendo no chão pareceu mais próximo. Sam olhou para mim por cima do ombro e, mesmo no escuro, percebi que seus olhos estavam arregalados.

— Vamos — murmurou ele. — Rápido.

Continuei atravessando a trilha o mais rápido que consegui, desesperada para me levantar e usar as pernas. No entanto, não queria arriscar ser vista caso eles estivessem vindo em nossa direção.

Os cascos bateram com força no chão, seguidos por um grito alto e esganiçado.

Ergui a cabeça e vi um jovem centauro olhando para mim com uma expressão chocada. Outro parou ao lado dele e os dois gritaram.

Gritei também.

Sam se virou, agarrou meu pulso e, juntos, seguimos depressa para a lateral da trilha, mas os centauros nos seguiram...

De repente, o chão estremeceu. Não o tremor provocado pelo bando. Não, esse vinha da direção oposta. Uma pancada sólida seguida por outra.

Os jovens centauros olharam por cima da minha cabeça e da do Sam, e o resto do bando se calou.

Um profundo silêncio recaiu sobre toda a área à medida que as pancadas tornavam-se mais fortes e rápidas. Sam, então, se colocou de pé — fazendo os centauros darem um pulo para trás, assustados — e me arrastou para o meio da mata.

— Troll!

No mesmo instante, todo o entorno irrompeu numa série de gritos e retinir de metais. Ao espiar por cima do ombro, vi os jovens centauros parados no meio da trilha de boca aberta, enquanto uma criatura humanoide três vezes o meu tamanho vinha rugindo em direção ao campo. Gelo e galhos voavam para todos os lados sob a destrutiva passagem do troll.

— Espere! — Desvencilhei-me do Sam e voltei correndo para a trilha. Os jovens centauros... Potros? Crianças?... voltaram a atenção para mim. — Venham! — Não fazia ideia se eles podiam me entender, mas quando estendi o braço, um dos garotos fechou a mão em volta da minha luva molhada e, juntos, corremos de novo para a mata. Desaparecemos no exato instante em que o troll passou pelo lugar onde eles estavam momentos antes.

Sam abriu a boca, mas não falou nada, só mexeu a cabeça e partiu correndo pela mata enquanto a cacofonia em torno do lago aumentava de intensidade. Os gritos e rugidos nos incentivavam a avançar. Os jovens centauros seguiam à frente, afastando os galhos e arbustos do caminho. Sam e eu nos esforçávamos para acompanhá-los, mas a floresta estava muito escura, com apenas alguns poucos pontos iluminados pela luz das tochas do campo de batalha.

Meu DCS vibrou em meu bolso, mas não pude atendê-lo. Estava concentrada em pular o emaranhado de raízes pelas quais os centauros tinham acabado de passar. Em desviar dos galhos cobertos de gelo. Em botar uma perna na frente da outra.

Gritos ecoavam por todo o entorno. De repente, escutei um rugido trovejante, seguido por um forte estremecimento de algo batendo no chão. Tropecei, mas um dos jovens centauros estendeu a mão e me pegou pelo braço até eu conseguir me reequilibrar e voltar a correr por conta própria.

— Ana! Sam! — A voz da Stef soou um pouco mais à frente. — Aí estão vocês! Eu...

Luzes de mira azuis cintilaram sobre os centauros assim que penetramos a clareira. O resto do bando estava bem afastado, reunido em torno do troll caído, de modo que estávamos apenas nós quatro e os dois jovens centauros.

Um dos garotos gritou. A atenção do bando se voltou para a gente.

— Não, parem! — Posicionei-me na frente dos garotos e levantei as mãos. Eles tentaram, sem muito sucesso, se esconder atrás de mim, mas eram muito maiores do que eu. — Não atirem. São apenas crianças.

— São *centauros*. — Whit manteve a pistola apontada. Ninguém mais se mexeu.

Sam continuou parado ao meu lado, olhando para mim e para Whit.

— Não atire na Ana.

— Eles são apenas crianças — repeti.

O resto do bando se aproximou, empunhando espadas e lanças manchadas de sangue. De repente, nos vimos cercados. Tanto nós, os quatro humanos, quanto os jovens centauros.

Stef apontou a arma na direção do exército de criaturas, embora jamais fosse conseguir abater quase mil deles.

Uma das luzes de mira continuava apontada para os garotos. Continuei onde estava, tentando protegê-los. O restante dos centauros ficou em silêncio, avaliando a situação.

Ninguém se mexeu. Eu mal conseguia respirar.

De repente, sombras surgiram na floresta e começaram a se aproximar da luz das tochas. Eram sombras altas e esguias, mas não pareciam presas a nenhuma criatura. Elas começaram a murmurar baixinho, como se cantassem consigo mesmas.

Pouco a pouco, a atenção dos centauros se voltou para as sombras que continuavam se aproximando pelo outro lado. Uma onda de calor se espalhou pelo espaço quando uma delas se adiantou, destacando-se do grupo. Ela parou ao meu lado e uma rosa preta brotou em um dos tentáculos por um breve instante antes de desaparecer.

As sílfides tinham, enfim, aparecido.

11

REUNIÃO

UM FIO DE esperança se acendeu dentro de mim, mas foi rapidamente apagado quando, numa espécie de movimento ensaiado, todos os centauros ergueram as armas e soltaram um grito de fúria. O solo tremeu sob seus cascos retumbantes ao partirem em direção às sílfides.

Elas gemeram: um lamento horrível e dissonante. Em seguida, avançaram, liberando ondas de calor entre os humanos e centauros reunidos. O que até então tinha sido uma fria noite de inverno tornou-se quente como o verão à medida que sua música se transformava numa terrível cacofonia.

Os dois jovens centauros se jogaram no chão, chorando, abraçando-se mutuamente e segurando minhas pernas. Tombei ao lado deles.

Sam e meus amigos gritaram, mas uma parede impalpável de sombras se interpôs entre nós, tomando cuidado para não queimar a frágil carne humana. Seu alvo era os centauros, que só desejavam recuperar seus filhos.

— Parem! — ordenei, desvencilhando-me do emaranhado de membros.

Tentei me jogar diante da parede de sombras, mas um dos jovens centauros agarrou meu pulso e fez que não com uma expressão de pânico.

Pousei a mão livre sobre suas juntas proeminentes, esbranquiçadas devido à força com que ele segurava meu pulso, e abri um leve sorriso.

— Está tudo bem. — Não soube dizer se o garoto havia me entendido, mas assim que ele me soltou, virei-me e gritei de novo: — Parem!

As sílfides e os centauros continuaram avançando em direção uns dos outros. Os centauros estavam prestes a serem queimados vivos...

Entoei uma nota longa. Não consegui, porém, segurar o tom, e minha voz falhou, perdendo para o nervosismo e o ar invernal. Embora Sam tivesse me dado algumas dicas sobre como projetar minha voz, nunca tínhamos tido aulas de verdade. Não houvera tempo.

Ainda assim, a que estava mais perto de mim se virou ao escutar a nota, afastando-se da parede de sombras. Ela ondulou à minha volta, esperando, tentando adivinhar a que viria a seguir.

Se música fosse água, essa seria uma ondulação. Os gemidos zangados cessaram e, com um uníssono ofegar, todas se voltaram para mim. Estavam me observando, embora não tivessem olhos nem rosto. Não eram mais do que sombras altas, com tentáculos erguidos em direção ao céu. Descalcei as luvas, peguei meu DCS e ativei a função de música.

Escolhi a Sinfonia Fênix. Algumas das sílfides já a conheciam, e era a minha favorita.

Os primeiros acordes se derramaram dos alto-falantes como uma cascata. Deixei minha própria voz ser sobrepujada pelo poderoso som do piano, dos violinos e do cavernoso baixo.

Aumentei o volume ao máximo para que todas conseguissem escutar. Elas pararam a centímetros da linha de centauros, e o calor, até então quase insuportável, amainou.

Atrás de mim, os jovens centauros se colocaram de pé. Um deles tocou meu ombro, e seu olhar recaiu sobre o DCS em minhas mãos. A luz da tela banhou seu rosto, arranhado pela corrida e pela queda. Ele, porém, sorriu ao passar a mão sobre o brilho do aparelho e disse algo que não consegui escutar com clareza devido à música e que tampouco entendi.

A tela piscou; do outro lado da parede de sílfides, Sam sincronizara seu DCS com o meu. A Sinfonia Fênix ecoou por todo o lugar.

Os garotos tinham que retornar ao bando. Tudo o que os centauros queriam era recuperá-los. Por isso ainda estavam ali. E, de mais a mais, as sílfides não os deixariam me machucar se tentassem.

Guardei o DCS no bolso com os alto-falantes voltados para cima, a fim de que o som continuasse alto e claro e, em seguida, dei a mão a cada um dos garotos. Juntos, contornamos as sílfides, que agora acompanhavam a música cantando e dançando, embora continuassem atentas a qualquer nova tentativa de ataque dos centauros.

Atravessamos a linha de sombras e encontramos o bando praticamente imóvel. Seus olhos se estreitaram, mas nada além disso.

Uma das fêmeas centauro deu um passo à frente e abriu os braços. Os garotos cruzaram a pequena faixa de terra que nos separavam e se lançaram sobre ela, enquanto as sílfides formavam um leque protetor à minha volta, sem parar de cantar as melodias e acompanhamentos do primeiro movimento da Sinfonia Fênix.

Os garotos abraçaram a mulher — a mãe? —, enquanto os principais guerreiros do bando analisavam nosso estranho grupo. Quatro humanos armados com simples pistolas de laser e música, e acompanhados por dezenas de sílfides.

As sombras ondulando à minha volta devem ter sido o fator decisivo. Um dos líderes se virou, gritou alguma espécie de ordem e o bando começou a se afastar, os cascos trovejando ao baterem no chão.

No entanto, um dos meninos se virou e voltou correndo. Ele parou a meio caminho entre os nossos grupos, disse alguma coisa e apontou para o sudeste. Estava me mostrando para onde eles pretendiam ir. E, então, com uma voz estranhamente linda e aguda, cantou um trecho da melodia, acompanhando o DCS e as sílfides.

Momentos depois, ele se virou de novo e desapareceu entre os outros centauros.

A música aumentou de intensidade. Ao virar-me de volta para Sam e os outros, as sílfides se dividiram, abrindo caminho para mim.

Enquanto seguia até ele, parado na outra extremidade do sombrio túnel de sílfides, tentáculos de sombra se fechavam em volta do meu pulso ou tocavam meus cabelos. Os tentáculos, porém, eram incorpóreos. Tudo o que eu conseguia sentir era um leve calor nos pontos onde eles me tocavam.

A música delas me envolvia, camadas de harmonia em lamentos e sussurros de outro mundo. Algumas começaram a se balançar, como que absortas na melodia.

— Você está bem? — Sam me puxou para um abraço, fazendo com que o som de nossos DCSs soasse momentaneamente abafado.

— Estou. — Desvencilhei-me do abraço, aliviada por estar novamente junto a meus amigos. — Eles eram apenas crianças assustadas. Garotos novos. Como eu. — Forcei um sorriso ao olhar para Stef e Whit. Eles eram amigos fiéis. Tinham concordado em me acompanhar naquela viagem inacreditável e provavelmente inútil. Mas eram almas antigas. Jamais conseguiriam compreender minha conexão com as almasnovas, mesmo que fossem centauros.

— Estamos felizes por você estar segura. — Whit olhou por cima da minha cabeça para o mar de sílfides que continuava se balançando no ritmo da música, entoando os trechos que conheciam. — Vejo que encontrou as sílfides. — Sua voz soou rouca, cautelosa.

Fiz que não e abaixei o volume do DCS, mas não desliguei a música, e o segundo movimento começou a tocar.

— Elas nos encontraram.

— Elas parecem gostar muito de você. — Whit franziu o cenho, e tentei imaginar o quão estranha a situação deveria parecer. Centauros recuando ao fundo. Sílfides me cercando como mantos de sombras. — Qual delas é... — Ele pareceu lutar com a lembrança e o conhecimento. — O Cris?

Olhei de relance por cima do ombro, mas não conseguia distingui-las entre si. Todas pareciam simples pilares de trevas.

Uma delas se adiantou e parou ao meu lado.

— Cris.

Ele oscilou ligeiramente, como que fazendo um cumprimento de cabeça, e uma rosa negra brotou ao seu redor.

— Ah, Cris. — Stef estendeu a mão, e sua voz falhou.

Mordi o lábio.

— Esse movimento que você acabou de fazer. Foi um menear de confirmação?

Ele repetiu o movimento.

— E o que significa não?

A sílfide balançou apenas a metade superior do corpo. Tal como uma pessoa sacudindo a cabeça, com a diferença de que ela fez um só movimento, e a fumaça voltou para o lugar sozinha. Enervante.

— Certo. — Não sabia mais o que dizer. Ótimo, agora podíamos fazer perguntas de sim ou não, mas eu não queria perguntar se ele estava infeliz com aquela situação, ou se doía ser uma sílfide, ou se ele me culpava por ter se tornado uma. Não queria saber a resposta, pois ela podia ser sim.

— As outras sílfides não irão nos machucar? — perguntou Whit.

Cris fez que não ao mesmo tempo em que as outras nos envolveram, liberando calor apenas o suficiente para afastar o frio da noite. Elas haviam parado de cantar.

— Agora que as sílfides estão aqui — disse Whit, correndo os olhos pelo anel de trevas —, o que a gente vai fazer?

Eu não sabia ao certo. Tinha planejado encontrá-las e lhes fazer algumas perguntas. Agora isso era possível. No entanto, não havia pensado em nada além disso. Eu tinha um objetivo, mas não fazia ideia de como alcançá-lo.

— Em primeiro lugar — falei, virando-me para Cris. — Precisamos de um lugar seguro onde possamos nos esconder. A maioria dos conselheiros está morta. A cidade está nas mãos de Deborl. E ele está procurando a gente. Sarit e Armande ficaram para trás a fim de nos manter informados. — Meu peito doía só de pensar em Sarit, mas eu ligaria para ela mais tarde. Ela jamais acreditaria quando eu lhe contasse o que havia acabado de acontecer.

Cris anuiu.

— Em segundo lugar. — Olhei de relance em direção ao sudeste. — Mandamos um grupo com cerca de quarenta pessoas naquela direção. Longe de Deborl e da erupção, elas talvez tenham uma chance.

Cris anuiu de novo e as outras sílfides se aproximaram, atentas.

— Será que algumas de vocês podem ir ao encontro deles para protegê-los? Vou ligar e me certificar de que eles saibam que vocês estão a caminho, a fim de que não tentem prendê-las em nenhum ovo. Eles não têm muitas formas de se proteger. Algumas sílfides ajudariam bastante.

Elas murmuraram e cantaram entre si por um minuto. Em seguida, quatro delas partiram rumo ao sudeste. As sílfides eram criaturas assustadoramente rápidas, quase como sombras de verdade quando alguém acendia uma luz.

— Obrigada — murmurei. Elas apertaram ainda mais o círculo, e meus amigos se juntaram mais um pouco. — Em terceiro lugar, preciso aprender algumas coisas, e espero que vocês possam me ajudar. Nosso tempo é curto, de modo que precisamos decifrar os livros e entender o que aconteceu há cinco mil anos o mais rápido possível, para que eu possa começar a bolar um plano.

As sílfides esperaram, ondulando sombriamente sob a luz da lua.

Tentei imprimir firmeza à minha voz.

— Quero impedir Janan de ascender.

A noite pareceu se partir em mil pedaços com os gritos de triunfo das sílfides.

Elas nos conduziram até uma caverna no pé de uma montanha, no meio da qual corria um riacho. O vento entrava pela abertura e a pedra era dura e fria, mas assim que as sílfides se posicionaram ao longo do perímetro, o calor começou a irradiar pelo chão e pelas paredes.

Com lamparinas iluminando o ambiente e nossos sacos de dormir dobrados para que pudéssemos nos sentar, até que a caverna não era tão ruim.

— Aposto que esse riacho transborda na primavera — comentou Stef, erguendo os olhos do DCS. — Mas não vamos estar aqui quando isso acontecer. A propósito, recebi novas informações de Armande.

Nós todos nos aproximamos para ver, e uma das sílfides afastou-se das demais.

— Cris. — Apertei-me junto ao Sam para abrir espaço entre mim e Whit e, embora o sorriso dele tivesse sido mais tenso do que acolhedor, ele chegou mais para perto de Stef e deu um tapinha no espaço ao seu lado. — Sente-se conosco — falei.

Cris hesitou, parecendo dividido entre nós e as demais sílfides, todas reunidas em torno de uma das lamparinas e das coisas que havíamos trazido de Heart. Ele não sabia ao certo o que fazer. Sentar-se com as pessoas que odiavam as sílfides havia cinco mil anos ou permanecer com suas novas companheiras. De repente, senti-me muito mal por pedir a ele que escolhesse.

As outras aguardavam também, observando Cris para ver o que ele ia fazer.

— Por que vocês todas não se aproximam?

Stef e Whit se encolheram, mas anuíram, e Sam ficou lívido. Era difícil aceitar que, por mais assustadoras que fossem, elas não iriam nos ferir.

Mas e quanto as que haviam me perseguido no dia do meu aniversário, um ano antes? Ou a que tinha queimado minhas mãos?

Teria que perguntar ao Cris depois.

Nenhuma delas fez menção de aceitar meu convite.

— Venham — chamei de novo. — Somos aliados. Temos amigos em comum. E um mesmo objetivo. — Pelo menos, a julgar pela gritaria de momentos antes, tinha a impressão de que elas desejavam tanto quanto eu impedir Janan.

Pouco a pouco, as sílfides se aproximaram, em silêncio e sem desprender muito calor. Mantiveram uma boa distância da gente, mas já era um progresso. Tentei sorrir.

Stef pigarreou e a atenção de todos se voltou novamente para ela.

— Armande diz que o toque de recolher está ainda mais severo. Várias pessoas foram presas por desobedecerem a ele. Outras mais por terem faltado à reunião matinal em torno do templo. Deborl insiste em dizer que eles precisam se redimir pelos séculos passados ignorando Janan. Eles começaram a construir algo dentro da cidade também, mas ninguém sabe ao certo o que é, apenas que todos têm que contribuir. Algumas pessoas foram escaladas para extrair ou refinar mais materiais.

— Então até os trabalhos normais foram suspensos? — perguntou Whit. — Em prol do que quer que seja que eles estão construindo?

Stef anuiu.

— O negócio está sendo feito no bairro industrial. Ao que parece, eles estão usando a rede de energia geotérmica para alguma coisa. E vários armazéns foram destruídos. Ele mandou uma foto. — Ela virou o DCS para que todos pudéssemos ver.

Tal como Stef tinha dito, grande parte do bairro industrial fora demolida. Onde antes havia armazéns, agora restavam apenas alguns poucos prédios e esqueletos de tubulações. Algumas funcionavam como rede de água ou esgoto, enquanto outras se destinavam ao fornecimento de energia. No canto mais distante do bairro, a fábrica de tecidos, a oficina de cerâmica e as forjas continuavam em pé. Por enquanto.

O que quer que eles estivessem construindo, ainda estava muito no começo para que tentássemos adivinhar seu propósito. Parecia algo largo e rente ao chão, embora pudesse ser apenas a fundação para alguma coisa maior, principalmente levando em conta que eles continuavam reunindo material.

— Só porque a gente não sabe o que é — disse Sam —, não significa que não saibamos para o que será usado.

— Janan — concordou Stef. — Sem dúvida é algo para beneficiá-lo.

— Temos que descobrir muitas coisas ainda — interveio Whit. — O que significa que precisamos decifrar os livros. Ana?

— Estou pronta. — Olhei de relance para Cris… ou a sílfide que eu achava que era ele. — Você por acaso descobriu como ler esses livros depois que virou uma sílfide?

Cris assobiou e trinou, um som semelhante a uma risadinha, e fez que não. Mas antes que eu pudesse me sentir decepcionada, ele se contorceu e outra sílfide se aproximou.

Lutei para encontrar o pronome certo. Sempre pensara nas sílfides como seres sem gênero, no entanto me parecia grosseria dizer isso… não na cara delas, visto que elas não tinham rosto, mas… Argh. Dirigi-me à nova sílfide:

— Você pode me ajudar a traduzir os símbolos do livro?

A sílfide assentiu, um movimento semelhante a um encolher vertical de fumaça.

— Ótimo. — A noite seria longa se tudo o que pudéssemos fazer fosse arriscar um significado para os símbolos e perguntar sim ou não. Ainda assim, podíamos começar confirmando aqueles que já sabíamos. — Whit?

Ele se levantou e foi até minha mochila pegar os livros.

— Quanto mais rápido fizermos isso, mas rápido sairemos dessa caverna.

Sam se aproximou de mim… e da sílfide.

— Ele sente falta da biblioteca.

Suspirei.

— Eu também. Todos aqueles livros. E as áreas de leitura bem iluminadas.

— As poltronas. — Stef simulou um desmaio dramático. — Sinto falta das poltronas. Minhas pernas estão cansadas de tanto andar.

Cris assobiou como que se vangloriando por não ter pernas doloridas.

— Prontos? — Whit entregou livros e cadernos a cada um de nós, e nos pusemos a trabalhar. As sílfides flutuavam à nossa volta enquanto folheávamos as páginas, confirmando ou tentando corrigir nossas traduções. Era difícil entendê--las, mas à medida que a noite foi passando, comecei a captar o sentido de seus movimentos com mais rapidez, os significados dos trinados e assobios, as variações de tom, mais ou menos graves, e as notas entoadas.

Ao olhar de relance para Sam a fim de ver se ele tinha começado a entender também, ele sorriu.

Ao final da jornada de trabalho, quando todos já estavam bocejando e se enroscando em seus respectivos sacos de dormir, e a maior parte das sílfides recuara para junto das paredes a fim de manter a caverna aquecida, encontrei Cris.

— Obrigada pela ajuda.

Ele anuiu.

— Você sabia que a gente estava procurando vocês?

Sim.

— As outras sílfides sabem o que aconteceu há cinco mil anos? Como elas se tornaram sílfides?

Sim. Um enfático sim.

— Elas foram amaldiçoadas pelas fênix? — Meuric achava que as fênix eram as responsáveis, mas ao me dizer isso o ex-conselheiro estava com muita dor.

Sim.

Fênix. Elas eram responsáveis por tantas coisas, mas ninguém via uma havia séculos.

— Vocês podem me dizer o que aconteceu? Me ajudar com os livros?

Sim e sim.

— Por acaso as sílfides que me perseguiram no ano passado estão aqui? Ou a que queimou minhas mãos?

Cris assentiu, ainda que de modo hesitante, e, em seguida, fez algo que me pareceu um pedido de desculpas ou uma justificativa. Não consegui entender a maneira como sua voz aumentou e abaixou, e ele desistiu de dizer o que quer que pretendesse com um gemido suave e frustrado.

— Está tudo bem. — Estendi a mão para ele e tentei sorrir. — Sei que você não deixará que elas nos machuquem.

Ele soltou um assobio irritado.

— Talvez elas não tenham intenção mesmo.

Ele assentiu.

— Sei que vocês estão aqui para nos ajudar.

Cris aproximou-se ainda mais e envolveu meus braços em seus tentáculos, tentando com todas as forças expressar algo mais. Quase consegui captar. Quase.

"Somos o seu exército."

12

ESCOLHA

NÃO FORAM EXATAMENTE palavras. Parecia uma melodia, uma música cuja letra você não se lembra muito bem. Uma sensação de palavras, da mesma forma como a música conseguia mexer comigo internamente e fazer com que ideias surgissem de algum lugar profundo e esquecido.

O choque me impediu de responder. As sílfides *falavam*. Elas adoravam música. E tinham uma língua. Como era possível que em milhares de anos de perseguições, as pessoas jamais tivessem percebido que as sílfides se *comunicavam*?

Cris mudou de posição e sua música soou como uma pergunta. Algo do tipo: "Você consegue me entender?"

— Consigo — murmurei. — Acho que sim.

Ele se contorceu até se transformar em diminutas espirais de sombras e, em seguida, saiu da caverna mais rápido do que meus olhos puderam acompanhar.

— Espere. — Mas Cris já havia desaparecido. Os outros dormiam profundamente. Quase deixei a caverna e fui atrás dele, mas depois do encontro com o pássaro roca, os centauros e o troll e a chegada das sílfides, eu desejava dormir por uma semana.

As lamparinas emitiam uma luz fraquinha. Sam escolhera um canto escuro para colocar nossos sacos de dormir, de modo que pudéssemos ter um pouco de privacidade.

Tirei os sapatos e o casaco e me enfiei no meu. Em seguida, aproximei-me do Sam, que estava desmaiado, os cabelos negros caindo-lhe sobre a fronte. Ele parecia tão relaxado, ali sonhando, sem nenhuma linha de preocupação maculando seu rosto. Quando acariciei sua bochecha, meus dedos pálidos em contraste com a pele bronzeada, ele suspirou e se aproximou um pouco mais.

Com um forte bocejo, peguei meu DCS e o enfiei debaixo do saco para que seu brilho ficasse escondido sob as camadas de seda e lã. Enviei uma mensagem para Orrin, avisando-o que estávamos seguros.

As sílfides que enviamos já chegaram?

Ou ele ainda estava acordado ou se levantara muito cedo, porque meu DCS vibrou ao receber a resposta.

Já. Todo mundo ficou assustado, mas elas estão apenas vigiando o perímetro do acampamento.

Se vocês permitirem, elas também os manterão aquecidos.

Acho que, para a maioria de nós, isso é pedir demais.

Alguns minutos depois, ele disse que precisava ir, de modo que peguei os fones de ouvido, botei uma música e comecei a brincar com os mapas dos arredores de Range, tentando descobrir o que fazer a seguir. Não podíamos voltar para o laboratório de Menehem até que tivéssemos um plano. E não teríamos um bom plano até que tivéssemos aprendido o máximo possível sobre os livros... e as sílfides.

Tínhamos sílfides.

Tínhamos o veneno.

E tínhamos quatro pessoas que não desistiriam.

Precisava haver um modo de impedir Janan de ascender.

Acabei dormindo, e sonhei com fogo nas entranhas da terra e no céu, e com sombras flutuando pelo mundo. Sonhei com nascimento, morte e renascimento, e com a esmagadora tristeza de uma vida efêmera.

Senti o corpo mole ao acordar, mas o aroma de carne sendo preparada me arrancou do saco de dormir. Encontrei Stef do outro lado da caverna, ensinando uma das sílfides a cozinhar.

— Certo — falei meio que comigo mesma, enquanto corria os dedos pelos cabelos desgrenhados pelo sono. Sam e Whit tinham saído. — O café fica pronto em quanto tempo?

— Só mais um pouco. — Ela ajeitou o tabuleiro sobre uma pedra. Não havia fogo embaixo, apenas uma sílfide enroscada no metal, que brilhava como brasa. — E você quer dizer almoço. A gente dormiu o dia quase todo. Os outros saíram para caçar mais alguma coisa antes que recomece a nevar. Se importa de ir chamá-los?

Calcei as botas e peguei as lanternas e baterias solares para recarregá-las do lado de fora enquanto ainda houvesse luz.

O céu estava nublado e o ar frio pinicava meu rosto, mas não estava com cara de que teríamos uma tempestade muito forte. Talvez um pouco de neve. O suficiente para cobrir nossos rastros.

Em vez de perambular pela mata procurando por Sam e Whit, mandei uma mensagem e esperei ao lado de um riacho, aproveitando o máximo que podia da luz do sol. Com essa história de ficar acordada até altas horas da madrugada, os últimos dois dias tinham arruinado meu relógio biológico.

Depois que os dois retornaram e nós comemos, saí com Sam para dar uma volta, levando conosco minha flauta e uma lanterna. Não estava escuro ainda, mas era difícil enxergar as trilhas abertas por animais sob as copas das árvores.

— O tempo frio vai deixar o som mais vibrante. — Ele olhou de relance para a mata. — E isso pode afugentar nossa comida.

— Então vamos por aqui. — Conduzi-o na direção oposta de onde ele tinha vindo antes. — Eu queria te perguntar uma coisa. Sobre as sílfides.

Elas tinham ficado na caverna. Sam e eu estávamos sozinhos.

— Pode perguntar — respondeu ele.

— Tenho a impressão de que quase consigo entender algumas palavras. — Lancei-lhe um olhar de esguelha, mas ele observava a floresta enquanto caminhávamos. — Ontem à noite, enquanto eu conversava com Cris, pude jurar que ele disse alguma coisa. Mas, então, ele desapareceu.

Sam ficou em silêncio por um tempo. Estávamos descendo uma encosta pedregosa quando ele, por fim, falou:

— Achei que fosse a minha imaginação. Consigo captar as emoções quando elas cantam, mas às vezes tenho a impressão de escutar palavras. Ou... algo como palavras. Alguma coisa que me faz pensar em palavras.

— Exatamente. É isso o que eu sinto. — Entrelacei os dedos enluvados com os dele, aliviada. — Cris disse que elas são meu exército.

— Seu exército. — Sam soou maravilhado.

— Eu sei. Parece loucura para mim também.

As palavras seguintes, num tom baixo e esperançoso, transbordaram reverência.

— É tão estranho assim? Veja o modo como elas te seguem, como te protegem. Elas têm agido como seu exército desde a primeira vez que as vimos no laboratório. Elas estão te escoltando.

— Só gostaria de saber por quê.

— Eu também. — Ele perscrutou a margem de um riacho raso e me conduziu em direção a uma pedra grande o bastante para que nós dois pudéssemos nos sentar. — Temos muito o que perguntar às sílfides.

Com certeza, embora fosse uma declaração que eu jamais esperaria ouvir de outra pessoa. Alguns meses antes, tínhamos tentado adivinhar o motivo de elas estarem me seguindo e se nos queimariam enquanto dormíamos. Agora Cris era uma delas. Agora estávamos *contando* com as sílfides.

— Obrigada. — Apertei o estojo da flauta de encontro ao peito enquanto Sam espanava a neve da pedra e se sentava. Ajeitei-me ao lado dele e coloquei a flauta no colo, aproximando-me o máximo possível sem sentar no colo do Sam.

— Pelo quê? — Ele passou o braço em volta de mim e botou a lanterna no chão, que ficou iluminando nossas botas, a água batendo nas pedras e os espinhos de abeto. Sua perna pressionou a minha.

— Por entender o que eu disse sobre as sílfides. E por não achar que eu fui louca ao defender os centauros. Sei que todo mundo tem uma história para contar, mas...

Sam se virou e repousou a outra mão em meu joelho. Seus dedos se fecharam em volta da rótula, e pude sentir o calor mesmo através das camadas de tecido que nos separavam.

— Eu confio em você. Você vê o mundo de uma forma diferente do resto de nós, e quero aprender a vê-lo assim também. Você nos desafia, nos inspira. Você *me* inspira. Estávamos errados a respeito das sílfides. Talvez também estejamos errados acerca dos centauros.

Baixei a cabeça, tentando esconder o rubor em minhas faces.

— Talvez vocês não estivessem errados sobre as sílfides no começo. Como você mesmo disse, elas parecem gostar de mim. Mas isso não muda milhares de anos de violência entre vocês.

Ele deu uma risadinha, parecendo cansado.

— Você tem bons instintos. Está certa em questionar as coisas, mesmo já tendo escutado todas as nossas histórias. Se não tivesse questionado a reencarnação, ainda estaríamos em Heart, sem ideia do motivo de Deborl ter tomado a cidade, nem do que estaríamos sendo obrigados a construir.

— Talvez fôssemos mais felizes sem saber. — Isso soava como se não fôssemos felizes agora. Mas será que éramos? Eu era feliz *com ele*, mas aquele negócio todo de tomar tiro, fugir de explosões e esconder em cavernas... aquilo certamente não me fazia feliz.

— A gente teria problemas de qualquer jeito, Ana.

— Ah. — Isso soava ainda pior do que o que eu tinha dito, mas provavelmente Sam estava certo. Eu podia causar problemas apenas respirando.

— A vida não é perfeita. Tem sempre algo que nos machuca, mas é importante apreciar as coisas boas também. — Ele me deu um beijo no rosto, e sua respiração aqueceu minha pele. — Se não fosse o fim do mundo, seria outra coisa. Talvez não tão séria ou terrível, mas sempre acontecem coisas na vida que o tornam infeliz se você permitir.

— Pensar sobre o fim do mundo me deixa infeliz, e não acho que seja porque eu esteja permitindo.

Ele riu.

— Isso também me deixa infeliz. Só estou dizendo que...

— Já entendi. — Na verdade, mais ou menos, mas não queria que ele continuasse tentando explicar. — Mas você me faz feliz. — Parecia vital que ele soubesse. Virei-me para fitá-lo, seu rosto uma sombra acolhedora no lusco-fusco invernal. — Por mais problemas que tenhamos, você me faz feliz. E quero permitir que você continue me fazendo feliz. Nem sempre sou muito boa com isso. — Minha respiração saiu pesada, enevoando o espaço entre nós.

A música sempre fora algo reconfortante, assim como Sam, mesmo antes de nos conhecermos. Suas composições, seu modo de tocar, seu canto. No entanto, essa felicidade costumava ser algo distante. Dizia respeito à vida de outra pessoa. Eu gostava de imaginar o mundo além do Chalé da Rosa Lilás, mas era apenas um sonho longínquo, pois jamais seria a minha vida.

Mas, então, esse sonho *tornou-se* a minha vida. Sam apareceu, me proporcionou música e uma felicidade só minha. A vida com a qual eu sempre sonhara de repente se tornou real, e tentar encaixar isso com minha antiga vida era mais difícil do que eu havia previsto.

Eu ficava esperando acordar a qualquer momento.

Como se entendesse tudo o que eu não estava dizendo, Sam me beijou. Sua boca era quente e delicada, e seus dedos, macios em contato com a minha nuca.

— Gostaria de poder te dar todo o tempo que você precisa para se acostumar com a felicidade. Vidas inteiras, se fosse preciso. Eu esperaria indefinidamente até você descobrir como é ser feliz.

Nós não tínhamos todo esse tempo. De qualquer forma, esperava não precisar tanto. Eu me sentiria realmente estúpida.

— Você me faz feliz também. — Ele beijou meus lábios. Meu nariz. Meu queixo. Minha testa. — Você me faz sentir... tudo.

Meu coração bateu três vezes mais rápido quando ele me beijou de novo. Com o Sam, eu poderia ser feliz para sempre.

Ou, pelo menos, por toda essa única vida que me fora destinada.

Recuei.

— E se Janan pretendesse continuar reencarnando as pessoas?

Sam não disse nada, mas seu silêncio foi revelador. Ele não queria morrer. Ninguém queria. Como, se ninguém sabia o que acontecia depois? Para onde você ia após morrer definitivamente? O que você iria fazer?

— Pouco antes da cerimônia de rededicação do ano passado, você e Stef conversaram sobre escolhas. Você disse que ficava feliz por não ter que escolher entre mim e Ciana, porque como alguém poderia escolher entre duas pessoas que amava? Depois você me disse que se tivesse que optar, se a sua opinião contasse, você escolheria a mim.

— Ainda me sinto assim. Vou sempre escolher você.

— Acredito em você. — Fechei os olhos e deixei que ele me abraçasse, tentando não pensar no que Sam e os outros tinham decidido cinco mil anos antes, no fato de terem conscientemente trocado a vida das almasnovas por sua própria imortalidade.

Cinco mil anos antes, eles haviam escolhido a si mesmos.

— Sarit acha que Janan continuará reencarnando as almas antigas porque precisa de gente para governar. Qual é o sentido de ser poderoso e imortal se você estiver sozinho?

Sam anuiu.

— Imagino que qualquer coisa seja possível, mas como Stef e Cris disseram, Janan não vai querer compartilhar seu poder.

— Mas Meuric estava desesperado para botar as mãos na chave. Ele disse que precisava dela para sobreviver.

— Ele estava louco quando disse isso, não estava? Morrendo de medo de Janan? Estava preso no templo havia meses. — Sam não parecia sentir a menor pena de Meuric, mas ter consciência do destino ao qual eu submetera o antigo Orador não devia ser fácil de digerir. — Talvez — continuou ele —, Meuric quisesse dizer que Janan o mataria caso ele não estivesse com a chave, pois isso significaria que ele havia falhado. Ou então que Janan o curaria se ele estivesse com ela. Quem sabe o que ele achava que iria acontecer?

Baixei os olhos para minhas botas, tentando organizar meus próprios pensamentos e emoções, e encontrar um meio de pedir ajuda sem que ele percebesse o quanto eu estava dilacerada por dentro.

— O que você faria? — perguntei num sussurro. — Apenas alguns de nós conseguem compreender de fato que Janan não continuará reencarnando as pessoas depois que ascender. Segundo Sarit, todos verão minhas ações como uma escolha entre as almas antigas e as almasnovas.

— E?

— E se houvesse uma escolha? O que você faria?

Toda a resposta que obtive foi o gorgolejar da água batendo nas pedras. Sam manteve os olhos fixos na floresta escura enquanto uma neve suave começava a cair por entre os galhos desnudos acima.

— Isso não é um teste — acrescentei por fim. — Não estou buscando uma resposta determinada. Não gostaria de ser responsável pela reencarnação nem por escolher quem vive ou morre. Mas você já viveu tantas vidas; esperava que pudesse compartilhar comigo sua sabedoria.

— Sei que a pergunta não foi um teste. Só estava pensando. — Ele acariciou minha bochecha, e os dedos enluvados repousaram sob meu queixo. A lã suave roçou minha pele, quase como um beijo, e Sam se aproximou ainda mais, a ponto de eu só conseguir ver seus olhos. Sua voz soou baixa e rouca. — Eu escolheria você. Sempre. Qualquer que fosse a consequência.

Meu coração inflou tanto que de repente pareceu grande demais para caber no peito.

— Essa é provavelmente uma resposta muito egoísta — continuou ele —, mas é verdade. Quando penso nas possíveis consequências de qualquer cenário, sempre me pergunto o que aconteceria com você, e se poderíamos continuar juntos. Qualquer resultado que não envolva pelo menos uma vida longa ao seu lado não é opção para mim. Já vivi centenas de vidas, Ana. Já amei, senti solidão e sofri por coisas que não podia ter. Sempre busquei me certificar de aproveitar ao máximo cada vida, porque vi outros se tornarem fracos e complacentes. Vi pessoas deixarem de viver e passarem apenas a existir. Já me senti tentado a seguir por esse caminho, porque, de vez em quando, ele parece mais fácil do que a dor constante de se importar com alguém ou de tentar crescer, melhorar e ser mais do que você é. Também já vivi tempo suficiente para saber que há poucas coisas mais importantes do que estar com a pessoa que você mais ama na vida. E essa pessoa é você, Ana. De que me serve a reencarnação se eu não puder ter você? De que adianta impedir Janan se você não estiver comigo? O que quer que tenha que ser feito, qualquer escolha que eu precise fazer para nos manter juntos... essa seria a minha opção.

Antes que eu pudesse pensar numa resposta, Sam colou os lábios nos meus e o mundo pareceu desmoronar. Ele me beijou, fazendo com que a sensação de nervosismo na boca do estômago se tornasse um forte pulsar. Beijei-o de volta com tudo o que havia dentro de mim, sentindo suas mãos no meu rosto, afastando meu capuz, entrelaçando-se em meus cabelos. Ele beijou meu pescoço e afastou a gola do casaco como se quisesse beijar meu ombro também.

Eu ardia de desejo por ele. Por seus toques, seus beijos, por vidas de amor compartilhado.

Uma onda de calor invadiu meu corpo quando Sam me deitou de costas, as mãos apoiando minha cabeça e a base das minhas costas até eu ficar esparramada sobre a pedra plana, os cabelos espalhados por todos os lados. Ele se deitou em cima de mim, acariciando meu rosto, as laterais do meu corpo, meus quadris, e, quando seus olhos encontraram os meus, vi algo cru, latente, refletido neles. Fome. Desejo. Será que era isso que ele via nos meus olhos também?

Um cervo atravessou correndo a mata. A respiração descompassada do Sam pairou no ar como uma névoa esbranquiçada enquanto ele corria os olhos em volta, parecendo lembrar que estávamos à vista de tudo e de todos.

— Cinco minutos sozinho com você e já tento arrancar suas roupas. — Ele tocou minha barriga, deixando-me toda arrepiada, e apontou com a cabeça para meu casaco aberto.

Lutei para recuperar o fôlego.

— Na verdade, foram uns quinze ou vinte minutos. — Estremeci, tanto pelo toque dele quanto pelo ar gelado. — Se não estivesse tão frio e estivéssemos sozinhos num lugar privado, eu o encorajaria a continuar.

Sam fechou meu casaco.

— De repente fiquei com muita raiva do tempo, do fato de precisarmos estar aqui fora para ficarmos sozinhos e da situação toda. A gente podia estar fazendo tantas outras coisas.

Não fiz menção de me sentar, mesmo com o frio que irradiava da pedra passando pelo casaco e gelando minhas costas. Meu corpo ainda vibrava com o toque dele, o desejo que ele despertara dentro de mim.

— *Muita* raiva. — Na primeira oportunidade que tivéssemos, eu iria em frente. Algum lugar em que pudéssemos ficar sozinhos, protegidos do tempo e aconchegados. E sem nenhuma pedra.

Enquanto observávamos os flocos de neve caindo no riacho, pensei nas palavras de Sam, no que ele dissera, em como qualquer decisão estaria atrelada a ele poder ou não ficar com a pessoa que amava. Comigo.

Que sensação maravilhosa!

— Você trouxe a sua flauta por causa das sílfides? — perguntou ele, após alguns minutos de silêncio.

— Foi. — Forcei-me a sentar. — Achei que elas gostariam de escutá-lo tocar.

— Eu? — Ele segurou o estojo de modo delicado e reverente.

— Faz semanas que você não toca para mim. Tenho certeza de que precisa treinar.

Sam deu uma risadinha e tirou a flauta do estojo, fazendo com que a haste de prata parecesse pequena e delicada em suas mãos. Segurou-a como se ela fosse um objeto precioso.

— Sua mão está boa para tocar? — perguntei.

Ele assentiu.

— Então toque para mim. — Afastei-me um pouco para abrir espaço para ele. — Toque para as sílfides. Ainda não encontrei uma canção que elas não gostem.

— Canções têm letra — murmurou ele de modo automático, a respiração sibilando sobre a boquilha. Sam se aqueceu com uma série de notas longas, escalas e exercícios rítmicos e, em seguida, preparou-se para tocar.

O gorgolejar da água proporcionava a percussão, e o sussurro do vento, a harmonia. Sam deu à natureza alguns segundos antes de começar com uma nota grave, um trinado evocativo e uma melodia profunda que poderia muito bem traduzir algo com o qual eu havia sonhado.

Sempre que a natureza mudava, a música mudava também. O som de algo batendo na água clareou o humor, e o tom se tornou esperançoso; o uivo de um lobo ao leste trouxe de volta as notas evocativas. As ameaçadoras rajadas de vento deixaram sua forma de tocar igualmente ameaçadora. Quando fechei os olhos, não soube dizer quem conduzia a música: Sam ou a natureza. A impressão era de que ele estava conduzindo tudo, até mesmo a brisa e a intensidade da neve. E quando minha garganta vibrou, murmurando um acompanhamento, senti-me propensa a acreditar que Sam era alguma espécie de mágico.

Eu não conhecia a música, embora meu coração ansiasse por ela, antecipando a nota que viria a seguir, ainda que eu não devesse saber qual seria.

Somente quando gemidos de outro mundo se juntaram à melodia foi que saí do transe e voltei a mim. Sam parou de tocar, como se houvesse alcançado o fim da música, como se as sílfides tivessem chegado bem a tempo, tal como ele pretendia.

— Isso foi lindo — murmurei.

Ele não disse nada, como se compor música espontaneamente com a natureza fosse algo que fizesse o tempo todo.

O calor se espalhou pela área. Os flocos de neve derretiam em contato com as sílfides, e o pequeno córrego onde elas tinham se reunido liberava nuvens de vapor. Engraçado, um minuto antes estava tão frio que eu não conseguia sentir minhas orelhas.

Uma das sílfides se aproximou, um ser assustador na penumbra do fim de tarde, e se identificou com uma rosa negra.

Ver Cris daquele jeito fazia meu estômago se retorcer. Ele não se parecia em nada com o jovem alto que eu conhecera no Chalé da Rosa Lilás alguns meses antes. Na época, Cris era todo ossos protuberantes e grandes sorrisos. Construía estufas para cultivar rosas o ano inteiro, cuidava dos esquilos e das tâmias, criaturas que os outros consideravam pestes.

Ele salvara a mim e a Stef.

Não tinha mais olhos que eu pudesse fitar, mas ergui o queixo e tentei de qualquer forma:

— Entendi o que você disse ontem à noite.

Todas as sílfides murmuraram, esperançosas.

— Queremos saber tudo — interveio Sam. — Começando com o que você falou para a Ana ontem à noite. Essa história de vocês serem o exército dela. Por quê? Como?

Olhei para ele de cara feia. Havia coisas mais importantes para perguntarmos às sílfides — mas talvez não para ele.

A música que elas entoaram me fez pensar no inverno, no frio, em correr e pular. Trinados e assobios, sons estimulantes, tais como pesadelos enganosamente agradáveis. O canto das sílfides abafou todo e qualquer outro ruído da noite; nem mesmo o riacho ousou interromper.

Foi preciso um certo esforço para compreendê-las. Não era fácil, mas eu estava aprendendo.

— Uma de cada vez. — Minha voz soou desafinada após a melodiosa música das sílfides. — Falem uma de cada vez. Não posso entender todas vocês ao mesmo tempo.

Cris soltou um assobio e se aproximou.

"Fiquei todo esse tempo fora porque estava procurando pelas outras."

Finalmente. Comunicação.

— Você as reuniu para montar o meu exército?

Ele assentiu.

"Depois que deixei Heart, algumas sílfides me encontraram. Nós ficamos amigos, e eu lhes contei tudo o que sabia. Elas me disseram que têm vigiado você a vida inteira. Estavam te esperando…"

— Me esperando para quê? — Baixei os olhos para os joelhos. Não conseguia encarar Cris e as outras. Mesmo agora, podia senti-las me observando.

"Para deter Janan."

13
ANTES

O QUE AS LEVAVA a pensar que eu podia fazer alguma coisa?

"As sílfides esperaram muito tempo por você. Elas torciam para que você visse a verdade acerca de Janan. Após milhares de anos, muitas deixaram de acreditar, mas ao descobrirem você no Chalé da Rosa Lilás, a notícia se espalhou rapidamente".

— Não entendo.

"As fênix amaldiçoaram as sílfides. A única forma de quebrar a maldição é impedindo Janan de ascender. No entanto, elas não podem fazer isso sozinhas."

— Isso não me parece uma maldição muito justa.

Cris soltou um trinado semelhante a uma risadinha, e as outras liberaram um pouco mais de calor.

"Não. Mas as fênix disseram a elas que havia a possibilidade de nascer uma almanova, alguém que *poderia* quebrar a maldição detendo Janan. Todas as sílfides, então, juraram que fariam o que fosse preciso para encontrar essa alma e mantê-la em segurança. Elas fariam qualquer coisa para serem perdoadas."

Perdão. Uma teoria se esboçou em minha mente, mas pensaria nela depois.

"Quando você era criança, todas as armadilhas em torno do Chalé da Rosa Lilás foram removidas."

Sam e eu nos entreolhamos.

— Foi Li quem fez isso? — perguntou ele. — Na esperança de que a Ana fosse "acidentalmente" morta por uma sílfide?

As sombras ondularam. Sim.

"Mas elas sabiam que você era diferente, e a protegeram. Elas mantinham seu quarto aquecido durante o inverno, e sugavam o excesso de calor nos meses de verão. Também cantavam para você dormir sempre que a escutavam chorar."

Parecia loucura, mas Cris não mentiria para mim, e, além disso, eu costumava sonhar frequentemente com sombras aquecidas. Talvez não tivessem sido sonhos afinal.

— E quanto ao ataque no dia do aniversário dela? — quis saber Sam. — E no dia seguinte, quando uma sílfide queimou as mãos da Ana?

"Elas só queriam se comunicar. Viram a Ana deixar o chalé, e perceberam que ela estava indo embora de vez. Elas acharam que a Ana estava pronta para deter Janan, de modo que a seguiram e tentaram cantar com ela. Mas a Ana ficou assustada e fugiu. Se as sílfides quisessem machucá-la, teriam feito isso enquanto ela dormia."

— Mas elas me perseguiram.

Cris encolheu-se ligeiramente.

"Elas ficaram animadas. Quando a viram se jogar de um penhasco para escapar, perceberam que você tinha ficado assustada. Assim sendo, no dia seguinte enviaram apenas uma. Você, porém, queria vingança e tentou prender a mensageira, que nesse momento, ficou com medo. Ela jamais teve a intenção de queimar você. Foi um acidente."

O canto soou como um pedido de desculpas, mas eu conseguia me lembrar com demasiada facilidade de correr por entre as árvores, tentando evitar ficar presa nos arbustos. Quase um ano depois, ainda podia sentir meu coração martelando de pavor, e o calor infernal em minhas mãos queimadas.

A recuperação fora sofrida e demorada, e eu passara meses apavorada com a possibilidade de me deparar com alguma sílfide. Tinha medo de que elas estivessem atrás de mim, tal como os dragões pareciam focados no Sam.

E, durante todo aquele tempo, tudo que elas queriam era fazer amizade comigo? Que eu *as* salvasse?

— Foi por isso que as sílfides permitiram que Menehem fizesse experimentos com elas por tanto tempo? — Entrelacei os dedos. — Que decidiram não queimá-lo no dia em que ele descobriu o veneno? Porque queriam que ele continuasse trabalhando nisso?

As sombras ondularam novamente. Exato.

— Aquilo doeu? — A pergunta saiu antes que eu me desse conta.

Um estremecimento percorreu a fileira de sílfides.

Minha voz tornou-se mais aguda, quase inaudível.

— Sinto muito.

Uma a uma, as sílfides se aproximaram, fazendo com que uma leve onda de calor seco roçasse meu rosto. Não senti nada queimar. Foi como entrar num quarto ensolarado e aquecido.

Os sussurros melancólicos me fizeram pensar em quilômetros e quilômetros de areia dourada, em dunas varridas pelo vento. Imagens de água azul-turquesa e ar abafado se formaram em minha mente, de árvores estranhas com folhas grandes e troncos enrugados. Vi lagartos espalhados por todos os lados, tartarugas gigantes e bandos de pássaros brancos guinchando sem parar. As vozes das sílfides pareciam chiar e arrastar como ondas lambendo a praia.

Quando elas se afastaram, soltei um suspiro e estremeci. Não tinha certeza do que fora aquilo. Um presente, talvez? Mas agora que o momento havia passado, o ar frio voltou a soprar por entre as sílfides.

— O que mais você pode nos dizer? — perguntei ao Cris.

Ele ondulou de uma maneira que pareceu um dar de ombros.

"Os livros que você está tentando decifrar eram das fênix. As sílfides podem te ajudar com possíveis traduções para os símbolos, mas decifrar o que eles querem dizer de verdade… isso é com você."

— E quanto às fênix? Você disse que elas previram a possibilidade de eu nascer. Como?

"As fênix não vivenciam o tempo como nós. Elas veem tudo ao mesmo tempo. Veem possibilidades."

— Elas veem o futuro?

Cris soltou um gemido de frustração.

"Não. Veem possibilidades. Da mesma forma como você vê a água em um riacho. Ela está sempre em movimento. Você pode ver o que a água está fazendo agora. Mas depois ela pode ser sugada pela terra, evaporar ou até se juntar a um rio maior. Mesmo que você conheça o curso do riacho, ainda há a possibilidade de que algo aconteça com a água, tal como ser ingerida por um animal. Existem centenas de possibilidades. É isso o que as fênix veem."

Isso ainda não fazia muito sentido para mim, mas assenti assim mesmo.

Sam franziu o cenho.

— Do jeito como você fala, as fênix parecem ser muito poderosas. Elas veem possibilidades, amaldiçoam as sílfides, constroem prisões para encarcerar Janan e seus aliados...

Todas as sílfides assobiaram e ficaram mais quentes, mas Cris não se deu ao trabalho de explicar a reação. Ainda assim, eu tinha minhas suspeitas.

Sam prosseguiu com mais tato.

— Se as fênix têm tanto poder e querem derrotar Janan, por que não nos ajudam? Por que deixar isso por conta de um grupo de sílfides e de uma almanova?

Cris estremeceu, fazendo brotar uma série de rosas negras à sua volta.

"O perdão precisa ser conquistado. Se quisermos ser perdoadas, precisamos fazer por onde, mesmo que não possamos fazer isso sozinhas. Para obtermos êxito, precisamos que Ana esteja disposta a ajudar. E você também, Dossam."

Cris passou direto por mim.

— E quanto às fênix?

"Elas não *precisam* que Janan seja detido, não mais do que a terra precisa que a lua se mantenha em órbita ao seu redor. O mundo seria diferente sem a lua, mas a terra continuaria existindo."

Assenti, pensando nas inúmeras perguntas que ainda desejava fazer, ao mesmo tempo em que tentava assimilar tanta informação. Não tinha ideia de por onde começar.

Um arbusto farfalhou nas proximidades, e um lobo uivou ao sul.

— É melhor a gente voltar. — Sam passou um braço em volta de mim. — Os outros devem estar se perguntando onde a gente se meteu. — Guardou a flauta de volta no estojo. O cantarolar das sílfides ficou gradativamente mais distante à medida que elas desapareceram mata adentro. Apenas uma permaneceu conosco.

Cris nos acompanhou no caminho de volta para a caverna, que iluminamos com a lanterna que Sam trouxera. A neve estava mais intensa agora, obscurecendo o mundo fora do nosso pequeno círculo de luz.

Ao chegarmos, encontramos Whit e Stef analisando as anotações sobre os livros do templo. Uma pilha de coelhos mortos aguardava num dos cantos para ser curtida.

Joguei um pano sobre a carne.

— Vocês deram sorte com as armadilhas, hein? — Pelo menos não morreríamos de fome.

Whit fez que não.

— Nós levamos as sílfides para caçar. Elas encontram o coelho, o perseguem, matam rapidamente e depois a gente pega.

— Elas caçam *e* cozinham. Quem poderia imaginar que as sílfides seriam tão úteis? — Sentei ao lado dos dois e dei uma olhada nas anotações que eles tinham feito, mas nada chamou minha atenção. — Algum de vocês já esteve no mar? — perguntei.

— Várias vezes — respondeu Whit. — Ele é lindo, mas pode ser perigoso.

— Como? — As pinturas que eu vira eram maravilhosas, e o vislumbre que as sílfides tinham me proporcionado fizera com que o mar parecesse algo de outro mundo.

— Tempos atrás, um grupo construiu uma embarcação para nos levar a diferentes ilhas e continentes. Queríamos explorar. Mas nos perdemos no meio do mar. Isso foi antes de entendermos que o oceano é *enorme* e que é muito fácil alguém se perder, de modo que não estávamos preparados. Por sorte, tínhamos máquinas para dessalinizar a água e torná-la potável.

— A água é salgada? — Abafei uma risadinha. — Que horror!

Atrás dele, Stef anuiu com um forte menear de cabeça.

Whit prosseguiu:

— Ficar perdido, sem ter ideia de para onde ir, não foi o problema. Um kraken nos encontrou, partiu a embarcação em cinco pedaços e começou a comê-la.

Tive sorte o bastante de não ser comido vivo. Pelo menos, acho que sim. Mas, pensando bem, deve ser mais rápido do que morrer afogado.

Estremeci, tentando não pensar em todas as vezes que eu estivera em situações similares. Não fosse pela experiência de Menehem, Janan teria me consumido antes mesmo de eu nascer. Depois disso, eu quase morrera afogada no lago Rangedge.

— Não estou falando muito, estou? — Whit franziu o cenho.

— Não. Só estava me lembrando de outra coisa.

Sam tocou minha mão.

— Ainda assim, o oceano é lindo. Na maior parte do tempo.

Whit concordou com um menear de cabeça.

— E há vários oceanos. Alguns gelados, outros quentes. Em alguns, a água é tão azul que não parece real. Adoro o som das ondas batendo nas pedras ou na areia... — Ele se deixou perder na lembrança.

Quanto tempo era preciso para alguém desenvolver aquela expressão de estar em outro lugar? Uma vida? Duas? Quão fácil era para alguém mergulhar no passado e perder toda a noção de presente?

Eu não fazia ideia. O presente me pressionava, forte, insistente e real.

No decorrer da semana seguinte, traduzi mais alguns símbolos com a ajuda das sílfides.

Encontrar novos significados para diferentes símbolos ficara fácil. As sílfides conheciam diversas palavras para cada um deles e sabiam como os modificadores funcionavam, embora nem sempre conseguissem dizer com precisão o significado de um símbolo num contexto específico. Assim sendo, uma frase podia significar: "Pessoas se aproximando da cidade" ou "Humanos atacando a prisão". Ou outra coisa totalmente diferente.

No entanto, após dias analisando um promissor trecho do texto, encontrei uma tradução que confirmava meus piores medos. Certa tarde, após o almoço, entreguei meu caderno a Stef para que ela me desse sua opinião.

A conversa se aquietou enquanto ela lia, e algumas sílfides deixaram a caverna. Cris, que podíamos identificar pela rosa negra, permaneceu.

Ficamos todos esperando e observando Stef; após um tempo, ela me entregou o caderno de volta e falou num tom sério:

— Me parece correto.

— Obrigada. — Peguei o caderno e retomei o início da história. — Então imagino que se todos estiverem preparados para saber...

— Estamos. — Whit afastou os pratos sujos e limpou as mãos. — Quem sabe depois a gente possa ir embora dessa caverna.

Assenti. A gente iria embora, mas eu tinha minhas dúvidas de que ele gostaria do lugar para o qual estava pensando em ir.

— Acomodem-se. — Enquanto eu falava, ajeitei meu saco de dormir de modo a poder recostar na parede e apoiar o caderno nos joelhos. Cris manteve-se próximo e Sam sentou de pernas cruzadas ao meu lado. Ofereci a ele minha mão livre, que a segurou no colo e ficou brincando de traçar o contorno dos meus dedos.

A mágica do esquecimento que afetava Whit fora rachada e estava se desfazendo, mas ele ainda não estava totalmente livre dela. Levava um tempo. Sam e Stef, porém, se lembrariam de tudo o que eu estava prestes a dizer, e quanto mais repetíssemos para Whit, melhores seriam as chances de ele reter a informação.

— Em primeiro lugar, preciso dizer a vocês o que são esses livros. Eles registram a história, mas como Meuric disse, ninguém os escreveu. Foram simplesmente escritos. Não sei quando nem como, mas esse aqui... — Peguei um dos livros e o abri. — Fala sobre o meu nascimento.

Whit arrancou o livro da minha mão como se quisesse ver com os próprios olhos.

— Como isso é possível? — Sam se inclinou para dar uma olhada no texto nas mãos de Whit, mas franziu o cenho e se recostou de volta ao perceber que não conseguia ler nada.

— Ninguém escreveu os livros. Eles foram escritos à medida que a história se desenrolava. Mas eles pertencem às sílfides. Foram roubados, juntamente com a chave do templo. — Balancei a cabeça, pensando. — Estou me adiantando.

É melhor começar com o que vocês foram forçados a esquecer. Antes de vocês aparecerem, o velho mundo entrou em colapso. A nova era começou com catástrofes e o surgimento de criaturas até então consideradas lendas. Dragões, trolls, pássaros roca, centauros... e fênix. Milhões de humanos morreram durante os terremotos e erupções vulcânicas que ocorreram pelo mundo afora. Furacões varreram a terra. Apenas um pequeno número de pessoas sobreviveu à destruição, e não demorou muito para que elas também perecessem. Foi quando tudo isso começou.

— Havia humanos nessa época? — perguntou Whit.

— Ao que parece, muitos.

— Então eles deviam ter sua própria sociedade. Avanços tecnológicos. Ideias, sonhos, uma *cultura*. O que aconteceu com tudo isso? Como é possível que nada disso tenha sobrevivido?

— Muita coisa sobreviveu. — Não consegui disfarçar meu olhar de compaixão. — Mas Janan queria que vocês acreditassem que ele os havia criado. Por que ele permitiria que a cultura da sociedade anterior continuasse prevalecendo? Ele apagou o passado da mente de vocês, assim como apagou muitas outras coisas. Mas quando vocês tinham momentos de inspiração ou ideias para novas invenções, talvez parte disso fosse decorrente de coisas que vocês haviam aprendido em sua primeira vida e que tinham vazado pela mágica do esquecimento.

— Nossas invenções. — Stef olhou de relance para seu próprio DCS, minha flauta e nossas lanternas. — Então nenhuma dessas coisas que pensávamos serem nossas é realmente *nossa*.

Senti a garganta apertar, mas não soube o que dizer. Eu não sabia se ela estava certa ou... ou o quê. Os livros não falavam nada sobre isso.

Sam tocou minha perna.

— O que aconteceu então?

Dei uma olhada em minhas anotações.

— As catástrofes ocorreram antes de as fênix começarem a registrar a história, portanto o que as provocou é um mistério. Talvez a gente nunca descubra. De qualquer forma, não é importante. O que importa é como as pessoas reagiram. — Encontrei novamente o ponto onde eu havia parado. — A humanidade sofreu fortes baixas à medida que outras espécies dominantes foram conquistando espaço ao redor do mundo. Após uns cem anos vivendo com a constante ameaça de extinção, nasceu um novo líder.

— Você provavelmente deveria mencionar que até então as pessoas não reencarnavam. — Stef correu os olhos pelo grupo. — As pessoas simplesmente viviam e morriam, como todas as criaturas.

— Por isso a população humana foi reduzida. — Sorri para ela. — Obrigada. Ela assentiu com um menear de cabeça.

— Pois bem, esse novo líder se chamava Janan. Ele era um homem forte e tinha planos de não somente resolver o problema recorrente dos seres humanos... de acabarem sendo mortos pelas várias criaturas com as quais precisavam dividir seu pequeno território... mas de guiá-los em direção a uma forma mais elevada de vida: jamais morrer. Janan descobriu que as fênix se erguiam de suas próprias cinzas e ficou com ciúmes. Ele reuniu dezenas de seus melhores guerreiros e, juntos, eles saíram à caça de uma fênix, na esperança de descobrir o segredo de sua imortalidade. Conseguiram capturar uma e exigiram respostas, mas a fênix não lhes disse nada. — Minha voz falhou. — Assim sendo, eles a torturaram e perguntaram de novo, mas nem assim ela revelou o segredo. Enquanto a torturavam, o sangue dela escorreu sobre eles, mudando-os. Mas ninguém percebeu.

Stef e Whit olharam para as próprias mãos e Sam fechou os olhos, como se visualizasse tudo em sua mente. As sílfides se calaram.

— Pouco tempo depois, outras fênix vieram em socorro da companheira. Elas estavam furiosas, mas não mataram os atacantes. O preço para uma fênix tirar uma vida é o fim do seu ciclo de nascimento e morte. Então, para puni-los, elas conjuraram torres nos lugares mais perigosos do mundo, como selvas e desertos, e sobre gigantescos vulcões. Dentro das torres, eles não morreriam de fome nem de sede. Teriam o que tanto desejavam, a imortalidade, mas ficariam sozinhos pelo resto de sua interminável vida. Elas os separaram para que eles não pudessem conspirar novamente. As torres estavam vazias. E não tinham portas. Apenas uma chave especial poderia afetar a pedra. — Olhei de relance para o Sam, que tirou a chave do templo do bolso. Ela cintilou sob a luz mortiça das lamparinas.

— Essa é a chave? — indagou Whit.

Fiz que sim.

— Como ela veio parar nas nossas mãos?

Voltei os olhos novamente para o caderno.

— Meuric a roubou. Ele estava presente quando Janan e os outros atacaram a fênix, e quando as outras os capturaram e levaram embora. Mas ele não participou do ataque; Meuric permaneceu na floresta, escondido. Quando ele voltou para junto dos demais, disse a eles apenas que Janan e os guerreiros tinham sido capturados e aprisionados pelas fênix, mas não contou o que eles tinham feito para merecer tal castigo. Ele, então, enviou um grupo para roubar a chave, que retornou não somente com ela, mas com uma pilha de livros.

— Esses livros? — perguntou Whit, tocando a lombada de couro do volume mais próximo e me levando a imaginar se ele achava que tinha sido um dos responsáveis por pegar os livros. Talvez ele e Orrin tivessem decidido fazer isso de comum acordo. Os primeiros volumes da biblioteca deles, mais tarde trancafiados por cinco mil anos.

— Os próprios — confirmei. — Muitas pessoas morreram durante a tentativa de roubar a chave, mas os sobreviventes retornaram e a entregaram a Meuric. Tinham agora o que precisavam para libertar Janan. Eles, então, foram atrás dele, e se depararam com um muro enorme circundando uma torre gigantesca. Janan, porém, vinha aprendendo sobre a mágica das fênix imbuída na torre, e percebeu que havia uma forma de alcançar a imortalidade afinal. Tal como Meuric, não contou a ninguém o que ele e seus guerreiros tinham feito. Disse apenas que tinha descoberto o segredo da vida eterna e que, por causa disso, as fênix haviam ficado com ciúmes e o aprisionado. Janan não ia permitir que elas o impedissem de se tornar imortal. Agora que descobrira como isso podia ser feito, não deixaria que nada o atrapalhasse. Começaria consigo próprio e, quando isso funcionasse, faria o mesmo pelos demais. Nesse meio-tempo, ele reencarnaria todo mundo, trocando as almasnovas pelas dos amigos. Todos reencarnariam indefinidamente; nenhuma outra alma nasceria, pois ele só podia reencarnar vocês.

Sam ergueu a cabeça e me fitou. Stef me lançou um olhar preocupado. Mas antes que alguém pudesse perguntar qualquer coisa, prossegui:

— Janan falou que a chave para a imortalidade das fênix era a morte auto-induzida. Após todos se acorrentarem a ele para todo o sempre, Janan pegou a faca que usara para ferir a fênix, cuja lâmina continuava suja com o sangue dourado da criatura, e a cravou no próprio peito. Ele abriu mão de sua forma mortal e se tornou parte da torre, que já estava parcialmente viva devido à mágica das fênix. E todos ali dentro estavam ligados a Janan. Vocês reapareceram do lado de fora da prisão como adultos, sem nenhuma lembrança do que acabara de acontecer. Apenas Meuric se lembrava. Ele deveria encorajar as pessoas a idolatrarem Janan e prepará-las para o retorno dele. Quando vocês atravessaram o muro novamente, havia casas por todos os lados. A prisão fora transformada numa cidade.

Whit franziu o cenho.

— Mas eu achava que tivesse ocorrido uma luta acirrada para ver quem viveria em Heart...

Assenti.

— Talvez tenha. Imagino que na época tudo fosse caótico e estranho. O livro não entra nesses detalhes.

— O que aconteceu com os outros? — perguntou Sam. — Os guerreiros que Janan reuniu para encontrar a fênix?

Lancei um olhar de relance para Cris e para as outras sílfides que tinham ficado conosco na caverna. Várias delas gemeram e se enroscaram.

— Não. — Whit negou com um balançar de cabeça. — Isso não é possível. Cris...

— É a mais pura verdade. — Ergui uma sobrancelha para as sílfides e várias delas anuíram com um pequeno e estranho ondular. — O que aconteceu com Cris foi um caso isolado, sem precedentes, mas os outros foram amaldiçoados pelas fênix. Eles se arrependeram. Desejavam o perdão. As fênix não confiavam neles, mas tinham visto o que Janan estava tentando fazer. Elas deram aos prisioneiros a chance de se redimirem. Obrigaram todos eles a fazer o que Janan tinha feito. Eles cravaram suas próprias armas no peito, as armas cobertas com o sangue da fênix. Os prisioneiros também perderam sua forma mortal, mas não tinham ninguém acorrentado a eles, nenhum laço físico com suas respectivas torres. Em pouco tempo, retornaram como sílfides: almas incorpóreas de sombras e fogo.

— Isso não me parece uma oportunidade de redenção — murmurou Whit.

— A redenção ocorrerá quando eles impedirem Janan de ascender.

— E como eles vão fazer isso? — Stef soou indignada. — Eles estavam simplesmente cumprindo as ordens de Janan. Poderia ter sido qualquer um de nós. Qualquer um de nós... — Sua voz falhou, e ela se fechou numa bola. Sam se inclinou para abraçá-la, e todos ficaram em silêncio por um minuto.

— E quanto ao Cris? — A voz de Whit soou rouca.

Não consegui olhar para a sílfide ao meu lado.

— Ele se tornou uma sílfide porque realizou o mesmo ritual que os outros. Nenhum de nós sabia o que iria acontecer.

Cris entoou uma música, como se quisesse me lembrar de que o infortúnio dele não era minha culpa, mas... eu devia ter feito alguma coisa. Podia tê-lo feito esperar. Devia ter insistido.

Devia.

Sam falou com cautela:

— Mais cedo, você disse que Janan nos explicou sobre a troca das almas. Isso significa que a gente sabia? — Ele me encarou com uma expressão de profunda dor.

Sam não deveria ter chegado a essa conclusão.

— A gente *sabia*, Ana? — Sua voz soou baixa e perigosa. — Há quanto tempo você sabe que a gente aceitou a troca? Há quanto tempo você sabe que nós concordamos em deixar as almasnovas serem *consumidas* para que pudéssemos viver eternamente? Há quanto tempo você está escondendo isso de mim? — As palavras falharam no final e a tristeza tornou-se palpável.

Sussurrei:

— Desde que eu, Stef e Cris ficamos presos no templo.

Ele se virou para Stef com uma expressão de quem se sentia profundamente traído.

— Você sabia também?

Ela anuiu com um simples menear de cabeça.

Sem mais nenhuma palavra, Sam se levantou e saiu da caverna.

14

TRAIÇÃO

FIZ MENÇÃO DE IR atrás do Sam, mas Stef fez que não.

— Dê um tempo a ele.

Caí de joelhos no saco de dormir e me debrucei sobre o livro, cujas páginas ainda abertas revelavam a feia verdade. Não era para o Sam ter descoberto. Jamais.

— Quanto tempo?

Ela deu de ombros, parecendo não saber o que dizer, enquanto Whit franzia o cenho, com uma expressão de quem queria sair correndo atrás do Sam.

— Eu não queria que ninguém se sentisse culpado. — Era verdade, mas as palavras soaram vazias, porque, no fundo, o que eu não queria mesmo era ter que lidar com a culpa e o pesar de ninguém. O estresse pelo que a gente precisava fazer já era avassalador. — Além disso, sei por que vocês tomaram essa decisão. Eu entendo.

Whit me olhou de cara feia.

— Por quê?

— Vocês estavam assustados. — Não consegui fazer com que minha voz saísse mais do que um simples sussurro. — Vocês estavam numa terra estranha e aterrorizante, e Janan lhes ofereceu um meio de retornar caso morressem.

— Muitos tinham mais medo de Janan do que qualquer outra coisa do mundo — acrescentou Stef baixinho. — Ele havia irritado as *fênix*. Tinha feito algo tão grave que elas haviam decidido puni-lo. Quer soubéssemos ou não a verdade sobre o que havia acontecido, sabíamos que tinha que ser algo grande, maior do que a gente, o que significava que Janan também era. Assim sendo, concordamos porque tínhamos a sensação de que ele poderia nos proteger ou nos destruir. Tomamos uma decisão baseada no medo.

— Além disso, as almasnovas jamais saberiam o que estavam perdendo. — Tentei não pensar na não-voz que eu escutara no templo, nem nos choramingos das almasnovas.

— Não importa que elas não soubessem o que estavam perdendo — retrucou Whit. — Nós sabíamos. Sabíamos o que Janan pretendia fazer com elas. E, mesmo assim, tomamos a decisão de fazer a troca.

Um silêncio constrangedor recaiu sobre a caverna e, após alguns momentos, Whit saiu atrás do Sam com um casaco sobressalente pendurado no braço.

Stef me fitou, nitidamente irritada.

— Já que você não é muito boa em guardar segredos, deveria descobrir um jeito mais delicado de revelá-los. — Ela se virou de costas e voltou a atenção para seu próprio DCS.

Agora todos estavam zangados comigo. Stef porque eu contara aos outros, Sam e Whit porque eu não contara antes. Eu provavelmente merecia ficar sozinha.

Enterrei a cabeça entre os joelhos. Cris se enroscou ao meu lado, uma companhia reconfortante.

— Obrigada — murmurei, e ele respondeu com um assobio baixo. Odiava saber que o Sam estava furioso comigo, principalmente porque o que eu precisava fazer a seguir só pioraria as coisas.

Com um suspiro cansado, peguei meu DCS e ativei a função dos mapas, tentando estimar as distâncias e o tempo que levaríamos para percorrê-las.

Quando Sam e Whit voltaram uma hora depois, Stef e eu erguemos a cabeça em expectativa.

— Ana — começou Sam, mas me levantei e fiz que não.

— É melhor vocês se sentarem e escutarem o que eu tenho a dizer. Vocês não vão gostar.

Sam estreitou os olhos escuros, mas se recostou na parede ao lado de Whit. Stef me lançou um olhar preocupado e Cris se encolheu num dos cantos, desaparecendo entre as sombras.

Rezei para que minha voz não falhasse.

— Vou explicar meu plano. Sei que ele vai soar extremo, mas a menos que um de vocês tenha uma ideia melhor, é o único plano que temos. — Uma sensação de medo retorceu meu estômago ao ver meus amigos me observarem com uma expressão cada vez mais cética. — Vamos pedir a ajuda dos dragões.

Sam ficou lívido. Stef me fitou como se quisesse me matar e Whit assumiu uma expressão contrita, como se esperasse que isso fosse uma brincadeira de mau gosto.

Se ao menos fosse!

Cris soltou um pequeno trinado de incredulidade. Todos os olhos se voltaram para ele, mas ninguém disse nada. Eles simplesmente esperaram que eu me explicasse.

— Sei que isso parece horrível, mas me escutem. Os dragões... Eles talvez... Eu li nos livros... — As palavras saíram aos tropeços, batendo e resvalando umas nas outras. Tudo estava saindo na ordem errada.

Parei, engoli em seco e tentei de novo.

— Por milhares de anos, os dragões surgiram do norte. E, todas as vezes, atacaram o templo. Em seu penúltimo ataque, no dia do mercado, lembro de tê-los visto partindo direto para o templo, ignorando todo o resto, até mesmo as pessoas que os combatiam. Lembro de pensar: por que isso? Por que eles estão dispostos a se sacrificar para destruir um prédio? Pensando agora, acho que eles não estavam atacando o prédio. Estavam atacando Janan. Sei que o templo transmite calma e tranquilidade para todo mundo, como se lhes desse segurança, mas desde a primeira vez que o vi, ele me fez sentir péssima. Como se eu precisasse me encolher. Como se algo estivesse me observando e não gostasse de mim. Achei que era devido ao fato de muitas pessoas me olharem e não gostarem de mim, mas depois descobri que Janan era real. E que se não fosse pela experiência de Menehem, ele teria...

Sam ergueu a cabeça, o olhar tão sombrio e angustiado que mal o reconheci. Ele parecia meio enlouquecido, como se pudesse dar qualquer coisa para eu parar de falar.

— Naquele dia, os dragões tentaram destruir o templo. Depois, durante o Escurecimento do Templo, eles surgiram em maior número e atacaram as pessoas também, mas muitos deles ainda seguiram direto para a torre. Enquanto ela estava escura, eles conseguiram rachar a pedra. Enroscaram-se nela, apertando-a e cravando as garras, até que *ela se partiu.*

Após um momento de estranho murmurar, Cris falou:

"Isso só aconteceu por causa do veneno de Menehem."

— Sei que parece uma péssima ideia, e talvez seja, mas meu plano não para por aí. — Por que eu não conseguia calar a boca? As palavras continuaram saindo aos borbotões, como uma cascata. Olhei para Stef e Whit. — Tenho mais do mesmo veneno que Menehem usou. Enquanto estávamos no laboratório, escondi as latas para que ninguém as encontrasse. Se conseguirmos convencer os dragões de que eles terão uma chance de destruir o templo...

Stef fez que não.

— Escute o que você está dizendo! Você está falando em "convencer os dragões". O que a faz pensar que isso é possível?

Senti a garganta apertar, e minhas palavras soaram como pequenos guinchos.

— Os centauros...

Ela fez que não de novo.

— Eles não entenderam nada do que você disse. Você estava com dois de seus filhos e um exército de sílfides ao seu redor. Eles só não nos mataram porque nada consegue ferir uma sílfide.

Cris gemeu baixinho.

Stef o ignorou.

— Os centauros não querem ser seus amigos, Ana. Se eles a tivessem encontrado sem um exército de sílfides, teriam matado você. E todos nós também, se Cris não tivesse aparecido. E agora você fala em dragões, Ana. *Dragões.* — Ela tocou o ombro do Sam, o rosto transmitindo toda a angústia quando ele se desvencilhou com um safanão. — Como ousa pedir uma coisa dessas ao Sam? Você sabe o que acontece. Como pode pedir a ele para morrer?

Olhei para ele, e todo o fogo que ardia dentro de mim se apagou. Eu sabia sobre os dragões. Sabia sobre as trinta vezes em que Sam morrera nas garras daquelas criaturas, e o modo como havia ficado após o ataque ao mercado. Lembrava o terror em seus olhos, a maneira como ele se tornara cada vez mais sombrio e distante.

Sam exibia o mesmo olhar novamente. Medo. Pavor.

Resignação.

A voz dele soou baixa e profunda.

— Ana não está me pedindo para fazer nada que não esteja disposta a fazer ela mesma.

Todos olharam do Sam para mim, mas ele continuou:

— Ana não espera sobreviver a isso. Desde o começo, ela sabe que vai morrer.

Olhei para meus pés.

Sua voz tornou-se amargurada.

— Ela só tem uma única vida, e está disposta a arriscá-la para que os outros possam viver. Nós todos concordamos com isso em prol de um bem maior, sabendo que poderíamos ter que sacrificar nossas vidas. Sabendo que não reencarnaríamos se conseguíssemos impedir Janan de ascender. Após vivermos por cinco mil anos, sei que o fim é um conceito apavorante.

Para onde eles iriam? O que iriam fazer? Sem dúvida a alma sobrevivia.

— E a Ana tem só dezoito anos. — A voz dele falhou. — Quero dizer, dezenove.

Era o meu aniversário. Eu tinha esquecido.

— O que quer que aconteça, ela não irá reencarnar. Se a Ana está disposta a sacrificar o resto de sua vida por isso, eu também estou. Ela não está pedindo nada absurdo. Está pedindo apenas que a gente se redima pelo que fizemos antes.

Eu não havia pensado nisso desse jeito.

— Não estou querendo forçar vocês a fazer nada por causa da culpa...

Sam fez que não e, por um momento, vi uma expressão em seus olhos que não consegui identificar, mas que partiu meu coração. Ele, então, endureceu mais uma vez. Tornou-se novamente distante.

— Você não precisa usar a culpa contra a gente. Se você vai para o norte, então é para lá que todos vamos. Não podemos ficar para trás, podemos? Não dá mais para irmos ao encontro do outro grupo. E não temos como sobreviver sozinhos.

Isso significava que eles iriam comigo não porque me amassem ou acreditassem que eu estava certa, mas porque não havia outro lugar para onde ir. E porque acreditavam que deviam isso às almasnovas.

Eles estavam zangados comigo. Todos eles. Até mesmo Sam.

Principalmente ele.

— Então esse é o seu plano? — perguntou Stef. — O veneno de Menehem, os dragões e uma boa dose de otimismo?

Colocando daquele jeito parecia estupidez, mas eu não cederia.

— Os dragões vão me ouvir.

— Por quê? — Ela franziu o cenho. — Porque você é amiga das sílfides? Porque é uma almanova? Você certamente sabe que nenhuma dessas criaturas, com exceção das sílfides, liga para o que você é. Elas não sabem reconhecer a diferença.

— Vou encontrar um jeito. — Encontraria mesmo. Tinha que encontrar.

Stef me fitou no fundo dos olhos.

— Antes ou depois de eles devorarem o Sam?

As palavras dela foram como facadas no peito.

— Não vou deixar nada machucá-lo. — Tarde demais, constatei ao me virar para ele. O estrago já fora feito.

— Mesmo que você encontre uma maneira de convencê-los, e daí? Você vai liberar o veneno, colocar Janan para dormir e, em seguida, deixar que os dragões arrasem com Heart? — Stef jogou as mãos para o alto num gesto de zombeteira surpresa. — Ah, já sei por que isso me soa tão familiar. Foi exatamente o que Menehem fez.

— Eu *não* sou como Menehem — sibilei. — Vou dizer aos dragões para não ferirem ninguém. E podemos avisar às pessoas para se manterem longe do templo enquanto eles estiverem...

— Fazendo-o em pedaços? — Ela avançou em minha direção. — Você acha que isso vai funcionar? Acha que destruindo o templo irá impedir Janan de ascender?

Meus olhos ardiam devido às lágrimas, mas eu não ia chorar. *Não ia.*

— Ainda não terminei.

— Tem mais? — perguntou Whit.

— Li uma coisa sobre os dragões nos livros. Algo que talvez nos ajude. — Inspirei fundo, tentando me acalmar. — Os dragões têm uma arma.

De repente, a caverna ficou tão quieta que pude escutar a neve caindo lá fora.

— Além dos dentes e das garras? — murmurou Stef de modo sombrio. — Além do ácido?

— Sim.

Sam fechou os olhos.

Tentei não olhar para ele. Para nenhum deles. Procurei me concentrar nas sombras ondulando junto às paredes, mas não consegui ignorar a expressão devastada do Sam.

— Sim, outra arma. Ainda estou trabalhando na tradução dos símbolos, mas me parece que essa arma é algo que eles reverenciam. Algo importante para os dragões.

— E você acha o quê? — A voz da Stef soou cortante como uma navalha. — Acha que eles vão te entregar essa arma? Ou usá-la por que você está lhes pedindo? Eles não fazem parte do seu exército.

Apertei a boca numa linha fina.

— E, se eles têm mesmo uma arma, por que nunca a usaram antes?

— Porque querem usá-la diretamente em Janan? — Não era para ser uma pergunta, mas minha voz me traiu e tornou-se mais aguda no final. — Olhe, talvez eu esteja errada sobre a arma. E sobre os dragões. Mas você por acaso tem um plano melhor? *Qualquer* plano? Você nos tirou de Heart e manteve os drones afastados, e jamais poderei agradecê-la o bastante por isso, mas e agora, Stef? O resto é por minha conta. — Olhei de relance para Cris e as outras sílfides ainda disfarçadas entre as sombras naturais da caverna, como se quisessem passar despercebidas. — Não sei se isso vai funcionar. Não sei se *o que quer que seja* vai funcionar. Mas preciso tentar.

Ninguém falou nada, embora a expressão traída do Sam, a óbvia confusão do Whit e a hostilidade da Stef já dissessem tudo.

Peguei meu casaco e declarei numa voz rouca:

— A gente parte amanhã.

Dessa vez, fui eu quem deixou a caverna.

Perambulei pelo lusco-fusco da floresta com o peito apertado. A tristeza era tão profunda que eu mal conseguia respirar ou pensar. Somente quando a noite caiu foi que me dei conta de que não havia levado uma lanterna nem meu DCS, e os únicos que talvez viessem à minha procura eram sombras.

A lua pairava em algum lugar acima, mas a noite estava escura. Graças à luz das estrelas, conseguia ver o contorno das árvores, mas mesmo assim não demorou muito para que eu me perdesse, tremendo dentro do casaco, que de repente me pareceu inadequado. O gelo se partia sob minhas botas e em contato com as mangas do casaco sempre que eu batia em algum arbusto.

No escuro, tremendo de frio e com o coração sangrando, limpei a neve de uma rocha e despenquei sobre a pedra. Meu traseiro congelou imediatamente, mas depois de tudo o que havia acontecido, eu estava cansada demais para me importar e exausta demais para continuar andando a esmo pela escuridão.

Era o dia do meu décimo nono aniversário.

Exatamente um ano antes, eu havia deixado Li no Chalé da Rosa Lilás e saído em busca do meu lugar no mundo. Tinha sido perseguida pelas sílfides — que pelo visto só estavam tentando se tornar minhas amigas — e me atirado no lago Rangedge, de onde Sam me resgatara. Fechei os olhos e deixei minha mente voltar no tempo; ainda podia sentir a dor no peito por não conseguir respirar e a escuridão embotando minha mente até me fazer perder os sentidos.

Ainda podia sentir os braços de Sam me envolvendo, sua boca soprando ar para meus pulmões, o vento frio em contato com a minha pele enquanto ele pairava acima de mim, sorrindo.

Ele me trouxera de volta à vida.

E agora eu o estava conduzindo à morte.

Abracei os joelhos e chorei até não aguentar mais, só voltando ao presente quando os calafrios ficaram insuportáveis. Comecei a reparar em todo e qualquer ruído na mata: a brisa sacudindo os galhos e fazendo as folhas de pinheiro farfalhar, os pássaros voltando para os ninhos, e um gemido baixo e melancólico.

Sílfide.

Passei a língua nos lábios gelados e ressecados pelo frio e tentei não deixar minha voz tremer demais.

— Cris? — Podia ser qualquer uma das outras, mas eu não sabia seus nomes, se é que elas ainda tinham nomes.

Uma onda de calor me envolveu, fazendo minha pele pinicar. A sílfide murmurou baixinho ao meu lado:

"Por aqui."

Eu não conseguia ver para onde estávamos indo. Segui o calor, o que levou um tempo excruciante, pois cada vez que mudávamos de direção ou contornávamos alguma coisa, eu precisava testar o ar. Mas estava aliviada por ter sido encontrada, e por alguém que poderia manter minhas entranhas aquecidas.

Galhos se partiam sob minhas botas enquanto prosseguíamos e, em meio à escuridão que nos cercava, pequenos animais fugiam correndo. Por fim, vislumbrei uma luz fraquinha que parecia estar vindo de algum lugar um pouco mais à frente. A caverna. Geralmente as sílfides se postavam na entrada à noite, absorvendo a luz para que ninguém — nem nenhuma criatura — nos visse ao passar.

— Obrigada por ir me procurar — murmurei e, em seguida, entrei. Apertei os olhos para enxergar através da súbita luz que, embora fraca, me ofuscou. Todos pareciam estar dormindo. Ninguém se mexeu quando tirei meu casaco coberto de neve, descalcei as botas e empilhei tudo num dos cantos. Procurei pelo meu saco de dormir e o encontrei próximo ao Sam, embora não tão perto quanto antes. Tive um rápido vislumbre do brilho dos olhos dele e dei-me conta de que ele ainda estava acordado.

Parei agachada ao lado do saco. Eu estava prestes a afastá-lo um pouco mais, a fim de não esquecer o que havia acontecido quando acordasse na manhã seguinte.

Nossos olhos se cruzaram e, por um momento, esperei que Sam dissesse alguma coisa ou abrisse o saco, convidando-me a deitar com ele. Já tínhamos brigado antes, e os beijos de reconciliação eram sempre doces. Em vez disso, ele meneou a cabeça de leve — simplesmente reconhecendo meu retorno — e fechou os olhos.

Com o coração sangrando, afastei meu saco de dormir mais um pouco, meti-me dentro e fiquei olhando para a escuridão até amanhecer.

Quando o sol surgiu, deixamos a caverna e rumamos para o norte.

Para o território dos dragões.

15
SOLIDÃO

NÃO TIVEMOS MÚSICA por um longo tempo. Todos estavam quietos, tanto o Sam quanto as sílfides e até mesmo a mata que nos protegia do vento cortante. À medida que prosseguíamos, as árvores se tornavam mais altas e fechadas, como se guardassem segredos entre seus galhos e os protegessem com todas as forças. Com apenas alguns poucos mamíferos zanzando em meio à vegetação rasteira e um número ainda menor de pássaros piando entre as árvores, o mundo começou a parecer muito solitário.

Minhas botas esmagavam o gelo endurecido que recobria a trilha. Os estalos soavam altos e alarmantes, porém os outros nem sequer olhavam para trás.

Nosso progresso foi terrível. Após duas semanas e meia, tínhamos percorrido apenas metade do caminho, embora houvéssemos tido que parar por alguns dias após comermos algo que não deveríamos ter comido. Ainda assim, devíamos ter avançado mais.

Foi o período mais infeliz da minha vida, aliviado apenas pelas conversas com Sarit à noite.

Parada do lado de fora da barraca, escutei-a me contar sobre as novas restrições do toque de recolher e quem tinha sido preso por desafiar Deborl ou expressar preocupação com as almasnovas.

— Dessa vez foi Emil — disse ela.

— O Contador de Alma que estava no nascimento de Anid?

— Ele mesmo. — Ela suspirou, dando a impressão de que estava tentando conter as lágrimas. — Todos estão muito assustados. Somando a tudo isso os terremotos e tempestades, as pessoas estão apavoradas.

Eu já sabia. Ela dizia a mesma coisa todos os dias.

— Armande mandou um beijo, e disse que espera que vocês estejam comendo direito. Ele vive dizendo que devia ter ido com vocês para se certificar de que todos fossem bem alimentados.

— Gostaria que vocês dois estivessem aqui. — Só não queria que eles estivessem zangados comigo também. Eu não havia contado a Sarit sobre o segredo que revelara aos outros, apenas que eles tinham descoberto algo que havia mudado tudo. Ela, porém, sabia para onde estávamos indo.

— Como estão as coisas entre vocês?

— Sam só conversa com Whit.

— E Stef?

— Ainda está chateada comigo. — Fechei os olhos, sentindo a neve que começava a cair. — Eles não estão sendo mesquinhos nem nada disso. Não me *ignoram*. Mas todos estão diferentes comigo.

— E você está diferente com eles?

Dei de ombros, ainda que ela não pudesse ver.

— Vou interpretar seu silêncio como um sim. — Sarit suspirou. — Você não pode esperar que tudo continue a ser como era antes. Dê a eles um tempo para se ajustarem.

— Tem razão.

— Claro que tenho.

— Mas o Sam...

— Você sabe o que está pedindo a ele. Sam provavelmente está usando toda a sua força de vontade apenas para continuar funcionando. Você se lembra de como ele ficou após o ataque ao mercado no ano passado. Isso agora é pior. — O sinal do DCS ficou mais fraco e a voz dela falhou. — Sei que deve ser difícil, principalmente depois da maneira como Li te tratou, mas o silêncio deles não é a mesma coisa. Por que você não tenta puxar conversa?

— Sobre o quê? Quanto mais tempo continuarmos assim, mais estranha ficará nossa relação.

— Música? Comida? O quanto você odeia o frio? Sei lá, Ana. Eles estão tão infelizes quanto você. Não espere que eles deem o primeiro passo rumo a uma reconciliação. Se você não fizer alguma coisa, não posso ajudá-la. — Escutei o som de algo batendo aos fundos, e Sarit soltou uma maldição. — Sinto muito, Ana. Armande precisa de mim. Outro terremoto. — Ela desligou antes que eu pudesse me despedir.

Continuei sentada do lado de fora, observando a neve se acumular em minhas luvas e no DCS.

Nosso destino não era exatamente o território dos dragões. A biblioteca tinha informações sobre eles e seu habitat, é claro, de modo que sabíamos mais ou menos onde eles viviam, mas eu não precisava ir tão longe.

Em sua vida anterior, Sam se deparara com um gigantesco muro branco, semelhante ao muro que cercava Heart. Os dragões o haviam encontrado lá e o matado.

Esse era o meu destino, pois eu sabia que os dragões patrulhavam a área, e que havia um abrigo nas redondezas. A princípio, tivera medo de ter que pedir ao Sam para relembrar os detalhes de sua viagem ao norte, ou de ter que verificar se ele havia registrado alguma coisa num diário — e se esse diário estava entre os arquivos digitalizados da biblioteca —, porém as sílfides tinham me salvado mais uma vez.

Elas sabiam onde ficavam as outras prisões.

Claro que sabiam.

Assim sendo, eram elas que estavam nos guiando pela floresta de elmos, pinheiros e abetos, e embora Cris tivesse nos assegurado de que estávamos quase lá, esse "quase lá" parecia não chegar nunca.

Fazia tanto tempo que estávamos em meio àquela imensidão inóspita que Heart, Janan e nossa missão pareciam pertencer a uma outra vida.

— É isso — falou Stef. Ela e Whit prosseguiam à frente. — Chegamos ao limite.

Whit verificou o céu encoberto de nuvens que começava a escurecer.

— É melhor passarmos a noite aqui. Ao que parece, de agora em diante a viagem será mais árdua.

Sam se aproximou por trás de mim e me lançou um rápido olhar de esguelha.

— Ao limite do quê? — Ele se dirigiu ao Whit, mas foi Stef quem respondeu.

— Vocês não viram isso hoje de manhã? — Ela revirou os olhos. — Nossos DCSs estão prestes a ser desconectados. Estamos longe demais de Range.

Sam balançou a cabeça em negação.

— Mas eles funcionam por uma distância bem maior no sul. No leste e no oeste também.

Whit soltou a mochila no chão e a abriu para pegar a barraca.

— Isso porque as pessoas costumam viajar nessas direções. São áreas exploradas. Com comida. E outras coisas que podemos usar.

— Há torres de comunicação espalhadas por todo o continente — continuou Stef —, cuja manutenção é feita pelos drones. São elas que conectam nossos DCSs quando estamos fora de Range. Mas aqui só há floresta e dragões. Ninguém vem para cá. — Seu olhar pousou rapidamente em mim. — Exceto a gente, infelizmente.

Ela podia guardar rancor por um *longo* tempo.

— Isso significa que, a partir de amanhã, não poderemos mais ligar nem mandar mensagens. — Whit franziu o cenho e ele e Stef começaram a armar a barraca.

Isso significava que eu não poderia mais falar com Sarit.

— Vou sair para buscar comida — falei, e os outros apenas assentiram.

As sílfides se embrenharam pela mata enquanto eu soltava minha mochila no chão e pegava o saco de lona que usávamos para carregar os animais mortos.

Sam pegou as garrafas de água e outro saco menor em sua própria mochila, e Cris foi se juntar a ele. Os dois sempre saíam juntos para buscar água, e costumavam retornar com o que pareciam molhes de capim seco, mas que na verdade tinham um gosto razoável depois de aferventados e misturados a qualquer espécie de carne que tivéssemos para comer. Humano ou sílfide, Cris ainda era quem melhor sabia reconhecer plantas comestíveis. No entanto, gostaria que ele fosse comigo.

As sílfides zanzaram pela mata, matando rapidamente esquilos, coelhos e pombos. Soltei as criaturas no saco uma a uma e, quando por fim retornamos ao acampamento, a barraca já estava armada e Sam e Cris ferviam a água para o jantar.

— Aqui. — Coloquei o saco com os animais ao lado da panela e esperei.

— Obrigado. — Sam nem sequer ergueu os olhos. — É a vez de Stef cozinhar.

— Tudo bem. — Isso na verdade, era ótimo. Stef era a melhor cozinheira entre nós. Mas não era isso o que eu esperava dele. Talvez um sorriso. Ou uma reclamação a respeito do tempo. Desejava saber o quanto da infelicidade dele era causada por mim e o quanto era decorrente de todos os outros problemas além da busca pelos dragões.

Sarit me dissera para tentar. Reuni coragem.

— Sam, sei que eu não te falei sobre a troca, mas tinha um bom motivo...

Ele balançou a cabeça.

— Ainda não estou preparado para falar sobre isso. Não consigo.

A rejeição doeu. Virei-me de costas.

Enquanto os outros cuidavam do jantar, entrei na tenda e peguei meu caderno e os livros do templo. Eu havia descoberto uma série de coisas interessantes no decorrer das últimas semanas, mas nada que fosse interessar aos outros no momento, de modo que não disse nada.

Encolhi-me num canto e liguei a lanterna, os livros espalhados ao meu redor. Meu caderno estava quase cheio após todas as traduções e fatos que eu havia registrado.

Estava trabalhando havia pouco tempo quando Cris entrou e se sentou ao meu lado.

"Alguma novidade?"

A presença dele deixava meu canto da barraca maravilhosamente aquecido.

— Acho que estou chegando no ponto que explica como a chave do templo funciona.

Ele anuiu com um leve ondular.

— Quando Meuric me prendeu no templo, pressionei um monte de símbolos na chave.

"Hum."

Passei mais alguns minutos verificando as traduções antes de prosseguir.

— Teria sido ótimo saber essas coisas antes de entrar lá. Pois então, os símbolos provocam reações diferentes dentro do templo. Linhas horizontais criam pisos, as verticais, paredes.

"O quadrado cria portas."

Assenti.

— Dentro ou fora, dependendo da combinação que você faça. Tive muita sorte em conseguir criar uma porta antes do Escurecimento do Templo. Se não tivesse feito isso antes de o veneno começar a surtir efeito...

"Você teria escapado quando ele reacendeu."

Mas Sam, Stef e muitos outros estariam mortos agora.

Cris assobiou de maneira tranquilizadora. Um tentáculo de sombras roçou meu pulso, passando por cima da minha mão e entre meus dedos.

Fechei os olhos e tentei fingir que sombras eram o suficiente. Tal como eu fingia que a voz de Sarit no DCS era o bastante. No entanto, o vazio dentro de mim tornou-se maior.

Apontei com o lápis para o ponto onde eu desenhara uma caixa de prata no caderno e cada um dos símbolos gravados no metal.

— Qualquer um diria que eu devia ter adivinhado que o círculo cria poços dentro do templo, uma vez que quase morri em um deles. Acho que a profundidade depende do tempo que você fica segurando o botão. É difícil dizer.

"E o diamante?"

— Vira as coisas de lado. Ou de cabeça para baixo. — Durante o período em que Meuric me deixara presa no templo, tinha visto tudo virar ao contrário. O poço que havia no centro de um dos salões de repente começara a escalar a parede até alcançar o teto, como uma aranha. E, ao empurrar o ex-conselheiro na direção dele, ele caíra para cima. — Há instruções sobre como combinar símbolos para criar escadas e outras coisas, mas é um pouco confuso.

"O templo é confuso."

Aproximei-me dele.

— Me desculpe — murmurei. — Gostaria que tivéssemos encontrado um outro jeito.

Rosas brotaram em meio às sombras.

"Eu faria tudo de novo."

Senti o coração apertar e, ao fechar os olhos, tudo o que consegui ver foi a faca nas mãos do Cris, a lâmina parecendo ter sido imersa em ouro, e ele a cravando no próprio peito. Tudo o que consegui ver foi ele se sacrificando para salvar a mim e a Stef. E agora Cris era isso. Uma sombra. Uma alma sem substância.

Vozes ecoaram do lado de fora, seguidas por passos. Quando os outros entraram na barraca, Cris se afastou.

Voltei a atenção novamente para os livros, folheando-os em busca de qualquer coisa relacionada aos dragões. Após ter lido os arquivos da biblioteca inseridos no DCS, eu começara a analisar os livros do templo. Talvez eles pudessem me dizer alguma coisa que ainda não soubéssemos a respeito dos dragões. Se pretendíamos encontrá-los, eu precisava saber tudo. Até então, a coisa mais interessante que havia descoberto era que existia uma antiga animosidade entre dragões e fênix. O que, na verdade, não era de grande ajuda.

— O que eu quero — murmurei para Cris — é descobrir mais a respeito da arma dos dragões. — Os livros continham pouquíssima informação sobre o assunto.

"Gostaria que pudéssemos tê-la ajudado mais com as possíveis traduções dos símbolos." Cris suspirou. "Vamos rever as alternativas hoje à noite. Talvez a gente descubra algo novo."

Sorri para ele, tão esperançoso, mas era pouco provável que descobríssemos qualquer coisa nova. Já havíamos analisado aquela passagem milhares de vezes.

Eles lutam com a arma que destrói tudo.

Ou talvez: *Eles adoram o instrumento de destruição.*

Ou então: *Eles temem a ferramenta que constrói e destrói.*

Ou nenhuma dessas coisas. Com tantos símbolos possuindo múltiplos significados, era impossível determinar o que *aqueles* significavam *naquele* contexto.

— Mais três terremotos hoje — informou Stef, acendendo outra lanterna. A noite começara a cair. — E outra erupção hidrotermal perto do Memorial do Templo.

Verifiquei meu DCS. Os terremotos tinham sido grandes, mas não tanto quanto o primeiro.

— A situação lá está ficando complicada — murmurou Whit.

— Teve notícias do Orrin? — perguntou Stef.

— Recebi uma mensagem mais cedo. Ele contou que está ocorrendo um surto de febre, e que eles tiveram que parar um pouco. Rin está tratando todo mundo da melhor forma que pode, mas é difícil sem o acesso aos remédios que ela está acostumada a usar.

— As almasnovas estão bem? — A pergunta saiu antes que eu desse por mim. Whit e Stef me fitaram como se tivessem esquecido que eu estava ali. Sam se sentou perto deles, mas não com eles, e ficou olhando para as próprias mãos com uma expressão de profunda infelicidade.

— As almasnovas não estão com febre — respondeu Whit após um momento de hesitação. — Elas estão bem. São duras na queda, que nem você.

Ele estava errado. Eu não me sentia nem um pouco dura na queda.

Whit passou as tigelas de sopa. Peguei a minha sem dizer nada e comi escutando Stef e Whit especularem sobre o tipo de febre que devia ter acometido nossos amigos. Observei Sam, debruçado sobre a tigela, parecendo perdido em pensamentos. Quando ele dizia alguma coisa, a impressão era de que apenas parte dele estava ali.

Cinco minutos antes do horário em que Sarit normalmente me ligava, saí da barraca e me escondi atrás de uma árvore. Através das folhas de aroma pungente, era possível ver a barraca e a luz saindo pelas frestas. Ali pelo menos eu teria um pouco de privacidade.

A neve caía por entre os galhos, fazendo-me tremer de frio, mas eu não queria conversar com ela lá dentro. Se fizesse isso, os outros ficariam constrangidos, o que me faria... entrar em colapso.

Ela me ligou dez minutos após o horário habitual.

— Sarit. — Minha voz soou demasiadamente aliviada. — Estava preocupada com a possibilidade de você não conseguir ligar. Estamos prestes a perder o sinal. Acho que amanhã não vamos mais conseguir nos falar.

— Ana. — A voz dela soou estranhamente baixa e séria. — Ana, o que os outros estão fazendo agora?

— Eu... — Olhei através da cortina de folhas, mas a barraca estava fechada, de modo que não consegui ver nada. — Conversando, eu acho. Estou fora da barraca. Qual é o problema?

A voz dela falhou, como se Sarit estivesse se segurando para não chorar.

— Certo. Preciso que você entre lá. Quero que fale com eles por um minuto.

— O que houve? — Senti o coração apertar de preocupação. Ainda assim, me levantei, tremendo de frio sob a neve e apertando com força o DCS em minha mão enluvada.

— Por favor. Assim posso dizer a todos vocês de uma vez só.

— Tudo bem. — O temor em relação à notícia superou o temor de voltar para a barraca. Mesmo assim, a maneira como Stef e Whit me fitaram quando entrei, e o modo como Sam evitou de todas as formas me olhar, doeu tanto que senti vontade de me virar e sair correndo. Fechei a barraca e me ajoelhei. Cris se aproximou. — Sarit tem algo a dizer a todos nós.

Todos olharam para mim. Inclusive o Sam.

Apoiei o DCS no joelho e liguei o viva-voz, de modo que todos escutaram a respiração dela tremer e falhar. Ela estava chorando.

— Tudo bem, Sarit. — Minha voz soou mais grave também, prevendo alguma má notícia. — Pode falar.

— É o Armande — disse ela. — Deborl o capturou hoje após um dos terremotos. Armande está morto.

16
TORRE

NÃO HAVIA MUITO mais o que dizer. Stef e Whit fizeram algumas perguntas, as quais Sarit respondeu da melhor forma que conseguiu. Sam simplesmente enterrou o rosto entre as mãos e ficou imóvel a conversa inteira.

Senti vontade de abraçá-lo, mas ao tocar seu ombro, ele se encolheu como se minha mão fosse pesada demais.

— Ele não vai voltar — falou Sam. — Armande se foi para sempre.

Ele tinha razão. Para Armande, não faria mais diferença conseguirmos ou não deter Janan. De qualquer forma, ele agora era uma almanegra.

— Descobrimos o que Deborl está obrigando as pessoas a construir — falou Sarit numa voz engasgada. — É uma jaula. Uma jaula enorme, grande o bastante para caber um filhote de troll.

— Só isso? — Stef fez que não. — Pela foto, há mais coisas além de um piso, um teto e barras de ferro. Não pode ser só uma jaula.

— O mais importante — interveio Whit — é descobrir para o que ela será usada.

— Não faço ideia. — Sarit soava como uma criança assustada e solitária. Armande era como um pai para todos nós. E *era* o pai do Sam nesta vida.

Quando Stef e Whit terminaram de falar, Sarit se despediu deles e eu saí novamente da barraca com o DCS. No entanto, não fui para trás da árvore. Simplesmente parei a meio caminho, incapaz de controlar as lágrimas que escorriam pelo meu rosto.

Armande se *fora*. Eu jamais o veria de novo, jamais o abraçaria. Ele nunca mais abriria sua barraquinha de pães na praça do mercado, nem me enfiaria bolinho após bolinho goela abaixo, como que temendo que eu não fosse me alimentar o suficiente sem sua constante vigilância.

— O que você vai fazer? — Minha voz tremeu tanto devido ao frio quanto às lágrimas.

— Não sei. — Nossa conexão falhou, lembrando-me da distância que nos separava e que não poderíamos mais conversar depois de hoje. — Não sei. Algumas pessoas tentaram enfrentar Deborl, mas a maioria acabou presa. Talvez eu consiga soltá-las. Ou talvez... não sei. Vou continuar me escondendo. E ficar de olho no que eles estão construindo. Talvez eu descubra para que servem as outras coisas. Simplesmente não tenho ideia.

Sofri por ela. Sarit estava sozinha, escondida em Heart, sem ninguém que a consolasse ou a ajudasse a superar a dor.

— Fique bem — murmurei. — Faça o que for preciso para se manter em segurança.

— Gostaria de estar aí com vocês. — A voz dela tremeu. — Gostaria de ter ido com vocês.

— Eu também.

— Vou te ligar todas as noites. — A voz de Sarit falhou de novo no meio das palavras. Ela estava tentando ser forte. — Vou te ligar todas as noites até você voltar.

— Quando isso acontecer você vai parar de ligar?

Ela soltou uma risada estrangulada.

— Vou. Quando isso acontecer, vou parar de ligar.

Alguns minutos depois, desligamos.

Continuei do lado de fora, chorando em meio à neve até escutar todos dentro da barraca se ajeitando em seus sacos de dormir. Só depois de ter certeza de que eles estavam dormindo que voltei para dentro a fim de me aquecer.

A semana seguinte foi mil vezes mais solitária do que as anteriores.

Um trovão ressoou no céu, acordando todo mundo.

Levantamo-nos rapidamente e fomos até a porta da barraca, mas o céu estava claro, com os profundos contornos azuis do amanhecer. As sílfides perambularam pelo acampamento, aquecendo o ar.

O trovão não soou novamente. Whit e Stef voltaram para dentro da barraca a fim de preparar o café, mas Sam continuou junto à porta, olhando para o céu como se sua vida dependesse disso. Não tinha sido um trovão real.

Eu queria tranquilizá-lo de alguma maneira, mas não sabia o que dizer. O constrangimento que se instaurara desde o meu aniversário ainda se fazia presente.

— Volte para junto dos outros. Pode deixar que eu encho as garrafas de água. — Aparentemente, eu não conseguia tranquilizar ninguém. Apenas oferecer instruções e deixá-los saber onde eu estaria. Depois de haver me perdido na floresta no dia do meu aniversário e Cris ter me encontrado, Whit havia me puxado para um canto e me dado um sermão sobre dizer às pessoas aonde você está indo. Se a minha intenção era ir atrás dos dragões, então era melhor não arriscar minha vida por pura estupidez.

Sam olhou para mim. Na verdade, através de mim, e anuiu.

— Se você vir alguma coisa, volte direto para cá. — Detectei um quê de preocupação em sua voz, mas, afora isso, ela me pareceu vazia. Sam havia piorado desde a morte de Armande.

Botei o casaco, calcei as botas e segui para a mata com os braços carregados de garrafas vazias. Algumas sílfides vieram atrás de mim e se mantiveram por perto enquanto eu quebrava o gelo e enchia as garrafas num córrego de águas velozes. Uma vez cheias, elas mergulhavam seus tentáculos de sombras na água para fervê-la.

Estávamos quase terminando quando o trovão ressoou novamente.

Olhei de relance para Cris, as sobrancelhas levantadas, mas ele não se mexeu. As outras sílfides também permaneceram imóveis, escutando um distante bater de asas encouraçadas.

Ao erguer os olhos, vi apenas as copas dos pinheiros, sombrias em contraste com o horizonte azul.

De repente, um corpo sinuoso surgiu acima das árvores ao leste, obscurecendo o céu.

Soltei a última garrafa de água sobre o chão coberto de neve.

— Alguma de vocês pode me acompanhar? Quero vê-lo.

Cris estremeceu, e as outras sílfides se afastaram ligeiramente.

— Se ninguém quiser me acompanhar, irei sozinha, e provavelmente acabarei perdida de novo. — Comecei a caminhar, mas após alguns poucos passos, virei-me e apontei para Cris. — *Não* conte aos outros. Não quero ninguém me repreendendo, afinal não correrei grandes riscos.

Meio a contragosto, as sílfides vieram atrás de mim e, juntas, tentamos acompanhar o ocasional bater de asas.

Cris se postou ao meu lado.

"Considere-se repreendida."

Soltei uma risadinha e fingi dar-lhe um tapa, e o nó em meu peito se afrouxou um pouco. Quer concordasse ou não com o plano, Cris ainda gostava de mim. Ele e as outras sílfides se mantinham mais perto do que minha própria sombra.

Por fim, chegamos a uma clareira próxima a um penhasco com vista para um vale branquinho. As árvores vergavam sob o peso da neve, majestosas e silenciosas. Três dragões sobrevoavam o vale.

Seus corpos sinuosos deslizavam pelo ar sem produzir nenhum barulho afora um ocasional bater das asas, cuja envergadura equivalia ao comprimento deles. Uma trama enganosamente delicada de ossos e escamas brilhou de maneira translúcida quando um deles mudou de direção e partiu ao encontro do sol nascente.

Com um ofego, voltei para a proteção da mata. Os dragões eram *enormes*. Após um ano, eu tinha me esquecido o quanto eles eram grandes. Mas ao vê-los encobrir o céu quase todo, meu coração se apertou. O Escurecimento do Templo não fora há tanto tempo assim. Tinha visto dragões demais naquele dia, visto o modo como eles cuspiam ácido sobre os campos do bairro agrícola ou tentavam pousar sobre o muro da cidade. Um deles havia encurralado Sam e Stef e estava prestes a matá-los quando eu chegara.

Eu quase vira um dragão matar o Sam.

Caí de joelhos, com os olhos pregados no céu e o coração doendo. Não conseguia mais ficar em pé. Não conseguia sequer *pensar*. Só conseguia observar um dos dragões mudando o curso e mergulhando em direção ao vale, as asas dobradas ao lado do corpo. A imensa besta dourada desapareceu na floresta por um segundo e, em seguida, emergiu alguns metros adiante com um cervo entre os dentes. Desprendidos pela trajetória da criatura, uma chuva de neve, gelo e galhos caiu às suas costas.

— Ah, Cris. — Minhas palavras soaram como um leve arquejar. Apenas névoa em contato com o ar gelado. — Como conseguirei me aproximar o bastante para falar com um deles?

Cris se enroscou em volta de mim, uma presença aquecida, porém silenciosa. Não me ofereceu nenhum conselho.

Eu não conseguia me forçar a sair do lugar. Minhas roupas estavam encharcadas, mas a presença de Cris e das outras sílfides me impedia de tremer de frio.

Precisava voltar para o acampamento. Para Sam, Stef e Whit. Precisava, também, contar a eles que tinha visto os dragões e que não fazia a mínima ideia do que fazer a seguir. Os dragões estavam caçando no vale abaixo. Deviam ter uma visão maravilhosa para conseguir enxergar aquele cervo. E, ao contrário do pássaro roca, não tinham o menor problema em penetrar a floresta.

Eles poderiam nos capturar sem problemas.

— Vamos precisar de proteção extra — murmurei. — Não queremos ser surpreendidos no meio de uma clareira. E, mesmo sob a proteção da floresta, precisamos dar um jeito de não parecermos comida.

Cris anuiu com um trinado baixinho junto ao meu ouvido.

"Protegeremos vocês."

— Obrigada. — Baixei os olhos e não tentei conter as lágrimas, mas o que deveria ter sido uma enxurrada acabou sendo apenas um leve gotejar. Eu já tinha atravessado florestas geladas antes, morta de cansaço e de fome, mas nunca me sentira assim. Jamais me sentira tão devastada, como se meu espírito tivesse se partido em dois.

Que esperança a gente tinha? Stef estava certa a respeito dos dragões. Não havia a menor chance de conversar com eles. Os dragões não eram *pessoas*.

Nem sílfides, que precisavam de mim para alguma coisa; nem centauros, que haviam ficado satisfeitos em ter os filhos de volta e sido intimidados pela presença das sílfides.

Não. Estávamos no meio de uma gigantesca floresta, em pleno inverno, demasiadamente longe de qualquer coisa familiar. Tínhamos levado semanas para chegar ali e, com que propósito? Eu jamais conseguiria convencer os dragões a nos ajudar. Como poderia fazer isso? Parando na beira do penhasco para pedir aos berros que eles nos ajudassem? Perguntar se podia pegar emprestada a tal arma misteriosa? Eles me engoliriam numa só bocada antes que eu tivesse a chance de me apresentar.

O pior de tudo era que eu havia afastado Sam com meus segredos. Eu ficava louca quando ele escondia alguma coisa de mim ou não me contava o que estava acontecendo, o que significava que eu deveria ter *previsto* aquela reação. Em vez disso, me tornara uma hipócrita. Havia magoado o homem que amava e o arrastado para uma terra de pesadelos porque tinha um *plano*.

— Não posso ajudar vocês, Cris — murmurei numa voz rouca e desanimada. — Jamais conseguirei falar com os dragões. Eles não vão destruir o templo para nós. Não vão usar a arma por nossa causa. Provavelmente irão nos comer. Janan irá ascender e Range entrará em erupção. As sílfides continuarão amaldiçoadas.

A única resposta que obtive foi outro bater de asas.

— Gostaria que vocês não tivessem depositado sua confiança em mim. Gostaria que tivessem se aliado aos outros e me convencido a desistir desse plano. Jamais deveríamos ter vindo para cá. Foi um erro.

Cris murmurou:

"Acredito em você."

Despenquei no chão, cansada demais para me manter em pé.

— Eu não.

Enquanto secava as lágrimas do rosto, um reflexo de luz do sol atraiu minha atenção para o norte.

Uma torre branca rasgava o céu, reluzindo brilhantemente em contraste com a floresta escura. Tal como o templo. E, mais abaixo, um muro de pedra branca circundava a torre, cortando a floresta como uma faca.

Ela, porém, não era tão perfeitamente branca quanto o templo de Janan. Os anos e os elementos tinham embaçado o brilho da pedra, e havia pontos em que a vegetação cobrira o muro, mas sem dúvida aquela prisão estava em melhor estado do que a que Cris encontrara no meio da selva.

— Estamos quase lá.

Cris assentiu.

— Não faz diferença. — Levantei e espanei a neve e a sujeira das roupas. Não fazia sentido continuar ali. Eu tinha visto os dragões. E constatado a futilidade do meu plano.

As sílfides secaram minhas roupas enquanto eu dava outra olhada no vale e nos dragões, que continuavam caçando, porém agora já mais distantes. O ruído das asas ficou mais baixo.

Voltei para o lugar onde eu deixara as garrafas de água, mas encontrei apenas um buraco raso na neve. Alguém as pegara.

— Alguma das suas amigas deu com a língua nos dentes? — Olhei de cara feia para Cris, que emitiu um assobio irritado.

— Não foram elas. — A voz do Sam ecoou não muito longe de onde eu estava, a apenas algumas árvores de distância. Ele saiu da proteção das sombras e se aproximou da gente com passos duros. — Você sumiu por um longo tempo. Nós viemos procurá-la, e, então, uma delas falou que você tinha se afastado com o Cris — disse, num tom baixo e calmo, porém nitidamente firme e decepcionado. Seu olhar se voltou para Cris, a cabeça ligeiramente inclinada.

Sem dizer nada, todas as sílfides desapareceram.

Sam se virou para mim.

— Eu te falei para voltar se você visse alguma coisa.

Um arrepio percorreu meu corpo.

— Eu não *vi* nada. Apenas *escutei* alguma coisa e fui investigar. Cris estava comigo. Ele não deixaria nada me ferir. — Proferi a última frase como uma alfinetada, querendo dizer que Cris ainda se importava comigo, mas se Sam percebeu, não demonstrou.

— O que Cris faria se você tivesse se metido numa enrascada? — Os olhos escuros se estreitaram. — E se um dragão a tivesse capturado? Ou se você tivesse escorregado e quebrado um osso? Ele não pode carregá-la. Cris teria que deixá-la sozinha e voltar para buscar ajuda, e você seria obrigada a ficar esperando.

— Não faz diferença! — Gritar era um alívio. Não lutei contra a vontade. — Nada aconteceu. A questão é: ele estava comigo. Não fui sozinha. Você só está zangado porque eu não voltei correndo para te avisar.

— É isso o que você acha? — Sam avançou em minha direção com uma expressão dura e os punhos cerrados ao lado do corpo. — Você acha que tudo o que eu quero é saber onde você está e o que está fazendo?

Recuei, alarmada pela postura ameaçadora e pelo olhar sombrio. Ele parecia prestes a explodir.

Odiei o tremor em minha voz.

— Você não parece se importar com quase nada ultimamente. — Não que eu pudesse culpá-lo. Meu calcanhar bateu num tronco de árvore, seguido pelos meus ombros e minhas costas. Tinha recuado tudo o que podia. — Você mal fala comigo. Deixou que Cris saísse para me encontrar na noite em que eu me perdi.

— Eu *pedi* a ele que encontrasse você.

— Estava escuro. — Tentei me afastar, mas Sam apoiou as mãos no tronco, prendendo-me entre seus braços. Firmei a voz. — Você não fala comigo. Mal olha para mim.

Sam estava me olhando agora. Seu rosto estava tão perto que poderíamos ter nos beijado, e seu peso se projetava para a frente, fazendo com que ele parecesse maior do que realmente era.

— O que você quer que eu faça? — rosnou ele. — Dizer que não me incomodo por você ter escondido algo tão importante de mim? Dizer que a morte de Armande não me deixou arrasado? Dizer que não ligo para o fato de estarmos voltando para o lugar onde eu *morri*, a fim de que você possa fazer amizade com as criaturas que me mataram?

— Eu sei... — As palavras soaram fracas e quebradiças. — Sei que essa é a última coisa que você deseja fazer.

— Mas eu estou aqui, Ana. Por você. Porque você disse que acreditava que isso ia funcionar. Mas não pode esperar que eu fique feliz com isso.

— Não espero. — Senti como se estivesse endurecendo, virando uma está-tua de gelo. Sem as sílfides por perto, o frio congelava meu nariz e minhas faces. Nem mesmo o olhar quente e raivoso do Sam conseguia me aquecer. — Mas você não precisa sofrer sozinho.

Esse era, na verdade, o problema. Ele não estava sofrendo sozinho. Tinha Stef e Whit, mesmo que ainda estivesse chateado com ela por ter escondido a verdade. Stef só fizera isso porque eu havia pedido. Os dois entendiam o horror daquela situação de uma maneira que eu jamais conseguiria compreender.

Eu não estava preocupada com o fato de ele estar sofrendo sozinho. Estava preocupada com meu próprio sofrimento. Minha solidão.

Virei a cabeça antes que ele pudesse ver a vergonha em meus olhos. Minha voz soou demasiadamente fraca, quase inaudível sob o vento que soprava por entre as árvores.

— Cometi um erro. Muitos erros. — Evitá-lo tinha sido um deles. Sarit me dissera para agir, mas tive medo. Mantive a distância e não me dei ao trabalho de tentar reconfortá-lo quando ele precisou.

Sam não se mexeu. Com a cabeça virada de lado, tudo o que eu conseguia ver era o antebraço dele junto ao meu ombro. Mesmo com o casaco, pude per-ceber o tremor dos músculos retesados.

— Eu não devia ter escondido a verdade, mas esperava que você não preci-sasse saber. Não queria que se sentisse culpado por algo que aconteceu há cinco mil anos, quando você era um jovem assustado.

— Claro que eu vou me sentir culpado. — Seu tom abrandou. — Por cau-sa da minha decisão, centenas de almasnovas foram... — A respiração falhou. — Podia ter sido você. Eu morri pouco depois de Ciana. Nós dois nascemos com poucas semanas de diferença. Tudo aconteceu tão próximo que poderia ter sido *você* a alma consumida em prol da minha reencarnação. Você poderia ter sido uma daquelas almas no templo, obrigada a pagar pela minha decisão egoísta. Penso nisso diariamente. Cada vez que olho para você. Como posso não me sentir culpado? Como alguém pode *viver* sob o peso de tamanha culpa?

Pelo canto do olho, captei a expressão apaixonada e amargurada do Sam, como se ele estivesse se esforçando ao máximo para não desmoronar.

— Você está tentando me absolver para que eu não fique pensando sobre o que fiz. O que todos nós fizemos. Está tentando manter seus amigos bem e tranquilos, a fim de que possamos continuar como sempre fomos, mas isso não vai funcionar. Deixe-nos aceitar a culpa pelo que fizemos. Deixe-nos lidar com a vergonha. Não é agradável para nenhum de nós, mas você não pode… não deve… tentar impedir isso só porque a deixa desconfortável.

Sem dizer mais uma palavra, ele se virou na direção do acampamento e desapareceu mata adentro.

17
DESAFIO

ELE ESTAVA CERTO. Eu vinha tomando decisões com base no que me deixava mais confortável.

Forçara-os a vir para o norte comigo. Sem dizer a eles a verdade a respeito da reencarnação. Mantivera silêncio com o grupo. E evitara o Sam.

Mas agora eu sabia o que precisava fazer.

Era um plano temerário, mas parada ali, com as costas grudadas no tronco, a respiração formando nuvens de vapor em contato com o ar gelado, uma vez que o calor do corpo dele já se dissipara, tive certeza de que era o plano certo.

De olhos fechados e com o rosto voltado para as copas das árvores e o céu mais além, murmurei:

— Por favor. — Para nada em particular e tudo ao mesmo tempo. Para algo maior do que eu. — Que essa seja a coisa certa a fazer.

A única resposta que obtive foi o uivo do vento cortando o vale e soprando através das árvores. O gelo que recobria as folhas tilintou e tremeu. Não era de admirar que as fênix tivessem construído uma prisão tão ao norte, um lugar profundamente solitário, gelado e cercado por dragões.

Estremeci e comecei a refazer o caminho de volta para o acampamento.

Ao entrar na barraca, Stef ergueu os olhos da bandeja de carne curada de coelho, cujas tiras vinha guardando numa sacola, mas não disse nada. As sílfides que a ajudavam assobiaram e se contorceram sombriamente, e Sam, com os joelhos dobrados junto ao peito, apoiou a testa nos braços cruzados.

Sem que eu quisesse, minha mente conjurou imagens dos três no salão de esqueletos do templo, oferecendo seus pulsos para o Escolhido de Janan. As correntes de prata brilhando e tilintando. Um milhão de almas concordando com a troca. Um milhão de almas trocando incontáveis vidas por sua própria imortalidade.

Meus *amigos* estavam acorrentados dentro do templo.

Afastei a sombria imagem ao cruzar os olhos com Whit, que me cumprimentou com um débil sorriso.

— Precisamos prosseguir viagem — disse ele. — O tempo está se esgotando. Faltam apenas quatro semanas para a Noite das Almas.

— É melhor a gente voltar. — Surpreendi-me com o som de minha própria voz, ofegante e rouca de frio. — É melhor a gente voltar para o laboratório de Menehem e pegar o veneno.

Sam ergueu os olhos.

— Simplesmente... voltar. — Enquanto os outros me fitavam de boca aberta, fui até meu saco de dormir e peguei o caderno, mas Stef não me deu chance de tentar me concentrar no trabalho.

Ela soltou a bandeja no chão.

— Só *agora* você percebeu o quanto esse plano é idiota? Só *agora*, depois da gente ter percorrido todo esse caminho?

Respondi para o caderno, a voz monótona.

— Já coloquei vocês em perigo o bastante. Como Whit disse, faltam apenas quatro semanas até a Noite das Almas. Não temos tempo a perder. Seremos mais úteis em Range.

— Não acredito no que estou ouvindo. — Stef se levantou num pulo. — E quanto à *arma* que você disse que era tão necessária?

A arma dos dragões? Eu não fazia ideia do que se tratava. Ou de como pedir emprestado um objeto que nem sequer sabia descrever. Nesse quesito, os livros do templo não tinham ajudado em nada.

— Há quanto tempo você vem pensando que é melhor a gente voltar? — continuou ela. — Uma semana? Duas? Você tem razão: nós *podemos* fazer mais em Range. Podíamos já estar lá *fazendo* o que fosse possível. Mas você disse que tinha um plano. E nos arrastou para cá. E agora diz que está na hora de voltarmos, sem termos feito nada além de perder tempo.

Eu não tinha resposta para isso, portanto apenas franzi o cenho e mordi as bochechas. Ainda assim, meus olhos se encheram de lágrimas e precisei virar a cabeça para que ninguém visse.

— Está satisfeita? — A voz dela falhou. — Está *feliz* por ter nos desviado tanto do curso?

— Pare com isso. — Whit soltou um suspiro enquanto pegava as lanternas e carregadores de bateria. — Apenas pare. Gritar não vai ajudar em nada. — Levou tudo para fora a fim de aproveitar a luz do sol.

Stef saiu marchando atrás dele e, momentos depois, escutei-os discutindo sobre qual o melhor caminho de volta para Range.

Escondida atrás do caderno, vi que Sam me fitava pelo canto do olho. No entanto, fingi não ter percebido nada. Baixei os olhos para o caderno e comecei a escrever.

Sam sempre acreditara em mim. Na época em que eu achava que era uma sem-alma, ele fizera de tudo para me convencer do contrário. Tinha repetido até eu acreditar também. E quando eu achara que jamais conseguiria reescrever "Ana Incarnate" após Li ter jogado a partitura no fogo, ele me dissera que eu podia fazer qualquer coisa. A fé dele em mim me fizera acreditar.

Quando ele disse que iria a qualquer lugar comigo, eu sugerira a lua e o fundo do mar. Sam gostava de me ver sonhar alto.

Agora ele estava ali comigo. No norte. Com os dragões.

Meu plano, porém, era demasiadamente temerário. Mais louco do que uma viagem à lua.

Não podia culpá-lo por não acreditar mais em mim. Ainda que isso magoasse, a verdade era que ele havia suportado mais do que qualquer um poderia esperar. No entanto, a raiva de momentos antes e o silêncio de agora haviam despertado meu lado desafiador.

Eu *iria* atrás dos dragões. E os convenceria a nos ajudar.

Os outros passaram o dia discutindo rotas e reunindo comida suficiente para alguns dias, uma vez que as nuvens ameaçavam neve. As sílfides ajudavam no que podiam, embora volta e meia me olhassem e soltassem pequenos gemidos de frustração.

Depois do jantar, todos se meteram em seus respectivos sacos de dormir. Sam me lançou um olhar longo e cansado, o qual me fez lembrar novamente que ele havia parado de acreditar em mim.

— Descanse um pouco — murmurou ele. — Amanhã será um longo dia.

Como se todos não tivessem sido longos. E, ao mesmo tempo, curtos demais.

Enfiei-me no saco de dormir, fechei o zíper e abafei meus soluços nas luvas. Como algo assim podia produzir uma dor tão física? Nós não tínhamos nos tocado. Mal havíamos nos falado. Desejei poder voltar no tempo, para o momento em que o conhecera. Se pudesse começar de novo, eu imediatamente me abriria para ele. *Eu* o beijaria na cozinha, em vez de ficar decepcionada por ele não ter me beijado. E, depois do baile de máscaras, correria com ele para casa antes que pudéssemos ser atacados e, em seguida, lhe diria para dividirmos um quarto dali em diante.

No entanto, não era possível voltar no tempo. Só havia o agora. Estava enfiada em meu saco de dormir com todas as minhas coisas empacotadas e um pequeno bilhete para deixar no meu lugar. Bem, todas as coisas exceto os livros do templo. Eles não teriam nenhuma serventia no lugar para onde eu estava indo.

Uma hora depois, quando os únicos ruídos dentro da barraca eram roncos leves de respiração pesada, puxei a cabeça para fora do saco e dei uma verificada, mas ninguém se mexeu. Somente as sombras ondularam, voltando a atenção para mim.

Levei um dedo aos lábios.

— Shhh.

Cris se aproximou, visivelmente curioso a julgar pelo modo como crepitou feito uma chama, mas não fez barulho ao me ver pegar o bilhete e relê-lo mais uma vez antes de colocá-lo ao lado do Sam.

Queridos amigos,

Quando vocês acordarem, já terei ido. Espero que não me sigam. Foi egoísmo da minha parte pedir que viessem até aqui. Isso não era obrigação de vocês.

Não sei se vou conseguir, mas vou tentar encontrar respostas, encontrar ajuda. Alguém uma vez me disse que acreditava que eu podia fazer qualquer coisa, ser quem quisesse, pois sou nova. Ele me fez perceber que uma das minhas melhores qualidades é não dar ouvidos ao que as outras pessoas acham que eu devo fazer. Ele me fez acreditar em mim.

Tenho só esta vida, e não vou desperdiçá-la. Vou lutar pelo que acredito. E acredito nisso.

Espero que vocês possam acreditar em mim também.

Amo vocês,

Ana, Que Teve a Chance de Viver.

Sem fazer barulho, enrolei meu saco de dormir, pendurei o estojo da flauta a tiracolo e, em seguida, peguei a mochila. Cris e algumas sílfides saíram da barraca comigo ao encontro da noite gelada, entoando baixinho uma pergunta.

"Aonde você pretende ir?"

— Até a prisão — murmurei.

"Vamos com você."

— Quero que metade de vocês fique aqui. Eles vão precisar de proteção.

Cris pareceu irritado.

"Somos o *seu* exército. Seguiremos você."

Afastei-me da barraca, tomando cuidado para não pisar no lugar errado. O facho da lanterna era fraco, obscurecido pelo cachecol que eu enrolara na ponta. Não queria que ninguém acordasse e visse a luz.

— Se vocês são o meu exército, seguirão minhas ordens, certo?

Algumas sílfides reclamaram, mas, por fim, Cris assentiu e um punhado delas voltou para dentro da barraca.

Após uma última olhada para a barraca onde estavam meus amigos, segui para o norte, descobrindo a lanterna assim que ultrapassei uma densa parede de árvores.

— Tem alguma maneira razoavelmente fácil de descer o penhasco até o muro da prisão?

Algumas sílfides tomaram a dianteira a fim de mostrar o caminho.

"Sam vai ficar zangado." Cris permaneceu ao meu lado, mantendo-me aquecida. A neve que caía sobre a floresta derretia em contato com o calor dele.

— Ele vai sobreviver. — Passei por cima de um emaranhado de raízes, escutando com atenção para ver se havia algum animal à espreita ou perambulando pela floresta. Afora os dragões, era improvável que alguma outra criatura me incomodasse com uma sílfide tão próxima, mas Sam estava certo ao dizer que eu podia cair ou me machucar, e elas não seriam capazes de me socorrer. Precisava, portanto, tomar cuidado.

Eu podia voltar. Podia entrar sorrateiramente na barraca, amassar o bilhete e ir dormir. Ninguém jamais saberia, exceto as sílfides, e elas guardariam segredo.

Continuei, porém, cruzando a noite escura, seguindo as sílfides por uma trilha coberta de neve. Meu pé escorregou, o que me fez cair de bunda e me deixou sem ar. Levantei-me de novo, encolhendo-me ao sentir o novo hematoma; uma das sílfides aumentou a intensidade do calor e secou minhas roupas.

— Será que alguma de vocês consegue... — Apontei para a trilha íngreme que ziguezagueava encosta abaixo. A julgar pelos galhos quebrados acima e pelos gravetos e folhas espalhados pelo chão, ela devia ter sido aberta pelos dragões, o que provavelmente criara armadilhas sob a neve. — Derreter ou endurecer a neve?

As sílfides formaram uma fila, cantando baixinho umas com as outras. Como se fosse parte da melodia, uma nuvem quente e sibilante de vapor se elevou em volta delas. Um calor com cheiro de ozônio e cinzas me envolveu e um fio de suor escorreu pelas minhas costas.

Em poucos minutos o problema estava resolvido. As sílfides diminuíram a intensidade do calor e voltaram para o meu lado, exceto por uma ou duas, que seguiram na frente pela trilha agora seca.

— Obrigada. — Como eu trouxera a lanterna, podia ver os gravetos e folhas espalhados pelo chão, os quais brilhavam como brasa e viravam cinzas sob meus pés à medida que descíamos em direção ao fundo do vale. Elas estavam tendo cuidado comigo.

"Estamos bem perto", cantarolou Cris. "Não sei se o que você está querendo fazer vai funcionar, mas as sílfides a adoram por tentar. Faremos o que for preciso para protegê-la."

Estávamos indo ao encontro dos dragões, portanto não era de admirar que Cris quisesse ter todas elas conosco.

Estendi a mão para ele, que envolveu meu pulso e meu antebraço num tentáculo de sombras.

Desci a encosta com cuidado, testando as pedras antes de soltar meu peso sobre elas. Cada passo me afastava mais dos meus amigos e me aproximava do perigo, mas fui tomada por uma estranha sensação de paz. Tinha dito no bilhete que acreditava no que estava fazendo, e acreditava mesmo. Era a coisa certa. Eu não podia desistir.

Só percebi que estava assobiando quando as sílfides começaram a cantar comigo, estranhas notas de outro mundo que ecoaram pela noite afora. A música ganhou corpo, quente e doce como mel escorrendo pela trilha à nossa frente.

As sílfides ondularam na escuridão, dançando e erguendo seus tentáculos de sombras para o céu invernal. Quando chegamos na base da encosta, ajeitei um tanto atabalhoadamente a mochila pesada e todas se reuniram ao meu redor, vibrando de felicidade. Elas se enroscavam umas nas outras e em volta de mim como se eu fosse uma sílfide também, e, de repente, todas fizeram brotar uma flor. Dancei em meio a um jardim de rosas negras.

Uma repentina sensação de companheirismo se formou entre nós, algo que eu vinha sentindo falta nas últimas semanas.

Um ano antes — embora parecessem mil anos — eu havia prendido uma sílfide num ovo e queimado as mãos. Quando elas cicatrizaram, as marcas de espinhos de rosas que eu carregara comigo a vida inteira tinham desaparecido. Elas jamais teriam sumido sem o fogo da sílfide. Fora a destruição total da pele que permitira que outra saudável crescesse por cima.

Tal como uma fênix explodindo em chamas e produzindo uma chuva de fagulhas antes de renascer das próprias cinzas, fora necessário que eu me entregasse a um profundo desespero para perceber que não *precisava* que os outros acreditassem em mim para fazer alguma coisa.

Bastava eu acreditar em mim mesma.

Com um pouco de sorte, veria meus amigos de novo e poderia lhes explicar isso.

O canto cessou e as sílfides se juntaram em volta de mim, mais felizes do que eu as vira em semanas. Sombras acariciaram minhas mãos e meus braços.

"Obrigado", agradeceu Cris e, em seguida, retomamos o caminho.

Eu estivera tão perdida em minha própria depressão que não notara o quanto elas também estavam infelizes. As sílfides sentiam falta da música tanto quanto eu.

Não as ignoraria novamente.

Elas me guiaram pela mata, derretendo a neve nos trechos em que achavam que eu poderia escorregar. Prosseguimos sorrateiramente pela floresta por horas, a melodia flutuando à nossa volta como borboletas ou folhas outonais. Embora exausta, eu me sentia estranhamente em paz, ainda mais levando em consideração que estava numa floresta escura e desconhecida com uma dúzia de sombras causticantes.

Somente quando a luz da manhã começou a se derramar pela floresta foi que percebi que estivera caminhando a noite inteira. Meus músculos doíam e meu estômago roncava de fome. Peguei um punhado de neve e engoli, mas isso não ajudou muito.

Uma das sílfides saiu para buscar algo que eu pudesse comer e, alguns minutos depois, me vi depenando um pombo carbonizado. Não era o ideal, mas a carne sem gosto de tão quente aliada à neve ajudaram imensamente.

Eu estava prestes a me sentar para descansar um pouco quando a luz do sol incidiu sobre um muro branco em meio às árvores.

Uma parte quebrada do muro.

Tínhamos chegado.

18
APITO

ONTEM OS DRAGÕES tinham surgido pela manhã. Se eu quisesse atrair a atenção deles, precisava cronometrar tudo com precisão.

De preferência, *depois* que eles tivessem encontrado algo para comer.

Ajustei as alças da mochila e meti o estojo da flauta dentro do casaco. Uma pilha de escombros formava uma espécie de escada; escalei a pilha íngreme com cuidado para não escorregar nos trechos cobertos de neve ou limo. Quando alcancei uma abertura com muitas pedras soltas, passei para o galho de um pinheiro próximo e galguei a árvore até chegar a outra seção estável do muro.

Levei uma eternidade; as sílfides me paravam volta e meia para secar o caminho, mas, por fim, alcancei o topo.

Uma névoa encobria o céu cinzento, mas dali de cima era possível ver tudo. As árvores reclamando a prisão, abrindo caminho por entre as pilhas de pedras quebradas do muro e desgastadas pelo tempo. Eu estava acima de tudo isso, dos pinheiros, abetos e bordos, e, por um momento, me senti a pessoa mais alta do mundo.

Vi o penhasco que encontrara na véspera. Ele parecia terrivelmente distante agora, embora estivesse somente a cerca de uma hora de caminhada. Por ter descido a encosta no escuro, fora preciso dar uma volta maior.

Sam e os outros acordariam dali a pouco, se é que já não tinham acordado. Tentei não imaginar a reação deles ao ver o bilhete.

Um vento frio açoitava o muro, porém as sílfides se fecharam em volta de mim, aquecendo o ar e absorvendo as lufadas para que ele não me fustigasse tanto.

O muro era bem largo e eu não podia arriscar uma queda. Havia alguns buracos aqui e ali; tanto o muro quanto a torre não tinham Janan para mantê-los intactos. A pedra era fria como gelo e quebradiça, sem nenhum batimento cardíaco.

Depois de ter dado uma boa olhada na floresta coberta de neve, peguei a flauta no estojo e soprei ar na boquilha para aquecer o metal. Eu desejava soltar o estojo e a mochila sobre o muro, visto que eles pesavam e me atrapalhavam, mas não queria arriscar perdê-los. Tinha a impressão de que se os soltasse, eles sumiriam. As sílfides não tinham substância e, portanto, não podiam me ajudar a carregar nada.

Eu ainda não escutara o rugido de nenhum dragão, mas ele podia estar facilmente escondido atrás de alguma nuvem cinzenta. Começou a nevar.

Meu coração martelou com força contra as costelas. E se eles não aparecessem? E se *aparecessem*?

— Não sei, Cris. — Minha voz tremeu quando ergui a flauta. — Isso está me parecendo complicado demais.

Cris assobiou de maneira tranquilizadora, e tentáculos de sombras acariciaram minhas mãos e meu rosto.

As sílfides formaram uma meia-lua em torno de mim, permitindo que minha visão ficasse desobstruída. Eu precisava poder ver e escutar.

De repente, um bater de asas ao leste me fez estremecer.

Um corpo sinuoso aproximou-se pelo céu, abrindo caminho através das nuvens. Soprei ar na flauta mais uma vez, tanto para manter o metal aquecido como para acostumar meus pulmões ao esforço. Eu não teria tempo de fazer um aquecimento normal. A menos que os dragões ficassem impressionados com uma série de escalas e exercícios rítmicos.

Ajoelhei e tentei não me mexer, esperando que o trovejar do dragão ficasse mais próximo. Suas garras rasgavam as nuvens, transformando-as em laços de fita vaporosos. As asas imensas varriam o ar, criando redemoinhos de flocos de neve.

Um trio de dragões mergulhou em direção à floresta, sobrevoando silenciosamente as copas cobertas de neve. Apenas o deslocamento de ar produzido por sua passagem e um ocasional bater de asas comprovavam a presença das criaturas.

Empoleirada no topo do muro, cercada por sílfides cujo principal desejo era me manter protegida, eu quase podia apreciar a beleza daqueles dragões. Sam uma vez me dissera que na primeira vez que eles haviam surgido, as pessoas tinham parado o que estavam fazendo e erguido os olhos, em transe.

Até serem atacadas.

Esperei, o coração retumbando em meus ouvidos. E se eles detestassem música? E se fosse por isso que sempre atacavam o Sam?

Parte de mim desejava que ele estivesse ali, porque mesmo brigados, a falta que eu sentia dele era como uma ferida aberta em minha alma.

No entanto, a outra parte estava feliz por ter vindo sozinha, pois eu precisava provar para todo mundo — inclusive a mim — que estava certa e que podia fazer isso, e também porque não podia colocar Sam num perigo daqueles. Já quase fizera isso. O que quase o havia destruído.

— Eu consigo — murmurei ao ver um dos dragões mergulhar em direção à floresta. As árvores farfalharam sob a passagem dele, uma faixa dourada em meio às copas cobertas de neve. Ele emergiu com o que me pareceu um urso pequeno entre os dentes, e o engoliu de uma vez só. Os outros dois dragões mergulharam no mesmo ponto, e cada qual emergiu com seu próprio urso. Os pobres animais não tiveram sequer a chance de rugir antes que os dragões os jogassem para o alto e os recapturassem, como gatinhos brincando com a presa.

Só isso? Isso era tudo o que eles iam comer? Os dragões eram enormes. Com certeza precisavam de mais alimento. Eles, porém, partiram novamente em direção ao leste, voltando para casa ou procurando outra área para caçar, eu não saberia dizer. Precisava começar logo.

Assim que me levantei, as sílfides se enroscaram em volta de mim, liberando tanto calor que um fio de suor começou a escorrer pelas minhas costas.

— Eu consigo. — Minha respiração soprou de leve a boquilha da flauta, produzindo uma série de pequenos assobios. As sílfides se contorceram e entoaram uma nota profunda e ressonante. Um acorde, como se fossem meu acompanhamento.

Soltei uma risadinha aguda e apavorada. Em seguida, posicionei a boca no lugar certo, inspirei fundo e comecei a tocar.

Quatro notas. A primeira, segunda e terceira descendo para tons mais graves. A quarta uma nota alta, prolongada e amargamente doce. As primeiras quatro notas que eu tocara na vida ao piano. As notas que iniciavam minha valsa.

Os três dragões mudaram imediatamente de curso e retornaram. Afora o ruído trovejante de suas asas batendo, eles não produziam nenhum som, nada que me sugerisse como se comunicavam.

O instinto me dizia para correr e me esconder. A mochila, porém, me manteve no lugar, pesando dolorosamente em meus ombros enquanto eu tentava manter a flauta erguida no ângulo certo; Sam sempre ria da maneira como eu deixava a ponta cair, lembrando-me que eu obteria um som melhor se a segurasse corretamente.

Desisti de tocar a valsa e optei por algo mais simples: meu minueto. Tinha sido minha primeira composição, uma pequena melodia evocativa dos meus medos.

A música derramou-se da flauta como seda prateada, e as sombras ao meu redor ajustaram rapidamente a voz para criar o baixo e o contraponto. Elas fizeram com que o som da flauta se elevasse acima das copas das árvores e fosse carregado para o leste. Minha orquestra de sombras. Elas me escutavam, observando se eu estava acelerando ou diminuindo o ritmo, e ajustavam sua música à minha.

Outro trovão ressoou com a aproximação dos dragões. Suas asas encobriam o firmamento, bloqueando as montanhas e a floresta à medida que vinham deslizando em minha direção. Seus olhos eram enormes, brilhantes e azuis. De repente, me senti muito, muito pequena. Como uma presa. Em pouco tempo eles estariam em cima de mim, podendo me engolir de uma só bocada, como um dos ursos ou o cervo da véspera.

Não parei de tocar quando o minueto chegou ao fim. Em vez disso, comecei de novo, e as sílfides continuaram me acompanhando, porém agora formando uma espécie de leque aberto à minha volta, parecendo ainda mais altas com seus tentáculos esticados, e tão assustadoras quanto na noite do meu décimo oitavo aniversário. À medida que prosseguíamos com a repetição, suas vozes se tornaram mais agudas e intensas.

As asas dos dragões produziam fortes lufadas de vento. Uma das sílfides se postou à minha frente, absorvendo a maior parte do frio e das rajadas, porém meu rosto começou a doer, enregelado, e o som da flauta perdeu potência.

O que parecia ser o líder abriu a bocarra, revelando uma fileira de dentes e quatro presas compridas, ainda sujas de sangue e cheias de pelos amarronzados grudados. Um fedor de carne crua impregnou todo o entorno do muro, quase me fazendo engasgar quando inspirei para terminar o minueto.

Ao tocar a última nota, ele chegou bem perto, a boca escancarada...

As sílfides se ergueram diante de mim, uma parede de sombras queimando como uma fênix em chamas. Uma onda de calor golpeou meu rosto, seca e com cheiro de cinzas, e, no último momento, a criatura desviou. Ele estivera tão perto que eu poderia ter tocado seu focinho. Somente uma teimosia férrea me impedira de recuar, de me afastar do dragão e das sílfides.

Eles soltaram um rugido de frustração tão alto que meus ouvidos retiniram.

Afastaram-se e tentaram se reaproximar diversas vezes, mas as sílfides continuaram afugentando-os. Chamas negras dançando à minha volta, cantando e impedindo que eu fosse açoitada pelo vento gelado. Elas investiam contra os dragões para queimá-los todas as vezes que eles chegavam perto demais.

— Ei, dragões! — gritei. — Vocês conseguem me entender?

Senti-me como uma idiota parada ali, a flauta pressionada junto ao peito e a mochila pesando em minhas costas. Minha cabeça pulsava devido aos uivos do vento, juntamente com o sangue e a adrenalina que corriam em minhas veias. Meu corpo inteiro tremia de medo e de frio, mas permaneci onde estava.

Um dos dragões cuspiu um jato de ácido. Fiz menção de fugir correndo, mas uma das sílfides se esticou e o líquido verde evaporou ao bater nela, tal como quando elas derretiam a neve.

— Ei, dragões! — chamei de novo, tentando desesperadamente ignorar os jatos de ácido que eles cuspiam em minha direção. De repente, meus ouvidos começaram a apitar com força, tanto devido ao barulho quanto à dor de cabeça que ficava mais forte a cada segundo. — Ei, Bafo Azedo!

Uma das sílfides se contorceu como se estivesse rindo, ao mesmo tempo em que fazia evaporar outro jato de ácido.

— Suas escamas são opacas e suas asas parecem um cobertor comido por traças!

O apito em meus ouvidos tornou-se tão alto e penetrante que quase me dobrei ao meio de dor, mas me forcei a continuar ereta. Segundo minhas pesquisas, os dragões respeitavam força. Se eu desmoronasse, pareceria fraca. Como uma presa. Precisava provar que não era uma.

— Seus rabos são demasiadamente curtos e seus dentes parecem meio apodrecidos. Já vi girinos mais assustadores que vocês!

Os dragões me circundavam, investindo, cuspindo e rugindo, mas as sílfides bloqueavam todos os ataques.

Peguei uma pedra do tamanho de um punho e a lancei com toda a força no dragão mais próximo. Ela caiu no meio das árvores.

— Estão vendo essa pedra? — Joguei outra, que caiu mais ou menos no mesmo lugar. — Ela voa melhor do que vocês!

Minha mira era péssima. Terrível. O apito em meus ouvidos me fazia oscilar e embaçava minha visão. Quase caí ao pegar outra pedra para jogar neles, mas, pensando bem, se eu queria fazer amizade com aquelas criaturas, talvez fosse melhor não apedrejá-las. Eu não gostava quando as pessoas jogavam pedras em mim.

Os rugidos dos dragões e os gemidos das sílfides colidiram em meus ouvidos. Senti como se estivesse com a cabeça cheia de fumaça, com os vapores tóxicos do ácido percorrendo meu corpo como veneno.

A flauta, que agora parecia uma haste borrada de prata diante dos meus olhos, escorregou dos meus dedos. A cacofonia produzida pelas sílfides e pelos dragões cessou abruptamente, deixando-me apenas com aquele apito agudo no cérebro.

Uma luz espocou em minha mente, e o apito tornou-se uma voz.

<Eles são tão frágeis.>

19
DETERMINAÇÃO

QUANDO VOLTEI A mim, estava estirada num ângulo desconfortável sobre a mochila. A luz do sol era filtrada por uma sílfide, debruçada sobre mim como um guarda-chuva. Um calor com um leve cheiro de cinzas e carne queimada me envolveu.

Com um gemido, apoiei-me nos cotovelos e analisei minha situação. Havia parado de nevar, e as nuvens agora estavam mais altas. Eu continuava sobre o muro, cercada pelas sílfides. A flauta caíra ao lado da minha perna. Embora ainda pudesse senti-lo, o apito em meus ouvidos tornara-se mais fraco, assim como a dor de cabeça.

Até agora, tudo bem.

Um rugido baixo fez vibrar a pedra embaixo de mim. As sílfides intensificaram o calor, mas não fizeram nada que me indicasse algum perigo iminente. Ainda assim, era provável que houvesse um dragão atrás de mim. Virei a cabeça e tive um vislumbre de suas escamas douradas.

Ótimo.

"Eles não gostam de você." Parado ao meu lado, Cris cantarolou baixinho, envolvendo-me com seus tentáculos de sombras como se quisesse me ajudar a sentar. As sombras, porém, passaram direto por dentro de mim. Ele soltou um pequeno gemido de frustração, mas abafou-o rapidamente.

Com que frequência ele esquecia que não tinha mais um corpo? Sentei e me inclinei na direção dele, com saudade do garoto magricela que eu havia conhecido no Chalé da Rosa Lilás, da maneira como seus sorrisos às vezes pareciam caretas, e do entusiasmo com que ele me levara para conhecer a estufa. Cris já não podia mais cultivar rosas. Pelo menos, não as de verdade.

Lutei para voltar ao presente e encarar o dragão atrás de mim. As sílfides me faziam sentir segura. Eu só não podia desmaiar novamente.

— Acho que fiz por merecer essa reação. — Esfreguei a lateral da cabeça, no ponto onde havia batido na pedra. Um hematoma pulsava sob a pele, mas eu conseguia enxergar direito e focalizar o modo como o muro se erguia branco em contraste com as árvores perenes. Após a neve, o dia estava claro e límpido. — Eu joguei pedras neles e os chamei por apelidos não muito delicados.

"E insultou seus dentes, asas, rabos…" Cris tremulou, e pude imaginá-lo me fitando de cara feia.

— Eu sei. — Será que o dragão estava escutando nossa conversa? Será que ele podia nos entender? — Eu me entusiasmei. Eles estavam tentando me matar. — Pelo menos eu não os ameaçara com a pistola de laser.

"Não é desse jeito que se fazem amizades."

Bufei.

— Nunca fui muito boa em fazer amizades. — Peguei a flauta e, ao constatar que ela não fora danificada, me levantei. Queria estar de pé quando encarasse o dragão.

O anel de sílfides à minha volta se abriu, revelando um par de olhos azuis tão grandes quanto minhas mãos espalmadas. A cara do bicho era só dentes, encimados por narinas redondas, e com caninos tão compridos quanto meu antebraço. O dragão estava deitado sobre o muro como uma cobra esticada. Ele bloqueava o caminho de descida, a menos que eu quisesse pular. As asas gigantescas estavam dobradas ao lado do corpo sinuoso, e uma das pernas dianteiras pendia na lateral do muro, as garras roçando um dos abetos como se estivesse brincando com ele.

Os outros dois dragões aguardavam no meio da floresta lá embaixo, enroscados em volta das árvores e dos escombros do muro deteriorado. A mata estava terrivelmente silenciosa. Nenhum animal ousava soltar um pio com dragões tão perto.

Encarei os olhos do dragão que era aparentemente o líder — um dos olhos, uma vez que eles eram muito grandes e separados —, e decidi começar me desculpando.

— Sinto muito por ter jogado pedras e ridicularizado vocês.

O muro sob minhas botas vibrou novamente.

— Sinto muito, de verdade. Vim aqui falar com vocês.

Ele apenas me fitou. Uma lufada de vento chacoalhou as árvores, e as sílfides se fecharam em volta de mim, tagarelando entre si. Concentrei-me no dragão à minha frente. Nos dentes gigantescos. Naqueles olhos que não piscavam. Ele apenas me fitava, assim como os outros, como que aguardando alguma coisa. Será que eles podiam me entender?

De repente, lembrei-me da voz, do rugido em minha mente pouco antes de desmaiar. Tinha me esquecido disso ao acordar, mas as palavras voltaram com força. *Eles são tão frágeis.*

Não tinham sido as sílfides. Não houvera música, nem *sugestão* de palavras. Apenas pensamentos que não eram meus.

Juntamente com uma dor de cabeça esmagadora.

— Você disse que eu sou frágil.

Os olhos da criatura se estreitaram.

— Eu escutei. E... — Empertiguei-me. — Acho que você consegue me entender.

Meus ouvidos apitaram de novo, como se o mundo tivesse recaído num súbito silêncio, embora eu ainda conseguisse escutar o vento e alguma outra coisa ao longe, como animais perambulando pela mata. Mas não desviei os olhos do dragão.

— Sei que vocês não gostam dos humanos. — Por mais que eu tentasse ser forte, minha voz tremeu. Busquei me convencer de que era a mesma coisa que falar com um pássaro ou um esquilo. Quando eu era criança, tentara diversas vezes me comunicar com os animais, uma vez que as pessoas não falavam comigo. — Sei que vocês já atacaram Heart diversas vezes no decorrer dos últimos cinco mil anos, sempre tentando destruir a torre no centro da cidade.

O dragão rugiu de novo, e uma palavra se formou no fundo da minha mente.

<Ódio. Ódio. Ódio.>

Fiz que sim.

— No ano passado, vocês conseguiram rachá-la. A torre se partiu. — Não conseguia ignorar a outra que se erguia à minha esquerda. Dali, podia ver os pontos em que as árvores tinham sobrepujado a pedra, embora não de forma tão rápida e devastadora quanto na selva sobre a qual Cris me contara. De qualquer forma, aquela estrutura acabaria ruindo totalmente um dia.

Resisti à vontade de olhar para as sílfides, imaginando qual delas teria sido presa ali cinco mil anos antes.

Não queira pensar no motivo.

Elas estavam do meu lado agora, e desejavam o perdão.

Voltei a atenção novamente para o dragão.

— Você deve estar se perguntando o que aconteceu de diferente no ano passado. Por que vocês conseguiram afetar a torre depois de terem tentado tantas vezes sem nenhum sucesso. — Talvez dizer que os esforços deles tinham sido em vão não fosse a melhor abordagem, mas ele não reagiu. — A resposta é um tipo de veneno. Entendam, existe um homem dentro da torre. Na verdade, ele é parte dela. Ele a controla há cinco mil anos, juntamente com o resto da cidade...

O dragão bocejou; seu hálito fedia a ácido e urso morto.

Ah. Certo. Olhei de relance para Cris em busca de ajuda, mas tanto ele quanto as outras sílfides estavam distraídos. Verifiquei a floresta, mas não vi nada fora do comum. Apenas neve, árvores e um céu azul e brilhante. Tudo cintilava sob a luz do meio-dia. Meu estômago se contorceu, lembrando-me de que eu não comera nada exceto um pombo esquálido, o que parecia ter sido há séculos.

Bafo Azedo rugiu de novo, fazendo o muro vibrar com tanta força que quase perdi o equilíbrio. Os outros dois dragões ergueram ligeiramente a cabeça, os olhos quase fechados, como se quisessem tirar um cochilo.

— De qualquer forma. — Minha voz soou alta e esganiçada ao ver o dragão virar a cabeça, deixando um dos longos caninos bem destacado, o osso branco em contraste com as escamas douradas. — Tenho a impressão de que vocês não gostam muito da torre. — Embora eles não parecessem ter nenhum problema com a que havia em seu próprio território. — E achei que gostariam de saber que tenho mais do mesmo veneno usado no ano passado, e que vou usá-lo de novo no equinócio da primavera.

O dragão ergueu a cabeça.

<Por quê?>

Ah, até que enfim.

Mordi as bochechas para não sorrir enquanto escolhia as palavras seguintes.

— Porque nessa noite, o tal homem que vive dentro das paredes irá ascender. Ele deseja ser imortal. Irá se livrar das paredes que o aprisionam há cinco mil anos. O processo já começou. A terra está tremendo.

O dragão abaixou a cabeça.

<Não damos a mínima para isso.>

— Pois deveriam. — Dei um passo à frente, com meu leque de sílfides às minhas costas. — Porque quando isso acontecer, a terra irá se abrir e regurgitar fogo. Debaixo da cidade há um vulcão gigantesco, grande o bastante para cozinhar todo o território em volta. Vocês estão longe do vulcão, mas não *tão* longe assim. Não o suficiente. Uma chuva de cinzas cairá sobre toda a área onde vocês caçam, aniquilando as plantas e os animais. Essa terra gélida ficará ainda mais fria e mais letal.

<Por que você deseja a nossa ajuda?> Bafo Azedo virou a cabeça de modo que um dos olhos ficou ao alcance da minha mão, e o apito em meus ouvidos se intensificou. <Você nos odeia tanto quanto nós a odiamos.>

— Eu… eu não odeio vocês. — Embora certamente odiasse os dragões que haviam matado Sam nas outras vidas. E talvez alguns dos que haviam atacado na noite do Escurecimento do Templo, porém vários deles tinham sido mortos. — Vim porque achei que vocês gostariam de outra chance de destruir o templo. — Como abordar o assunto da tal arma misteriosa?

<Ele simplesmente irá se remendar. Como você mesma disse, nossa viagem será um desperdício, e os humanos nos matarão. Não somos como vocês. Não renascemos.> Bafo Azedo mudou de posição, descansando a cabeça sobre uma das patas dianteiras. <Se a área onde caçamos for destruída, iremos para outro lugar.>

Não podia terminar assim. Eu não tinha percorrido toda aquela distância para falar com eles e acabar tendo meu pedido recusado.

De repente, tive uma ideia.

— O que vai acontecer quando Janan começar a caçar os dragões?

Os três rugiram.

\<O quê?>

Confirmei com um menear de cabeça.

— Quando Janan ascender, ele será imortal. Provavelmente nada poderá destruí-lo. Foi roubando a mágica das fênix que ele se tornou o que é. No entanto, há cinco mil anos, Janan era o líder de um grupo de pessoas... as que vivem na cidade agora. Se levarmos em consideração o número de vezes que elas foram mortas por dragões, posso apostar que ele irá querer vingança.

Isso podia acontecer. Provavelmente.

\<Ele não irá nos ferir. É impossível.>

— Tem certeza? — Senti as entranhas se retorcerem ao pensar no que estava prestes a dizer. Apesar do que elas tinham feito, eu não queria que as sílfides se machucassem. Tal como não queria que nada acontecesse com Sam nem com meus amigos. Eles haviam tomado uma decisão ou seguido ordens, sem dúvida, mas isso acontecera *havia cinco mil anos*. Não apenas na vida anterior, mas em outra época. Todos tinham mudado desde então. A decisão tomada tantos anos antes não afetava meu amor por eles agora. — Cinco mil anos atrás, Janan e seus guerreiros capturaram uma fênix.

As sílfides tremularam e gemeram.

\<As fênix não podem ser capturadas.>

— Podem sim. — Endureci a voz. — Podem e foram. Vocês talvez achem que Janan não pode ou não virá atrás dos dragões, mas se os humanos os tivessem ameaçado por cinco mil anos, vocês não iriam querer se vingar?

Bafo Azedo ergueu a cabeça e olhou para os outros, e o apito em meus ouvidos ficou mais forte. Eu não conseguia entender o que eles conversavam entre si, mas com certeza algo estava acontecendo. As asas tencionaram. Algumas palavras espocaram no fundo da minha mente, porém o diálogo — pelo menos o que eu conseguia escutar dele —, não me pareceu completo. Algo na maneira como eles se moviam contribuía para a comunicação. Algo que eu não conseguia compreender.

Ainda assim, consegui captar alguns fragmentos interessantes.

\<Ela quer que a gente destrua o templo.>

\<E quanto à música?>

<Não está com ela. Eu teria visto.>

<Talvez ela odeie o que tem a música.>

<A gente devia ajudar.>

<A gente devia destruí-la antes que ela nos destrua.>

<Ela não tem como. Ela não tem a música.>

<Verifique.>

Por fim, o líder dos dragões se virou de volta para mim e se ajeitou mais uma vez sobre o muro.

<Toque outra música para a gente. Como você fez antes.>

— O quê? — Eu precisava perguntar a eles sobre a arma mencionada nos livros do templo, e se estariam dispostos a usá-la para deter Janan. Em vez disso, eles estavam interessados numa música?

O dragão rosnou, e sua raiva reverberou pela floresta.

<Você tocou uma música para nos atrair até aqui. Toque outra para que possamos escutar.>

— Você quer que eu toque a flauta? — Minhas palavras soaram como pequenos guinchos, mas ergui o instrumento, e as sílfides estremeceram de antecipação.

"Os dragões irão ajudar?", perguntou Cris.

<Agora!>

Dei um passo para trás e posicionei a flauta diante da boca.

As sílfides deram início a um zumbido baixo que pareceu me envolver, ou melhor, me atravessar. Mexi os ombros para ajeitar a mochila, ainda pesando em minhas costas, e, em seguida, toquei algumas escalas e arpejos para aquecer. Os dragões ficaram imóveis, observando.

Eu sabia algumas peças de cor, tendo-as tocado um número suficiente de vezes para que meus músculos se lembrassem automaticamente das melodias, de modo que, simplesmente, deixei os dedos repousarem sobre as teclas por alguns instantes antes de me decidir pela música que eu havia tocado no dia da apresentação do mercado, pouco antes de ser capturada e jogada dentro do templo. Era a mesma que eu havia escrito como se fosse um diário, guardando-a em segredo por vários meses até finalmente ter coragem de mostrá-la ao Sam.

Ela começou de forma lenta e melancólica. As sílfides se juntaram a mim imediatamente, entoando um acompanhamento que evocasse o mesmo desejo, a mesma necessidade do desconhecido. O mundo à minha volta pareceu desaparecer à medida que a melodia foi ganhando corpo; as sílfides me mantinham aquecida, o que me permitiu despejar o coração na música. O ofego de um beijo. A maravilha de observar o céu alaranjado do crepúsculo. A simples e deliciosa sensação de ser amada. O som da flauta se estendeu pelo vale, doce, prateado e cheio de vida.

Tocar com as sílfides não era como tocar com o Sam. Tanto elas quanto ele compreendiam a música de um jeito com o qual eu só poderia sonhar, mas enquanto Sam tocava de maneira deliberada, com uma habilidade incrível, elas faziam isso de forma livre e selvagem. Sempre que cantavam, dançavam também, ardendo de paixão e felicidade.

O som ecoava à nossa volta. Meu coração pulsou com medo, solidão e cansaço quando alcancei o trecho em que havia escrito sobre o destino das almas-novas. E, em seguida, com esperança e desejo ao falar do dia em que Sam me surpreendera com uma sala repleta de rosas ao chegarmos em casa, simplesmente porque desejava me ver sorrir.

Ao nos aproximarmos do fim, abri os olhos e vi os dragões com um ar... tranquilo. Estranhamente feliz, se é que alguém podia atribuir uma expressão facial a dragões.

Corri os olhos pelo vale e captei um movimento na beira do penhasco onde eu estivera na véspera. Três silhuetas humanas e uma dúzia de sílfides, as quais também acompanhavam a música.

Larguei a flauta, que bateu em minha coxa. Eles não tinham ido embora. Ainda estavam ali. Sam estava ali.

Assim como os dragões.

Quando as sílfides terminaram de cantar, confusas em relação ao motivo de eu ter parado, encarei Bafo Azedo.

<O que você está fazendo?>

Abri o zíper do casaco e guardei a flauta no estojo, ainda pendurado a tiracolo.

— Vocês vão destruir a torre? Vão usar a arma para enfrentar Janan? — Agora que vira meus amigos do outro lado do vale, desejava ardentemente voltar para junto deles, contar-lhes o que eu tinha feito. Queria também me colocar de alguma forma entre Sam e os dragões, mas eles conseguiriam ver facilmente por cima da minha cabeça. Talvez eu pudesse atraí-los para longe, ou... sei lá, não fazia ideia. — Prometam que vão destruir a torre no equinócio da primavera que eu toco o que vocês quiserem.

<Por que parou?>

Um dos outros dragões ergueu a cabeça e olhou na direção do penhasco. O apito no fundo da minha mente indicou que eles estavam ponderando sobre o que chamara minha atenção. Sabiam por que eu havia parado.

Sam.

Tive a impressão de que não era para eu ter escutado, mas um dos dragões murmurou para o outro:

<O que tem a música.>

<Vamos eliminar o motivo da distração.> Era uma indireta para mim. Com um movimento gracioso, Bafo Azedo enterrou as garras na pedra branca, preparando-se para alçar voo. Ele abriu bem as asas, produzindo um deslocamento de ar que quase me derrubou do muro.

— Não! — Corri em direção a ele, como se pudesse deter um dragão. Ele estava pronto para voar e me deixar ali, pronto para matar o Sam, e eu não poderia fazer nada para impedir. Joguei os braços em volta de uma das pernas dianteiras da criatura no exato instante em que ela levantou voo, fazendo as sílfides guincharem às minhas costas.

Estávamos voando.

Um vento gelado açoitava meu rosto e escorria por minha garganta. Ofeguei e me agarrei à perna do dragão com toda a força, que a puxou para junto do corpo e rosnou. As escamas eram frias e tão escorregadias que eu poderia deslizar com facilidade. Fechei as pernas em volta do tornozelo dele — ou o que eu achava que era o tornozelo — e tentei não pensar no fato de estar cruzando o céu. Num dragão.

O que tem a música.

Que música?

Bafo Azedo sobrevoou a floresta bem rente às copas das árvores, fazendo-as balançar e voltar em cima de mim. As folhas dos pinheiros chicoteavam meus braços e pernas, e os pedaços desprendidos entravam pelas mangas e pela gola do casaco. Minhas mãos doíam de frio e do esforço de me segurar. Quando escutei um novo bater de asas e ergui os olhos, vi o penhasco agigantar-se à minha frente.

O dragão me lançou no chão, sobre a linha de sílfides que se formara em volta do Sam, da Stef e do Whit. Apertei o estojo da flauta de encontro ao peito enquanto rolava pelas pedras e pela relva queimada. As sílfides se juntaram ao meu redor, e três pares de mãos me ajudaram a levantar.

Não tive tempo de agradecer. Soltei a mochila no chão e abri caminho por entre as sílfides.

— Parem! — Dobrei o pescoço para olhar para cima no exato instante em que os três dragões se preparavam para lançar um jato de ácido sobre nós. — Se vocês os machucarem, não tocarei mais.

As criaturas pareceram bufar e um cheiro acre se espalhou pela beira do penhasco. Eles tinham pousado na floresta abaixo, as cabeças esticadas, nos espiando.

<O que tem a música. Ele está aqui.>

<Estou vendo.>

<Ela nos enganou.>

<Vamos matá-la.>

— Ana…

Lancei um olhar por cima do ombro para Sam e fiz sinal para que ele ficasse onde estava, atrás da proteção das sílfides.

— Não saia daí — falei.

<O que tem a música obedece a ela.> As palavras dos dragões soaram como fumaça nos cantos da minha mente. Fragmentos que só consegui captar perifericamente.

Mal reconheci minha própria voz ao me virar para encará-los.

— Talvez vocês não deem a mínima para o fato de eu vir a tocar ou não. *Eu* não faço a menor questão de tocar para vocês, honestamente. Mas saibam de uma coisa: se você os machucarem, irei caçá-los.

<Mentira.>

— Não é mentira. Eu lhes falei que Janan e seus guerreiros caçaram e capturaram uma fênix. Os guerreiros se tornaram sílfides. Eles estão comigo agora, são meu exército e minha armadura, e tenho *certeza* de que eles se lembram como capturar algo que não deseja ser capturado. Se tentarem machucar meus amigos, caçaremos vocês e todo e qualquer dragão que cruzar a nossa frente.

<A música da fênix. O que tem a música está aqui.>

<Precisamos destruí-lo.>

<Ela conhece o que tem a música. Irá usá-la contra nós.>

<Se ela quisesse fazer isso, já teria feito.>

<Por segurança, é melhor matá-la.>

<Ela irá usar a música se tentarmos. O que tem a música fará isso. Vejam como ele oscila.>

<Mas ela quer que o templo seja destruído.>

O apito dos dragões tornou-se mais intenso, como um enxame de abelhas em meu cérebro. Cambaleei e me apoiei numa rocha, sentindo as mãos em carne viva em contato com a pedra. Escutei vozes me chamando ao mesmo tempo em que as sílfides se fecharam em volta de mim, mas me empertiguei e olhei de cara feia para os dragões, reunindo o que restava da minha voz.

— Eu. Não. Vou. Desistir.

Bafo Azedo soprou uma lufada de ar podre sobre o penhasco, fazendo as árvores farfalharem e as sílfides gemerem. Luzes de mira azuis incidiram sobre ele, mas ergui a mão num sinal para que ninguém fizesse nada.

— Não. — Eu não podia virar a cabeça, não tinha energia para tanto, mas as luzes se apagaram. Concentrei-me novamente nos dragões. — Entenderam o que eu disse?

Bafo Azedo olhou por cima de mim ao mesmo tempo em que eu sentia o ar à minha volta ficar mais quente. As sílfides que eu deixara junto ao muro tinham chegado. Se uma dúzia já conseguira afugentá-los antes, o dobro disso...

Eles, porém, não tinham medo das sílfides. Tinham medo de outra coisa. A música da fênix. Daquele que tinha a música.

<Não iremos machucar seus amigos.>

Assenti com um cuidadoso menear de cabeça para que meus pensamentos não se embaralhassem.

— Vocês concordam em tentar destruir a torre na Noite das Almas? No equinócio da primavera? Irão usar sua arma?

<Vamos pensar. *Você* está com aquele que possui a música. Se recusa a nos deixar destruí-lo, mas, ainda assim, nos pede para destruir essa torre. Vamos pensar.>

Antes que eu pudesse responder, Bafo Azedo e os outros levantaram voo. As árvores farfalharam e estalaram, e o penhasco estremeceu. Exausta, observei-os se afastar, o trovejar das asas ficando mais fraco à medida que se distanciavam, até que, por fim, a escuridão me engolfou.

Dessa vez, quando caí, mãos me seguraram.

20

CONEXÃO

MINHA CONSCIÊNCIA VOLTOU em fragmentos penetrantes, como cacos afiados de vidro e luz. Uma leve sensação de água morna no rosto e no pescoço. Pequenas colheradas de uma sopa rala. Um cheiro de ozônio. E vozes que pareciam vir da outra extremidade da terra.

Uma silhueta escura com os joelhos colados no peito, ombros caídos e o rosto enterrado entre os braços cruzados, soluçando.

Quando finalmente voltei a mim de fato, encontrei-me enrolada no meu saco de dormir, vestindo roupas limpas e com um piano tocando em um dos ouvidos. Meu DCS estava ao meu lado, com um dos fones de ouvido esticado em minha direção. O segundo tocava para o nada.

— Está picotada. — Minha voz soou como se eu tivesse passado horas gritando. Talvez fosse apenas a rouquidão típica de alguém que acabou de acordar. — A música. O som parece picotado.

Um ruído baixo, que eu não havia reparado até então, parou subitamente, e alguém soltou um longo suspiro de alívio. Sam.

— Foi você. Você disse que um dos fones era seu e o outro era para nós, e quando eu sugeri usar os alto-falantes do DCS para todo mundo, você disse que não podia perder tempo discutindo.

— Ah. — Aquilo parecia mesmo algo que eu diria, embora não me lembrasse da discussão. Tirei o fone de ouvido, que ainda tocava uma sonata ao piano, e me apoiei num dos cotovelos. Meu corpo inteiro estava rígido e dolorido.

Whit e Stef, que estavam sentados em seus sacos de dormir, pararam o que quer que estivessem digitando em seus respectivos DCS e olharam para mim. Uma panela fumegante de sopa aguardava ao lado da entrada da barraca com uma sílfide enroscada na base. Um feixe de luz penetrava obliquamente pela abertura, fazendo com que o restante do espaço parecesse ainda mais escuro.

— Vejam só quem acordou, finalmente — falou Whit. — Quando eu te disse para descansar um pouco, não quis dizer tanto.

Fiz uma careta, mas que poderia ser interpretada como um sorriso.

Sam estava sentado no escuro, ao lado do meu DCS, tão perto que eu ainda não havia conseguido focalizar os olhos para vê-lo direito. Entretanto, reparei no papel dobrado em suas mãos, na postura cansada e no fato de que ele estava bem ao meu lado quando acordei.

Sentei-me corretamente, ignorando as fisgadas de dor nas costas e nos ombros.

— Sam. — O nome dele soou como um ofego, três letras repletas de tristeza, esperança e saudade.

— Oi — respondeu ele numa voz suave e rouca e, por um momento, ficamos nos olhando como se não houvesse mais ninguém no mundo.

A luz incidiu no canto do meu olho quando os outros se levantaram e saíram da barraca. Até as sílfides desapareceram também; Sam e eu ficamos sozinhos.

Ele engoliu em seco e se inclinou na minha direção.

— Ana, sinto muito. Não sei o que dizer.

Esfreguei os olhos para espantar o sono e saí de dentro do saco de dormir.

— Pode começar me contando quanto tempo eu fiquei... — Inconsciente não, mesmo que isso fosse verdade — ... apagada.

— Três dias.

Três dias. Não podíamos ter perdido tanto tempo.

Afastei o cabelo do rosto, as perguntas se atropelando em minha mente. Quem me limpara e me vestira? Ainda estávamos no mesmo acampamento? Eu não saberia dizer sem dar uma espiada lá fora, e a luz feria meus olhos.

— Os dragões apareceram de novo?

O que é que eles tinham dito mesmo? O que tinha a música? A música da fênix. Sam estremeceu.

— Não. Eles ainda não apareceram.

— Certo. — Eu estava sem ideias do que poderíamos fazer. Tinha feito o impossível. Falara com os dragões. E sobrevivera. Impedira-os de atacar meus amigos porque era uma garotinha muito assustadora sem grande apreço pela própria vida.

Soltei uma risadinha esganiçada e histérica. Minha voz soou fina e fraca em meio às sombras da barraca, mas não consegui me controlar. Depois de tudo o que eu havia passado, só me restava rir para aliviar a tensão em meu peito.

Sam esperou a crise passar, apenas me observando.

— Está com fome?

— Estou. — Senti a barriga vazia ao me recostar e afastar outra mecha de cabelo do rosto. Tinha uma vaga lembrança de ter tomado um caldo ralo, mas, antes disso, tudo o que eu comera fora o pombo que as sílfides haviam preparado para mim, seguido por horas e mais horas de caminhada pela mata. — Definitivamente.

Ele assentiu e foi até a panela de sopa.

— Continuamos acampados onde estávamos. Não quisemos perturbá-la. — Voltou para junto de mim e me entregou uma tigela de caldo com pedaços de alguma criatura desafortunada da floresta, assim como algo que poderia passar por verduras cultivadas numa selva congelada pelo inverno.

Agradeci e comecei a tomar lentas colheradas da sopa, deixando que meu estômago se reacostumasse com a sensação de comida. Não tinha muito gosto, mas era nutritiva e, em pouco tempo, a tigela estava vazia. Botei-a de lado; tomaria outro prato assim que me certificasse de que meu estômago não colocaria tudo para fora.

— Pois bem, você deixou um bilhete. — Sam virou o papel dobrado em suas mãos e, ao inclinar ligeiramente a cabeça, pude ver a linha de preocupação que vincava o espaço entre os olhos e as fundas olheiras sob eles. Uma barba incipiente escurecia seu queixo e as bochechas. — Eu li.

Esforcei-me freneticamente para lembrar o conteúdo do bilhete. Tinha a impressão de tê-lo escrito há séculos. Tanta coisa acontecera desde então.

— É isso o que você acha? Que foi egoísmo pedir que a gente viesse até aqui? Que não acreditamos em você?

Eu não devia ter escrito aquele bilhete.

— O que eu sinto por você não mudou. Você achou que tivesse? — Ele fez menção de estender as mãos e pegar as minhas, mas parou a meio caminho, como se não soubesse se ainda podíamos nos tocar. — Ana?

Não. Sim.

— O que eu deveria pensar?

Ele repousou as mãos nos joelhos; os olhos acompanharam o movimento.

— Ana — repetiu, como uma oração. — O fato de querer ter seus amigos por perto não a torna egoísta. Faz apenas com que você seja humana. E mesmo que achássemos a ideia ruim, isso não significa que paramos de acreditar em você. Eu *jamais* vou parar de acreditar em você. O que eu disse sobre acreditar que você pode fazer qualquer coisa, ser quem quiser… ainda penso da mesma forma. Ainda a admiro por não deixar que as limitações alheias a detenham. Adoro isso em você. Eu te amo.

As lágrimas nublaram minha visão. Pisquei para soltá-las das pestanas, mas elas continuaram onde estavam.

Sam se aproximou e tomou meu rosto entre as mãos. Com toda a gentileza do mundo, usou os polegares para secar as lágrimas. O modo como me fitou foi tão intenso, tão triste e esperançoso que meu coração doeu de desejo de estar perto dele. Sua voz soou rouca ao falar novamente.

— Sinto muito por tê-la feito sentir que precisava prosseguir sozinha.

Tudo o que eu conseguia sentir era as mãos dele em meu rosto, fortes, quentes e calejadas pela música.

Antes de conhecê-lo, eu temia ser tocada. O único contato físico com minha mãe era quando ela me batia, mas Sam me mostrara afeição, tranquilidade e prazer. Eu *queria* que ele me tocasse. Aprendera a ansiar por isso, pelo modo como ele segurava a minha mão ou prendia uma mecha de cabelo atrás da minha orelha. A maneira como me fazia sentir segura e conectada simplesmente estando perto de mim.

As últimas semanas sem isso tinham me dado a sensação de estar trancada em algum lugar. Sozinha.

— Eu já estava sozinha, Sam.

Ele soltou as mãos sobre o colo.

— Não fisicamente. Mas, por várias semanas, senti como se tudo dentro de mim estivesse se desfazendo, e não apenas por causa dessa viagem, do que tínhamos descoberto ou de quem havíamos perdido. Parte de mim estava se desfazendo por sua causa. Ainda que você estivesse zangado comigo, e sofrendo também, eu desejava a sua companhia.

Ele engoliu em seco, como se só agora percebesse a distância que havia se instaurado entre nós, e que ambos tínhamos sido responsáveis por ela.

— Eu também a desejava. — Ele soltou um suspiro trêmulo. — Mas todas as vezes que olhava para você, pensava no que eu fiz. No que todos nós fizemos. Pensava em como podia ter sido a sua vida em troca da minha, e isso era insuportável.

Quase fora a minha vida.

— Será que podemos dar um jeito nisso? — perguntou ele.

Ao erguer os olhos para fitá-lo, deparei-me com angústia e escuridão.

— Você me ama?

Ele respondeu sem hesitar, sem a costumeira linha de preocupação entre os olhos.

— Mais do que tudo na vida.

— Então podemos dar um jeito.

— Ótimo. — Sam fechou os olhos e soltou um longo suspiro. — Isso é realmente ótimo.

Senti vontade de me aconchegar a ele, ou de que Sam me puxasse para junto de si, mas tudo parecia estar indo rápido demais. Não queria arriscar destruir nossa frágil trégua.

— Preciso te contar uma coisa.

O que tem a música.

Ele captou a mudança em minha voz. Não estávamos mais falando do nosso relacionamento, mas de algo muito maior.

Embora nosso relacionamento fosse muito importante para mim.

— Os dragões. — Odiava falar com ele sobre aquelas criaturas. — Conversei com eles.

— Eu vi. — Sam pareceu voltar no tempo por um momento. — Vi você sobre o muro. Quando acordei e encontrei o bilhete... — Tencionou de novo.

— Vi que suas coisas também tinham desaparecido. A flauta. Seu DCS. O saco de dormir. Tudo. Achei que você não fosse voltar.

— Vocês deviam ter ido embora.

Ele bufou e fez que não.

— Eu jamais a deixaria para trás. Por mais que eu morra de medo dos dragões, a ideia de perder você é ainda mais assustadora. — Sam se aproximou ligeiramente. O suficiente para que nossos joelhos se tocassem. — Acordei os outros e saí à sua procura, rezando para que você não tivesse ido muito longe. Rezando para que me escutasse.

— Eu saí pouco depois da meia-noite. Quando o dia amanheceu, já estava no muro. Não tinha como escutá-lo me chamando. — Talvez quando eles já estavam no penhasco. Eu escutara um barulho na floresta e deduzira que fossem animais, mas pensando agora, talvez tivessem sido vozes.

Sam estendeu o braço e tocou meu tornozelo. Seus movimentos eram cautelosos, como se temesse ser rechaçado.

— Quando finalmente relemos o bilhete, ficou óbvio que você tinha saído para encontrar os dragões. Não sabíamos, porém, que direção tinha tomado. Assim sendo, continuamos procurando até encontrarmos o penhasco, e quando olhamos para o norte, vimos o dragão empoleirado no muro. E você deitada na frente dele, com as sílfides ao seu redor.

A voz dele se tornara mais grave, carregada com o peso de várias coisas não ditas. Completei o pensamento:

— Você achou que ele tivesse me matado.

— Achei — confirmou Sam, num tom totalmente desesperado. — Tive certeza que sim. Você estava deitada sobre a mochila. Parecia estar com os ossos quebrados. E não estava se movendo. Achei impossível que ainda estivesse viva.

Esfreguei as têmporas; minha cabeça ainda estava sensível pela queda e pelo apito das vozes dos dragões. Se não fossem as sílfides, eu definitivamente estaria morta.

— Mas então você se levantou e eu escutei sua voz, embora não conseguisse entender o que estava dizendo. Senti vontade de atravessar o vale voando, mesmo que isso significasse ter que encarar os dragões. — Ele inspirou fundo.

— Aí você tocou a flauta e as sílfides começaram a cantar. As que estavam com a gente cantaram também. Foi fantástico. *Você* é fantástica.

Baixei o rosto para esconder o rubor.

— O que aconteceu lá?

Inspirei fundo também.

— Isso é algo que provavelmente todos deveriam ouvir, mas acho que sei o que é a arma dos dragões. E por que eles sempre atacam você.

A expressão dele tornou-se mais sombria.

— Por quê?

De maneira um tanto hesitante, pousei os dedos sobre os dele. A mão do Sam continuava envolvendo meu tornozelo.

— Porque os dragões não têm a arma. Eu traduzi mal esse trecho do livro. Você é a arma.

Eu não estava me sentindo bem o bastante para explicar tudo duas vezes, de modo que Sam foi chamar os outros. Já mais confiante em minha capacidade de reter a comida, tomei outra tigela de sopa. Meus ossos e músculos doíam com qualquer movimento, mas mexer *realmente* ajudava.

Enquanto eu comia e tentava me alongar, as sílfides entraram na barraca aquecendo o ar que esfriara durante a ausência delas. Cris soltou um trinado reconfortante e foi se juntar às outras entre as sombras naturais do recinto. Ofereci-lhe um sorriso.

— Aquilo doeu? — perguntei. — Absorver o ácido para me proteger?

Cris tremulou como se estivesse dando de ombros.

"A princípio, nossos poderes parecem ilimitados. Podemos absorver uma quantidade enorme de energia. Mas sim, tal como o veneno de Menehem machucou as outras, o ácido machuca também. A dor acaba se esvaindo e a gente se recupera, mas talvez uma dose muito grande de uma vez só possa provocar danos irreparáveis."

Baixei os olhos.

— De agora em diante, vou tentar não mergulhar de cabeça em situações de perigo.

Ele trinou como se estivesse rindo.

"Aposto que sim."

— Estou falando sério.

"Somos o seu exército. Iremos protegê-la qualquer que seja a dor ou o preço a pagar. Isso é tudo com o que você precisa se preocupar."

Ele também estava falando sério. As sílfides fariam qualquer coisa por mim. Não tinha certeza se gostava do peso da responsabilidade que o comprometimento e a confiança delas me faziam sentir. Elas acreditavam que eu as ajudaria a se redimir, mas, e se eu não conseguisse fazer isso? A ideia de vir a decepcioná--las era insuportável.

Quando Sam retornou com Stef e Whit, os dois me lançaram um olhar longo e avaliador, mas não disseram nada ao verem Sam se sentar perto de mim. Não exatamente do meu lado. Não próximo o bastante para que pudéssemos nos tocar. Mas perto. O que, por ora, já era bom o bastante.

— Estou feliz por tê-la de volta entre nós, Ana. — Whit abriu um sorriso. — E incólume.

— Eu também. — Stef olhou rapidamente para o Sam e, em seguida, de volta para mim. — Ouvi dizer que você tem uma bela história para contar.

A atenção deles era enervante. Mal tínhamos nos falado por várias semanas, nem mesmo sobre a morte de Armande, e agora todos estavam me observando. Aguardando. Senti vontade de desviar os olhos enquanto falava sobre a viagem até o muro da prisão, mas certifiquei-me de olhar no fundo dos olhos deles ao contar sobre a escalada, o minueto que eu tocara para atrair os dragões e o modo como as sílfides tinham lutado por mim. Não podia parecer fraca, nem dar a impressão de que não confiava em minhas próprias ações.

Eu havia falado com os dragões.

Talvez eu realmente *pudesse* fazer qualquer coisa.

Ainda assim, a coisa toda parecia loucura. Expliquei sobre o apito em minha mente, o modo como as sílfides tinham me protegido dos jatos de ácido e o ímpeto de pular na perna do dragão quando ele alçou voo.

— Vocês viram o resto. — Parei por aí, sem a menor vontade de falar sobre como eu devia ter parecido para eles na hora, gritando e ameaçando os dragões.

— Sam me falou que eles ainda não retornaram. Nem mesmo para caçar?

Stef fez que não.

— Temos duas sílfides vigiando o vale, mas, ao que parece, eles não vão voltar.

Então os dragões tinham tomado sua decisão: não, eles não iriam ajudar.

Olhei para a porta aberta da barraca, por onde entrava uma suave luz do fim de tarde. Podia ver as pontas das lanternas e dos carregadores de energia solar sendo banhados pelo pouco de luz ainda disponível. Embora faltassem apenas poucas semanas para o equinócio da primavera — a Noite das Almas —, o inverno continuava exercendo seu poder sobre a terra.

— De qualquer forma, não esperávamos mesmo que eles concordassem com nosso pedido. — A admissão feriu ligeiramente meu orgulho.

— Eles concordaram em não nos atacar depois que você os ameaçou. — Stef me lançou um olhar penetrante. — Isso foi admirável.

Whit, que estivera anotando a história, ergueu os olhos do papel.

— Conte-nos mais sobre o apito. Você disse que ele ficou tão forte que a fez desmaiar. Achei que tinha escutado algo semelhante também.

Esfreguei as orelhas e assenti.

— A princípio, não tive certeza do que se tratava, mas devia estar vindo dos dragões. Eles se comunicam por telepatia, e tive muito azar em começar a captar alguns fragmentos. Depois foi ficando mais fácil compreendê-los, como se eu só precisasse de prática.

Sam se inclinou e apoiou a mão em meu joelho.

— Ao que parece, eles entendem nossa língua.

Soltei um assobio. Ele estava certo. Os centauros não nos compreendiam, mesmo com sua metade superior sendo humana. Então, por que os dragões conseguiam?

— Será que é porque eles se comunicam via pensamentos? Talvez se eu tivesse me concentrado nas ideias como se estivesse *prestes* a falar, ou se tivesse apenas dito algo mentalmente em vez de em voz alta, eles houvessem compreendido da mesma forma. Talvez não faça a menor diferença falar ou pensar.

Whit anuiu e anotou mais alguma coisa em seu caderno.

— Isso me parece razoável. Quando falamos, organizamos os pensamentos e os compartilhamos. Os dragões talvez sejam capazes de captar algo que estejamos fazendo inconscientemente.

Aquilo fazia sentido.

— Acho que a linguagem deles engloba outras características também, tal como quando você analisa os movimentos corporais e as expressões faciais para entender o que alguém realmente quer dizer. — Tendo sido criada com apenas Li como exemplo, eu não era muito boa em captar esses sinais mais sutis, mas pelo menos sabia que era carente nesse aspecto e podia *tentar* melhorar. — Acho que muitas vezes eles lançam mão desses recursos, em vez das palavras.

— Isso é muito interessante. — Whit continuava anotando tudo. — Tenho a impressão de que aprendemos mais sobre os dragões nos últimos vinte minutos do que nos últimos vinte quindecs. Tudo o que a gente precisava era que a Ana decidisse que pode conversar com qualquer criatura.

— Pelo menos eu tento. — Torci a boca numa espécie de sorriso.

— Por que você decidiu atraí-los com música? — Sam manteve a voz baixa, como se a pergunta fosse destinada apenas a nós dois, embora os outros estivessem visivelmente interessados também.

— Não sei. — Mordi o lábio. — Era o som mais alto que eu conseguiria emitir e, além disso, todo mundo adora música. Os humanos, as sílfides, até mesmo os centauros. Lembram da Sinfonia Fênix que eu botei para tocar naquela noite? Um dos garotos tocou meu DCS com uma expressão, não sei... feliz. Como se ele compreendesse. — Às vezes eu achava que todas as criaturas entendiam música, ou, pelo menos, desejavam entender.

Um sorriso repuxou o canto da boca do Sam.

— Sinto falta de tocar.

— Você pode pegar minha flauta emprestada.

— Ana — interveio Stef. — Você disse ao Sam que sabe por que os dragões o atacam?

O que tinha a música.

— *Acho* que sei.

Sam ficou pálido, e não consegui adivinhar o que se passava pela cabeça dele.

— Depois que eles me pediram para tocar de novo, tiveram outra conversa entre si. Um deles estava preocupado com a possibilidade de eu ter "a música". Outro disse que não conseguia vê-la em mim. — Fiz que não, tentando me lembrar das palavras exatas, mas na hora eu estava com uma tremenda dor de cabeça. O apito em meus ouvidos tornara difícil me concentrar. — Eles estavam me testando. E quando viram vocês na beira do penhasco, um deles disse: "O que tem a música", e todos ficaram preocupados. Eles podiam vê-la em *você*. Tentaram, então, mentir para mim, dizendo que iriam se livrar da distração para que eu pudesse tocar de novo, mas...

— Eles queriam me matar. — A voz do Sam soou baixa e terrivelmente calma. — Eu sou o que tem a música.

Fiz que sim.

— Achei que eles gostassem de música — comentou Whit, observando Sam. — Por que matá-lo então?

— Por causa da tal música específica. Ela é a arma. Eu errei ao traduzir os símbolos dos livros. Achei que fosse uma arma em posse deles, mas não. É algo do qual eles morrem de medo.

Whit bufou.

— E essa tal arma é o Sam.

Nós todos nos viramos para ele, que estava sentado com os braços em volta dos joelhos, mordendo o lábio. Uma barba incipiente escurecia seu queixo, e os cabelos despenteados pendiam sobre os olhos.

— Eu não me sinto uma arma — declarou ele após um minuto.

Esfreguei as têmporas, tentando juntar todas as pistas.

— A arma é a música da fênix. Eles estavam com medo de que Sam a usasse contra eles.

— Que música é essa? — Whit olhou para Sam, que negou com um balançar de cabeça, parecendo perdido.

— A única música que eu já compus inspirado nas fênix é a Sinfonia Fênix, mas eu a escrevi muito depois de eles tornarem minha morte uma prioridade. — Sam correu os dedos pelos cabelos. — A menos que os dragões sejam como as fênix e consigam ver possibilidades de futuro, não acho que é da sinfonia que eles estejam falando.

— Eles acreditam que a música da fênix pode destruí-los — falei. — Um de cada vez. Ou todos ao mesmo tempo. Não sei. Na minha opinião, os dragões deviam ficar mais preocupados com a possibilidade de uma fênix de verdade aparecer e começar a cantar para eles. — Mas as verdadeiras fênix não matavam ninguém, portanto não deveriam representar nenhum perigo. — As fênix não se afastam muito do seu próprio território, se afastam?

Uma das sílfides fez que não. Cris.

"A última vez que elas deixaram a floresta onde vivem foi para amaldiçoar as sílfides."

— Isso foi há cinco mil anos — murmurou Stef. — Então não pode ser a Sinfonia Fênix. Eles também não podem estar com medo das fênix de verdade, já que elas não representam perigo. Mas qualquer outra pessoa que conheça a tal música está com sérios problemas.

— Você quer dizer eu — falou Sam.

Toquei a mão dele.

— Isso não me parece justo. — Não que os dragões dessem a mínima para justiça.

No entanto, os dragões tinham dito outra coisa, algo sobre eu lhes pedir para não destruir o Sam, enquanto pedia que eles...

O pensamento fugiu.

— Gostaria de dizer que me sinto melhor sabendo que tenho o poder de destruir os dragões. — Sam pegou a garrafa de água e começou a girá-la entre as mãos. — Eu me sentiria ainda melhor se soubesse que raios de música da fênix é essa e como usá-la.

— Você a usaria? — perguntei. Era estranho imaginá-lo parando em frente aos dragões e cantando até não sobrar mais nenhum. O Sam que eu conhecia não era tão cruel. Ele me parabenizara por não matar Deborl... embora eu não tivesse dúvidas de que ele próprio teria atirado se tivesse a chance. Não depois de ter visto a reação dele na noite do terremoto, quando Mat nos atacou no banheiro. Sam matara tanto ele quanto outros. Havia um lado mais sombrio nele que eu não conhecia. Sam vivera por milhares de anos. Eu jamais conheceria tudo a respeito dele. Mas ele não era um psicopata.

— Não sei — respondeu ele por fim.

— Bom, detesto ser a responsável por trazer esse assunto à tona. — Stef estava com uma expressão dura. — Mas apesar de a Ana ter conseguido falar com os dragões, não acredito que eles irão nos ajudar.

— Nem eu — concordei.

— O que a gente faz agora?

Ninguém olhou para mim.

Baixei os olhos para as mãos.

Sam falou de maneira bem arrastada.

— E se a gente soubesse que música da fênix é essa?

Todos se calaram.

— Ou melhor, e se... — Sam botou a garrafa de água no chão à sua frente. — Nós deixarmos os dragões acreditarem que sabemos que música é a fim de persuadi-los a nos ajudar com o plano original da Ana: usar o veneno, fazer com que eles destruam o templo e, com sorte, impedir Janan de ascender?

Eu não gostava da história de *com sorte*. Fazia com que parecesse tão pouco provável, ainda que ninguém mais tivesse nenhuma outra sugestão. E agora Sam estava pensando numa maneira de colocar meu plano em prática de novo.

Não sabia muito bem como me sentia em relação a isso. Aliviada por ele acreditar em mim? Apavorada por ele querer arriscar a própria vida fingindo saber algo que não sabia? E se Bafo Azedo desconfiasse do blefe?

— Não — murmurei.

Todos se viraram para mim.

— Em primeiro lugar, teríamos que ir atrás dos dragões. Eles não voltaram. E eles podem percorrer longas distâncias muito mais rápido do que a gente. Não teremos tempo de retornar ao laboratório de Menehem e pegar o veneno se formos atrás deles. Já vamos ter que forçar a marcha para chegarmos lá a tempo. Em segundo lugar, se fizermos isso, podemos acabar nos deparando com os dragões errados e sendo mortos de cara. As sílfides podem nos proteger, mas não para sempre. Podemos procurar por Bafo Azedo e seus amigos enquanto prosseguimos viagem. E, em terceiro lugar, Sam não sabe que música é essa, o que não nos ajuda em nada. Não quero fazer ameaças com uma arma que não sabemos como usar. Eles acreditaram em mim quando os ameacei no outro dia e foram embora. Isso já foi uma tremenda sorte. Não vou arriscar de novo. — Baixei a voz. — Não vou arriscar a vida de vocês de novo.

Todos ficaram em silêncio por alguns minutos. Sam me fitou com uma expressão indecifrável.

— Então o que a gente faz?

— Viemos até aqui em busca de ajuda e de uma arma. Não teremos ajuda. Os dragões deixaram isso muito claro. Mas descobrimos que a arma que estávamos procurando sempre esteve conosco. Sam pode não saber ainda, mas talvez possamos descobrir um meio de usá-la contra Janan.

— Que é o que você sempre quis fazer — observou ele. — Usar a arma para lutar contra Janan.

Assenti.

— Vamos voltar para o laboratório de Menehem, pegar o veneno e seguir para Heart. Sarit pode nos ajudar a entrar na cidade. — Isso se ela ainda estivesse viva. — A gente destrói a jaula que Deborl está construindo e qualquer outra coisa que pareça importante para a ascensão de Janan. Vamos fazer tudo o que pudermos para destruir o plano deles. Enquanto isso, vamos tentar descobrir o máximo possível a respeito da tal música da fênix e rezar para podermos usá-la.

Sam entrelaçou as mãos.

— Certo. Então partimos amanhã. A menos que alguém tenha outra ideia.

Stef e Whit se entreolharam e fizeram que não.

Na manhã seguinte, empacotamos nossas coisas e começamos a longa viagem de volta para Range.

21
NOITES

NÃO ÍAMOS CHEGAR em Heart a tempo.

Uma tempestade de neve envolveu o mundo em uma camada de flocos brancos, acompanhada por rajadas de vento. Embora continuássemos prosseguindo sempre que possível, tínhamos apenas doze dias até a Noite das Almas. Teríamos que forçar o passo, mas nem isso seria o suficiente.

Doze dias.

Já estava escuro há um bom tempo quando finalmente paramos para montar acampamento.

— Gostaria de ter tido a chance de testar a chave do templo na prisão. — Peguei o saco de comida e as sílfides se embrenharam na mata para caçar.

Whit assumiu um ar desconfiado; ele e Stef armavam a barraca sob a luz de uma lanterna.

— Por quê?

Stef soltou uma risadinha.

— Curiosidade científica. Ela herdou isso de Menehem.

— Prefiro pensar que não herdei de ninguém, que é uma característica minha. — Não tive a intenção de dar uma resposta ferina, mas a encarei para que ela soubesse que eu estava falando sério. — A curiosidade faz parte de mim. Assim como a música.

— Certo. — Ela abriu um sorriso meio sem graça, que desapareceu rapidamente. Nosso relacionamento havia melhorado, mas não a ponto de ser como era antes. Eles tinham voltado a falar comigo, e todas as noites Sam aproximava seu saco de dormir um pouco mais do meu, mas qualquer pequena diferença de opinião deixava o clima tenso.

— Só gosto de ponderar sobre as coisas. Todas as outras torres estão em ruínas porque não há ninguém morando dentro delas. Janan é a única coisa que está mantendo a torre de Heart intacta. No entanto, tenho a impressão de que se elas foram construídas pelas fênix, deveriam durar para sempre, certo?

Stef deu de ombros.

— Talvez elas ainda estivessem inteiras se as sílfides não tivessem sido libertadas. — Ela se curvou e prendeu o último pino que segurava uma das laterais. — Vá buscar nosso jantar. Assim que terminar aqui, eu preparo a comida.

Diante da óbvia dispensa, deixei os ombros penderem e segui Cris floresta adentro, o facho da lanterna iluminando um mundo coberto de neve. A essa altura as outras sílfides já deviam ter arrumado comida mais do que suficiente, de modo que botei os fones de ouvido e comecei a escutar a Sinfonia Fênix.

Eu já a ouvira mais de doze vezes na última semana, e conversara sobre ela com o Sam, mas até o momento não tínhamos captado nada de diferente. Nós quatro tínhamos até traduzido novamente o trecho sobre a arma, mas, embora ele fosse interessante, não fornecia nenhuma descrição específica sobre sua natureza ou propósito.

Nossa última tradução fora: *Os dragões temem o instrumento de vida e morte*. Ou, *a música da fênix*.

Peguei um dos coelhos mortos e o joguei na sacola, assobiando o acompanhamento da flauta durante o quarto movimento da sinfonia. Era um trecho rápido, de som majestoso, uma das minhas partes favoritas, que sempre fazia meu coração transbordar de felicidade.

Um súbito toque em meu ombro me fez dar um pulo e me virar. Deparei-me com Sam me observando com um sorriso divertido, segurando uma lanterna ao lado do corpo.

— Você ainda não se cansou dessa música?

Dei de ombros e tirei os fones de ouvido.

— Não acredito que jamais vá me cansar dela, mas se isso um dia acontecer, eu te aviso.

— Eu tenho outras peças. Algumas melhores do que essa.

— Essa foi a primeira composição sua que escutei na vida. Será sempre a minha favorita. — Parei ao lado de uma árvore caída, cuja morte proporcionara a chance de novas vidas. Um amontoado de plantas menores brotava do chão, aguardando a chegada da primavera. — Além disso, tenho certeza de que se houver alguma pista a respeito da música da fênix, ela está nessa canção que você batizou em homenagem a elas.

— Canções têm letras — repetiu ele pela milésima vez, soltando a lanterna no chão. As sombras dançaram em volta do rosto do Sam, que me fitava de esguelha, com um sorrisinho estranho repuxando-lhe a boca. — Você diz isso só porque sabe que me irrita, não é?

Dei uma risadinha, mas não admiti nada.

— E quanto ao canto dos pássaros? Canto vem de canção, não é? Eles por acaso cantam com letra?

— Quem sabe? Talvez os pássaros tenham sua própria língua, tal como os centauros. — replicou ele de modo implicante. No entanto, quando me empertiguei e nossos olhos se cruzaram, percebi um certo ar de desafio.

— Não poderia ser algo mais sutil? — Soltei a sacola no chão e tentei expressar meus pensamentos de forma coerente. — Partimos do pressuposto de que se tratava da música inteira. Da sinfonia como um todo. Mas, e se for algo menor, tão sutil que você nem percebe que está ali?

— Tem razão. O canto dos pássaros é normalmente curto, e uma série repetida de notas.

— E as fênix são pássaros.

Sam envolveu meus braços, me puxou de encontro a si e me beijou com tanto ardor que eu teria caído se ele não estivesse me segurando. Ofeguei a apoiei meu peso nele, mas assim que comecei a retribuir o beijo, meu DCS tocou.

Enquanto nos afastávamos e eu tateava os bolsos em busca do DCS, nos olhamos como se não soubéssemos que se beijar voltara a ser permitido. Não fazíamos isso desde o meu aniversário, como se ambos estivéssemos esperando que o outro tomasse a iniciativa.

Agora ele tinha.

O DCS tocou de novo. Atendi, ofegante:

— Sarit?

— Até que enfim. — O alívio na voz dela foi evidente. — Consegui falar com você.

Verifiquei o sinal.

— Por sorte — respondi, entregando um dos fones de ouvido ao Sam para que ele pudesse escutar também. — O sinal ainda está fraco. Você está bem? O que houve? — Ela costumava ligar mais cedo. Bem mais cedo.

— Estou, estou bem. É só… — Sarit hesitou. — Você não vai acreditar.

Eu e Sam nos entreolhamos e, em seguida, baixei os olhos para os lábios dele. Ele continuava bem perto de mim, a fim de que ambos pudéssemos falar com ela.

— Hoje em dia sou capaz de acreditar em qualquer coisa — murmurei.

— Três dragões acabaram de sobrevoar Heart.

— Ainda agora? — Sam ergueu os olhos, como se pudesse vê-los de onde estávamos.

— Sam, é você? — Uma leve esperança acendeu a voz de Sarit. — Imagino que vocês tenham voltado a se falar. Que bom! Foi, ainda agora. Eles circularam o templo e, em seguida, voltaram para o norte.

— Eles não atacaram? — Eu mal conseguia acreditar no que ela estava dizendo.

— Não. Passaram tão rápido que não tivemos nem tempo de soltar os dro-nes. — Ela soava como se também não conseguisse acreditar. — Vocês viram algum dragão?

Fiz um som que ficou entre um guincho e uma risadinha histérica.

— Ana viu. — A voz do Sam soou baixa e séria. — Mas não temos tempo de explicar agora. Acho que estamos prestes a fazer uma descoberta. A gente te avisa se isso acontecer.

— Estamos voltando para o laboratório de Menehem — acrescentei. — De lá, retornaremos a Heart. Precisamos descobrir um meio de entrar na cidade sem que Deborl perceba. — Teríamos que correr para chegar lá a tempo. Não achava que conseguiríamos, mas precisávamos tentar. Tínhamos concordado em fazer isso.

— Deborl está pior do que nunca. As pessoas estão sendo interrogadas sobre o paradeiro de vocês. Ninguém sabe, é claro, mas isso não o impede de perguntar. Toda a vigilância está nas mãos do pessoal dele. A população inteira foi recrutada. Quem não está ajudando a construir a jaula, está na segurança. Deborl também fala sem parar sobre Merton e a tal missão que eles foram executar. Não faço ideia do que Merton esteja procurando, mas não acho que sejam vocês. Seja o que for, Deborl faz com que pareça *mais* importante do que vocês.

— Adoraria saber o que é. O que mais aconteceu? — A cidade que eu conhecera parecia agora pertencer a uma outra vida.

— A jaula está quase pronta. As barras são eletrificadas, e a coisa inteira foi armada a uma pequena distância do chão. Vou mandar uma foto. — Ela fez uma pausa para recuperar o fôlego e meu DCS bipou com a chegada da imagem. — Estamos tendo terremotos diariamente. Os animais estão abandonando a floresta nos arredores de Heart, e o lago Midrange está quase seco. Tudo está desmoronando. Tudo.

Fechei os olhos, sentindo as sílfides reunidas à nossa volta. Parecia errado estar parada no meio de tanta paz enquanto tudo em casa desmoronava.

— Os obeliscos do Memorial do Templo ruíram. Deborl diz que isso é um sinal de que Janan está nos punindo. — Ela abafou um soluço. — Gostaria que vocês estivessem aqui. Estou com saudades. Também sinto falta do Armande. Acho que vou enlouquecer aqui sozinha.

— Sinto muito, Sarit. — Sam conversou com ela por mais alguns instantes, tentando tranquilizá-la. Em seguida, disse: — Chegaremos em casa logo. — E, com isso, desligou.

Peguei a sacola com a comida do jantar.

— Os outros devem estar se perguntando onde a gente se meteu.

Ele pareceu relutar em se afastar de mim, mas assentiu.

— Tem razão. E Stef fica mal-humorada quando está com fome. Vou ajudá-la a pegar o resto.

Trabalhamos em silêncio, enquanto eu o observava pelo canto do olho. Assim que percebeu, Sam abriu um sorriso tímido e esperançoso. Uma onda de alívio me inundou.

— O canto dos pássaros, hein? — Ele afastou uma mecha de cabelo do rosto e a prendeu debaixo do capuz. — Isso me faz pensar.

— Precisamos escutar todas as suas músicas para ver se tem algo que você sempre faz

— Tipo o quê?

— Tipo ritmos ou harmonias que apareçam com frequência. — Balancei a cabeça, pensativa. — Talvez seja outra coisa. Acho que você já teria reparado se usasse o mesmo tema em diversas peças.

Ele franziu o cenho.

— Gosto de pensar que sim.

— Talvez seja algo ligado aos seus instrumentos prediletos. Ou talvez não tenha nada a ver com o que você compõe, e sim com a maneira como toca.

— Isso pode levar anos.

Não tínhamos tanto tempo.

— Se é algo que assusta os dragões, vale a pena tentarmos descobrir o que é.

Ele assentiu e pegou a sacola.

— Terminamos.

Já era quase meia-noite quando finalmente entramos na barraca. Stef estava fervendo água, enquanto Whit verificava os livros do templo e minhas traduções para os diferentes trechos.

— Vocês demoraram — murmurou Stef.

— Sarit ligou. — Sam se agachou ao lado dela. Enquanto os dois despelavam os coelhos, ele lhe contou sobre a conversa com Sarit.

— Ana. — Whit ergueu os olhos dos livros. — Vem cá um segundo.

Sentei ao lado dele e da lanterna, sentindo todos os músculos doloridos. Ele abriu meu caderno no começo das anotações.

— Estive pensando sobre a pesquisa de Menehem e as observações que você fez. — Colocou o caderno diante de mim e pegou um dos diários de meu pai. — Vejo aqui que você estava preocupada tanto com a dose quanto com a forma de dispersão do veneno. — Apontou para uma de minhas anotações. — Assim sendo, fui verificar o que Menehem fez durante o Escurecimento do Templo.

— Ele usou seis grandes latas de aerossol. Temos pelo menos vinte, e deixei a máquina produzindo mais depois que saímos do laboratório. Talvez tenhamos umas vinte e cinco agora.

— Você disse que as sílfides criaram tolerância rapidamente. Se levarmos em consideração a dose usada durante o Escurecimento do Templo, talvez tenhamos o suficiente para afetar Janan por algum tempo. Dez minutos? Vinte?

Ele estava sendo otimista, mas eu não ia discutir.

— No entanto, segundo suas anotações, você também parece preocupada com a forma de dispersão. Se entendi corretamente, Menehem usou algum tipo de timer para as latas. Elas foram posicionadas em volta do templo e, ao terminar, ele as abriu numa determinada ordem para prolongar a exposição. No intuito de compensar a tolerância, Menehem abriu uma, depois duas e, por fim, três.

— Isso mesmo.

— Acho que você está certa em se preocupar com uma dispersão eficiente. Será que conseguiremos fazer como Menehem? Temos vinte latas. Como podemos liberar o veneno para que ele tenha efeito imediato?

— Abrindo todas de uma vez.

— Mas aí — interveio Stef, erguendo os olhos ao terminar de jogar a carne na panela —, o efeito não demoraria. Teríamos somente uns dois minutos.

Concordei com a cabeça.

— Não temos o suficiente para fazê-lo durar. É sobre isso que temos conversado. Simplesmente não temos o bastante.

Sam terminou de lavar as mãos e baixou os olhos sem dizer nada. Fora ele quem ligara a máquina, na esperança de que isso ajudasse.

— É como uma faca. — Minhas palavras atraíram a atenção do Sam novamente. — Talvez não tenhamos o suficiente para destruir Janan, mas se cronometrarmos a liberação do veneno corretamente, podemos feri-lo. Pode ser o bastante para ganharmos tempo.

— Para fazer o quê? — A voz de Stef tornou-se mais grave e ela cruzou os braços, mas por medo, e não por raiva. A Noite das Almas estava próxima, e as pessoas que amávamos iriam morrer. Para sempre. Ela estava com tanto medo quanto eu. — Será que o templo estar escuro quando a Noite das Almas começar vai ser o bastante? Será que Janan irá simplesmente desaparecer?

Pouco provável. Mas será que ele conseguiria ascender? Talvez não. Isso talvez apenas o retardasse, fazendo com que tudo voltasse a ser como era antes. Inclusive para as almasnovas.

Não, eu precisava encontrar uma solução definitiva.

— Tem uma coisa que podemos fazer que Menehem não podia. — Levantei e apalpei o casaco do Sam até meus dedos roçarem a quina de uma caixa.

— Tem razão — murmurou Sam. — Eu jamais permitiria que Menehem vasculhasse minhas roupas. O que você está procurando?

— Isso. — Abri o zíper de um dos bolsos internos e retirei a chave do templo. — Nas duas vezes que Menehem envenenou Janan, a dispersão foi feita em volta do templo. *Nós* podemos liberar o veneno dentro da torre.

— Será que isso vai fazer alguma diferença? — Whit ergueu as sobrancelhas.

— Talvez nos consiga mais um ou dois minutos. — Fiz menção de guardar a chave de novo, mas Sam agarrou meu pulso e pressionou a caixa contra meu peito.

— Fique com ela. Eu já devia ter te devolvido mesmo.

Anui com um grave menear de cabeça e guardei a chave no meu casaco.

— Se liberarmos o veneno dentro do templo, será que conseguiremos sair? — perguntou Sam.

Baixei a voz.

— Não sei. — Senti novamente vontade de ter testado a chave na torre situada ao norte. Será que ela ainda afetaria o templo se Janan estivesse inconsciente?

Sam pousou a mão sobre a minha. A neve voltou a cair, tamborilando suavemente contra a barraca até que todos os sons do lado de fora ficaram abafados.

— Descobrimos uma coisa a respeito da música da fênix — disse ele para os outros.

— Talvez. — Eu não queria criar esperanças para o caso de estarmos errados. — Precisamos de mais informação. Ainda tenho esperanças de que os livros possam ajudar. — Olhei de relance para a pilha, mas o sono embotava meus pensamentos. Os livros não tinham fornecido nenhuma nova informação durante o tempo em que, presos por uma tempestade de neve, tínhamos passado analisando-os. Era pouco provável que descobríssemos mais alguma coisa antes da Noite das Almas.

Enquanto comíamos, Sam repetiu nossa conversa sobre o canto dos pássaros e as conjecturas que tínhamos feito a respeito da natureza da música da fênix.

— O que vamos fazer agora? — indagou Whit.

— Vou escutar o maior número possível de composições do Sam — respondi.

— Ah, *não!* — Whit levou a mão ao peito de maneira teatral. — Será que você vai aguentar?

Dei uma risadinha.

— Eu sei, mas para salvar o mundo, preciso tentar. Também vou dar uma olhada nas partituras que tenho no DCS, se conseguir encontrar um jeito de fazer isso e caminhar ao mesmo tempo. Quero verificar todas as variações de estilo e instrumentos. Todas, de verdade.

— Isso significa que você vai precisar de um voluntário que a carregue de volta para Heart. — Whit olhou de relance para Sam. — Você anda parecendo meio fraquinho ultimamente. Pode deixar que eu carrego a Ana.

Sam bufou.

— Se alguém tiver que carregá-la, esse alguém...

— Eu posso andar. — Revirei os olhos. — Vou dar um jeito, podem deixar. Mas obrigada assim mesmo.

— Eu não sofro de orgulho juvenil. — Stef se recostou no saco de dormir. — Fiquem à vontade para me carregar.

Whit soltou uma risada e piscou para mim.

— Não, Stef, você talvez não sofra mais de orgulho juvenil, mas com certeza sofre de todos os outros tipos de orgulho que existem.

Ela jogou uma das luvas na cabeça dele e, por alguns instantes, sorrisos e risadas reverberaram pelo interior da barraca.

Depois que as lanternas foram apagadas e Stef e Whit se ajeitaram para dormir em seus respectivos sacos, Sam se agachou ao meu lado.

— Ana, eu tinha esperanças...

Mordi o lábio e assenti.

— Eu também.

A tensão nos ombros dele se dissolveu como gelo sob o sol da primavera. Ajeitamos nossos sacos de dormir um sobre o outro, criando uma camada extra de maciez, e nos enfiamos no de cima. Pressionei as costas contra o peito dele.

— Está confortável? — Ele aconchegou o corpo em volta do meu, sólido e quente, e entrelaçamos nossas pernas. Em seguida, pousou a mão sobre as minhas, entrelaçando nossos dedos também.

— Estou. — Fechei os olhos e fiquei escutando o ritmo das batidas do coração dele, o modo como ele tentava não inspirar com muita força, como se isso pudesse arruinar o momento. — Sam.

Ele beijou minha nuca.

— Sam. — Eu queria me virar e pressionar o corpo contra o dele. Queria sentir sua pele sob as roupas e embrenhar meus dedos em seus cabelos macios. Desejava sentir um monte de coisas com as quais vivia sonhando. Mas somente quando estivéssemos sozinhos. — Sinto muito pelas últimas semanas. Pelos segredos. Pelas minhas ideias insanas. Jamais tive a intenção de magoar você.

— Eu sei. — Ele apertou minhas mãos, os nós dos nossos dedos enterrando-se em meu peito. — Também não tive a intenção de magoar você. Fiquei tão perdido em minha própria culpa e infelicidade que esqueci o que é realmente importante.

— O quê?

— Viver. Amar. Aproveitar ao máximo o tempo que tivermos juntos, seja ele longo ou curto.

Desvencilhei minhas mãos da dele e pressionei sua palma contra meu coração. Depois que Sam me salvara do lago Rangedge, eu o encontrara exatamente daquele jeito ao voltar a mim, abraçando-me apertado, me aquecendo, ainda que não soubesse quem eu era. *O que* eu era.

Corri os dedos pelas costas da mão espalmada dele, sentindo os ossos e músculos e, quando a soltei, ele não me perguntou se eu tinha certeza. Nós dois sabíamos que sim, ou eu não teria feito o convite. Sam deixou a mão repousar sobre meu coração por mais alguns instantes, a respiração pesada junto ao meu cabelo; em seguida, correu-a pelas curvas do meu corpo, acendendo um desejo profundo, quase dolorido.

As pesadas camadas de roupa abafavam nossa respiração entrecortada e os sussurros de amor proferidos por ele. Prosseguimos com cautela, tentando não fazer barulho. O fogo que se acendeu dentro de mim fez com que jamais desejasse tanto estar sozinha com ele. Queria me virar e percorrer as linhas dos músculos do corpo do Sam, mas, se fizesse isso, jamais conseguiria pegar no sono. E ele parecia satisfeito — mais do que satisfeito — em roçar os dedos sobre meu estômago e alisar a curva do meu quadril, fazendo meu corpo inteiro derreter. Eu jamais desejara nada com tanta força quanto desejava que ele continuasse me tocando.

Quando os movimentos passaram do sensual ao delicado e a respiração dele se tornou suave e compassada atrás de mim, quente em contato com meu pescoço, finalmente comecei a resvalar para a inconsciência. Embora eu quisesse continuar com as carícias, o sono me arrebatou. Não seria nossa única noite. Ainda teríamos mais algumas para dormirmos com as mãos dele sobre minha pele nua.

Quando comecei a sonhar que estava sentada ao piano com Sam, o rugido de um trovão me despertou.

No mesmo instante, um apito agudo ecoou em minha mente.

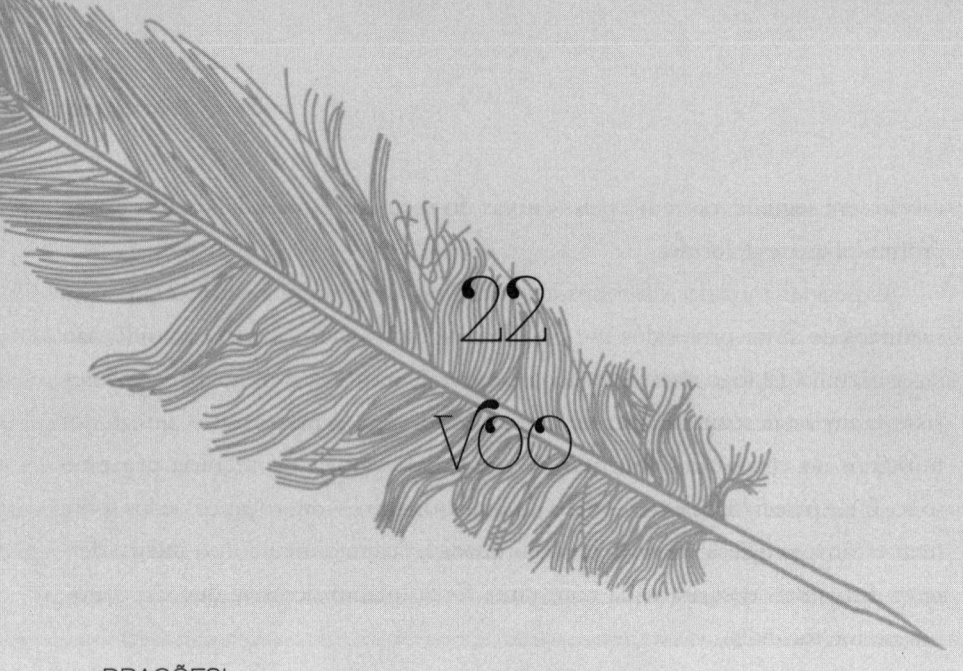

22
VÔO

— DRAGÕES!

Aos gritos, lutei para me desvencilhar das pernas e braços do Sam. Ele despertou, assustado. Do outro lado da barraca, Stef e Whit se levantaram num pulo, acenderam as lanternas e pegaram as pistolas. As sílfides saíram da barraca, guinchando.

— Onde eles estão? — Stef ligou a pistola e um feixe de luz de mira azul cruzou o recinto. A luz da lanterna iluminou seu rosto, ressaltando as olheiras escuras.

— Não sei. — Tentei arrumar as roupas enquanto me levantava. — Escutei um barulho, seguido pelo apito.

Um trovejar de asas soou novamente, e todos fomos nos juntar às sílfides do lado de fora da barraca. As pedras machucavam meus pés descalços e a mata à nossa volta era um misto de sombras naturais e sílfides. Os gemidos delas ficaram mais altos.

Três figuras escuras sobrevoavam o céu noturno. Elas nos circundaram, como que procurando um lugar onde pousar.

Como eles tinham nos *encontrado*?

— Eu tenho uma ideia. — Entrei na barraca de novo e peguei a flauta no estojo. Sam me segurou pelo pulso quando saí novamente.

— O que você está fazendo?

— Eu não, *você*. — Entreguei a flauta a ele. — Eles têm medo de você.

— Tem certeza de que é uma boa ideia ameaçá-los desse jeito? — perguntou ele.

— Eles estão armados. Agora nós também estamos.

As árvores se partiram como gravetos ao serem empurradas pelos dragões. Uma cacofonia de estalos e farfalhar de folhas ecoou por todo o entorno. Os pássaros piaram e levantaram voo, avisando os companheiros. Os animais da floresta começaram a zanzar desesperadamente de um lado para o outro à medida que as árvores eram derrubadas e gigantescas asas encobriam a terra.

Encontrei uma das lanternas e acendi a luz no máximo.

<O que tem a música está aqui.>

<Eles precisam de nós. Não irão usar a música contra a gente.>

Sam, Stef e Whit gritaram e cobriram os ouvidos, tentando abafar o apito. Embora minha cabeça pulsasse, mantive-me firme. Talvez eu já estivesse me acostumando.

Os três dragões pousaram diante de nós, as asas dobradas ao lado do corpo, os olhos azuis luminosos. As garras imensas cavaram sulcos na terra congelada. Uma fina camada de neve cobria-lhes as escamas. As presas gigantescas brilharam sob o facho da lanterna.

Dei um passo à frente, sem agasalho nem botas, mas as sílfides se postaram ao meu redor como asas.

— O que vocês querem?

<Tomamos nossa decisão.>

Será que eles estavam realmente dispostos a ajudar?

— E? — Precisei de toda a minha força de vontade para resistir ao impulso de olhar para trás e checar como estavam meus amigos. Escutar os dragões falando pela primeira vez era uma experiência dolorosa.

<Demos uma olhada na cidade de vocês. A torre agora brilha até mesmo durante o dia. O mal que há lá dentro está mais forte. Seu povo foi escravizado por sua própria espécie.>

Não me mexi. Mal ousava respirar.

<A terra está se rachando. As fumarolas agora estão tão largas que daria para um dragão fazer ninho dentro delas. Seu lago secou. A morte espreita em todos os cantos daquela região.>

A voz de Bafo Azedo era possante, reverberando dentro do meu cérebro. Um simples menear de cabeça fez o mundo girar, mas consegui me manter empertigada.

— Eu sei. — Minha voz soou fina e fraca, ainda que afora os suaves gemidos das sílfides, os grunhidos dos meus amigos e o farfalhar das árvores voltando à posição normal ela fosse o único som à nossa volta. — Eu sei, essas coisas estão acontecendo por causa do ser que vive dentro do templo.

<Muitos outros seres vivem lá dentro também, mas o único que você quer destruir é aquele que chama de Janan.>

— É. — O que mais vivia dentro do templo? Não havia nada lá. Apenas uma série interminável de horrores e becos sem saída... além da sala com os esqueletos. Mas eles não contavam como seres vivos, contavam? — Por que os dragões atacam o templo?

<Para destruir aquele que tem a música.>

Virei-me e me deparei com Sam apertando a flauta de encontro ao peito, os olhos arregalados sobressaindo entre as sombras produzidas pela lanterna. Ele havia escutado. Os outros — ambos haviam levantado a cabeça — tinham escutado também.

— Todos aqueles ataques — comentou Whit —, só para destruir o Sam?

Para destruir o Sam, que acabara de descobrir que possuía alguma espécie de arma, embora não fizesse ideia de como usá-la.

Considerei por alguns rápidos instantes a possibilidade de contar aos dragões que Sam jamais pretendera usar a música contra eles, mas eles provavelmente não acreditariam em mim, e, se eu quisesse que aquelas criaturas continuassem nos temendo, ainda que só um pouco, precisava de algo além das sílfides.

Concentrei-me nos dragões.

— Se vocês nos ajudarem a destruir a torre, o ciclo de reencarnação irá terminar. Você não precisarão mais temer a música. Sam irá ficar velho e morrer, e desaparecerá para sempre.

<Nós não temos medo da música.>

Ergui uma sobrancelha, mas jamais ousaria acusar um dragão de estar mentindo.

<Se você tem certeza de que o ciclo de reencarnação irá terminar, e que a música desaparecerá de vez, então iremos ajudá-la a destruir a torre.> Bafo Azedo olhou de maneira irritada para o Sam, que continuou calado. Imóvel.

<Se você estiver disposto a aceitar seu fim, então nós os ajudaremos a destruir a torre.>

E nós não precisaríamos recorrer a uma arma que nem sequer sabíamos como usar. Poderíamos contar com os *dragões*.

Olhei de relance para o Sam. Era ele quem teria que escolher.

A voz dele soou baixa e rouca.

— Destruam a torre.

<Ótimo.> Bafo Azedo se afastou e ergueu a cabeça, lançando um olhar rápido e desinteressado para o nosso acampamento. <Reúnam suas coisas.>

— Por quê? — Botei as mãos na cintura e olhei de cara feia para o dragão, tentando não imaginar a facilidade com que ele me engoliria de uma só bocada se quisesse. Como se pressentissem meu medo, as sílfides se aproximaram.

<Os humanos são muito lentos. Levaremos vocês até onde precisam ir. Em seguida, voltaremos para o norte e reuniremos nosso exército. Sua torre será reduzida a escombros.>

Andar de dragão até o laboratório de Menehem? *Andar de dragão?*

Lancei um rápido olhar por cima do ombro. Sam nos fitava sem expressão, enquanto Stef e Whit pareciam estar sem palavras. Voando nos dragões chegaríamos lá muito mais rápido, mas teríamos que confiar que eles não nos matariam.

De qualquer forma, se eles quisessem destruir o templo — e, com ele, a música que tanto temiam —, precisavam do veneno que apenas nós poderíamos fornecer.

Mas Sam não conseguiria fazer isso. Ele jamais montaria num dragão, mesmo que o bicho tivesse um bom motivo para não soltá-lo sobre uma montanha. Teríamos que dar um jeito de ir correndo até Range.

— Não — respondi. — Vamos andando.

— Não. Jamais chegaremos a tempo. — Sam deu um passo à frente e parou do meu lado. Os nós dos dedos estavam brancos devido à força com que ele apertava a flauta, mas sua voz soou subitamente forte. — Aceitamos sua oferta.

Bafo Azedo nos analisou por um longo tempo antes de assentir. Foi um movimento lento e pesado, que não parecia combinar com aquele corpo sinuoso.

<Vamos então definir os termos do nosso acordo.>

Levantei a voz.

— Muito bem: vocês não irão machucar nenhum dos meus amigos. Nem agora, nem depois que destruírem a torre. Quando ela for derrubada, o ciclo de reencarnação irá terminar, assim como a ameaça da música da fênix.

<Certo. O mesmo vale para a gente. Nós não iremos machucar vocês, nem mesmo o que tem a música, em troca vocês não usarão seus lasers contra a gente. Nem suas sombras. E nem a música. Se alguma dessas condições for desrespeitada, o acordo está desfeito.>

E poderíamos voltar a tentar nos matar como de costume. Ótimo.

Ele, porém, não havia terminado.

<Nenhum de vocês irá tocar música. Especialmente ele.> O dragão apontou com o focinho para Sam.

Virei-me para ele.

— Tem certeza de que concorda com isso?

Sam estava com uma expressão dura, a boca apertada numa linha fina. Num movimento contido, ele me entregou a flauta e disse:

— Concordamos com as condições.

<Nós também.> Bafo Azedo abaixou novamente a cabeça e uma conversa baixa e picotada se desenrolou entre as criaturas.

<Eu sabia que eles concordariam.>

<Estão desesperados.>

<E nós não? Humanos com tanto poder assim, é muito perigoso. Eles poderiam nos destruir...>

<Shhh.>

Pressionei a flauta de encontro ao peito, sentindo as teclas e os desenhos gravados no metal polido, ainda novos e bem destacados.

— Vamos partir agora? — perguntou Whit, aproximando-se pelas nossas costas.

— Acho que sim. — Quanto mais rápido partíssemos, mais rápido ficaríamos livres dos dragões. Não acreditava que nenhum de nós fosse conseguir dormir direito sabendo que havia um trio de dragões parados do lado de fora da barraca. — Stef, vamos precisar de algum tipo de arreio. Não queremos escorregar de cima deles.

Ela anuiu.

— Tenho uma ideia.

Cris se aproximou.

"Não poderemos protegê-los enquanto vocês estiverem voando."

— Não tem problema. — Ofereci-lhe minha mão, e um tentáculo de sombras envolveu meus dedos. — Vocês podem percorrer essa distância rapidamente, certo?

"Sim."

— Estejam lá quando chegarmos. Ficaremos bem. Os dragões precisam de nós.

"Não confio neles."

— Nem eu. — Sorri, embora mantivesse uma expressão séria. — Mas sei que eles querem ver o templo destruído.

"Eles querem ver a música da fênix destruída. O problema é que ela está dentro da torre."

Sam baixou os olhos.

— Rápido, vamos resolver logo isso.

Enquanto Stef trabalhava no arreio, ajudei Whit a desarmar a barraca. Sam empacotou nossas coisas, lançando constantes olhares vigilantes na direção dos dragões. Ele continuava com uma expressão preocupada, os olhos assombrados.

Embora os humanos tivessem aprendido a fazer coisas voarem havia gerações — tal como drones —, a maior parte das pessoas acreditava que a gente nascia sem asas por um bom motivo. Ninguém estava feliz com a ideia, mas se quiséssemos chegar em Heart a tempo, então valia a pena arriscar.

— Eu já sobrevoei um vale num dragão. — Tentei sorrir enquanto fechava o estojo da flauta e verificava as alças. — Vamos ficar bem.

— Ele a arrastou pelo meio das árvores. — Whit balançou a cabeça. — Orrin jamais irá acreditar no que estamos prestes a fazer.

— Ninguém acreditaria. — Eu sequer conseguia imaginar a expressão de Sarit quando lhe contasse.

— *Eu* não acredito que estamos fazendo isso. — Stef nos mostrou dois arreios feitos com corda. — Agora, prestem atenção. Todos vocês. — Apontou para os dragões também.

<Que negócio é esse?> As palavras de Bafo Azedo zumbiram em minha mente, fazendo o mundo girar por um momento. Quando tudo isso terminasse, nunca mais conversaria com um dragão.

— Preparei dois arreios. Eles irão nos manter seguros. Vamos passá-los pela cabeça dos dragões e prendê-los bem acima das asas. Eles não irão atrapalhar o voo de vocês. Iremos dois em cada dragão. — Ela lançou um olhar de relance para mim e para o Sam. — Imagino que vocês dois vão querer ir juntos.

Sam assentiu, sem desviar os olhos dos arreios nas mãos de Stef.

— Certo. Preparei também um anel aqui na frente para prender nossas mochilas. Como vamos montar em dupla, não quero que elas atrapalhem o voo. As mochilas ficarão penduradas como pingentes. — Ergueu os olhos para Bafo Azedo. — Imagino que isso não vá ser um problema para vocês.

<Claro que não.>

Ela e Whit começaram a prender os arreios nos dragões com movimentos rígidos e cautelosos. As sílfides se fecharam em volta deles, mantendo o ar aquecido e impedindo que as criaturas fizessem movimentos bruscos. Stef puxou várias vezes os arreios e perguntou aos dragões se estava confortável ou se machucava. Por um momento, achei estranho que ela se preocupasse tanto com o bem-estar de um *dragão*, mas Stef estava certa: se os arreios atrapalhassem o voo, todos estaríamos em perigo.

Quando eles terminaram, contei a Bafo Azedo para onde estávamos indo, tentando descrever o laboratório de Menehem da forma como imaginava que ele pareceria visto de cima.

— É uma construção grande de metal no meio de uma clareira, com muitas árvores…

<Eu conheço.>

— Ah. Ótimo. Isso facilita as coisas, certo? — Tentei sorrir, mas o dragão me fitou com irritação.

Bafo Azedo ficou quieto enquanto eu subia nele e montava em suas costas. Ele chiou um pouco quando Sam subiu atrás de mim, resmungando alguma coisa no fundo da mente, mas só isso.

Sam se acomodou atrás de mim, nós dois usando uma camada extra de casacos e com cobertores enrolados em volta da gente como um casulo, a fim de que pudéssemos compartilhar o calor de nossos respectivos corpos. Cobrimos o rosto com nossos cachecóis e, em seguida, Sam passou os braços em volta da minha cintura. Não teríamos as sílfides para nos manter aquecidos durante a viagem, e as escamas do dragão pareciam moedas de gelo.

— Não olhe para baixo — aconselhou Sam, alto o bastante para que eu conseguisse escutar através do capuz e dos três gorros. — Como está escuro, você não vai conseguir ver nada, mas mesmo assim é melhor não olhar.

— Não tenho medo de altura. — Tentei me aconchegar mais a ele, mas estávamos tão bem presos que eu não conseguia me mover. De qualquer forma, já estávamos tão grudados que seria impossível nos apertarmos ainda mais. As diversas camadas de roupa é que davam uma sensação de distância.

— Eu sei. Mas uma altura dessas... pode ser assustadora. Você pode ficar tonta e perder o senso de direção, tal como quando está dentro d'água e não sabe para que lado fica a superfície.

O tagarelar incessante era uma forma de ele tentar se acalmar, de não pensar no que estávamos prestes a fazer. Como Sam podia saber qual seria a sensação? Talvez estivesse chutando. Ou talvez se lembrasse de uma de suas mortes, de ser sacudido de um lado para o outro preso às garras de um dragão.

Eu adoraria verificar todas as nossas amarrações, mas duvidava de que isso fosse ajudar a melhorar o humor dele. Em vez disso, dei-lhe um tapinha no joelho.

— Quando eu estava me afogando no lago, antes de você me salvar... — Queria relembrá-lo de sua coragem. — ... não conseguia distinguir o fundo da superfície. Fico imaginando se é melhor voar à noite, quando não dá para ver nada, ou durante o dia, quando podemos ver tudo.

— Depende, eu acho. — Sam me apertou ao sentir os músculos da criatura se contraindo sob a gente. — O que é mais assustador? Algo conhecido ou desconhecido?

A maioria das pessoas diria que algo desconhecido. Eu não sabia ao certo qual era minha resposta.

<Estamos prontos.>

Stef e Whit estavam presos em outro dragão, as mochilas e a barraca pendendo do anel do arreio. Elas balançariam um pouco, mas Stef fizera um bom trabalho em prender tudo bem apertado para que isso não desestabilizasse o voo.

Senti os músculos de Bafo Azedo tremerem e se contraírem sob minhas pernas e meu peito ao me debruçar sobre seu pescoço. Pelo canto do olho, vi as enormes asas douradas se abrirem, cintilando sob o facho da lanterna da Stef. Uma malha de ossos e veias reluziu através da pele encouraçada. Não conseguia entender como algo tão fino podia sustentar um dragão inteiro em pleno voo, ainda que durante o Escurecimento do Templo eu tivesse escorregado por uma asa para descer do teto da Casa do Conselho. A pele delicada não se rasgara sob meu peso como eu temia.

As asas começaram o movimento de subir e descer. Uma bolha de ar se formou à nossa volta, dando-nos, por um segundo, a sensação de não termos nenhum peso. Envolvidos em nosso casulo de cobertores, os dedos do Sam se enterraram em minhas costelas. Lutei para manter a respiração regular.

Um rugido trovejante ecoou pelo ar quando Bafo Azedo bateu as asas novamente. Ele abaixou o corpo e se preparou para levantar voo. Mordi o lábio.

<Segurem-se.> O murmúrio ressoou em nossa mente, embora não houvesse nada a que pudéssemos nos segurar exceto os cobertores entre nós.

As asas bateram mais rápido, o rugido produzido por elas reverberando pelo ar. Ele deu um salto à frente e meu estômago foi parar nos pés.

Avançamos pelo chão, derrubando uma série de árvores no caminho. Bafo Azedo se virou, correu mais alguns metros, bateu as asas mais rápido e saltou de novo.

O ar nos sustentou. Os músculos do dragão flexionavam e relaxavam, nada semelhante ao suave trotar de um cavalo. O corpo dele ondulava como o de uma serpente.

De repente, não consegui mais pensar no desconforto, apenas na subida acelerada, quase vertical. Escorreguei sobre o cobertor, mas fui amparada pelo Sam. As mãos dele em minhas costelas se fecharam com mais força e algo — o queixo ou a testa — se enterrou em minhas costas. Eu não conseguia escutar nada exceto o trovejar das asas cortando o ar.

Nós dois deslizamos. Soltei um grito e estendi os braços à frente, mas as escamas eram escorregadias demais para minhas mãos enluvadas. Não tínhamos como nos segurar.

Eu não fazia ideia de quão alto estávamos, mas com o ar gelado e a neve fustigando meus olhos e tornando difícil respirar era fácil imaginar o pavor de uma queda livre.

O cobertor deslizou mais um pouco. Ponderei por um segundo se todas as camadas de tecido que nos envolviam amorteceriam o baque ao atingirmos o chão. Provavelmente não.

Além de estar surda pelo trovejar das asas e os assobios do vento, meus gritos e os do Sam, o zumbido penetrante da comunicação dos dragões, meus ouvidos estalavam sem parar à medida que ganhávamos altitude. Minha cabeça parecia prestes a explodir com a mudança de pressão, e eu não conseguia respirar direito. O ar gelado e rarefeito açoitava meu rosto, mesmo com a cabeça abaixada e encolhida dentro do capuz.

Subimos em direção ao espaço o mais rápido que as asas de Bafo Azedo podiam nos levar.

Escorregamos de novo. As cordas apertaram minha cintura e minhas pernas, e Sam pressionou o corpo ainda mais de encontro ao meu. A qualquer momento, as cordas arrebentariam e nós cairíamos.

A subida chegou ao fim e Bafo Azedo voltou à horizontal.

Eu não sabia quando havia parado de gritar. Talvez ao sentir o ar rarefeito demais para respirar direito. Ofegante, esperei que meu coração voltasse a um ritmo regular e meus ouvidos parassem de doer. Sam estremeceu de encontro a mim; tremi também.

As asas de Bafo Azedo continuavam emitindo um rugido trovejante, e o ar gelado açoitava nossos rostos, mas pelo menos continuávamos nas costas dele, e isso era o que importava.

A voz do Sam soou abafada pelo ruído das asas e do ar.

— Você está bem?

Tentei menear a cabeça em assentimento, mas ele não conseguiria ver. Em vez disso, soltei o cobertor, o que não adiantava de nada mesmo, e pousei a mão sobre a dele, ainda em minhas costelas. Minha cabeça pulsava devido à pressão — ou a ausência dela — e eu sentia como se meu corpo inteiro tivesse travado uma guerra contra o lago Rangedge e perdido, mas estava bem. Desde que jamais repetíssemos a façanha.

Sam relaxou o aperto e consegui me ajeitar ligeiramente, deixando que meu capuz e nosso casulo de cobertores bloqueasse a visão das asas e das trevas mais abaixo. No fim, não queria ver coisa alguma.

Senti um movimento atrás de mim. Algo levantando meus casacos e blusas. O roçar de uma pele quente em minha cintura e costelas, acompanhado pelo peso da cabeça do Sam contra minhas costas. O simples contato da pele com a palma dele fez com que meu coração voltasse ao normal. Ainda assim, era tomada por uma onda de pânico sempre que Bafo Azedo mergulhava ou mudava de direção. No entanto, a lembrança tátil da presença do Sam ajudava.

Cruzamos as nuvens carregadas de neve por horas a fio, na maior parte do tempo deslizando como um planador. O vento era constante. Por um tempo, ficamos escutando os dragões falando uns com os outros, mas o apito em nossos ouvidos era enlouquecedor, e eles não pareciam muito propensos a conversar com humanos em suas costas. Na verdade, enquanto estivéssemos por perto. Pareciam temer que descobríssemos seus segredos dragonídeos.

Rezei para que Whit e Stef estivessem bem, mas meus pensamentos se voltaram para a inevitável descida e o que aconteceria quando finalmente chegássemos em Range.

As nuvens se moviam em direção ao nordeste, afastando-se de nós. Horas depois, o céu assumiu um tom índigo e um brilho dourado começou a despontar no horizonte ao leste. O sol surgiu por trás de uma cadeia de montanhas, acendendo a longa curva da terra. Os picos cobertos de neve pareciam rasgar o céu, numa beleza congelada. De repente, um brilho forte atraiu meu olho para oeste: o templo na cidade de Heart.

Enquanto a luz se derramava sobre a terra branca, escorrendo por entre as montanhas e vales como rios e lagos de puro ouro, vi os buracos abertos no chão pelas erupções hidrotermais. Era difícil enxergar direito daquela distância, mas o fato de eu conseguir ver alguma coisa — de eles chamarem a atenção —, já era o bastante para nos deixar assustados.

Atrás de mim, Sam gritou:

— Consegue ver o Memorial do Templo?

Olhei para o norte da cidade, mas se ele ainda existia, estava longe demais para que eu conseguisse ver. Fiz que não e abaixei a cabeça no exato instante em que Bafo Azedo se inclinou em direção ao leste.

A manhã já ia pela metade quando um zumbido espocou em minha mente.

<Chegamos.>

O pouso foi tão terrível quanto a decolagem. A descida nos projetou para a frente e o impacto da aterrissagem chacoalhou todos os ossos do meu corpo, mas, então, tudo ficou deliciosamente calmo e me peguei sonhando com a possibilidade de dormir numa cama de verdade. Tomar banho com água quente. Não ser obrigada a viver numa barraca.

— Ah, não — amaldiçoou Sam baixinho, fazendo-me erguer os olhos.

O laboratório de Menehem estava em ruínas.

23

ALIANÇA

A MAIOR PARTE do prédio continuava em pé, embora houvesse buracos no telhado e uma árvore tivesse caído sobre ele, deixando uma das extremidades exposta aos elementos. Uma fina camada de gelo espalhava-se pelo chão em torno das cisternas destruídas. Os painéis de luz solar estavam totalmente perdidos, e pedaços irreconhecíveis de máquinas acumulavam-se ao lado da porta.

— Não! — ofeguei. — Não. Não. — Lutei com as alças do arreio, tentando me soltar das cordas que apertavam minhas coxas.

— Espere. — Sam agarrou minhas mãos e me obrigou a parar. — Espere um pouco. Deixe que eu faço isso.

Assim que ele soltou minhas mãos e começou a desprender o arreio, olhei para as ruínas do laboratório do meu pai e vi as sílfides emergirem da floresta. Elas soltaram um longo e melancólico gemido ao pararem diante das ruínas.

— Pronto. — Uma vez afrouxado o arreio, desvencilhei-me das cordas que me prendiam os ombros e a barriga e afastei os cobertores. Mal sabia o que estava fazendo. Pulei para a perna dianteira de Bafo Azedo e escorreguei até o chão. Em seguida, fui correndo verificar os danos.

O interior do prédio estava ainda pior. Os armários da cozinha, onde Sam e eu tínhamos queimado tantas refeições por ficarmos distraídos nos beijando, estavam escancarados, seus conteúdos espalhados pelo chão e pisoteados.

O monitor que eu havia usado para assistir aos vídeos das experiências de Menehem com as sílfides fora arrancado da parede e estava com a tela rachada.

O colchão da cama em que Sam e eu tínhamos nos sentado certa tarde, quando ele me dissera pela primeira vez que me amava, fora totalmente rasgado, a espuma e a lã espalhando-se pelo chão como flocos de neve.

O segundo andar que havia nos fundos ruíra sobre o laboratório, esmagando as máquinas e as caixas com as roupas de Menehem e outras geringonças velhas. A tela rachada do painel de banco de dados cintilava sob a luz da manhã, a qual incidia através dos buracos no telhado e da porta aberta dos fundos.

— Ana? — Ao escutar a voz do Sam, virei e me deparei com ele parado junto à porta, emoldurado pela luz que vinha de fora. — Você está bem? — Ele estava segurando nossas mochilas e o estojo da flauta. Atrás dele, Bafo Azedo esticou o pescoço para dar uma espiada, parecendo um tanto desconfiado.

<Os humanos vivem em pocilgas> murmurou para um dos outros dragões.

— Sim. Não. — Balancei a cabeça, tentando me concentrar, apesar da exaustão, do choque e do apito constante em meus ouvidos sempre que os dragões estavam por perto. — Eu não esperava isso. Deborl destruiu o laboratório. É claro.

— Pode ter sido um dos terremotos.

Apontei para as molas arrancadas do colchão, o tecido rasgado como se houvesse alguma espécie de prêmio escondido ali.

— Parte da destruição foi deliberada. Não podemos esquecer que eles enviaram drones também.

Sam soltou nossas mochilas no chão e botou o estojo da flauta sobre elas, os movimentos contidos sob o escrutínio da criatura.

— Está tudo bem. Saia daí.

Assim que ele terminou de dizer isso, o prédio rangeu e estremeceu. Sam estava certo. Não era seguro continuar ali dentro, não depois de todos os terremotos.

Ao sair novamente, vi Stef e Whit desmontando do dragão e soltando o arreio em silêncio. Um zumbido ecoou em minha mente enquanto Bafo Azedo me analisava.

<Você disse que tinha um veneno. Ele estava guardado aqui?>

— Não. — Olhei para o norte, na direção da caverna onde escondera as vinte latas. — Vou dar uma olhada, mas acho que está tudo bem. As pessoas que fizeram isso não sabiam onde eu escondi o veneno.

Ele bufou.

<Então nosso acordo continua valendo. Vamos reunir nosso exército. Onde vocês estarão?>

Corri os olhos pelas ruínas, por toda a neve, gelo e pedaços de metal reluzindo sob a luz do sol.

— Vamos ficar aqui um pouco, mas não muito tempo. Talvez um ou dois dias. Em seguida, voltaremos para a cidade. Podemos ir andando.

— E se Deborl tiver mandado alguém nos vigiar? — perguntou Stef.

— Se alguém aparecer, a gente resolve.

Sam me cutucou.

— As latas. Como iremos carregá-las?

Com vinte latas tão grandes quanto meu torso e apenas quatro pessoas, seria impossível. E eu esperava ter mais. Vinte… não acreditava que elas seriam suficientes.

Bafo Azedo estreitou os olhos.

<Mostre-me onde está o veneno. Deixaremos as latas nos arredores da cidade.>

Isso poderia funcionar.

— Teremos que dar um jeito de entrarmos com elas na cidade.

Whit assentiu.

— E, no momento, não sabemos nem como nós vamos entrar.

<Quando Janan irá ascender? Podemos entrar com as latas quando a coisa toda começar.>

Sam, Stef, Whit e eu nos entreolhamos.

— Quando a Noite das Almas começa oficialmente? — perguntei.

— Ao cair do sol. — A voz do Sam soou baixa e séria. — A Noite das Almas começa assim que o sol se põe.

Tínhamos onze dias.

<Deixaremos as latas preparadas. Onde vocês querem que as coloquemos por enquanto? E onde devemos soltá-las após o sol se pôr?> indagou Bafo Azedo.

Olhei para os outros em busca de sugestões, mas como ninguém disse nada, falei:

— Por ora, coloquem as latas no Memorial do Templo. A área com os obeliscos negros.

<Eles ruíram.>

Por causa dos terremotos. Eu já sabia.

— Eu sei. Coloquem as latas lá de qualquer forma. Vocês podem fazer isso à noite para que ninguém veja?

<Eles irão nos escutar.>

— Vocês são rápidos, não são?

<Somos.> A voz de Bafo Azedo arranhou minha mente.

— Então vão ficar bem. Eles não conseguirão ver o que vocês estão fazendo no escuro. A maior parte dos cidadãos *quer* que Janan ascenda. Eles têm medo de que a gente use o veneno. As pessoas têm pavor do desconhecido... do que irá acontecer se Janan *não* ascender.

— Elas tampouco sabem o que irá acontecer se ele ascender — observou Whit.

Assenti com um menear de cabeça.

— Mas alguém em quem confiam... Deborl... lhes disse que será bom.

O dragão piscou lentamente e os outros dois viraram a cabeça para me fitar.

<Os outros humanos tentarão nos matar durante o equinócio da primavera?>

— Talvez. — Ou talvez eles ficassem ocupados demais com Janan e com a tal jaula.

<Imagino que ainda assim você não queira que a gente os machuque, certo?>

— Eu preferiria que não. — Embora não fosse me importar se ele quisesse afogar Deborl numa piscina de ácido.

O rosnado do dragão fez o chão vibrar.

<Onde devemos soltar o veneno quando entrarmos na cidade?>

Fechei os olhos e pensei nos possíveis lugares, algum ponto que fosse de fácil acesso aos dragões e difícil para Deborl e seus guardas.

— O telhado da Casa do Conselho. Podemos entrar no templo por ali, liberar o veneno e sair rapidamente.

— E como vamos subir no telhado? Voando? — perguntou Whit. — Num passe de mágica?

— Tenho certeza de que Stef irá pensar em alguma coisa.

Ela suspirou e anuiu.

— Claro que sim.

<Consideramos o plano aceitável. Mostre-nos onde está o veneno.>

Fiz sinal para Sam e os outros ficarem onde estavam; eles podiam começar a armar o acampamento. Um punhado de sílfides nos acompanhou, derretendo a neve e o gelo que encontrávamos pelo caminho.

<Tem certeza de que não quer que nós os levemos até a cidade? Suas pernas são tão curtas. Vocês vão levar dias para chegar lá a pé.>

— Não podemos entrar na cidade montados em dragões — murmurei.

Além disso, eu não sujeitaria Sam a mais um passeio de dragão se houvesse outra opção. Tinha a impressão de que seria mais seguro se ele e os dragões mantivessem uma boa distância entre si.

— Cuidado com as latas — alertei. — Se elas abrirem antes de estarmos preparados, tudo terá sido em vão. Temos apenas uma chance.

Os dragões resolveram esperar até o cair da tarde para levar as latas, mas se mantiveram distantes da gente durante todo o tempo em que continuaram na área. Podíamos escutá-los ao longe, conversando e derrubando as árvores. Até mesmo o apito produzido pelo diálogo deles soava distante, o que permitiu que passássemos algumas horas verificando os escombros do laboratório em paz.

Havia pouco o que salvar. Stef encontrou algumas coisas que desejava guardar, e eu achei a lata que estava sendo cheia quando deixamos o laboratório. Não havia nada nela agora — o veneno evaporara fazia tempo —, nem nenhuma outra nas redondezas. Isso significava que o laboratório fora destruído pouco depois de partirmos.

Liguei para Sarit a fim de atualizá-la e, assim que a noite caiu, o trovejar das asas dos dragões cruzou o céu. Todos saímos para observar Bafo Azedo e seus amigos decolarem com nossa única esperança presa entre os dentes e as garras. Seus corpos serpenteavam pelo ar, as escamas refletindo os últimos raios de luz do sol à medida que ganhavam altitude.

Quando eles sumiram de vista, Sam finalmente relaxou e nós dois voltamos para a barraca. As sílfides aqueceram nossos sacos de dormir e esquentaram uma panela de sopa.

"Os animais estão abandonando Range." Cris cantarolou baixinho, parecendo preocupado. As outras sílfides assoviaram, preocupadas também.

Elas se reuniram à nossa volta, mais próximas do que nossas próprias sombras e, em meio ao calor, tive vislumbres da floresta coberta de neve, das trilhas abertas por cervos, mas sem nenhum cervo, dos ninhos nos topos das árvores sem nenhum pássaro, e das tocas de pequenos animais também vazias. Os rios estavam secos, assim como os lagos, com os peixes apodrecendo no fundo e o leito rachado coberto de pegadas de animais. As nascentes de água quente haviam desaparecido. Os buracos de lama tinham endurecido. Até mesmo os gêiseres tinham sido reduzidos a simples chiados de vapor.

"Range está desmoronando. Teremos pouco o que comer até chegarmos a Heart."

E, então, teríamos que nos conformar com o que quer que encontrássemos nos armazéns, sem dúvida duramente vigiados por Deborl. Sarit não dissera nada sobre estar passando fome, portanto esperava que ela estivesse bem. Pelo menos teríamos água enquanto pudéssemos derreter a neve.

— Obrigado, Cris. — Sam sentou em nossos sacos de dormir e massageou as têmporas. Linhas de preocupação maculavam-lhe o rosto, e olheiras fundas circundavam seus olhos. Ele precisava tomar um banho e se barbear. Não acreditava que minha aparência estivesse muito melhor. — Estou feliz pelos dragões terem ido embora.

Sentei ao lado dele e pousei a mão em seu joelho.

— Eu também. Mas estou aliviada por eles estarem dispostos a ajudar, ainda que o único motivo seja por quererem se livrar de você.

Ele se encolheu.

— Não é fácil aceitar que eles tenham passado os últimos cinco mil anos aparecendo em Heart apenas para verificar se eu estou vivo e, então, me matar de novo.

— Não apenas para matar você, mas para destruir o lugar responsável por sua reencarnação. Como é que eles *sabem* que é a torre?

— Não faço ideia.

— Além disso, como é que eles o identificam a cada geração? Bafo Azedo disse que consegue ver a música em você, mas como será isso? Como ele sabe? Será que ele é o único?

Sam abriu a boca para responder, mas eu não havia terminado.

— Segundo ele, os dragões não reencarnam, mas será que eles vivem mais do que os humanos? Por que eles têm tanto medo da música da fênix? Eles fizeram da sua morte uma *prioridade* por milhares de anos, e isso não só é bastante grosseiro, como mostra um tremendo *foco*. Simplesmente não entendo. Mas, você sabe, se eles não tivessem passado tanto tempo tentando matá-lo, talvez nunca tivéssemos descoberto que você possui a música da fênix.

Sam bufou baixinho.

— Posso lhe dar algumas respostas, mas tem muito que não sabemos sobre os dragões, e provavelmente jamais saberemos.

— Odeio não saber a verdade.

— Essa é uma das coisas que eu mais gosto em você. Sua busca incansável pela verdade. — Sam passou o braço em volta da minha cintura e me puxou para perto. — Bom, eles vivem mais do que os humanos. Ao que parece, os dragões são praticamente imortais... a menos que sejam mortos. Acreditamos que alguns deles sejam tão velhos quanto Heart. Talvez mais.

— Talvez seja por isso que eles têm tanto medo da música da fênix. — Olhei de relance para o estojo com a minha flauta. — Tenho a impressão de que aqueles que acreditam que podem viver para sempre são os que mais temem a morte.

— Em alguns casos. — Ele afastou uma mecha de cabelo do meu rosto. — Mas, de vez em quando, desenvolvemos sabedoria suficiente para entender que a vida é um presente que não pode... não deve... durar para sempre.

— Será que a música da fênix... bota um fim à vida?

Sam deu de ombros.

— Não sei. Os símbolos do livro podem ser interpretados de tantas formas. Construção e destruição. Vida e morte. Consumação. Ou talvez nenhuma dessas coisas.

Talvez todas elas ao mesmo tempo.

Os lábios do Sam roçaram minha bochecha. Em seguida, ele se inclinou em direção à panela a fim de encher duas tigelas de sopa para a gente.

— Você tocou a flauta para os dragões duas vezes. O que você tocou?

— Minhas canções.

Ele me lançou um olhar irritado.

— Elas não são...

— Eu sei. — Ofereci-lhe o sorriso mais inocente que consegui.

Sam deu uma risadinha, balançando a cabeça.

— Não esqueça de segurar sua flauta direito quando estiver tocando.

Ri também e aceitei a tigela de sopa.

— Primeiro toquei meu minueto. Depois a música que compus para a apresentação na praça do mercado.

— Nenhuma das minhas. — Ele parecia curioso, mas detectei um quê de mágoa em sua voz. — Por quê?

— Queria fazer isso sozinha. Com a minha música. — Não que eu tivesse feito qualquer coisa completamente sozinha. As sílfides estavam lá, assim como a influência do Sam. — Eu só queria realizar algo por conta própria.

— Entendo. — Ele abriu um meio sorriso. — Estava curioso para saber se eles demonstraram qualquer reação à sua música, e se há algo nela que possamos usar para descobrir mais sobre a tal música da fênix.

— Seja lá o que for, não está na minha música. Nem em nenhuma das partes que você me ajudou a burilar. — Fechei os olhos e me vi sentada ao piano com ele, a música ecoando por toda a sala, cativando meus sentidos e fazendo meu corpo inteiro vibrar de felicidade. — Vou fazer o que eu disse que ia, vou escutar todas as suas músicas e verificar as partituras. Anotarei qualquer variação que perceber.

Estávamos lavando o rosto quando Stef e Whit entraram na barraca. Eles pareciam cansados e preocupados.

— Estive interceptando algumas mensagens trocadas em Heart. — Ela ergueu o DCS. — Três dragões foram vistos ao norte da cidade, aterrissando no Memorial do Templo. Ninguém mencionou nenhuma lata, mas se alguém for até lá...

— Talvez Bafo Azedo tenha tido a ideia de escondê-las. — Meu otimismo soou forçado até para mim.

— Talvez. — Stef verificou o DCS de novo e se sentou diante da sopa. — Os guardas estão em alerta desde que os dragões sobrevoaram a cidade ontem. Eles estão preocupados com a possibilidade de outro ataque. Em geral ocorre um pequeno seguido por outro maior, mas eles agora quebraram o padrão. Os mesmo três dragões apareceram duas vezes e não atacaram ninguém, portanto, como vocês podem imaginar, Deborl está dizendo às pessoas tudo o que elas temem escutar.

Whit anuiu e encheu duas tigelas de sopa, uma para ele e outra para Stef.

— Deborl disse que os dragões estão aparecendo por causa da ascensão de Janan, para tentar impedi-la, mas que Janan irá protegê-los.

— Claro que, a essa altura — prosseguiu Stef —, todos que se opuseram publicamente à ascensão de Janan ou deixaram a cidade ou foram jogados na prisão. Assim sendo, as pessoas com quem Deborl está falando ou estão felizes em escutá-lo ou têm medo demais para mostrar que não.

Quantas pessoas estariam contra ele? O suficiente para que valesse a pena tentar contatá-las? Ou libertá-las?

— Você escutou alguma coisa sobre a tal missão que Deborl imbuiu Merton de executar? — perguntou Sam.

Stef olhou para o DCS e franziu o cenho.

— Em relação a isso, não, nada, apenas que ele conseguiu seja lá o que for e está retornando a Heart. Imagino que vamos descobrir do que se trata em pouco tempo.

Ótimo. Então o que quer que Janan precisasse para ajudá-lo a ascender estava a caminho.

— Adoraria saber o que é.

— Ao que parece, eles viajaram uma boa distância para conseguir, e perderam cinco guerreiros no processo, mas isso é tudo que posso lhes dizer.

— Bom, não faz sentido continuarmos aqui. A máquina de Menehem está quebrada. Não vamos conseguir produzir mais veneno. O que vocês acham de partirmos de volta para Heart amanhã?

Quando todos concordaram, tirei as botas e os casacos e me enfiei no saco de dormir, deixando espaço para Sam entrar também. Mas não consegui me manter acordada por tempo suficiente para desejar boa-noite. Peguei no sono assim que encostei a cabeça no travesseiro.

No decorrer dos dias seguintes, tentamos nos manter dentro da floresta o máximo possível, sempre atentos aos drones que patrulhavam as estradas que davam em Heart. As árvores cobertas de neve estavam ficando mais escuras, enegrecidas na base em decorrência do calor que cozinhava suas raízes. O mundo estava estranhamente silencioso sem o canto dos pássaros, o burburinho dos animais zanzando em meio à vegetação e as explosões dos gêiseres fora do nosso campo de visão. A floresta ao nosso redor estava morrendo.

Todas as noites, passávamos um tempo analisando os livros do templo, procurando por qualquer informação a respeito de Janan, das fênix e dos dragões. Qualquer coisa que já não soubéssemos. Sam e eu verificávamos as músicas, mas até então nada chamara nossa atenção. Sarit dissera que tinha um plano para quando chegássemos a Heart.

Por fim, o imenso muro da cidade surgiu em meio à mata. Estávamos quase em casa, e com tempo de sobra graças aos dragões.

— Por aqui — disse Stef, guiando-nos em direção ao lago Midrange, ou o que quer que tivesse sobrado dele.

O lago era agora um grande buraco no chão, com plantas e animais mortos cobrindo o fundo. Um cheiro de podridão elevava-se dele, quase insuportável quando combinado ao fedor de enxofre característico do centro de Range. Todos resmungaram e cobriram o rosto com seus respectivos cachecóis, mas isso não pareceu ajudar.

— A única coisa boa no fato de o lago estar seco — observou Stef —, é que como não há uma forma de entrarmos em Heart pela superfície, poderemos fazer isso através do subsolo. O muro não penetra fundo no chão, que foi o que nos permitiu construir o sistema de esgoto e os aquedutos para fornecimento de água retirada do lago. Se ele estivesse cheio, não conseguiríamos entrar na cidade.

O que significava que, em primeiro lugar, teríamos que descer até o fundo do lago.

— Vamos fazer isso agora? — perguntei. As nuvens estavam baixas e carregadas, anunciando mais neve e outra noite gelada. Eu não conseguia ver a posição do sol, mas já devia ser tarde. Estávamos andando havia horas.

Ela anuiu.

— Acho que é uma boa ideia. A penumbra do fim de tarde proporcionará certa proteção. Será mais difícil alguém conseguir nos ver e, além do mais, não quero descer no escuro.

As sílfides foram primeiro, formando uma linha de escuridão ao descerem a margem. As plantas já ressecadas brilhavam e se incineravam sob seus pés enquanto elas procuravam pela entrada do aqueduto.

— Espero sinceramente que ele seja largo o suficiente para que possamos atravessá-lo. — Observei Whit e Stef descerem atrás das sílfides e, em seguida, agachei até encontrar um lugar onde firmar o pé. A lama semicongelada afundou ligeiramente sob minhas botas, dando-me náuseas. O lago podia estar seco, mas a terra continuava úmida e nojenta. A passagem das sílfides só piorara as coisas, amolecendo a lama.

Sam me lançou um olhar divertido e desceu atrás de mim.

— O cano é bem largo. Um milhão de pessoas consomem bastante água. Fique feliz por ela não estar nos conduzindo através do sistema de esgoto.

Soltei uma risada engasgada e continuei seguindo atrás dos outros, meus pés afundando e chapinhando na lama à medida que descíamos rumo ao fundo do lago. Era como se estivéssemos entrando numa enorme cisterna com paredes de lama.

De repente, um brilho metálico captou minha atenção. Um cano enorme projetava-se da lateral do lago, com uma grade grossa coberta de detritos fechando a abertura. Pedaços de algas pendiam das dobradiças enferrujadas, mas foram rapidamente incinerados pelas sílfides, que queimavam tudo que pudesse atrapalhar Stef. Ela, por sua vez, já estava com suas ferramentas em mão.

O cano era grande o bastante para que eu pudesse andar normalmente dentro dele, mas qualquer outra pessoa, ou melhor, todos os outros teriam que abaixar a cabeça ou se curvar. Até que enfim ser baixa era uma vantagem. Por outro lado, eu precisaria de ajuda para subir nele, uma vez que a base ficava na altura da minha cintura.

— Esse é o cano de abastecimento — explicou Stef, soltando a grade. Whit e Sam se aproximaram para ajudar. — Ele capta água quando o nível do tanque do bairro industrial está baixo. As partículas maiores são filtradas aqui, mas a água ainda passa por vários outros processos de purificação antes que possamos bebê-la. — Com um grunhido, ela jogou a grade no chão, que caiu no fundo do lago juntamente com uma nuvem de detritos de metal.

— Claro que isso tudo só começou a acontecer — interveio Whit —, nos últimos milhares de anos. No começo, bebíamos direto do lago. Depois ficamos espertos o bastante para carregar a água para a cidade e fervê-la.

— Que nojo! — Meti o estojo da flauta dentro do casaco e ajustei as alças da mochila. Em seguida, deixei que Sam e Whit me suspendessem até a abertura escura do cano. Ao me virar com a lanterna que Sam me entregara, vi apenas metal úmido, algas e a uma completa escuridão mais à frente.

Aquilo não seria nada divertido, mas era melhor do que tentar entrar na cidade por um dos arcos. Afinal de contas, sair pela rota normal já não tinha dado muito certo.

— Tem certeza de que há uma saída para a cidade por aqui? — indaguei. — Quero dizer, uma que *não* vá dar nos tanques de tratamento?

Stef deu uma risadinha.

— Tem um alçapão que usamos para soltar os drones de limpeza nos canos. Juro que vocês sairão do outro lado em segurança.

— Tudo bem — murmurei, digitando uma rápida mensagem para Sarit a fim de avisá-la que estávamos chegando. Ajudei, então, os outros a subirem no cano e saí da frente para que Stef e Whit pudessem mostrar o caminho. Sam veio atrás de mim.

Não era nada confortável andar ali dentro. Nunca me incomodara com espaços pequenos antes, mas a caminhada subterrânea pareceu levar séculos.

Em meio às descidas e subidas, tentei me concentrar nas palavras de Stef de que estaríamos seguros: eles tinham tomado o cuidado de instalar o cano na área onde o solo era grosso o bastante para aguentá-lo e de revesti-lo com algum tipo de material resistente ao calor para que ele não fosse afetado pelos eventuais abalos.

No entanto, provavelmente ninguém havia pensado em terremotos de grande magnitude, pois fomos obrigados a parar diversas vezes para afastar as pilhas de terra que haviam entrado pelas rachaduras no cano. O ar tornou-se embolorado, difícil de respirar, e meu cabelo grudou na cabeça de maneira desconfortável. O suor se acumulava em minha clavícula e escorria por meu peito e pelas costas. As sílfides não eram de grande ajuda nesse quesito, mas pelo menos estavam quietas. Escutar seu cantarolar no momento provavelmente me levaria a querer prender todas elas nos ovos.

— Ainda tem água na cidade? — Mantive a voz baixa para que ela não ecoasse. Ainda assim, o som fez com que me encolhesse. — Agora que o lago está seco?

— Tem. — A voz de Stef pareceu arranhar as paredes do cano. — Temos cisternas para captação de água da chuva e de neve. A cidade foi construída para sobreviver a um cerco. Mesmo com o lago seco, a população pode viver confortavelmente por cinco meses. Mais tempo até, se soubermos racionar.

Bom saber. Eu poderia tomar um banho afinal.

Um feixe de luz despontou mais à frente.

— Chegamos. Acho que Sarit já abriu o alçapão para a gente. — Depois de galgarmos uma pequena elevação, Stef desligou a lanterna e a prendeu na mochila. — Vamos sair daqui.

Uma lufada de ar frio penetrou o cano assim que ela terminou de abrir o alçapão e, por fim, nos vimos numa sala pequena e mal-iluminada, com drones desligados sobre prateleiras alinhadas ao longo da parede mais distante e uma série de canos entrecruzando-se pelo recinto, cada qual com seu próprio alçapão de acesso. As sílfides permaneceram dentro do cano, escondidas na escuridão. Elas sairiam depois que lembrássemos Sarit de que eram o *nosso* exército.

— Até que enfim! — Sarit emergiu de um dos cantos e fez menção de me abraçar, mas parou a meio caminho. — Você está fedendo.

— Estou me sentindo nojenta.

Ela parecia bem, a não ser pelas olheiras escuras e pelo sorriso meio fora de lugar. Após perder Armande, Sarit ficara sozinha. Por várias semanas ela não pudera nem falar comigo, pois o DCS não pegava tão ao norte.

— Estou tão feliz que estejam de volta! — Lágrimas brilharam em seus olhos enquanto ela sorria para todo mundo. — Não tenho palavras para descrever a falta que senti de vocês. Mas não vou abraçar ninguém até que todos tenham tomado um banho. Tenho alguns critérios, vocês sabem.

— Sentimos sua falta também. — Afastei uma mecha de cabelo da testa e corri os olhos pela sala pequena. Era bom estar de volta num lugar com paredes sólidas, embora as circunstâncias do nosso retorno pudessem ser melhores. — Onde você está hospedada? Quanto tempo até eu poder tomar um banho?

— Vinte minutos, se você correr para ser a primeira a entrar no chuveiro. Estou ficando nas casas das almasnegras e nos prédios comerciais. Estamos no meio do bairro industrial agora, num dos poucos prédios que permaneceram em pé depois que eles derrubaram os armazéns e outras coisas. Esse aqui ainda é necessário. — Ela deu de ombros. — Vou levá-los até a fábrica de tecidos. Tive que dar uma de Stef para improvisar um chuveiro a partir de alguns canos, mas vai servir se vocês estiverem desesperados.

— Estamos. — Whit riu e seguiu para a porta, mas assim que a abriu uma luz de mira azul incidiu sobre ele, que despencou no chão.

Whit estava morto.

24
PERDA

GRITEI.

Sam e Stef pegaram suas pistolas e abriram caminho em direção à porta, mantendo-se afastados da abertura.

Outro feixe de luz azul incidiu dentro do aposento, mas antes que Sam ou Stef pudessem sair para confrontar quem quer que estivesse nos atacando, uma forte escuridão emergiu do cano por onde tínhamos chegado, guinchando tão alto que meus ouvidos doeram.

As sílfides passaram por cima do corpo caído de Whit, intensificando o calor ao saírem porta afora. Embora ele tivesse sido morto por um tiro de laser, o qual deixara apenas um pequeno buraco em sua testa, o calor das sílfides enegreceu-lhe a pele, queimando suas roupas, seus cabelos e suas pestanas.

Sarit soltou um berro apavorado. Sam e Stef recuaram para dar espaço para as sílfides e, em poucos segundos, gritos de dor ressoaram lá fora, tanto de homens quanto de mulheres. Um cheiro de carne queimada inundou o aposento, misturando-se ao fedor impregnado na gente pela travessia do aqueduto e por dias de caminhada. Ao sentir um forte gosto de fel na garganta, curvei-me e vomitei.

Antes que eu pudesse limpar a boca, Sam agarrou meu pulso e me puxou. Stef pegou Sarit.

— *Vamos.* — Stef pulou por cima do corpo de Whit.

O corpo sem vida dele.

Um minuto antes, ele estava vivo.

Agora era um cadáver carbonizado.

— Rápido! — Sam me puxou para fora. Estava escuro, mas havia luz suficiente no bairro para que eu não conseguisse ignorar os corpos fumegantes pelo chão. Quatro corpos, todos queimados e mortos pelas sílfides.

Saí cambaleando atrás do Sam, tropeçando nos meus próprios pés e nas irregularidades do piso.

Stef entregou Sarit ao Sam.

— Leve-as para a fábrica de tecidos. Eu cuido disso.

Cuidar? Eles estavam mortos. Whit estava morto.

— Será que é seguro? — perguntou ele.

— Vou fazer com que seja. — Os olhos dela ostentavam uma expressão dura, zangada.

Cega pelas lágrimas, segui tropeçando atrás do Sam e acabei batendo em Sarit, que parecia tão desorientada e confusa quanto eu. Metade das sílfides nos acompanhou. As outras ficaram com Stef.

— Por aqui — instruiu Sam numa voz rouca, puxando-nos para trás de um prédio, onde paramos e esperamos, os ouvidos atentos. Eu não conseguia escutar nada além das batidas do meu coração, da minha própria respiração chiada e dos soluços da Sarit.

Prosseguimos desse jeito pelo que me pareceram horas, andando um pouco e parando para nos esconder atrás dos prédios, embora eu tivesse certeza de que os chiados da minha respiração acabariam por nos delatar. Algumas sílfides seguiam na frente, outras atrás, ainda que apenas uma conhecesse o caminho até a fábrica de tecidos. De qualquer forma, eu não sabia dizer se Cris tinha ficado com a gente ou com a Stef.

Ou com Whit.

Ele fora morto e, em seguida, carbonizado.

Uma porta bateu. Após correr a lanterna pelo entorno, Sam acendeu as luzes. Cortinas pesadas bloqueavam as janelas, impedindo que qualquer passante percebesse o brilho.

— Chuveiro? — perguntou Sam.

Sarit apontou para a outra extremidade do aposento, na direção de um corredor escuro. Sua voz soou baixa e monótona.

— Onde eles lavam a lã. Logo depois...

— Sei onde fica. — Sam me guiou por um labirinto de máquinas até entrarmos numa sala com canos gigantescos. — Vamos — murmurou, me ajudando a soltar a mochila e o estojo da flauta e tirar o casaco.

Sentei na beirada da banheira, a visão embaçada pelas lágrimas. Ele tirou minhas botas enlameadas e as jogou de lado. Elas emitiram um baque alto ao baterem contra o piso de madeira. Em seguida, Sam puxou uma cortina improvisada e abriu o chuveiro. Jatos de água quente e fria escorreram pelos buracos feitos em dois diferentes canos e começaram a encher a banheira.

— Tire a roupa — mandou, ajudando-me a despir as várias camadas até eu me ver apenas de camiseta e ceroulas, ambas duras de suor. — Entre. — Ele me deu a mão e, tremendo, entrei debaixo dos jatos de água quente e fria que caíam da dupla de canos no teto.

Fechei os olhos e deixei a água escorrer pelo corpo.

Whit estava morto.

Eu o vira morrer.

Estávamos rindo.

E, de repente, ele se fora.

O pessoal de Deborl estava à nossa espera.

Eles sabiam que tínhamos voltado.

Abri os olhos de novo, a água ainda escorrendo pela minha pele. O aposento estava imerso em vapores. Não sabia dizer há quanto tempo eu já estava debaixo dos canos furados. Muito tempo.

Encontrei um vidro de xampu e um sabonete na beirada da banheira, juntamente com uma toalha. Havia outros artigos de banho também. Sarit devia gostar daquele lugar. Não só tinha água, como um monte de coisas macias para criar um ninho aconchegante.

Ainda tremendo, tirei a roupa de baixo, segurando-me no cano para não escorregar. Os artigos de seda caíram no fundo da banheira, onde a terra e a sujeira tinham virado lama em torno do ralo. Esfreguei a lama com os dedos dos pés até ela descer com a água.

Em seguida, esfreguei o corpo com toda a força. Tinha a sensação de jamais ter ficado tão imunda em toda a minha vida. Quando finalmente terminei e desliguei a água, minha pele ardia, vermelha e arranhada.

Sam saíra já fazia algum tempo, levando consigo minha mochila e a flauta, mas deixara uma pilha de toalhas e roupas limpas. Sequei o corpo e me vesti e, em seguida, limpei a lambança que eu tinha feito para que o próximo a usar o chuveiro não tivesse que fazer isso. Sam ainda precisava tomar banho. Assim como Stef e Whit.

Whit não.

Abafei um soluço, juntei minhas roupas imundas e as joguei em outra banheira, que, a julgar pela pilha que havia dentro, Sarit devia estar usando para lavar as roupas.

Depois de escovar e trançar meu cabelo, verifiquei minha aparência com uma rápida espiada no espelho embaçado. Eu parecia magra e pálida. Minhas bochechas estavam encovadas e minha clavícula parecia prestes a irromper a pele. A forma como algumas mechas curtas de cabelo estavam grudadas em minha testa não ajudava em nada.

Esfreguei o corpo com a toalha mais uma vez e, em seguida, joguei-a na banheira de roupa suja.

O corredor era frio e mal iluminado. Um murmúrio baixo de vozes ecoava de algum lugar mais à frente. Segui o som das vozes, passando por um aposento que devia servir de depósito e outro repleto de máquinas enormes, com uma larga esteira rolante e cilindros numa das extremidades, e com agulhas afiadas despontando de todas as superfícies. As cardas.

Outro aposento continha máquinas com braços compridos e imensos carretéis de linha. Tufos de lã desembaraçada espalhavam-se pelo chão como flocos de neve. Bobinas de seda sintética reluziam sob a luz que incidia do corredor.

Encontrei Sam e Sarit sentados num banco na sala de tecelagem, com fiapos de linha pendendo das rodas gigantescas. Pilhas de caixas de tecido estavam dispostas ao longo das paredes, alguns tingidos em tons brilhantes, outros em cores mais sutis. Nenhuma daquelas máquinas se parecia com os teares menores que eu já vira. Elas eram muito menos amigáveis, destinadas a produção em larga escala, ainda que o prédio como um todo parecesse velho e abandonado.

Assim que entrei, Sam ergueu os olhos com uma expressão sombria e cansada.

— Quer comer alguma coisa?

— Não, estou com sede. — Contornei uma das rodas e me sentei entre ele e Sarit. Se Whit estivesse ali, não perderia a chance de implicar comigo, perguntando como eu podia estar com sede depois de ter passado tanto tempo debaixo d'água. Mas ele não estava. Whit jamais se juntaria a nós novamente.

Sam me passou uma garrafinha de água. A porta da frente se abriu e Stef entrou, seguida por uma fileira de sombras. Ele a cumprimentou com um menear de cabeça.

— O chuveiro está livre. Quer aproveitar para tomar um banho?

Sem dizer nada, ela soltou a mochila e o saco de dormir no chão e foi direto se lavar.

Apoiei os cotovelos nos joelhos e tentei não pensar em nada. Sarit passou o braço em volta de mim e apoiou a cabeça em meu ombro.

— Eu sei — murmurou. — Sei que dói.

Será que ela se lembrava do que eu tinha dito sobre Janan? Que ninguém reencarnaria? Ou será que a morte abria um buraco no seu coração mesmo que você achasse que a pessoa retornaria?

Devia ser doído, qualquer que fosse o caso. Por isso Stef havia salvado o chapéu do Sam uma vez, logo depois de ele ter sido morto por um dragão. E por isso Sam me resgatara do lago Rangedge. Pelo mesmo motivo que levava as pessoas a se reunirem nas cerimônias de renascimento e darem as boas-vindas a seus velhos amigos ou amantes.

Era por isso que nos dias subsequentes ao Escurecimento do Templo e à inauguração do Memorial, as pessoas tinham se mostrado tão soturnas. Elas conheciam a perda temporária, a morte temporária, e sabiam como era doloroso.

E, após o Escurecimento do Templo, elas haviam passado a conhecer a perda definitiva também.

Aconcheguei-me nos braços de Sarit, grata pelo consolo. Sentia uma enorme culpa por não ter estado ali quando ela perdera Armande. Não que eu pudesse ter milagrosamente surgido ao lado dela.

Uma série de gemidos baixos ecoou de outro aposento, seguidos por uma onda de calor. Sílfides.

Sarit ficou imediatamente tensa, mas se forçou a relaxar após um momento.

— Já expliquei a ela sobre as sílfides — comentou Sam. — Cris está aqui. Ele e os outros querem se desculpar por... vocês sabem.

Por terem passado por cima de Whit, queimando-o. Eu já imaginava.

— E pelo que aconteceu lá fora.

Por terem deixado um monte de corpos carbonizados.

— Elas nos salvaram — retruquei. Minha voz soou seca, arranhada.

— Elas juraram te proteger — falou Sam baixinho. — Irão fazer o que for preciso.

Porque achavam que eu podia deter Janan e, com isso, conquistar-lhes a redenção, colocar um fim ao castigo que as fênix haviam lhes imposto cinco mil anos antes. Já sabia disso também.

— E agora? — perguntei.

— Vou ligar para Orrin e contar a ele sobre Whit. Eles eram amigos desde o início. O melhor amigo um do outro.

— Ele precisa saber — concordei.

— E vamos fazer o que for preciso para impedir a ascensão de Janan.

Tínhamos cinco dias até a Noite das Almas. Um tempo precioso.

— Talvez a gente consiga encontrar alguns aliados — continuou Sam. — Vamos começar com os prisioneiros e descobrir uma forma de libertá-los. — Manteve um tom gentil. — Agora que Sarit não está mais sozinha, talvez ela consiga dormir um pouco.

Sarit meneou a cabeça em assentimento, fazendo seus negros cabelos balançarem como uma cortina.

— Estou realmente sentindo falta de uma boa noite de sono.

— Por que vocês duas não aproveitam para descansar um pouco e botar a conversa em dia? — sugeriu ele. — Vou convocar umas duas sílfides e verificar a área.

Ergui os olhos.

— Verificar o quê?

Sam pegou a pistola que deixara sobre o banco.

— Se alguém nos seguiu. As sílfides podem montar guarda, mas vou me sentir melhor se der uma olhada.

Ele era um músico, não um guerreiro. No entanto, não tentei impedi-lo de sair, pois sabia que ele também era uma alma com um profundo senso de honra e vontade de proteger.

Assim que ele saiu, Sarit me deu um abraço bem apertado e se levantou.

— Vamos encontrar um lugar para vocês dormirem. Temos um monte de tecidos legais. O que você prefere? Lã? Seda? Pele de bisão? Temos um pouco de tudo. — A voz dela continha um leve traço de humor, como se ela estivesse me convidando para passar a noite em sua casa e quisesse ser uma boa anfitriã. — Esse lugar já não é mais tão usado como era antes de você nascer. Ciana era encarregada de tudo isso. Embora as pessoas ainda venham aqui para usar as máquinas de tecelagem e preparar algumas peças para serem vendidas no mercado, ele já não é tão concorrido como costumava ser. Não desde a morte de Ciana.

Assenti com um menear de cabeça. A lembrança da ausência dela devia doer, especialmente para os mais chegados. Sam fora um deles.

— De qualquer forma… — Sarit abriu uma caixa e vasculhou o conteúdo. — Vai ser bom ter outra opção além dos sacos de dormir. Podemos criar um ninho bem aconchegante e macio, quase como uma cama de verdade.

— Bacana — retruquei, sentindo que ela estava dando o máximo de si para se mostrar animada. — Onde você está dormindo?

— No depósito. Não só não tem janelas como fica próximo do chuveiro. Sinto como se estivesse num esconderijo. — Ela sorriu de modo contido. — Além disso, tem uma segunda porta que dá em outro corredor, o que me proporciona uma rota de fuga se alguém aparecer enquanto eu estiver dormindo.

— Então vamos todos dormir lá.

— Que bom! Ficar sozinha tem sido horrível. — A pilha de tecidos que Sarit estava segurando caiu no chão quando ela levou a mão à boca. — Desculpe. Prometi a mim mesma que não ia reclamar.

Abracei-a o mais forte que consegui.

— Está tudo bem. Estamos aqui agora.

Ela tremeu e sussurrou:

— Obrigada. Depois do que aconteceu com Armande... Fiquei tão feliz quando conseguimos nos falar de novo. Não achei que fosse te ver tão cedo. Estou muito, muito agradecida.

— Tivemos que andar de dragão.

— Para poder te encontrar, eu teria andado de dragão e de pássaro roca.

Afastei-me e comecei a desdobrar os metros de lã tricotada.

— Como você convenceria um pássaro roca?

— Eles com certeza gostam de mel. Todo mundo gosta. Eu o convenceria com um pote inteiro, com direito a laço de fita em volta da tampa.

— Estou certa de que isso funcionaria.

Juntas, carregamos pilhas de tecidos em nossas cores favoritas para o depósito. Ele estava repleto de caixas, de modo que improvisamos as camas entre elas para podermos ter um pouco de privacidade.

— Você e o Sam estão dormindo juntos? — Ela abriu um leve sorriso.

Corei.

— Estamos. Quero dizer, não... isso não. Ainda. A gente estava brigado.

Ela anuiu.

— Eu lembro.

— Ficamos estremecidos por um *longo* tempo. — Para mim, parecera uma eternidade. — A gente nem sequer se falava. Mas, desde então, estamos tentando retomar as coisas do jeito como eram, mas não queremos nos apressar, porque e se... — Não consegui dizer.

— E se vocês não conseguirem impedir Janan?

Sentei numa das caixas.

— E se a gente conseguir e, depois disso, todo mundo em Heart ficar tão zangado a ponto de nos jogar numa cela pelo resto das nossas vidas? — Isso parecia uma consequência bem plausível caso conseguíssemos deter Janan, embora fosse definitivamente preferível ao fracasso.

— Hum. Aposto que vocês gostariam de passar um tempo sozinhos.

Minhas bochechas chegaram a arder de tão quentes.

— Vamos falar sobre outra coisa. Qualquer coisa. — Melhor amiga ou não, havia coisas que eu não me sentia à vontade para conversar.

Sarit sorriu e me mostrou um belo tecido azul, da cor do céu num dia de verão.

— Acho que você devia ficar com esse. Combina com os seus olhos.

Trabalhamos e conversamos por um tempo, sobre qualquer assunto que não trouxesse alguma lembrança dolorida. As sílfides apareceram para aquecer o aposento e, em seguida, recuaram para as sombras. Pouco depois, Stef emergiu do chuveiro, cheirosa e com o cabelo preso numa trança complicada. Sam retornou da missão e foi correndo se lavar. Assim que ele voltou, nós todos nos acomodamos confortavelmente, a fim de compartilharmos a comida e contar nossas histórias.

De repente, a terra tremeu.

25
PESO

UM FORTE RUGIDO reverberou debaixo da terra, fazendo o chão tremer e as lâmpadas piscarem. Em vários aposentos, máquinas retiniram ao baterem umas contra as outras ou tombarem no chão. Uma das vigas de madeira se partiu.

Meu coração começou a martelar com força; Sam me agarrou e me puxou para o vão de uma porta. Stef se posicionou debaixo de outra, enquanto as sílfides verificavam a fábrica, gemendo ao sentirem o terremoto se intensificar. As janelas chacoalharam e vários vidros racharam, mas Sarit continuou sentada em seu ninho de cobertores, esperando que tudo se acalmasse.

— Eles estão cada vez mais frequentes — disse ela, quando o mundo recaiu novamente em silêncio. Levantou-se e ajeitou as roupas. — Vou ver se alguma coisa importante quebrou.

— Vamos com você. — Sam deixou a proteção da porta.

Peguei nossos DCSs e nós quatro saímos para o corredor a fim de verificar os aposentos para ver se tinha algo fora do lugar.

Algumas máquinas tinham tombado e uma das rodas dos teares se partira, mas, de resto, tudo parecia bem.

De mãos dadas com Sam, segui Stef e Sarit, que foi citando todas as coisas que tinha feito para impedir que o prédio ruísse sobre sua cabeça durante os terremotos.

— Eles estão ficando cada vez piores — comentou ela. — No começo eram apenas um ou dois por dia, nem de perto tão fortes quanto o que ocorreu na noite do ano novo. Agora, porém, são uns quatro ou cinco, a maioria bem forte. Algum tempo atrás, Deborl mandou as pessoas se livrarem de todos os componentes químicos perigosos que encontrassem na cidade. Desse jeito, eles não seriam derramados por acidente.

Estremeci, tentando não imaginar as diversas químicas que Menehem devia ter deixado em Heart — químicas que podiam corroer qualquer material, provocar incêndios ou coisa pior.

— Obrigada — murmurei para o Sam. — Pelo que você fez hoje mais cedo. Por não ter entrado em pânico. E por ter cuidado de mim quando eu entrei.

Ele beijou minha mão e eu continuei.

— Não sei o que deu em mim. Não é como se eu nunca tivesse visto alguém morrer antes. — O peso das lembranças me fez estremecer. Eu vira Cris morrer no templo. Li levar um tiro do lado de fora de sua própria casa. Menehem ser fatalmente queimado por uma sílfide. E Meuric todo desconjuntado nos degraus da Casa do Conselho… depois de eu o ter esfaqueado no olho e o chutado dentro de um poço meses antes.

Tinha visto mortes demais.

— Só porque você já viu alguém morrer — retrucou ele —, isso não faz com que seja mais fácil lidar com a morte. Whit era seu amigo. Seu professor. E, levando em consideração tudo o que passamos juntos, um simples tiro de pistola… — Baixou os olhos para os próprios pés calçados com meias.

— Sinto falta de Armande também. Gostaria de poder escutá-lo reclamar do estado das estátuas da praça do mercado e do número de pessoas que não come no café da manhã.

— Ele ia começar a ter aulas de canto.

— E me ensinar a assar pães. — Suspirei e me sentei numa das caixas.

— É assustador — observou Sam —, saber que eles não irão voltar. Saber que um dia, talvez bem próximo, isso irá acontecer com a gente também.

Abracei meu próprio corpo.

— Perdemos tantos amigos durante nossa missão para deter a ascensão de Janan. Precisamos impedi-lo, custe o que custar. Precisamos fazer com que o sacrifício deles tenha *valido a pena*.

— Nós vamos.

Um guincho esganiçado quebrou o silêncio. Uma das sílfides entrou no aposento, chamuscando a madeira do piso ao passar. Todos nos levantamos num pulo, e apurei os ouvidos para distinguir as palavras em meio a toda aquela cacofonia.

Outras sílfides surgiram logo atrás, assoviando e cantarolando para tranquilizar a companheira.

Por fim, Cris se aproximou.

"Merton acabou de chegar na cidade com seus guerreiros. Eles trouxeram o que foram procurar. Vão passar pela avenida Sul daqui a pouco..."

Sem que ninguém dissesse nada, voltamos correndo para o depósito a fim de calçar nossas botas e pegar os casacos e cachecóis. Em seguida, sem fazer barulho, saímos ao encontro da noite, procurando nos manter em meio às sombras. As sílfides ajudavam a ocultar nossa presença enquanto seguíamos para oeste, em direção à avenida Sul.

A luz dos postes refletia na neve e nas casas de pedra branca do bairro residencial sudoeste, embora as últimas estivessem praticamente escondidas atrás das árvores. As pessoas lotavam a rua, tremendo de frio. E, erguendo-se em meio a tudo isso estava o templo, bem no centro da cidade, brilhando como se a lua tivesse colidido contra a terra.

— Por aqui — murmurou Sarit. Ela me pegou pela mão e me puxou em direção à olaria, um prédio de vários andares feito de pedra e madeira. Entramos por uma pequena porta lateral e, em seguida, ela nos conduziu por uma escada estreita. — Essa escada leva ao telhado, de onde poderemos observar o que está acontecendo. Procuro não me meter no meio da multidão se puder evitar.

A escada rangia sob nossos pés e o calor das sílfides tornava o ambiente insuportável. Mas, então, Sarit abriu um alçapão e fomos presenteados com uma lufada de ar frio e fresco. Ela puxou outra escada e todos subimos até o telhado.

— Fiquem abaixados — alertou. — Se não tomarmos cuidado, a luz do templo irá entregar nossa posição.

O rugido baixo de vozes ficou mais alto ao atravessarmos o telhado engatinhando até a ponta oeste. Dali, dava para ver as quatro principais avenidas da cidade cintilando sob a luz do templo. O muro erguia-se branco e brilhante num círculo perfeito e, na direção do arco Sudeste uma luz forte iluminava um grupo grande de homens e mulheres vestidos de vermelho da cabeça aos pés.

O grupo trazia uma liteira apoiada nos ombros, mas o que quer que estivessem carregando estava coberto por um pesado tecido preto preso com cordas. Seriam mais peças para a tal jaula?

Ela estava exatamente onde Sarit dissera, no meio do bairro industrial, onde antes ficavam os armazéns. Bem perto da praça do mercado — e, portanto, do templo —, e parecia ter a altura de um prédio de três andares. Na verdade, a jaula parecia grande o bastante para conter um filhote de troll, embora os fios elétricos em volta da base fossem estranhos. Talvez eles quisessem torturar com choques o que quer que fossem colocar ali dentro.

O que será que estava sendo trazido naquela liteira?

A procissão entrou na avenida Sul lentamente. A liteira devia estar pesada. Os cidadãos de Heart seguiram atrás deles até a praça do mercado, falando alto e de maneira frenética. Canhões de luz iluminavam a área, enquanto o grupo vestido de vermelho fazia uma contagem regressiva, se ajoelhava e soltava a liteira sobre as pedras do calçamento.

A liteira tremeu, talvez apenas devido ao impacto, e não por ter algo vivo ali dentro. Consciente da situação à sua volta.

O que quer que fosse, esperava que estivesse morto.

— Consegue escutar o que eles estão dizendo? — perguntou Stef, aproximando-se um pouco mais, como se um palmo fizesse diferença. — Acho que é Merton ali na frente.

Sem dúvida o homem que estava na frente era enorme, com ombros largos e braços tão compridos quanto as minhas pernas. Mesmo daquela distância, ele era imenso. À medida que a multidão foi se acalmando, captei fragmentos do discurso de Merton.

— ... meses viajando... cinco mortos... o glorioso retorno de Janan.

Balancei a cabeça, incrédula. Sam parecia estar se esforçando para escutar também. Embora nós dois tivéssemos uma excelente audição, Merton estava longe demais.

— Ele está contando sobre a viagem — murmurou Sam. — Mas não consegui ouvir para onde eles foram. Nem o que trouxeram de volta.

Prendemos a respiração.

— Alguém está dizendo que as pessoas querem ver o que é. — Sam inclinou a cabeça, como se assim conseguisse ouvir melhor. — Merton está dizendo que Deborl só irá revelar com a permissão de Janan. Me pergunto como eles estão se comunicando se a chave está conosco.

— Deve ser tudo invenção — retrucou Stef. — Embora a jaula tenha sido construída de forma bem específica.

— Ele talvez esteja com os velhos planos e diários de Meuric — comentei. O vento varria o telhado, fazendo-me tremer de frio. — Afinal de contas, Meuric e Janan tiveram muito tempo para planejar tudo.

Stef não disse sim nem não, simplesmente chamou nossa atenção para uma figura franzina que surgiu num dos lados da praça do mercado.

— É Deborl? — sussurrei.

— Acho que sim. — Sarit se aproximou um pouco mais de mim. — Ele se refugiou na Casa do Conselho até estar pronto para falar com todos. Deborl diz que precisa se manter em contato com Janan, mas o que ele está fazendo é delegar tarefas. Por exemplo, ele colocou alguém para vistoriar a construção da jaula, embora só dê instruções até a próxima etapa, e não sobre a coisa toda. Outra pessoa está responsável pela vigilância. E mais outra pelo racionamento da comida.

— Isso dá a ele um certo ar de importância — comentou Sam. — Deborl gosta de se sentir importante.

Sarit bufou.

Deborl andou até a frente da liteira e subiu na beirada. Isso só conseguiu deixá-lo ligeiramente mais alto; ele era um homem pequeno, pouco maior do que eu.

— O que eles estão dizendo agora? — perguntou Sarit.

Sam balançou a cabeça negativamente.

— Não consigo ouvir. A voz de Deborl não é tão possante quanto a de Merton.

Observamos a multidão começar a se dispersar antes de descermos do telhado e voltarmos para a fábrica de tecidos. Depois de colocarmos algumas sílfides vigiando o prédio, mandamos mais algumas para espionar e outras para derreter a neve que cobria a cidade, no intuito de esconder nossos rastros. Deborl já sabia que estávamos de volta a Heart, mas isso não significava que precisávamos anunciar nossa localização.

— Vou começar a verificar as mensagens e escutar as ligações — falou Stef. — Talvez alguém diga algo de útil.

Assenti com um menear de cabeça.

— Temos feito muita coisa nos últimos tempos. Percorremos uma grande distância. Entramos escondidos numa cidade sitiada. Acho que o melhor que podemos fazer agora até a Noite das Almas é reunir informação, sabotar o que pudermos e repassar cada passo do nosso plano para impedir Janan de ascender.

Eu queria fazer o que Sam sugerira também: soltar os prisioneiros. Eles provavelmente não nos ajudariam, mas serviria para irritar Deborl.

— E vamos continuar nos escondendo. — Sarit se manteve ao meu lado, forçando um sorriso, embora seu tom entregasse o quão sozinha ela se sentira nos últimos meses.

— Exatamente. — Dei o braço a ela. — Vamos ficar juntas.

— Deem uma olhada nos DCSs — disse Stef na tarde seguinte, reclinada contra uma pilha de caixas no depósito, com um amontoado de cobertores protegendo suas costas das farpas de madeira. — Enviei um programa de reconhecimento de palavras-chave para seus aparelhos. A filtragem simples já está instalada: mensagens com os nossos nomes ou com palavras como "Janan", "jaula" e "Noite das Almas" serão copiadas e redirecionadas para vocês, e chamadas de voz com essas mesmas palavras farão o DCS vibrar para que vocês possam ouvir.

Com uma expressão abatida, Sam fitou o DCS com desconfiança.

— Esse negócio já é confuso. E você o está deixando ainda pior.

— Ele não se chama Dispositivo *Completo* da Stef à toa. — Ela deu uma risadinha presunçosa e fez sinal para que ele se aproximasse, a fim de ajudá-lo. — Veja, não é difícil. Tem uma chamada entrando agora...

— Isso vai fazer com que espionar os outros fique bem menos entediante. — Verifiquei várias mensagens marcadas e olhei de relance para

Sarit, que estava fazendo o mesmo. — Mas, ao que parece, ninguém sabe o que Merton trouxe, apenas que é importante para Janan. Isso *eu* já tinha adivinhado.

— Eu também. — Sarit guardou o DCS no bolso. — Estava pensando nos prisioneiros. Você e o Sam estavam falando em libertá-los, certo?

Fiz que sim.

— Eles provavelmente não vão querer ajudar, mas eu preciso *fazer* alguma coisa. Não podemos sabotar praticamente nada sem ferir alguém, tampouco deixar Deborl amarrado por uma semana; a casa dele é muito bem vigiada.

Sarit riu.

— Acho que tenho uma ideia para afastá-los de lá, mas só poderemos fazer isso pouco antes do amanhecer.

Não foi preciso muita discussão para que a ideia me convencesse. Passamos o resto da tarde preparando e repassando o plano da Sarit até estarmos todos confiantes de que conseguiríamos levá-lo a cabo.

Enquanto isso, Stef manteve um olho pregado em seu próprio DCS, monitorando mensagens e chamadas. Descobrimos que as pessoas estavam com medo: medo de Deborl e do que ele havia feito com a cidade; de Janan e do que aconteceria caso ele ascendesse ou não; e dos rumores sobre o retorno da almanova a Heart. E se ela arruinasse tudo?

Talvez elas achassem que eu tinha um plano de verdade, um que não envolvesse confiar nos dragões e no veneno e me trancafiar dentro do templo.

Fiquei, porém, um tanto satisfeita ao descobrir que as pessoas tinham medo de Deborl e de Janan. Não podíamos contar com a ajuda de ninguém — era muito provável que o medo levasse alguém a nos trair, tal como havíamos discutido com Orrin e Whit na biblioteca —, mas era um alívio saber que nem todos estavam dispostos a acolher Janan de braços abertos.

Após um ligeiro descanso, nossos DCSs biparam exatamente à uma da manhã. Todos nos vestimos de vermelho, a mesma cor usada pelos guardas de Deborl. Os casacos e calças não eram exatamente idênticos aos uniformes, mas eram o melhor que pudéramos fazer em tão pouco tempo e com recursos tão escassos; tínhamos sorte por termos todos aqueles tecidos à disposição.

Deixamos algumas sílfides vigiando o prédio ao sairmos da fábrica. Seguimos para o norte, em direção ao templo e à Casa do Conselho. Meti o cabelo debaixo do capuz e deixei Sam me conduzir através da escuridão da noite.

Sombras nos circundavam enquanto prosseguíamos rumo à avenida Sul. Não seríamos incomodados, a menos que alguém se aproximasse demais. Com as pistolas de laser presas à cintura, era uma oportunidade de dar uma espiada na cidade. Desde que ninguém descobrisse nossos disfarces.

Ao alcançarmos a imensa jaula, resolvi dar uma olhada. A luz do templo iluminava as barras e os fios elétricos, assim como um grupo de vigias. O que quer que Merton tivesse trazido, continuava coberto e imóvel.

— O que você acha que é? — murmurei ao ver Sam acenar para os guardas em torno da jaula. Eles acenaram de volta. Para alguém que passava a maior parte do tempo compondo música em casa, Sam era assustadoramente bom com subterfúgios. Stef era uma influência *terrível*.

— Não faço ideia. — Ele me instigou a prosseguir. Stef e Sarit tinham ido direto até a praça do mercado e estavam esperando por nós. Um grupo grande pareceria suspeito, dissera Sarit, pois os guardas geralmente andavam em duplas. Como ela permanecera na cidade enquanto nos aventurávamos por Range, confiei em sua palavra.

Após a escuridão da rua, a luz do templo chegava a nos ofuscar ao atravessarmos a praça do mercado para encontrar os outros. Entramos na Casa do Conselho por uma das portas laterais.

— Você não acha que ele está mais brilhante? — perguntou Sam, fechando a porta após deixar algumas sílfides entrarem.

— Ele tem brilhado mais nas duas últimas semanas — disse Sarit.

A voz do Sam soou grave.

— Imagino como vai ficar na Noite das Almas.

A simples ideia me fez estremecer. Faltavam quatro dias.

Sarit deu uma espiada no corredor, que estava escuro e silencioso. Todos ou estavam dormindo ou desejando estar. Ela tivera bastante tempo para estudar os hábitos dos guardas e, embora não fosse ser *fácil* passar furtivamente por todo mundo, o melhor momento seria logo antes de amanhecer.

Com as sombras em nossos calcanhares, atravessamos sorrateiramente os corredores, atentos a qualquer som ou movimento. Sarit apertava a pistola com tanta força que as juntas dos dedos estavam brancas. O prédio, porém, continuou em silêncio, exceto pelo ocasional chacoalhar e reverberar do mundo tremendo sob nossos pés.

Invadir a prisão não foi muito difícil, como acabamos descobrindo. Sam e Stef entraram primeiro e, após alguns instantes, fizeram sinal para que eu e Sarit os seguíssemos.

Três corpos estavam caídos ao lado de uma mesa e algumas cadeiras, cada qual exibindo um orifício cauterizado no meio da têmpora. Olhei para Sam e Stef, que, sem me fitar de volta, apontaram para um corredor.

— Ali — disse ela. — Vou destrancar as celas.

Peguei Sarit pela mão e a arrastei comigo. Sam e as sílfides vieram logo atrás da gente, as últimas mantendo a produção de calor num nível baixo para não queimarem nada; não queríamos deixar vestígio algum de que elas estavam nos ajudando.

As celas estavam abarrotadas, as pessoas dormindo apertadas umas contra as outras em seus respectivos sacos de dormir. Devia haver pelo menos umas cem pessoas naquele lugar escuro, rescendendo a suor, sujeira e fome. Não detectei um único espaço vazio em nenhuma das dez celas. De vez em quando, ouvia-se um leve suspiro ou ressonar aqui e ali.

Acendi as luzes.

Vários prisioneiros se afundaram em seus sacos de dormir, enquanto outros ficaram imóveis. Alguns se ergueram nos cotovelos, piscando para adaptar a visão.

— Não se assustem — falei, consciente das sílfides que me cercavam como um manto e dos meus amigos parados logo atrás. — Viemos libertá-los.

— Ana, é você? — Sussurros e murmúrios ecoaram por todas as celas. Alguns sacudiram seus vizinhos para que acordassem, e o barulho de vozes e arrastar de sacos de dormir dentro da prisão tornou-se mais alto.

— A almanova. Ela voltou.

— Ela vai fazer com que sejamos mortos.

— Aquelas coisas ali são *sílfides*?

— Sílfides!

Em instantes, todos os prisioneiros estavam de pé, amontoados no fundo de cada uma das celas. Um ou dois choravam em silêncio. A maioria apenas nos fitava com uma expressão de pavor estampada nos olhos.

— Ela é igual a Menehem — ofegou um deles. — Ela veio nos matar.

— Não estou aqui para machucar ninguém! — Minha voz ecoou por todo o espaço. — Viemos libertá-los. Stef está aqui, pronta para abrir as celas. Mas primeiro preciso lhes dizer uma coisa.

O clamor de vozes amainou, e os olhares se focaram em mim. Inspirei fundo algumas vezes para desanuviar a mente, mas o medo e desconfiança de todos eram palpáveis.

— Vocês foram presos por questionarem Deborl ou por se recusarem a seguir suas ordens. Outros foram mortos. — Reparei nos olhos sérios de um dos homens e no desespero de uma mulher. — Sei o que vocês sofreram nos últimos meses. Todos sabem que muitos deixaram Heart e Range logo após o Ano-Novo. Sarit e Armande ficaram para vigiar e esperar pelo nosso retorno. Embora eu tenha sido exilada, jurei que voltaria e faria tudo ao meu alcance para salvar Heart, os cidadãos daqui e as pessoas que partiram. Essa ainda é minha intenção. Armande morreu nas mãos de Deborl algumas semanas atrás, mas Sarit nos contou o que vocês estavam passando. Estou aqui para lhes dizer uma coisa: vai piorar.

— O que você quer dizer com isso? — perguntou alguém acima do burburinho de vozes. — Achei que fosse nos libertar.

— E vou. — Empertiguei os ombros e ergui o queixo. — Mas a Noite das Almas é daqui a poucos dias, e Deborl está se preparando para o retorno de Janan. A ascensão dele irá acarretar uma série de fortes erupções. Whit... — O nome dele ficou preso em minha garganta, entalado numa tristeza profunda. — Usou a pesquisa de Rahel sobre movimentação sísmica para analisar os sinais, os terremotos, a mortandade de plantas e as alterações no terreno. Teremos dias e mais dias de erupções ininterruptas. Heart, Range e todo o território em volta ficarão soterrados sob rios de lava e nuvens de cinzas. Não restará nada.

— Você está dizendo que temos que partir? — perguntou um rapaz, talvez um pouco mais velho do que Sam e eu. Ele não parava de olhar para as sílfides, minhas silenciosas e sombrias guarda-costas.

Fiz que não.

— Vocês podem tentar, mas não vão conseguir se afastar o suficiente.

— Então o que podemos fazer? — indagou uma menina, alguns anos mais nova do que eu.

— Tenho um plano para impedir Janan de retornar... de ascender. — Parei antes de revelar exatamente qual era o plano. As pessoas já achavam que eu era igual a Menehem. Não precisava dar a elas mais munição. — Vou fazer tudo ao meu alcance para impedi-lo, mas não posso fazer isso sozinha.

— O que você precisa? — A garota deu um passo à frente, afastando uma mecha de cabelos pretos do rosto. — O que podemos fazer para ajudar?

— Onde as pessoas estarão quando a Noite das Almas começar? — perguntei.

— Em torno da jaula — respondeu alguém. Outros murmuraram em concordância.

— Certo. Então é lá que vou querer que vocês estejam também. Usem algum disfarce. Façam o que for preciso para não serem recapturados antes disso, mas preciso que vocês se infiltrem na multidão. Enquanto Sam e eu estivermos trabalhando, Stef e Sarit irão criar distrações por toda a cidade, e precisamos de pessoas que chamem a atenção para elas. Precisamos manter Deborl, Merton e os outros afastados do que estivermos fazendo.

— E o que vocês *pretendem* fazer? — perguntou um homem nos fundos de uma das celas.

Virei-me para ele e o fitei com olhos duros e firmes.

— O que for preciso para impedir Janan de destruir tudo.

— Se sobrevivermos — interveio Sarit —, talvez tenhamos a chance de lhes contar tudo o que a Ana fez por Heart, tanto pelas almas antigas quanto pelas novas. Vocês não conseguiriam compreender agora, mas se tivermos sucesso, aí sim. Se conseguirmos deter Janan, vocês irão compreender e acreditar no que os amigos dela já sabem. Ana pode fazer qualquer coisa.

Fitei-a de esguelha e franzi o cenho, mas não disse nada. Eles precisavam ter esperança, e Sarit estava lhes dando exatamente isso. Ainda assim, gostaria que ela não me usasse como um meio para despertar essa esperança. Sim, eu faria qualquer coisa ao meu alcance para salvar Heart e as pessoas que amava, mas meu plano soava louco até mesmo para mim. Como conseguiria realizar uma tarefa impossível?

— Bom — falei. — Posso lhes garantir que vou tentar.

Sam fechou a mão em volta da minha e, com o polegar, acariciou a pele num ritmo reconfortante. Ele me tocava o tempo todo agora, minhas mãos, meu cabelo, minhas costas. Com a aproximação do fim do mundo, tínhamos cada vez menos tempo para trocar carícias.

— E quanto às sílfides? — perguntou a menina. — O que elas têm a ver com isso?

Rosas negras brotaram por todo o entorno e um calor aconchegante envolveu a prisão no exato instante em que as portas eram destrancadas e abertas. Um a um, os prisioneiros foram saindo das celas, a princípio hesitantes, mas depois com mais confiança. Assim que eles se aproximaram de mim e das sílfides, ainda que de maneira um tanto cautelosa, declarei:

— Elas são o meu exército.

26

ACREDITAR

— VAMOS SAIR por algumas horas — disse Sarit na véspera da Noite das Almas. Tínhamos passado os dias anteriores planejando, preparando e tentando descansar um pouco, mas estávamos todos com olheiras escuras e fundas. — Stef quer dar uma última verificada em algumas distrações. Elas envolvem fogo.

Franzi o cenho.

— Vocês não querem ajuda?

— Não. Duas pessoas é o suficiente. Vocês vão atrapalhar. — Ela me deu um beijo no rosto. — Descansem um pouco. Ou, sei lá. — Virou-se rapidamente, mas não antes que eu conseguisse ver sua piscadinha para o Sam e o olhar de cumplicidade que ela e Stef trocaram ao deixarem o depósito e, em seguida, a fábrica. Todas as sílfides as acompanharam.

— Isso foi um tanto suspeito — murmurei, observando-as se afastar. — Por que ela piscou para você?

— Por nada — respondeu Sam, um pouco rápido demais.

Hum. Estreitei os olhos.

— Falando em coisas suspeitas, por que tantos dos meus amigos têm nomes que começam com *S*?

— É uma boa letra. — Ele parou atrás de mim, puxou o elástico da ponta da trança e começou a soltar meu cabelo gentilmente, de baixo para cima. Cachos vermelhos derramaram-se sobre meus ombros. Fiquei quieta e deixei-o terminar, aproveitando a sensação de seus dedos em minha nuca, acariciando meus ombros. Ainda que estivéssemos sozinhos, Sam manteve a voz baixa. — Só que, na verdade, meu nome começa com *D*.

— Eu sei. Dossam. — Virei-me para ele e dobrei o pescoço para trás a fim de poder fitá-lo nos olhos. — Talvez eu devesse chamá-lo assim de agora em diante. É como eu me referia a você antes de nos conhecermos.

— Se eu tivesse te dito desde o início que me chamava Dossam, você teria usado meu nome completo esse tempo todo? — Apoiou as mãos em meus quadris, os olhos escuros me observando com genuína curiosidade.

— Não sei. — Dossam sempre fora meu herói. O músico. O compositor. Ele era uma lenda para mim, quase como se não fosse real. O garoto que eu havia conhecido nos arredores de Heart dissera que se chamava Sam. Ele me salvara. E me fizera acreditar que eu era mais do que uma simples sem-alma. Tornara-se meu amigo, o primeiro de toda a minha vida.

Se *Dossam*, e não Sam, tivesse me resgatado naquela noite, eu provavelmente jamais teria me dado ao trabalho de conhecê-lo melhor, de tentar descobrir mais sobre ele afora o fato de que era um músico. Teria ficado toda atrapalhada, lutando para dizer algo coerente. Eu já quase arruinara tudo ao descobrir quem ele era, e isso porque na época já gostava dele por *ele*.

— No que você está pensando? — Ele soltou meus quadris e envolveu meu queixo, aproximando nossos rostos e inclinando a cabeça ligeiramente para baixo. — Algo bom?

— Talvez. — Fiquei na ponta dos pés e o beijei, apenas um leve roçar de lábios.

A boca do Sam se curvou em um sorriso e o calor em sua voz me provocou arrepios.

— Preciso confessar uma coisa. Pedi a elas que nos deixassem um tempo sozinhos. Talvez seja egoísmo de minha parte querer ficar sozinho com você num momento desses — murmurou —, mas já faz um ano que prometi te mostrar mil formas diferentes de te amar. Achei que teríamos mais tempo. Uma vida inteira.

Engoli em seco.

— De qualquer forma — continuou ele. — Queria que a noite de hoje fosse especial. Pensei em pegar um telescópio e levar você até o telhado, se conseguíssemos encontrar um. Eu lhe mostraria as crateras na lua, as estrelas e os outros planetas. Mas a cidade está iluminada demais para corrermos esse risco.

De qualquer forma, com o templo brilhando como o sol, não conseguiríamos ter uma boa visão do céu.

— Vou deixar a ideia registrada.

Sam pegou minhas mãos.

— Sei que você adoraria.

— No que mais você pensou?

— Música? — Ele perscrutou meus olhos e apertou minhas mãos. — Eu te daria tudo o que estivesse ao meu alcance. Infelizmente, no momento nossas opções são limitadas.

Fiquei novamente na ponta dos pés e o beijei, dessa vez com mais ardor.

— Música é perfeito.

Ele se afastou para apagar algumas lâmpadas até que nosso mundo ficasse envolto em penumbra.

— Quer se sentar? — Olhou de relance para uma pilha de cobertores amarrotados por já terem sido usados como almofadas.

— Quero. — O fato de estarmos sozinhos me deixou nervosa. O desejo que eu sentia por ele ardia como fogo.

Acomodamo-nos sobre os cobertores. Tomada por uma súbita coragem, sentei-me tão perto que minha perna pressionou a dele. Sam passou os braços em volta da minha cintura. Mesmo através das roupas, podia sentir o calor de sua pele.

— Você escolhe o que a gente vai ouvir. — Entreguei um dos DCSs a ele e o observei verificar a lista de músicas. Os títulos iam passando um atrás do outro, alguns eu só escutara uma vez, enquanto outros eram tão maravilhosos que chegavam a fazer meu coração doer.

— Esse. — A voz dele soou baixa e rouca. — Você vai gostar desse.

Ele escolheu uma sonata chamada "Despertar". Ela começava com um piano, um som rico e reconfortante que me envolveu por completo. Como o ar. Como os cobertores. Como os braços do Sam. Era ele quem estava tocando; reconheceria seu estilo de olhos fechados.

Quando a flauta entrou, suave, baixa e misteriosa, um estremecimento percorreu meu corpo.

— Como você consegue tocar dois instrumentos ao mesmo tempo?

Ele deu uma risadinha.

— Como você sabe que sou eu quem está tocando os dois?

Virei-me e ergui uma sobrancelha.

— Não sacou ainda? Eu sempre sei.

Sam abriu um ligeiro sorriso.

— Eu gravei separadamente. Era para ser só um teste, mas nunca consegui encontrar o parceiro certo.

— Ah. — Deixei-me envolver pela música, que se tornou mais doce, ousada e sedutora.

Embora os instrumentos tivessem sido gravados separadamente, a fusão da flauta com o piano criava um som novo, que me arrebatou totalmente. Nem só um, nem só o outro, mas a combinação dos dois fez meu coração arder como jamais ardera antes. Aquele som, o modo como ele tocava os instrumentos, era belo e estranho demais para ser real. Queria guardar essa sensação pelo resto da vida, tal como quisera na noite em que ele tocara minha flauta para as sílfides, a noite em que Sam parecera conduzir a orquestra da natureza com um único instrumento.

Ao me virar para ele, percebi que Sam estava com aquele olhar distante, perdido em algum lugar.

— No que você está pensando?

Ele corou.

— Nada. Desculpe.

— Não, me conte. — Mudei de posição para poder encará-lo, e suas mãos repousaram em minha cintura, como se temesse que eu pudesse fugir.

Ele me apertou de encontro a si, a respiração quente em meus cabelos.

— Tenho tido um sonho desde que voltamos para Range.

Esperei.

— Cada vez é um pouquinho diferente, mas eu sempre me vejo no meio de uma floresta, escutando os pássaros. Eu costumava fazer muito isso. Gostava de tentar descobrir uma forma de imitar seus piados e de atribuir sentidos a eles.

Mas, no sonho, escuto algo maravilhoso. Não apenas um pássaro piando, mas um bando inteiro cantando com vozes diferentes, como uma orquestra. Tudo parece se juntar ao espetáculo: o vento, a água e as folhas; os insetos, os mamíferos e as aves. É uma música linda e alegre e, ao mesmo tempo, selvagem e imprevisível. Cada nota, cada compasso, reverbera em meu peito como se fosse a coisa mais familiar do mundo. Ela faz eu me sentir *em casa*, e todas as manhãs acordo assombrado por este sonho. A emoção perdura por um tempo, mas a música não; por mais que eu tente, não consigo me lembrar do tema nem da melodia.

— Isso é frustrante.

— Você nem imagina. — Ele suspirou. — Mas agora, depois de ter tido esse sonho tantas vezes, tenho a sensação de que é uma lembrança de algo que aconteceu tempos atrás.

Talvez fosse.

— Quando estávamos no templo e Cris e Stef começaram a se lembrar de alguns fatos, eles disseram que as lembranças pareciam sonhos. Isso talvez esteja acontecendo porque a mágica do esquecimento criada por Janan se rompeu. O modo como você descreveu a música...

Ele ergueu os olhos, esperançoso.

— Lembra quando fomos à casa do Cris para a aula de jardinagem e nós dois paramos no jardim escutando o vento varrer as plantas?

— Lembro. — Sua expressão tornou-se ligeiramente triste. — Nós dois conseguimos escutar a música.

Assenti.

— E do lado de fora da caverna, quando você tocou a flauta para as sílfides? Notou alguma coisa na hora?

Ele pareceu vasculhar a memória.

— Não sei. Talvez.

— O que você descreveu ainda há pouco, sobre a música do sonho... foi isso o que eu escutei naquela noite. Tive a impressão de que você estava conduzindo uma orquestra inteira, como se fosse mágica.

— Jura? Aquilo... aquilo foi especial, mas não como no sonho. Não desse *jeito*.

— Já tinha percebido isso antes também. Quando você tocou "Ana Incarnate" pela primeira vez. Escutei relâmpagos, ondas e vento. Foi como escutar... uma força. O poder com o qual você toca.

Seus olhos encontraram os meus, sombrios e maravilhados.

— Você acha que é isso? Essa é a música da fênix?

— Talvez. — Sorri. — Acho que pode ser.

— Mas ainda não sabemos com certeza se é. Nem como reproduzi-la intencionalmente. De que adianta?

Tinha a sensação de que ele podia resgatar a música quando bem quisesse, mas não queria pressioná-lo.

— Sabemos que ela deixa os dragões apavorados. Eles acham que a música pode destruí-los. Ela deve ser poderosa. Eu *sinto* o poder quando a escuto.

Sam não disse nada.

— Para mim, é como se escutasse vida. O modo como o mundo embarca nela faz com que eu me sinta viva.

— Mas os dragões acham que ela irá destruí-los.

— Talvez dependa de quem a estiver tocando, e por quê. Segundo o livro, a música representa vida e morte. Começos e finais. Tudo isso está interligado. É a música da fênix. Mas não podemos esperar que ela funcione da mesma forma que uma faca. — Dei de ombros. — Por que você não me falou sobre isso antes?

— A princípio — respondeu ele —, achei que fosse apenas um sonho e não quis preocupá-la. O que temos de fazer amanhã à noite é muito mais sério do que uma sinfonia mal lembrada.

— Mas se é importante para você, também é importante para mim.

Ele apoiou o rosto no topo da minha cabeça e seu murmúrio soou como uma confissão.

— Mesmo que a gente sobreviva à ascensão de Janan, e quanto à caldeira? Como alguém conseguirá sobreviver a uma erupção em Range? Como alguém conseguirá sobreviver à nuvem de cinzas? Tenho a impressão de que não importa o que façamos, esse será o fim.

— Se impedirmos Janan de ascender, a terra talvez se acalme. Talvez não ocorra nenhuma erupção. — Sem mais terremotos. Mesmo agora, eu ainda podia sentir um leve tremor no solo, um lembrete constante da capacidade do mundo de se abrir ao meio.

— Então poderíamos ter uma vida juntos. — Sam pegou minha mão e a pressionou de encontro à face. — Talvez apenas uma, mas podemos fazer muita coisa no prazo de uma vida.

— Já fizemos um monte de coisas. Voamos nas costas de um dragão. Desvendamos segredos milenares. Assistimos ao nascimento de almasnovas.

— Encontramos um ao outro durante o baile de máscaras. — Beijou as pontas dos meus dedos.

— Você sabia quem eu era assim que cheguei. — Revirei os olhos. — Mas *eu* descobri quem era *você*. — Quando Sam me mostrara algumas fotos antigas, descobrira-o rapidamente em cada uma delas também.

— Talvez eu já soubesse quem era você.

— Por causa das gigantescas asas de borboleta?

— Admito que essa foi uma ótima pista.

— Isso para não falar que provavelmente eu fui a única pessoa que não contou para ninguém qual seria sua fantasia.

Ele abriu um meio sorriso.

— Você não gostou de eu ter te reconhecido imediatamente?

— Gostei. — Rocei o polegar pela clavícula dele. — Mas queria que tivesse sido algo mais visceral. Não porque você é uma pessoa razoavelmente inteligente que conseguiu reconhecer uma baixinha de cabelos vermelhos com o rosto ocultado. Além disso, sei que você não acredita nessa história de almas gêmeas.

— Você me faz querer acreditar. — Ele ficou quieto.

Mesmo que sobrevivêssemos à noite de amanhã, eu sempre teria a mesma cara, por mais que tentasse usar uma fantasia diferente. De mais a mais, as pessoas não dedicavam suas almas uma à outra tendo vivido apenas uma vida. A dedicação de almas era para ser eterna.

— Já sei — sussurrei em meio à penumbra. A sonata terminou e foi seguida por outra peça, agora uma doce combinação de clarinete e alaúde.

— Sabe o quê? — A voz dele transbordava calor, a respiração acariciando o contorno do meu rosto. Desejava não ter nunca mais que me mexer.

— Todo mundo tem pavor do desconhecido. O que acontece após a morte? Para onde você vai? O que pode fazer?

Ele anuiu com um ligeiro menear de cabeça.

— Já sei o que deve acontecer. Todo mundo sempre ficou tão concentrado no medo que ninguém nunca parou para pensar que o que acontece depois talvez seja bom também. Diferente. Mas não ruim. Não algo que a gente deva temer.

Sam beijou meu rosto.

— Sábias palavras.

— Não quero temer algo que é inevitável. Não que eu tenha pressa em morrer, ainda há muitas coisas que desejo experimentar. Mas sentir medo de algo tão natural quanto a morte me parece desperdício de energia.

— A dor que geralmente sentimos ao morrer não é agradável. — Sam manteve a voz baixa, pensativo. — E a dor normalmente é um bom motivo para temermos algo. O medo é natural também. Às vezes, é o que nos mantém vivos.

Assenti.

— Não estou falando sobre o medo das coisas que acompanham a morte. Prefiro evitar pensar nisso. Quero *viver*. Mas quero uma vida plena. O que vai acontecer depois... o que *realmente* vai acontecer depois, quando ninguém mais puder usar uma alma não nascida para reencarnar, não tem que ser necessariamente assustador. Prefiro acreditar que é algo bom. Como a vida. Outro começo. Apenas diferente.

— Você tem uma bela forma de pensar — murmurou ele, a voz tão doce quanto o dueto que tocava no DCS. Sam acariciou meu rosto, minha garganta, meus ombros e meus braços. Todo o meu ser pareceu derreter sob o toque dele, sob a suavidade com a qual me beijava.

Quando pulei para o colo dele e deixei que nossos corpos se pressionassem, o beijo do Sam tornou-se mais profundo e apaixonado. Com as mãos firmes em minhas costas, ele me apertou ainda mais enquanto beijava meu pescoço, meus ombros e minha clavícula. Em seguida, puxou a camiseta de lado e acariciou a pele do meu ombro.

— Eu te amo. — Suas palavras foram como um sopro de calor em minha garganta. — Queria poder repetir mil vezes o quanto eu te amo.

Embrenhei os dedos nos cabelos dele e ergui seu rosto. Inclinei a sua cabeça ligeiramente para trás e o beijei. Mechas macias e negras pendiam entre meus dedos. Sam ergueu minha camiseta e acariciou minhas costas. As laterais do corpo. A cintura.

Minha pele parecia fogo. Eu estava me derretendo nos braços dele.

Escutei um súbito som de passos e, em seguida, as luzes do depósito se acenderam.

— Ana! Sam! — A voz de Sarit soou alta e esganiçada. Ela, então, praticamente guinchou. — Ah. Ah, não, me desculpem. Tinha esquecido. Volto depois.

Levantei do colo do Sam e alisei minhas roupas. Meu rosto queimava de vergonha. Sam puxou os joelhos para junto do peito e mudou de posição, parecendo desconfortável.

— Ai, gente. — Sarit cobriu o rosto. — Sinto *muito*, de verdade. Não acredito que eu... esqueçam. Volto depois.

— Está tudo bem — disse Sam, o tom traindo as palavras, deixando claro que *não* estava nada bem. Suas roupas estavam amarrotadas, a pele, corada. — Diga logo o que ia dizer.

Sarit mordeu o lábio, os olhos pulando de mim para ele.

— Eu poderia dizer um monte de coisas agora. — Stef surgiu por trás da Sarit com uma expressão estranhamente divertida. — Espero que os dois entendam como é difícil para mim não tecer nenhum comentário.

— Ficamos muito gratos. — A voz do Sam soou tensa.

Meu coração acelerou — não por um bom motivo —, e cada célula do meu corpo ardeu de vergonha. Lá se ia nossa noite sozinhos.

— Talvez vocês devessem dizer logo o que vieram dizer.

Sarit e Stef se entreolharam e ficaram subitamente sérias.

— Descobrimos o que está dentro da jaula — falou Sarit.

Sam ergueu os olhos. Permaneci imóvel.

— É uma fênix.

27
CHAMAS

NO DIA DO equinócio de primavera, o céu amanheceu claro e sem nuvens, como se o mundo inteiro estivesse prendendo a respiração. Até mesmo o constante reverberar dos terremotos cessou, deixando tudo estranhamente quieto e silencioso. Sam e eu passamos horas percorrendo a fábrica, repassando novamente nossos planos e verificando as coisas que teríamos de levar conosco à noite.

Usando materiais que havia encontrado nas usinas e fábricas da região, Stef confeccionou luvas e meias para cobrir as botas, a fim de nos ajudar a escalar a parede da Casa do Conselho. Ela queria tentar fazer cópias da chave também, para o caso de alguém ficar para trás, mas Sam não a deixou desmontá-la, com medo de que o dispositivo não funcionasse mais. De qualquer forma, eu tinha a impressão de que a chave estava imbuída com a mágica das fênix, de modo que nem mesmo Stef, com todo o seu talento, conseguiria replicá-la.

As sílfides perambulavam pelos corredores da fábrica, gemendo e cantarolando ansiosamente.

"Elas não gostam dessa espera", falou Cris. "Querem atacar agora."

— Não há nada que possamos fazer agora — respondi baixinho para não acordar Stef e Sarit, que tinham ido dormir bem depois de mim e do Sam, tendo saído mais umas duas vezes para verificar se a fábrica estava segura e instalar as distrações ativadas por controle remoto. — Se liberarmos o veneno agora...

— Que nem estava com a gente. — Janan terá tempo de sobra para se recuperar antes do início da Noite das Almas. Seria um tremendo desperdício.

"Elas não confiam nos dragões para trazerem o veneno."

Um pouco tarde para nos preocuparmos com isso.

— Temos que confiar no fato de que os dragões querem ver Sam e a música da fênix destruídos. Eles irão ajudar.

— Muito tranquilizador — murmurou Sam.

"E se os dragões virem a fênix e acharem que nós os traímos?"

Fiz que não.

— Ela está coberta. Deborl só irá revelá-la quando Janan permitir, certo? Assim sendo, os dragões não a verão a menos que ela consiga escapar da jaula.

De qualquer forma, o que Janan *queria* com uma fênix?

"E se…"

— Pare. — Ergui as mãos. — Não vamos começar com isso. Não vamos começar a questionar tudo no último minuto. Não adianta pensar: "se ao menos tivéssemos mais tempo" ou "se tivéssemos um plano melhor". Isso é o que temos. Precisamos tirar o melhor proveito possível.

Cris fez menção de se afastar.

A última coisa que eu queria agora era brigar com os meus amigos. Abrandei a voz.

— Sei que elas estão preocupadas. Sei que contam comigo para impedir Janan e colocar um fim à maldição.

"Eu também."

— Sei disso. — Lembrei-me novamente de Cris deitado no altar, do brilho da prata ao erguer a faca, e do sangue dourado da fênix que ainda maculava a lâmina após cinco mil anos. Era culpa minha ele estar preso naquela forma incorpórea. Cris achava que ia morrer. Não que se tornaria uma sílfide. Por ter salvo a minha vida ele estava sofrendo o mesmo destino dos guerreiros que haviam torturado uma fênix em sua busca pela imortalidade.

Por mais que eu quisesse ajudar as sílfides, libertá-las daquela existência amaldiçoada, a ideia de que elas dependiam de mim era apavorante. Eu estava começando a aprender a fazer as coisas por conta própria. Fizera tudo ao meu alcance pelas almasnovas, sem grandes resultados, e agora as sílfides precisavam de mim também.

Passei mais uma hora conversando com Sam e Cris, tentando tranquilizá-los e encorajá-los. As sílfides, porém, estavam certas: a espera era enlouquecedora.

Estávamos sentados na sala de tecelagem quando, de repente, Sam ergueu os olhos e franziu o cenho.

— Vocês escutaram...

A porta se abriu e a luz do dia inundou o aposento. Todas as sílfides se dirigiram para a porta, liberando ondas de calor.

Em instantes, o cantarolar delas tornou-se uma série de guinchos. Objetos de metal rolaram pelo chão da sala. Ovos de sílfides. Com as tampas abertas. Minhas companheiras foram sugadas pelos ovos como fumaça por um exaustor.

Um som de coisas caindo reverberou pelo depósito, seguido por passos.

Sam e eu pegamos nossas pistolas ao mesmo tempo em que uma dúzia de pessoas vestidas de vermelho da cabeça aos pés invadia a sala. Metade delas foi atrás dos ovos, fechando rapidamente as tampas antes que as sílfides pudessem escapar. As outras apontaram suas luzes de mira azuis para mim e para o Sam.

As sílfides restantes saíram das sombras, queimando lã, pele e qualquer outro tecido que encontrassem pela frente. Um cheiro de carne humana cozida espalhou-se pelo ambiente. Um dos guardas pegou mais um ovo de sílfide e girou-o para abri-lo. Cris partiu em direção ao corredor para encontrar Stef e Sarit, que vinham ao nosso socorro com as armas em punho.

A situação era caótica. Atirei, sem pensar em quem estava na frente, apenas que aquelas pessoas tinham vindo nos matar. Capturar as sílfides. Roubar a chave do templo.

Pessoas gritavam enquanto tiros de laser eram disparados por todos os lados. Peças de madeira estalavam ao serem atingidas. Várias máquinas tombaram de lado e um fedor de fumaça impregnou o aposento.

Sam me puxou para trás de uma das rodas de tear chamuscada e, em seguida, me forçou a abaixar.

— Assim que der, pegue suas coisas e saia daqui. Não espere por ninguém.

— Mas...

— Não. Você está com a chave. E conhece o plano. Precisamos continuar, custe o que custar.

Trinquei o maxilar e tentei espiar através das chamas que lambiam a velha e polida madeira das rodas dos teares. A fumaça ficou presa em minha garganta, provocando-me um acesso de tosse.

Stef e Sarit atiraram em mais uns guardas, usando a porta que dava para o corredor como cobertura. Cris queimou algumas pessoas enquanto lutava para abrir os ovos espalhados pelo chão. Ele, porém, não tinha um corpo sólido. Não conseguia tocar nada.

— Precisamos abrir os ovos — sibilei.

Sam se levantou e atirou na última mulher antes que ela pudesse capturar Cris.

O fogo se alastrava rapidamente. Esperamos apenas alguns instantes antes de sairmos de nossos esconderijos para pegar os ovos mais próximos e libertar as sílfides. Assim que minhas mãos se fecharam em torno de um deles, mais guardas apareceram e uma rede de luzes de mira cruzou novamente a sala.

Abri o ovo e soltei a sílfide. Uma fisgada abrasiva espalhou-se pelo meu braço direito enquanto eu tateava o chão em busca da pistola, mas ignorei a dor aguda e causticante. Minha pistola estava recarregada. Apontei para a porta e atirei. Alguém caiu com as mãos em volta da perna ferida. Sam, Stef e Sarit atiravam também, embora eles tivessem uma mira melhor do que a minha.

Mais duas sílfides saíram dos ovos, desorientadas após terem ficado alguns minutos presas. Cris chamou-lhes a atenção e elas se meteram na minha frente, atuando como escudos e absorvendo os disparos dos lasers, tal como tinham feito com o ácido dos dragões.

A fumaça grossa que se espalhara pela sala fazia meus pulmões arderem. O fogo lambia o teto agora, crepitando à medida que continuava se alastrando. Não havia onde se esconder.

Com as sílfides me protegendo, abri caminho até alcançar outro ovo, mas uma luz azul incidiu sobre meus dedos, seguida imediatamente por uma fisgada de dor. Afastei-me num pulo.

— Ana! — A voz de Sarit soou acima do crepitar do fogo, dos gritos e do cantarolar das sílfides. Seus braços nus exibiam marcas vermelhas, as faces coradas de calor e dor. Ela afastou uma mecha de cabelos negros do rosto enquanto erguia a pistola e atirava em mais outro guarda. — Pegue suas coisas e *saia daqui*.

Não sem meus amigos. Procurei por Sam em meio à fumaça que encobria a sala de tecelagem, mas não consegui encontrá-lo em lugar nenhum. Nem Stef.

— Sam! — A fumaça queimava meus pulmões, fazendo-me engasgar. — Stef!

Um dos guardas mais próximos despencou no chão com uma série de queimaduras de tiros cruzando-lhe o rosto. As sílfides ampliaram o escudo à minha volta enquanto me abaixava para abrir outro ovo, porém o calor produzido por elas aliado ao fogo e à dor me deixavam zonza. Tateei para encontrar a tampa. Meus dedos se atrapalharam, como que mordidos pelo metal. Com a cabeça leve e entorpecida, cambaleei na direção da porta e da mochila que aguardava ao lado.

No entanto, não podia ir embora sem meus amigos.

— Stef! — Não conseguia vê-la em lugar nenhum. — Sam! — A fumaça era muito densa e o fogo brilhava com demasiada intensidade enquanto consumia toda a madeira da fábrica, destruindo paredes, vigas de suporte e caixas de tecido. Minha visão escureceu nos cantos. Procurei por Sarit, mas ela também havia desaparecido.

Os guardas continuavam chegando, entrando pela porta dos fundos. Uma luz azul cintilou em meio à fumaça, apontada diretamente para mim, mas as sílfides absorveram o disparo e, em seguida, mudaram de posição para me proteger de um dos teares em chamas. Elas *sugaram* o calor, aplacando o fogo segundos antes de serem obrigadas a me proteger novamente.

— Cris! Sarit! — Tropecei em algo macio e caí por cima de um corpo, o cadáver carbonizado de um dos guardas. Com um grito, saí de cima dele e corri em direção às mochilas empilhadas ao lado da porta.

Alguém me derrubou no momento em que me abaixei para pegar a minha. Bati com o cotovelo, o ombro e a cabeça no chão. A dor súbita me botou novamente em estado de alerta. Ao me virar, deparei-me com um homem gigantesco parado diante de mim.

Merton.

As sílfides se colocaram entre nós, uma cortina grossa, negra e inacreditavelmente quente. Merton deve ter percebido no último instante que elas bloqueariam o tiro, pois se virou e a luz de mira azul da pistola incidiu sobre Sam, que se afastava do esqueleto carbonizado de um dos teares.

Stef o empurrou para o lado.

Um misto de vermelho e preto se espalhou pela garganta dela ao mesmo tempo em que um chumaço de cabelo era arrancado. Com os olhos arregalados, ela e Sam despencaram no chão.

As sílfides atacaram, circundando Merton. Três outras sombras abandonaram suas vítimas já quase mortas e se juntaram às companheiras em torno do testa de ferro de Deborl, que gritou à medida que seu corpo se cobria de bolhas e a pele descamava, enegrecida. O fedor de carne e cabelo queimados sobrepujou a fumaça. Quando os gritos de Merton se tornaram simples ofegos, desviei os olhos. Não queria vê-lo morrer.

Com a cabeça girando devido à fumaça e à dor, peguei minha mochila e a pendurei no ombro.

O chão estava coberto de corpos, a maior parte irreconhecível de tão queimada. Não havia mais nenhum guarda. Ou eles estavam mortos ou morrendo. O fogo prosseguia, rugindo enquanto se alastrava pela sala de tecelagem e pelos outros aposentos. Eu precisava sair dali. Mas antes tinha que resgatar meus amigos.

— Sam. — O nome dele saiu em meio a um acesso de tosse. Pulei alguns corpos. — Stef. Sarit.

As sílfides formaram uma linha para nos proteger do fogo, absorvendo a maior parte do calor e das chamas para impedi-las de continuarem se alastrando, mas não demoraria muito para que o prédio inteiro viesse abaixo.

Os olhos de Stef estavam arregalados e vidrados. Ela não se mexeu, embora ainda estivesse respirando. A queimadura em sua garganta formava uma faixa escura, circundada de vermelho.

— Não. — Tropecei e caí de joelhos diante dela ao mesmo tempo em que Sam e Sarit se aproximavam. — Stef, anda. Precisamos ir.

Ela piscou, um movimento longo e demorado, e seus olhos se viraram para mim, aparentemente desfocados. A boca se mexeu, mas não saiu som algum.

Sam estendeu o braço em direção a ela, parou e estendeu de novo. Lágrimas escorriam por seu rosto.

— Você vai ficar bem. Temos muito trabalho a fazer, e precisamos de você. Ela fechou os olhos e murmurou.

— Não.

Sarit se abaixou e me abraçou. Sua voz falhou ao falar ao meu ouvido.

— Você tem que ir. Pegue o Sam e saia daqui. Vou soltar o resto das sílfides e dizer a elas para seguirem vocês.

O incêndio prosseguia feroz, aproximando-se da porta e das nossas mochilas.

— Você tem que vir também. — Agarrei-a pelos ombros e a segurei a um braço de distância. — Não posso te perder. Quero que venha ao nosso encontro assim que terminar de soltar as sílfides.

Ela baixou os olhos para as diversas queimaduras espalhadas pelos braços. Alguns hematomas escuros começavam a aparecer sob as manchas de fuligem que lhe cobriam o rosto. Não sabia dizer o que era o quê.

— Certo. — Ela tossiu, uma tosse forte e seca, e um filete de sangue brotou em seu braço ao tentar cobrir a boca. — Vocês têm que ir. Prometa que irá detê-lo.

— Prometo. — Lágrimas queimaram meus olhos ao abraçá-la de novo. Em seguida, toquei de leve o rosto de Stef. Sua pele estava quente, mas o calor não vinha dela. Vinha do fogo. Lutei para encontrar as palavras certas, queria dizer o quanto ela significava para mim, mas não consegui pensar em nada. Nada bom ou importante o suficiente. — Eu te amo. — O rugido do fogo abafou meu sussurro.

Escutei o som de madeira desabando no chão em algum outro lugar da fábrica. O corredor estava em chamas.

Sam acariciava a cabeça de Stef, murmurando alguma coisa sem parar, porém o caos ao redor abafava suas palavras. Queria deixá-lo com ela, mas Sarit me olhou de cara feia e eu o agarrei pelo braço.

— Vamos.

Ele lutou para se desvencilhar.

— Não.

Um som de passos reverberou novamente. Mais guardas.

— Vamos!

As sílfides se puseram diante do fogo, impedindo-o de nos alcançar, mas ele continuava se alastrando e o número delas ainda era o mesmo.

Stef não estava se mexendo. Não conseguia ver se estava respirando ou não. Sarit se curvou sobre ela, chorando, mas ao erguer os olhos novamente para mim, seu olhar foi feroz e exigente.

Forcei Sam a se levantar e nós dois saímos tropeçando nos corpos carbonizados. O rosto sujo de fuligem ostentava uma expressão de ódio ao aceitar a mochila que coloquei em seus braços.

Dez guardas surgiram pelo corredor com máscaras de oxigênio. Apontei a pistola e atirei. Um deles levou a mão ao ombro e se virou, fitando-me através da fumaça. Ele chegou a mirar em mim, mas Sarit foi mais rápida e o alvejou.

— *Saiam daqui.* — A seus pés, Stef estava morta. Um trio de sílfides posicionadas um pouco atrás impedia o fogo de chegar até elas. Havia ovos e corpos espalhados por todos os lados.

Com a mão livre, agarrei o casaco do Sam e o puxei em direção à porta. Uma nuvem de fumaça nos acompanhou ao sairmos ao encontro da luz forte do meio-dia. As pessoas começavam a se juntar; uma sirene indicou que uma ambulância estava a caminho.

— Para onde a gente vai? — perguntei a ele, mas Sam olhava fixamente para a porta da fábrica. Ele tossiu e passou a mão no rosto para secar as lágrimas, mas tudo o que conseguiu foi espalhar a fuligem. Acabara de perder sua melhor amiga. Não poderia ajudar.

Tínhamos que evitar as pessoas. Elas nos delatariam para Deborl.

Esse era o primeiro passo.

A maior parte das pessoas estava concentrada no lado oeste, na direção da avenida principal, de modo que puxei Sam para o leste. Contornamos o prédio. Ele corria ao meu lado, arquejando e tossindo. Minha respiração saía arranhada, superficial. Cada vez que olhava por cima do ombro, podia ver a fumaça desprendendo-se da fábrica, uma coluna cinzenta em contraste com o céu claro, destacada pela luz intensa do templo.

Algumas pessoas apontaram e outras vieram correndo atrás da gente. Várias estavam de vermelho, como os guardas. Tentei correr mais rápido, mas a mochila me atrapalhava, e Sam parecia cego de tristeza, chorando sem parar.

Prosseguíamos a esmo, escondendo-nos atrás dos prédios. Tentei pensar, escolher qual o melhor caminho a tomar. Precisava ser esperta, mas o sacrifício de Stef, a promessa de Sarit de que nos seguiria...

Não.

Passamos a tarde toda correndo pelo bairro industrial, escondendo-nos dentro e atrás de qualquer coisa disponível. Quando finalmente dei por mim, estávamos na avenida Leste, no meio do bairro residencial nordeste. Uma casa branca erguia-se à nossa frente. As árvores tinham se fechado em volta dela. O jardim estava coberto de ervas daninhas e plantas secas. A grama alta fora queimada pelo frio. Ninguém estivera ali em pelo menos um ano.

A casa de uma das almasnegras.

Olhei de relance para o sul, na direção do bairro industrial. A fumaça se dispersara, espalhando-se pelo céu como uma lembrança. Não escutei nada que indicasse que alguém ainda estava nos perseguindo. O mundo ao nosso redor parecia envolto em silêncio, como se tudo estivesse morto. Com os olhos sem expressão, Sam murmurou:

— Era para ter sido eu. Ela me salvou.

Não havia nada que eu pudesse fazer para aplacar a dor dele. Assim sendo, peguei-o pela mão e o guiei até a casa da almanegra antes que alguém viesse nos procurar.

28

EQUINÓCIO

APÓS TANTO TEMPO sendo negligenciada, a casa da almanegra estava imunda, coberta de poeira. Não sabia quem havia morado ali antes; apenas lembranças ocupavam o espaço agora.

Meus pulmões continuavam entupidos de fumaça. Conduzi Sam até um sofá embolorado. Ele caiu de joelhos e enterrou o rosto entre os braços. Seus soluços eram baixos, devastados, de modo que tentei bloquear minha própria tristeza e percorri a casa para me certificar de que estávamos sozinhos. Talvez encontrasse alguma coisa útil.

A casa era muito parecida com a dele, com grande parte do primeiro andar dedicada à arte. Quadros cobriam as paredes, enquanto estátuas e peças de madeira entalhada espalhavam-se pelo chão. Cobertores protegiam os móveis, a essa altura já sujos e puídos.

Encontrei um pedaço de queijo na cozinha. Tirei a casca mofada e coloquei o restante num prato para levar para o Sam. Havia pão sobre a bancada também, mas ele parecia mais um fóssil do que algo comestível.

Acrescentei uma fatia de vitela desidratada ao prato e enchi dois copos de água para a gente. Não era uma grande refeição, mas era melhor que nada.

— Coma. — Botei a comida ao lado dele e fui verificar o segundo andar, onde encontrei roupas limpas num baú de cedro e um armário cheio de analgésicos e pomadas contra queimaduras. Meu braço e meus dedos latejavam nos pontos onde tinham sido atingidos, mas eu já sofrera piores.

Peguei alguns analgésicos e os levei para o Sam, que lentamente cortava o queijo em pedaços.

— Aqui. — Entreguei a ele alguns comprimidos e terminei de fatiar o queijo.

Comemos em silêncio. A comida tinha um gosto rançoso, ressecado demais, mas era melhor do que morrer de fome e, além do mais, me deu energia para ir até as janelas checar se havia alguém à espreita.

— Essa era a casa do Vic — falou Sam após alguns minutos. — Foi ele quem fez a maior parte das estátuas da praça do mercado e entalhou o relevo da Casa do Conselho. Ele fez muitas outras coisas também, mas esses são seus projetos mais falados.

— Foi ele quem te ensinou a entalhar? — Lá fora, as árvores permaneciam imóveis, cobertas de branco. — Estou falando dos objetos na cabana e das prateleiras na sua casa. — O cemitério ao lado da cabana dele estava repleto de lindas estátuas de animais e pessoas tocando música. Até mesmo os bancos eram uma obra de arte. E, em casa, as estantes de livros tinham sido decoradas com criaturas da fauna de Range. Garças, ursos, cervos, lobos e picanços.

— Foi. — Sam terminou de beber a água e se levantou. — Ele entalhou alguns e, depois, me ensinou como fazer. Nunca fui tão bom quanto ele e, de mais a mais, precisava tomar cuidado com as mãos, mas acabamos nos tornando amigos. Gostaria que você pudesse ter tido aulas com Vic também.

Afastei-me da janela e me virei para ele, que continuava com uma aparência devastada. A calça e a camisa estavam sujas de fuligem e o cabelo pendia em mechas pretas ensebadas. Ambos precisávamos de um banho; pela quantidade de roupas que eu encontrara no segundo andar, com certeza acharíamos algo que coubesse na gente.

— Vamos. — Apontei para a escada. — Ainda temos algumas horas.

Enquanto ele tomava banho, verifiquei o exterior novamente. Nada. Nem sinal das sílfides. Ou de Sarit.

Ela havia prometido vir ao nosso encontro.

No entanto, nem ela própria acreditara em suas palavras. Sarit sabia. Sabia que não conseguiria cumprir a promessa.

Sentei na beirada da cama e verifiquei as mensagens, embora já soubesse que não haveria nenhuma. Nada de Stef. Claro, ela estava morta. E nada de Sarit. Ela devia estar morta também.

Minha melhor amiga estava morta.

Um soluço explodiu em minha garganta enquanto tateava o DCS e o colocava na função de redigir. Meus dedos tremiam sobre as letras ao digitar:

Estou com saudade. Muita. Não acredito que você se foi e que não irá voltar. Odeio Janan e Deborl. Mesmo que eu consiga detê-lo essa noite, como poderei viver num mundo sem você? Gostaria que ainda estivesse aqui comigo.

Meu peito apertou ao enviar a mensagem que Sarit jamais receberia.

Fotos dela sorrindo me fitavam da tela. Sarit com suas abelhas. Ela e eu, sentadas na praça do mercado tomando um café. Ela vestida como um pássaro exótico no baile de máscaras do ano passado.

Lágrimas embaçaram as imagens. Soltei o DCS no colo.

Assim que Sam terminou o banho, entrei correndo atrás dele para me limpar, mas não havia como lavar a dor da perda. A tristeza corroía cada pedacinho do meu ser como ácido.

Uma vez seca e vestida, encontrei Sam sentado ao pé da cama, escutando música.

— Vou cuidar das suas queimaduras. — Sentei ao lado dele, mas Sam me deteve antes que eu abrisse o tubo de pomada.

— Não quero... — Ele tocou meu rosto e deixou os dedos traçarem uma linha pelo meu pescoço e, em seguida, pelo ombro, fazendo com que eu subitamente me desse conta de que as roupas emprestadas eram grandes demais, pendendo largas em torno dos ombros e dos quadris. — Depois — disse. — As queimaduras não irão a lugar nenhum.

A pomada e os comprimidos caíram no chão com um ruído suave.

— Só quero você. Queria ter você para sempre, e estou com medo... — Suas mãos se fecharam em volta das minhas. — Queria uma vida inteira com você. Daria qualquer coisa para voltar no tempo e recomeçar esta vida, nascer de novo. Eu não a desperdiçaria. Procuraria por você logo e a levaria para algum lugar seguro. Eu lhe daria música e amor todos os dias da sua vida para que você jamais se sentisse sozinha ou com medo. Se eu pudesse recomeçar sabendo o que sei agora... — Soltou uma risada desesperada. — Sei o que isso parece.

— Não tem problema. — Minhas palavras soaram como um mero arquejo. Ele apertou minhas mãos.

— Estou com medo, Ana. Estou com muito medo, e se não a beijar agora, acho que vou desmoronar.

A música chegou ao fim e o quarto recaiu em silêncio. Tudo o que eu conseguia escutar era a respiração superficial do Sam. Tudo o que conseguia sentir era meu coração martelando com força.

Ele queria fazer isso agora? Depois de tudo o que havia acontecido? Antes do que teríamos que fazer? Como alguém...

Não, eu entendia. Fui inundada por um desejo feroz por *ele*. Perdêramos tanto, e estávamos prestes a perder mais. Se sobrevivêssemos à Noite das Almas, talvez pudéssemos vir a ter uma vida juntos.

Mas o sucesso parecia algo improvável, e tínhamos um ao outro agora.

Não ia perder tempo com hesitações.

— Você não vai desmoronar — retruquei. — Não vou deixar. — Meus olhos se fixaram na boca do Sam, na curva dos lábios e nas linhas em torno ao entreabri-los como se quisesse responder, mas não estivesse encontrando as palavras. Vários segundos se passaram enquanto eu acariciava o rosto dele e embrenhava as mãos em seus cabelos, totalmente bagunçados após semanas sem cortar. Em seguida, o beijei.

Ele soltou um gemido aliviado e me puxou de encontro a si, a boca quente e firme sobre a minha. Os músculos do maxilar se retesaram sob minhas palmas. A barba por fazer arranhava minha pele. Mas não me importei. Tudo o que eu queria era me afogar naquele beijo.

As mãos dele deslizaram pelas laterais do meu corpo até repousarem nos quadris. Envolvi-o pelos ombros e deixei que ele me deitasse de costas, os cabelos úmidos fazendo um halo em torno da minha cabeça. Sam beijou minha garganta e meus ombros, e ofegou junto à minha clavícula.

Eu não conseguia pensar. Sentia apenas o modo como suas mãos passeavam pela minha barriga, descendo para as pernas. Fui tomada por um misto de sensações que me bloqueou a garganta enquanto Sam me ajudava a tirar a camiseta e as calças e me deixava apenas com uma camisola fina e as meias. Tremi ao sentir o ar frio em contato com a pele.

— Está tudo bem? — perguntou ele num sussurro. — Se você não quiser, não tem problema.

— Eu quero. — Sentei e estendi os braços para puxar a camiseta dele pela cabeça. Sua pele parecia escura na penumbra do quarto, de modo que eu não conseguia ver as queimaduras, apenas sombras e as elevações dos músculos retesando-se sob minhas mãos. — Eu te amei minha vida inteira. Desde a primeira vez em que escutei sua música e vi seu nome escrito num livro até o momento em que você me tirou da água. Ninguém jamais me fez sentir assim, desejada, importante.

Ele me beijou, um beijo longo, doce e desesperado, e não resistiu quando o puxei para cima de mim, tentando fazer o impossível e aproximá-lo ainda mais.

Nossas vidas, porém, eram feitas de coisas impossíveis. Eu o reconhecera no baile de máscaras. Havíamos dançado como se tivéssemos passado anos, séculos ou milênios dançando juntos. E, quando nos beijáramos pela primeira vez, tínhamos nos tornado uma música com um só compasso, uma só voz e infinitas melodias. O modo como ele me tocava, como nossos corpos se encaixavam, era como música.

Sam acariciou meu tronco, meus quadris e minhas pernas ao mesmo tempo em que deixava um rastro ardente de beijos em minha garganta. O calor do corpo dele sobre o meu me fez desejar algo mais profundo, mas resolvi deixá-lo ditar o ritmo. Ele continuou me beijando, com fome e desespero, firmeza e ferocidade, e tamanha delicadeza que senti como se eu fosse a coisa mais preciosa do mundo.

Sam tirou minha camisola, fazendo meu corpo inteiro vibrar de expectativa e desejo. O restante de nossas roupas caiu no chão com um ruído suave.

Enquanto meu coração inflava até quase explodir, ele me mostrou mil formas diferentes de como poderia me amar e, durante esses gloriosos momentos de paz, não restou espaço para medo, tristeza ou desespero. Havia apenas aquele menino. Aquele corpo entrelaçado ao meu. Aquela alma que eu conhecia desde sempre.

Perguntas pairaram em meio aos arquejos e ofegos, mas eu estava tonta demais para pensar. Toquei-lhe as faces, os cabelos, afastando as mechas negras de seu rosto enquanto esperava que ele dissesse alguma coisa. Se é que deveríamos dizer algo. Um ligeiro incômodo se formou em minhas entranhas à medida que o silêncio ficava mais pesado.

Sam me beijou de novo, parecendo um rapaz da minha idade em meio à penumbra. Realmente da minha idade, e não uma ilusão gerada pela reencarnação. Ele parecia estar se sentindo da mesma forma que eu: excitado, esperançoso e um pouquinho nervoso.

— Espero que tenha sido…

— Maravilhoso. — Será que eu tinha dito rápido demais? Minha voz soou fraca e esganiçada. Nem um pouco parecida com minha voz normal. — Foi maravilhoso.

— Que bom! — Seu tom transbordava de alívio. — Ainda bem.

A ideia de que ele tinha ficado preocupado me fez rir, o que o levou a rir também, até que ambos estivéssemos ofegantes, inspirando superficiais golfadas de ar que rapidamente se transformaram em outros beijos. Gostaria que isso pudesse continuar para sempre.

Porém, enquanto meu amor se tornava ainda mais profundo, arrebatando-me como se fosse música, partes de mim temiam o que viria a seguir. Já tínhamos passado por coisas terríveis e vivenciado perdas incalculáveis, mas o que aconteceria essa noite seria ainda pior.

Duas horas antes do pôr do sol, pegamos nossas coisas e seguimos para oeste, em direção ao templo e à Casa do Conselho. Eu não tinha visto nem sinal das sílfides, mas não podíamos esperar. Usando o programa que Stef instalara nos nossos DCSs, acompanhei as trocas de mensagens que falavam sobre o fogo na fábrica e o que ocorreria em poucas horas. A maior parte das pessoas especulava sobre a maneira como Janan retornaria, e o que aconteceria com a fênix presa na jaula.

Deborl divulgara um alerta sobre a fuga dos presos e sobre o fato de que eu e Sam estávamos na cidade, lembrando a todos que eu era uma exilada e que

Janan poderia decidir não recompensá-los caso eu não fosse encontrada e capturada. Ou morta. Morta era melhor.

Não disse nada ao Sam sobre o que acabara de descobrir ao atravessarmos o bairro residencial nordeste, cortando caminho pelos jardins e nos escondendo em casas ou atrás de árvores sempre que escutávamos alguma voz. O sol estava cada vez mais baixo, quase escondido atrás do muro da cidade, destacando a silhueta do templo no centro de Heart.

— Você acha que os dragões virão? — perguntou Sam.

— Acho que sim.

— Porque eles querem me ver morto.

— Eles querem acabar com a ameaça da música da fênix.

— É difícil acreditar que eles tenham me matado tantas vezes por causa disso. Não apenas uma, mas trinta.

Por mais misterioso que fosse, a música da fênix fazia parte dele tanto quanto sua alma. Um ano antes, a conselheira Sine dissera que a música era uma "paixão da alma", o que me parecia uma boa definição. Após anos sendo chamada de "sem-alma", na época eu ainda tinha dificuldades em aceitar que possuía uma, e escutar que a poesia, a música e a arte estavam atreladas à alma me deixara exultante. No entanto, no caso do Sam, a música parecia ser literalmente parte dele, algo tão entranhado em sua alma que ele seria uma pessoa completamente diferente sem ela.

Ainda assim, ele não sabia como usá-la.

Bom, ele não era uma fênix.

Alcançamos a praça do mercado com uma hora de antecedência. Nosso objetivo era chegar cedo e esperar no topo da Casa do Conselho pelos dragões, mas não tínhamos previsto que todos os cidadãos de Heart fossem chegar cedo também.

Escondidos atrás de um grupo denso de arbustos, observamos milhares de pessoas espalhadas pela praça do mercado e outras tantas concentradas no bairro industrial, onde estava a jaula. A luz forte dos postes incidia sobre as barras e sobre a protuberância coberta com um pano. Seria mesmo uma fênix? Ela não parecia ter feito nenhum movimento desde que Merton chegara à cidade alguns dias antes — não que eu conseguisse ter uma boa visão de onde estava.

— Precisamos atravessar a praça do mercado — murmurou Sam.

— Eu sei. — Talvez devêssemos ter vindo mais cedo, mas isso significaria que teríamos de esperar no telhado por horas a fio e arriscar sermos vistos... — Vamos dar a volta pelo norte. A maior parte das pessoas está se dirigindo para o sul, de modo que só teremos que esperar que a praça se esvazie daquele lado para subir.

Sam ostentava uma expressão sombria, mas assentiu. Seguimos sorrateiramente em direção ao norte, contornando a praça do mercado e nos escondendo atrás dos arbustos e das árvores sempre que escutávamos alguma voz perto demais, mas mantendo em mente que nosso tempo era limitado. Se nos atrasássemos...

Não nos atrasaríamos.

À medida que a noite foi caindo, o templo pareceu brilhar ainda mais, uma estrela cadente no centro da nossa cidade. Da cidade *deles*. Eu era uma exilada.

Pareceu levar uma eternidade até aquele lado da praça esvaziar um pouco. O burburinho de vozes no bairro industrial tornou-se um rugido baixo, e eu só conseguia distinguir uma única voz falando acima do ruído da multidão.

— Janan, que nos deu a vida! — Parecia a voz de Deborl. — Janan, que nos deu nossas almas!

As mentiras acarretaram uma série de vivas. Todos já viviam e já possuíam almas muito antes de Janan começar a reencarná-los. Eu queria acreditar que havia algum *ser maior* responsável pelas vidas e almas, mas *sabia* que não era Janan.

— Vamos — murmurei para o Sam e, juntos, atravessamos a praça do mercado. Apurei os ouvidos para escutar qualquer barulho diferente, mas tudo o que conseguia ouvir era o som das nossas botas sobre as pedras do calçamento.

Dei uma espiada por cima do ombro, com um temor paranoico de que alguém estivesse nos observando, mas não vi ninguém, apenas sombras. O templo iluminava o caminho com tanta intensidade que não conseguíamos enxergar direito. Mantive os olhos baixos ao nos aproximarmos da Casa do Conselho, que num dos lados se fundia com o templo.

Ainda faltava meia hora até o pôr do sol.

Ao alcançarmos o pé da escada da Casa do Conselho, Sam e eu pegamos nossas mochilas e tiramos de dentro o último presente de Stef: as luvas e as meias para cobrir as botas.

Teríamos que escalar a parede da Casa do Conselho.

As luvas e meias estavam viradas do avesso para manter o adesivo intacto e impedir que elas se grudassem nas outras coisas. Calçamos nossos aparatos o mais rápido que pudemos, prendendo as tiras cuidadosamente para que eles não se soltassem.

— Pronto? — Olhei de relance para o Sam.

Ele estava com uma expressão soturna, porém determinada.

— Sim.

Pendurei a mochila de volta no ombro — um tanto atabalhoadamente, graças às luvas — e pressionei uma das palmas na parede de pedra branca. Ela grudou.

Dei um pequeno puxão para verificar, mas o adesivo não soltou. Em seguida, estendi a outra mão mais alto e fiz o mesmo. Ela também não soltou.

— Está funcionando? — Sam apoiou um dos cotovelos na parede e desprendeu as solas do chão lentamente. Ficou na ponta dos pés e pulou com as mãos espalmadas. Assim que elas se grudaram na pedra branca, encolheu as pernas e começou a escalar.

— Pelo visto está. — Fiz a mesma coisa. Esse seria nosso único salto. O adesivo prendia sob pressão, mas se soltava com facilidade. Ainda bem, porque teríamos que subir a parede como duas lagartixas, uma vez que não havia nenhuma escada do lado de fora nem acesso ao telhado pelo interior do prédio.

Escalamos lentamente, estendendo um braço, puxando o corpo e estendendo o outro até alcançarmos o telhado. Um branco intenso se espalhava por todos os lados, mas consegui distinguir as pessoas reunidas ao longe, tentando dar uma espiada no que havia dentro da jaula. Será que já tinham tirado o pano de cima da fênix? Será que a pobre criatura ainda estava viva?

O sol sumiu atrás do muro, fazendo o céu adquirir um azul brilhante.

Faltavam dez minutos para o cair da noite.

Tirei as luvas aderentes e descalcei as meias que cobriam as botas.

— Onde estão os dragões? — Eles já deviam ter chegado. Não teríamos mais as distrações que Stef e Sarit tinham instalado, uma vez que elas precisavam ser acionadas por controle remoto e os controles tinham ficado na fábrica. Tudo o que ficara na fábrica...

— Talvez Bafo Azedo tenha mentido — respondeu Sam. — Talvez eles não venham.

Assim que ele terminou de dizer isso, um rugido trovejante ecoou pelo céu. A multidão abaixo ficou imediatamente quieta. Prendi a respiração e olhei para o norte.

Uma centena de dragões surgiu por trás dos obeliscos pretos quebrados. Suas asas brilhavam intensamente sob a luz crepuscular enquanto avançavam em direção ao templo.

A situação tornou-se subitamente caótica; gritos ressoavam lá embaixo, e meu coração se exaltou. Os dragões tinham chegado.

Bafo Azedo soltou a primeira das latas de veneno ao pousar. Ele virou a cabeça e nos encarou.

<Como prometido, iremos arrancar essa torre do chão.>

— Obrigada. — Uma palavra tão simples levando em consideração que meu coração estava prestes a explodir de nervosismo. Tinha chegado a duvidar de que eles nos ajudariam, mas ali estavam eles. Os dragões tinham vindo.

Bafo Azedo rugiu e alçou voo, as asas criando uma lufada de ar que me deixou sem fôlego.

Quando o segundo dragão pousou, olhei para Sam. Ele suava, pálido, os nós dos dedos brancos em torno da pistola, mas não perdeu o controle.

Outros dragões mergulharam em direção ao templo, soltando as latas de veneno. Quinze já tinham sido entregues. Faltavam cinco.

Sete minutos para o sol se pôr.

Tateei o bolso do casaco em busca da chave. Eu pretendia criar uma porta e abrir as latas dentro do templo. Então — com sorte —, sairia antes de a porta fechar e ficar presa lá dentro com dragões arrancando a torre do chão, tal como Bafo Azedo dissera.

Era um plano simples. Tinha que funcionar. No entanto, assim que meus dedos se fecharam em volta do dispositivo, uma fisgada abrasiva incendiou minha pele. Gritei e soltei a chave, que caiu deslizando pelo telhado.

Deborl estava do outro lado da Casa do Conselho, com a arma apontada para mim. Como ele chegara ali?

Corri para pegar a chave, mas a perdi de vista quando outro dragão pousou no telhado e delicadamente soltou a lata perto do templo. Ele decolou logo em seguida, as asas provocando um deslocamento de ar que me fez cambalear para trás. Sam me segurou e nós dois tentamos encontrar o último lugar onde tínhamos visto a chave enquanto a criatura erguia o corpo longo e dourado e fincava as garras no templo.

Ela havia deslizado para longe.

Deborl correu para pegá-la. Desesperada, desejei não ter pedido a Bafo Azedo que não machucasse a população. Ou todos os humanos pareciam iguais para os dragões e eles achavam que Deborl era Whit, ou então Bafo Azedo levara meu pedido a sério.

Peguei a pistola no exato instante em que outro dragão pousava com mais uma lata.

— Espere! — gritei para ele. — Mate aquele ali!

Os gritos de pavor, porém, eram altos demais. As pessoas corriam para pegar suas armas. Alguém soltaria os drones em pouco tempo. Quando o dragão levantou voo de novo, apontei a arma para Deborl, mas ele havia fugido, abandonando a chave.

Estava ao lado das latas.

O Escolhido de Janan adivinhara o que pretendíamos fazer, por que tínhamos ido até o laboratório de Menehem.

Meus DCS emitiu um bipe: faltavam quatro minutos para a Noite das Almas.

Sam e eu ajustamos a mira, mas Deborl não perdeu tempo. Ele atirou em duas latas, fazendo com que o aerossol escapasse pelos orifícios.

— Não! — gritei e corri em direção a ele, como se pudesse tampar os buracos com as mãos, mas outro dragão pousou, bloqueando meu caminho. — Ainda não está na hora!

Sam corria ao meu lado ao encontro do dragão e das latas danificadas. Lágrimas nublavam meus olhos ao me abaixar para pegar a chave. O dragão decolou. Nós dois fomos projetados para trás.

Quando o rabo do dragão saiu da frente, Sam atirou em Deborl. Ele, porém, se moveu no último instante e o tiro pegou apenas no braço.

Tentei fazer a mesma coisa, porém outro dragão se aproximou para deixar a lata no telhado. Gritei para chamar sua atenção, mas ele ergueu a cabeça e tudo o que consegui foi quase perder o equilíbrio ao escutar o apito em minha cabeça.

<Finalmente. A música...>

Quando ele levantou voo, vi Sam e Deborl lutando na outra extremidade do telhado. Ambos tinham perdido suas pistolas e estavam trocando chutes e socos. Eu jamais vira Sam lutar antes, não desse jeito. Não sabia dizer se ele estava levando a melhor ou não. Ele tinha a vantagem de ser maior, mas Deborl era rápido.

Ergui a pistola para atirar no conselheiro, mas minhas mãos tremiam e eu não confiava na minha mira. Podia acabar acertando Sam.

Enquanto isso, as latas continuavam liberando o veneno.

Dois minutos.

O último dragão aterrissou e depositou sua lata ao lado das outras, parando apenas por um segundo para cutucar uma das que tinham sido furadas com o focinho.

<Começou!> Ele partiu antes que eu conseguisse chamar sua atenção.

Meus ouvidos apitavam com a conversa dos dragões acima. Eles tinham se enroscado em volta do templo, e rios de ácido escorriam pelas laterais da torre.

Lancei outro rápido olhar para Sam e Deborl. Eles continuavam lutando, trocando xingamentos e tentando se matar. Assim que liberasse o veneno dentro do templo, voltaria para ajudar.

Peguei a chave e pressionei o quadrado. Uma porta se desenhou sobre a parede branca e eu a abri com um puxão, pronta para lançar as latas lá dentro, mas um cantarolar me deteve.

"Ana!" Todas as sílfides surgiram subitamente ao meu redor, liberando fortes ondas de calor. Atrás delas, um dos dragões pendia do beiral como uma escada, fitando-me com irritação.

— Ajudem o Sam!

"Não temos tempo", Cris ondulou à minha volta. "Jogue as latas dentro do templo. Nós as aqueceremos. Com sorte, a explosão será suficiente."

— Cris, não. E se acontecer alguma coisa com vocês?

"Não discuta. Essa é nossa chance de nos redimirmos. Precisamos lutar por ela."

Faltava agora apenas um minuto. Eu não queria deixar as sílfides presas lá dentro com todo aquele veneno, mas Cris estava certo: a luta era delas também. Comecei a jogar as vinte latas o mais rápido que consegui.

A porta não passava de uma névoa acinzentada; eu não conseguia enxergar direito o que havia do outro lado, porém as sílfides se lançaram dentro do templo assim que, com um gemido, joguei a última lata.

Olhei por cima do ombro e vi Sam e Deborl se engalfinhando no chão. De repente, o conselheiro parou de se debater, o peito ofegante.

Sam olhou para mim.

— Está tudo bem?

A porta desapareceu assim que a última sílfide entrou. O apito gerado pela conversa dos dragões fazia minha cabeça girar.

Meu DCS emitiu outro bipe. Atrás do muro, o sol sumiu na linha do horizonte.

Deborl esticou o braço, pegou uma das pistolas e se virou.

— Cuidado! — O desgraçado não tinha como errar o tiro.

Sam se afastou num pulo ao mesmo tempo em que o telhado mergulhava na escuridão.

A Noite das Almas havia começado.

E o templo estava escuro.

29

JANAN

ACIMA DE NOSSAS cabeças, os dragões rugiram em triunfo, enroscando-se na torre e cuspindo ácido sobre a pedra branca, agora opaca. O fedor do ácido impregnou o ar, fazendo meu nariz queimar e meus pulmões arderem.

O templo estava escuro.

A Noite das Almas havia começado.

Tínhamos conseguido.

Procurei por Sam, rastreando a luz de mira azul da pistola de Deborl. Tudo o que conseguia escutar eram os gritos das pessoas e o apito constante dos dragões em meus ouvidos. Estava cega pela súbita escuridão e surda devido ao barulho, e meu corpo inteiro doía de cansaço e tristeza, para não falar das queimaduras.

— Sam!

A torre rachou e pequenos pedaços de pedra caíram sobre o telhado como uma chuva de granizo, abafando o som da minha voz. Outras vozes vinham lá de baixo também, os gritos de milhares de pessoas.

A luz do crepúsculo derramava-se sobre o mundo, imprimindo ao céu um estranho tom violeta que aos poucos ia dando lugar à negritude da noite. Continuei avançando em direção ao Sam, chamando-o sem parar. Ele não passava de uma silhueta escura pouco visível, mas pelo menos estava em pé. A luz de mira azul incidia de baixo para cima, o que significava que Deborl não tinha se levantado ainda.

A luz se virou na minha direção, ofuscando-me ao passar diante dos meus olhos.

Joguei-me no chão e rolei, os movimentos atrapalhados pela mochila. Embora os pedaços de pedra que haviam se soltado do templo machucassem meus joelhos e palmas, resolvi prosseguir engatinhando. Eu tinha sido estúpida em entregar minha localização.

Deborl, por outro lado, ou não se dera conta do quão óbvia era sua posição ou não dava a mínima. A luz de mira azul cortava a escuridão, forte o bastante para impedir meus olhos de se ajustarem, mas não o suficiente para enxergar o que havia em volta.

Um grande pedregulho se desprendeu da torre, fazendo o telhado estremecer sob uma chuva de pedrinhas afiadas como cacos de vidro, as quais me deixaram com pequenos cortes nos pontos onde bateram na pele exposta. Os rugidos e o trovejar das asas dos dragões abafaram meus gritos de dor ao me afastar do lugar onde Deborl quase me atingira.

Eu podia ver Sam destacado contra o brilho das luzes da praça do mercado e do bairro industrial. Será que ele tinha ideia de como estava exposto? Quis gritar para alertá-lo, mas a contínua chuva de pedras e a gritaria abafariam minha voz.

Procurei pela silhueta mais difusa de Deborl em torno do ponto de origem da luz azul. Ele estava do outro lado do telhado, um borrão escuro contra o brilho das luzes.

Lentamente, peguei minha pistola e cobri a luz de mira com o dedo. Apontei para Deborl e inspirei fundo algumas vezes para firmar a mão. A cacofonia de pedras, vozes e asas batendo pareceu diminuir por um segundo.

Atirei.

O berro de Deborl trouxe tudo de volta. Os guinchos e rugidos dos dragões e o estalar das pedras reverberavam acima. Em pouco tempo, o templo desmoronaria sobre nossas cabeças.

Coloquei-me de pé e corri. Não dava tempo de verificar se o outro dragão ainda estava esperando junto ao beiral do telhado. Encontraríamos um jeito de descer.

Antes que conseguisse cruzar metade da distância que me separava do Sam, o mundo estremeceu e eu caí. As pedras feriram minhas palmas e meus cotovelos ao rolar para me colocar de costas. Uma fisgada de dor irradiou pelo ombro, descendo pelas costas. Eu estava cheia de cortes e arranhões e, de repente, senti como se uma fogueira tivesse sido acesa no fundo da minha mente.

Mais acima, as imensas formas dos dragões afastaram-se da torre, rugindo. Em seguida, investiram de novo, fincando as garras. A pedra chiava à medida que grandes pedaços eram arrancados.

Então, a luz voltou, branca e ofuscante.

Cobri os olhos com as mãos e rolei, como se assim pudesse me proteger do intenso clarão. Mesmo encolhida, abraçando meu próprio corpo, tudo o que eu conseguia ver era branco, branco e mais branco, enquanto lágrimas escorriam dos meus olhos ofuscados. Senti como se eles estivessem sangrando, como se as cores do mundo estivessem desbotando. Minha cabeça pulsava sob aquele clarão ofuscante.

Eu estava cega.

E se estivesse irremediavelmente cega?

Soltei um uivo que reverberou em meus joelhos, nas pedras e no telhado, mas não consegui escutar minha própria voz, não em meio a toda aquela balbúrdia de pedras desmoronando, dragões rugindo, do apito provocado pela conversa telepática entre eles, dos gritos das pessoas e dos tremores da terra se abrindo ao meio.

Pouco a pouco, o branco foi dando lugar a uma névoa acinzentada. Sentei e apertei os olhos por trás dos dedos.

A luz continuava ofuscante, mas eu conseguia enxergar ligeiras nuances de cinza.

As pedras ainda despencavam sobre o telhado e a praça do mercado abaixo, mas eram pedrinhas menores agora, que se desprendiam das garras ou das asas dos dragões. Era como uma chuva silenciosa, uma vez que o ruído do impacto era abafado pela barulheira ao redor.

A escuridão no sul atraiu minha atenção.

Uma coluna de fumaça amarronzada elevava-se em direção ao céu, como se algo tivesse explodido naquela área.

Não, não era fumaça.

Era uma nuvem de cinzas, seguida por um rio vermelho e dourado de lava. O mundo tremeu e regurgitou novamente ao mesmo tempo em que uma onda negra avançava em nossa direção.

— Ana! — A voz do Sam soou fraca e distante.

Apontei para a erupção no limite sul de Range. Já não era mais possível ver o Chalé da Rosa Lilás. Nem o cemitério ao lado da cabana do Sam, o lugar onde ele se tornara meu primeiro amigo. Nem a floresta que eu havia explorado durante a infância. Ou a clareira onde assistira a celebração da Noite das Almas há quinze anos.

Tudo fora engolido.

Em pouco tempo, nós seríamos também.

Escutei um som de passos se aproximando e Sam fechou os braços em volta dos meus ombros.

Será que tínhamos conseguido deter Janan? O templo brilhava tanto que parecia improvável. Embora os dragões estivessem se afastando de Heart o mais rápido que podiam, eles não conseguiriam escapar da erupção. Em pouco tempo, haveria outra. E mais outra.

Não queria falar com Sam sobre nada disso, mas o encarei. O sangue escorria de uma ferida em sua cabeça, emplastrando o cabelo e sujando a pele. Arranhões e hematomas cobriam-lhe o rosto, mas ele continuava sendo o homem mais bonito do mundo para mim.

— Eu te amo — falei.

— Eu também te amo. — Ele me beijou com delicadeza, a poeira das pedras arranhando nossos lábios.

De repente, o templo ruiu com uma forte explosão.

Pedaços de pedra brilhante voaram em todas as direções, atingindo-me nas costas, nos braços e no rosto. Uma dor insuportável irradiou por todo o meu corpo ao mesmo tempo em que Sam me jogava no chão e se deitava sobre mim como se pudesse me proteger do que estava acontecendo.

Ele gritou, mas nenhum de nós dois podia se mover. As pedras caíam à nossa volta, ainda iridescentes. Uma nuvem de poeira se elevou e, por mais que eu tentasse cobrir o rosto com a gola do casaco no intuito de filtrar o ar, comecei a tossir, engasgada.

A chuva de pedras parecia interminável. Era como se os eventos estivessem apostando uma corrida: o que nos mataria primeiro? O fogo da erupção que se aproximava num ritmo constante ou a ascensão de Janan?

Quando a barulheira amainou, Sam se sentou e eu o imitei. A explosão fora violenta, porém rápida. O telhado estava coberto de pedras e a cidade abaixo parecia mergulhada numa fina camada de pó branco e brilhante.

E a prisão — não restava mais nada dela.

Olhei de relance para o sul, a fim de verificar o avanço das cinzas e do rio de lava. Uma nuvem cinza escura de detritos e fogo erguia-se do chão e encobria o céu. Tínhamos somente mais alguns minutos, na melhor das hipóteses.

— Vamos. — Coloquei-me de pé e ajudei Sam a se levantar. Seus movimentos eram rígidos e doloridos, mas conseguimos encontrar nosso caminho em meio aos detritos brilhantes e seguimos em direção a uma cratera aberta na lateral leste da Casa do Conselho. Tínhamos sorte pela explosão do templo não tê-la destruído também.

— Vocês chegaram tarde. — A voz de Deborl soou fraca e arranhada na outra extremidade do telhado. Ele simplesmente se recusava a morrer. — Não há como deter Janan.

Ignorei-o e apertei a mão do Sam com força enquanto olhávamos para o buraco brilhante. As pessoas tinham se reunido em volta, falando baixo ao mesmo tempo em que limpavam o sangue do rosto ou sacudiam a poeira das roupas. Algumas não tinham se levantado após a explosão, mas a maior parte sobrevivera. Elas observavam boquiabertas o lugar onde antes ficava o templo.

— Ah, Ana — falou Sam, a voz transbordando angústia. — Sinto muito.

A princípio, tudo o que consegui ver foi uma luz forte.

Mas então percebi que as pedras brancas tinham formado uma espécie de escada. Ou rampa. E vi os esqueletos. As correntes de prata cintilavam sob a estranha iluminação, parecendo reluzir ainda mais quando uma figura escura no centro mudou de posição e se levantou.

Ele parecia pequeno daquela distância, mas me lembrei de tê-lo visto antes: baixo e parrudo, com uma juba de cabelos castanhos cobrindo-lhe a cabeça e o rosto. Ele me parecera *forte*, mesmo morto, dormindo ou o que quer que estivesse fazendo então.

Agora, uma onda de poder parecia emanar de seus movimentos ao pegar a corrente que ligava os esqueletos uns aos outros — e a ele — e deixar as ruínas do templo, arrastando os mortos atrás de si.

Janan havia retornado.

30
PROMESSAS

BALANCEI NOS CALCANHARES. Sam enterrou os dedos na minha cintura para me manter ereta e murmurou algo em meu ouvido, mas não consegui entender o quê. Tudo em que conseguia pensar era que havíamos falhado.

Janan havia retornado. Ascendido. Na verdade as duas coisas, pois não só estava de volta como se tornara *poderoso*.

Tínhamos falhado.

Assim que ele começou a descer das ruínas do templo, a multidão se dividiu em dois, abrindo caminho em meio aos detritos até a jaula da fênix. Todos estavam em silêncio, exceto pelo som abafado de lágrimas e murmúrios maravilhados. Tal como uma chuva em seus últimos momentos, ainda era possível escutar o tamborilar das derradeiras pedrinhas batendo no chão.

As correntes de prata retiniam e tilintavam e os ossos chacoalhavam enquanto Janan retirava quase um milhão de esqueletos de dentro do buraco. Todos os que eu tinha visto no templo, que correspondiam a cada um dos cidadãos de Heart passíveis de reencarnar.

Ele estava puxando quase um *milhão* de esqueletos por aquelas correntes. Era inacreditavelmente forte. E estava indiscutivelmente vivo.

Ao terminar, reparei nas dúzias de esqueletos deixados para trás: as almasnegras.

O mundo rugiu e tremeu sob o fluxo piroclástico que incendiava as florestas de Range, descendo pelo vale do lago Midrange, avançando raivoso em direção a Heart.

Era o fim.

Senti vontade de fechar os olhos, mas observei a morte chegando. Ela seria rápida e violenta, e assustadoramente bela.

A onda negra arremeteu contra Heart, dividindo-se ao meio ao bater no muro da cidade, como se a pedra fosse uma lâmina refletora. Partículas de rocha, cinzas e fogo elevaram-se em direção ao céu, bloqueando a lua e as estrelas. Tudo ao redor de Heart mergulhou em trevas, queimado pela força da erupção, porém o interior da cidade continuava iluminado pelas pedras do templo e pelo brilho dos postes de luz.

Um forte calor envolveu a cidade, uma onda de verão sulfuroso que me fez suar e estremecer.

Não estávamos mortos.

Virei-me para Sam, querendo dizer alguma coisa sobre o modo como a onda piroclástica se dividira ao meio, mas não sabia bem o quê.

Deborl aproximou-se por trás dele, erguendo uma pedra afiada acima da cabeça. Seu rosto e suas roupas estavam sujos de sangue e poeira e sua expressão, já distorcida, adquiriu um ar ainda mais selvagem e furioso.

— Sam!

Ele se virou no exato instante em que o conselheiro abaixou o braço para golpeá-lo, acertando-lhe o ombro.

Sam gritou e despencou no chão, apertando o ombro ferido. O sangue começou a escorrer pelo braço, brilhante e vermelho sob a luz das pedras do templo.

Com a visão embaçada de tanto ódio, empurrei Deborl o mais forte que consegui.

Ele cambaleou, mas não caiu. Sua expressão tornou-se ainda mais selvagem e furiosa.

Soltei um grito e o empurrei de novo, mas dessa vez ele estava preparado e sequer titubeou. Ergueu as mãos para me bater, mas antes que conseguisse desferir o golpe, Sam se levantou e jogou todo seu peso sobre o franzino conselheiro.

Deborl escorregou da beirada do telhado e caiu rolando sobre o amontoado de pedras que se desprendera do templo. Seu corpo foi batendo em uma após a outra até aterrissar lá embaixo, imóvel e retorcido. Esfacelado, com apenas os esqueletos das almasnegras como companhia.

Janan não parou, nem sequer deu a impressão de ter percebido a queda de seu Escolhido. O barulho das correntes e esqueletos sendo retirados das ruínas do templo e arrastados para a praça do mercado abafava qualquer outro som.

As pessoas se afastaram ainda mais.

O rugido dos dragões ecoou pelo céu quando Bafo Azedo retornou à cidade, embora agora apenas com metade de seu exército original. Suas escamas estavam cobertas de cinzas. As explosões piroclásticas tinham danificado as asas. Muitos oscilavam em pleno voo, queimados ou exaustos demais para navegar corretamente. Alguns pousaram ao entrarem na cidade, mas o ar estava relativamente livre de partículas para que as lufadas de vento provocadas pelo pouso pudessem nos sufocar. Eles aterrissaram com um baque, fazendo o chão estremecer, arrancando árvores e derrubando prédios.

Alguns conseguiram pousar mais graciosamente, suspirando ao sentirem as garras tocarem o solo, enquanto outros investiram contra Janan com os dentes arreganhados e um brilho de fúria nos olhos.

Janan parou no meio da praça do mercado e ergueu a mão livre.

Livre, não. Seus dedos envolviam o cabo de uma faca comprida, a lâmina manchada pelo sangue dourado de uma fênix. Ela girou num arco acima de sua cabeça, reluzindo em tons de ouro e prata e fazendo com que todos os dragões que investiam contra ele fossem lançados para trás.

As criaturas rugiram, e suas garras rasgaram apenas o ar. Com as asas batendo de maneira descontrolada e os membros como que tomados por espasmos, seus corpos sinuosos contorceram-se violentamente antes de aterrissarem ao redor da cidade, imóveis.

Senti pena deles. Não que eles fossem nossos amigos, mas eram aliados temporários. Bafo Azedo até gostara da minha música.

Um gemido baixo atraiu minha atenção de volta para o Sam. Ele estava de joelhos, apertando o ombro. O sangue escorria por entre seus dedos.

— Deixe-me cuidar disso. — Vasculhei a mochila em busca do antisséptico e das ataduras. — Assim que eu limpar essa ferida, você vai ficar novinho em folha.

Ele fez que não.

— Não consigo sentir meu braço.

Isso não era bom. Tentei lembrar se Rin tinha dito alguma coisa sobre a perda de sensibilidade em membros feridos, mas nada me veio à mente. Tudo em que conseguia pensar era no Sam e na maneira como ele gemia e trincava o maxilar de dor.

— Não, você vai ficar bem. Apenas tire a mão de cima para que eu possa limpar o corte. — Eu era uma péssima mentirosa; por mais que tentasse, não consegui imprimir tranquilidade à voz.

— Não vai adiantar. — Ele soava fraco, demasiadamente exausto, como se já estivesse morrendo.

Mas Sam não podia estar morrendo. Ele não havia perdido *tanto* sangue assim.

— Você precisa sair daqui — sibilou ele. — Esconda-se.

Fiz que não.

— Onde eu me esconderia? Não sobrou nada. Vou ficar com você.

Ele fechou os olhos e assentiu.

— Acho que você tem razão. O que vai acontecer agora?

Eu não fazia ideia. Presumira que, se falhássemos, estaríamos mortos. A possibilidade de continuarmos vivos após a ascensão de Janan jamais me ocorrera.

— Vamos observar. Talvez tenhamos outra chance. Precisamos estar prontos para aproveitá-la.

— Certo. — Sam não acreditava em mim, mas não discutiu.

Sentamos juntos no telhado, observando o bairro industrial e a jaula. Janan terminou de atravessar a praça do mercado com movimentos precisos e cuidadosos, como se tivesse esquecido como era ter um corpo físico.

— Onde será que estão as sílfides? — perguntei.

Enquanto Sam se distraía com a cena abaixo, cortei a manga de seu casaco e me preocupei em cuidar do ombro. O ferimento era feio. Havia pedacinhos iridescentes de pedras entranhados no corte, e eu não conseguia fazê-lo parar de sangrar por tempo suficiente para dar uma boa olhada. Tudo o que conseguia ver era o vermelho do sangue. Um buraco feio em meu Sam. Despejei antisséptico sobre a ferida e pressionei com uma gaze.

— Não sei. — Ele olhava para Janan, parado ao lado da jaula. — Elas entraram no templo, e não estão aqui agora. Talvez ele...

Jodi Meadows 298 Incarnate 🦋 🦋 🦋

— Talvez ele tenha feito com elas o mesmo que fazia com as almasnovas. — Engoli as lágrimas e pressionei mais outra gaze contra o ombro ensanguentado. Quase conseguia escutar Rin falando em minha mente: *Pressione bem, por mais que doa; coloque mais gazes sobre a que estiver encharcada até o sangramento parar.*

A voz dele soou baixa e cansada.

— Será que as enviamos ao encontro da morte?

— Nós não as enviamos. Elas entraram porque era sua forma de contribuir. Algo que podiam fazer. Elas precisavam lutar pelo perdão. — De qualquer forma, eu falhara com as sílfides. Não conseguira deter Janan.

Enquanto isso, lá embaixo, Janan começou a trançar a ponta da corrente nas barras da jaula. O arrastar da prata e dos esqueletos produzia uma barulheira inacreditável e, pela primeira vez, a fênix sob o pano se mexeu.

— Viu isso? — Sam se inclinou para a frente e as gazes sobre o ombro se soltaram. — O que ele está fazendo?

— A fênix se moveu.

— Por que ela não revida? — murmurou Sam. — Ela poderia lutar e se libertar.

— Talvez eles a tenham drogado ou ferido. Não sei.

— Ela também poderia explodir em chamas e recomeçar.

— Não aqui. — Aproximei-me dele. — Você consegue imaginar o quanto ela deve estar se sentindo vulnerável? Presa entre uma vida e outra e cercada por inimigos?

Sam olhou para mim, já não mais um rapaz da minha idade. Ele era uma alma antiga, uma das que estivera mais de cem vezes nas mãos de Janan entre uma vida e outra.

Ele me contara certa vez que morrer era como ser arrancado de dentro de si mesmo, como se ver preso entre garras ou dentes afiados ou arder numa fogueira interminável por vários anos até você reencarnar novamente. Na época, Sam não sabia que Janan era o inimigo, mas agora sim. Agora ele podia rever essas lembranças sob um novo prisma. Um novo temor.

— A fênix irá permitir o que quer que esteja para acontecer. A menos que outras venham salvá-la, lógico. — Quanto tempo elas tinham levado para salvar a companheira cinco mil anos atrás? Horas? Dias? Semanas? E o que Janan *pretendia* fazer com ela? Nada de bom, isso era certo. — Eu quero salvá-la — murmurei.

A expressão do Sam se iluminou.

— Salvar a fênix?

Fiz que sim.

— O que quer que Janan pretenda fazer, ele precisa da fênix. Deborl enviou Merton, juntamente com seus melhores guerreiros, para encontrar uma fênix e trazê-la de volta para Heart. Não pudemos fazer nada por ela antes porque não queríamos arruinar nossa chance com o veneno, mas isso já não importa mais. O que quer que ele queira fazer, ainda não fez, e nós não estamos mortos. Ainda podemos tentar tudo ao nosso alcance para impedi-lo de realizar seu intento.

Sam sorriu.

— É, podemos.

Lá embaixo, a corrente encontrava-se agora totalmente enroscada nas barras da jaula. As pessoas pegavam as algemas de prata e puxavam os esqueletos para posicioná-los ao redor da jaula.

Se Janan tinha dito algo, dado algum tipo de instrução, eu não havia escutado.

— Precisamos chegar mais perto.

Sam olhou para a lateral do prédio. A rampa formada pelas pedras não era tão íngreme assim, mas seria difícil de descer, principalmente tendo em vista que ele não conseguia sentir o braço. Algum nervo fora danificado. Isso é o que Rin teria dito. Ele levaria meses para se recuperar, se é que algum dia ficaria cem por cento.

Pressionei mais outra gaze contra o ombro dele e o enfaixei o mais apertado que consegui.

— Não podemos descer direto. Não queremos que eles nos vejam. — Embora parecesse pouco provável que alguém fosse prestar atenção. Estavam todos com os olhos fixos em Janan, esperando o que viria a seguir.

Por um momento, acalentei a ideia de atirar nele dali, mas tinha visto a facilidade com que ele se livrara dos dragões. Minha pistola não era páreo para ele. E, além disso, Janan era imortal. O que poderia feri-lo agora?

Olhei para além do muro da cidade uma última vez. Os sedimentos mais pesados haviam assentado, porém uma nuvem de cinzas e partículas mais leves pairava no ar, fazendo com que Heart parecesse envolta em trevas. Dentro da cidade, os dragões rolavam, ofegantes, provavelmente por estarem com os pulmões entupidos de cinzas. Os detritos resultantes da explosão do templo ainda emitiam um brilho iridescente, belo e estranho em contraste com a escuridão ao redor.

Não muito longe da Casa do Conselho, encontrei o que estava procurando.

— Vamos. — Pendurei a mochila no ombro e ajudei Sam a se colocar de pé. As pessoas continuavam arrumando os esqueletos, de modo que ainda tínhamos algum tempo. Janan era imortal. Não devia estar com muita pressa.

Sam e eu seguimos tropeçando em meio aos detritos que cobriam o telhado até alcançarmos a extremidade norte.

Um dos dragões ergueu os olhos, que se antes eram de um azul brilhante, agora pareciam opacos de exaustão. Até mesmo o apito em minha mente soou fraco quando Bafo Azedo falou:

<Nós falhamos. A música ainda existe.>

Ah. Ao investirem contra o templo, eles não estavam atacando Janan. Estavam atrás do esqueleto do Sam. Se Janan soubesse, provavelmente o teria entregue a eles.

Apertei o braço do Sam com força e falei para o dragão:

— Ajude-nos a descer.

<Por quê?>

— Há uma fênix dentro da jaula. Queremos salvá-la. — Uma escolha ousada de palavras!

<Por que eu deveria me importar com uma fênix?>

— Se conseguirmos salvá-la, isso irá arruinar o plano de Janan. Achei que vocês quisessem se vingar.

Bafo Azedo soltou um suspiro, exalando uma comprida nuvem de fumaça, e, então, ergueu a cabeça e apoiou o queixo no beiral do telhado. Abriu a boca, deixando à mostra as presas compridas como meus braços.

<Segurem-se.>

Sam olhou para mim e fez que não.

— Não vou me agarrar à presa de um dragão.

— Vai, sim. Se ele tentar te machucar, eu atiro no olho dele.

Bafo Azedo suspirou de novo.

<Não vou comer vocês. Nem afogá-los em ácido.>

— Viu? Promessa feita. — Tentei não deixar transparecer meu medo ao me aproximar do focinho dele, mas meu coração martelava de maneira enlouquecida. Parecia estranho que de todas as coisas que haviam acontecido nessa noite, isso me assustasse tanto. Que problema havia em descer de um telhado agarrada às presas de um dragão?

Agachei e esperei que ele abrisse a boca um pouco mais para que eu pudesse passar o braço em volta da presa.

— Você também. — Fiz sinal para Sam me imitar. Ele se segurou com o braço bom, me fitando de maneira estoica enquanto fazia isso. Estendi a mão e o ajudei a se firmar antes de dizer a Bafo Azedo que estávamos prontos.

A descida foi rápida, como se o dragão não estivesse acostumado a carregar tanto peso na boca. O que era ridículo. Eu o vira comer um urso em pleno ar.

O queixo dele bateu no chão com um baque forte. Sam se afastou num pulo, cambaleou e se apoiou na parede da Casa do Conselho para não cair.

<Vocês parecem tão apetitosos assim juntos. Argh. Eu deveria comer os dois.>

Os dragões simplesmente não conseguiam ser gentis.

— Obrigada. — Afaguei o focinho de Bafo Azedo. As escamas estavam frias, cobertas de cinzas. Ele respirava com dificuldade, provavelmente devido aos pulmões queimados. Estava morrendo.

<Vão.>

Assenti e o deixei. Era culpa minha ele e seu exército estarem aqui. Também era culpa minha estarem morrendo nesta cidade, em vez de estarem no norte, mudando-se para algum lugar mais seguro. Pelo menos por ora. As cinzas acabariam por cobrir as camadas mais altas da atmosfera, bloqueando o sol e lançando o mundo num longo período de trevas.

Esperava que Orrin e os outros tivessem conseguido se distanciar o bastante.

— Vamos. — Dei o braço ao Sam para ajudá-lo a contornar a Casa do Conselho e subir a escada em meia-lua. — Quer descansar um pouco?

Ele estava pálido e trêmulo, mas recusou com um balançar de cabeça.

— Estou bem. Eu consigo.

— Sei que consegue. — Parei no meio da escada para que ele pudesse recuperar o fôlego. — Mas se precisar descansar, é só falar. — Sam havia perdido muito sangue.

— Não seja ridícula. Só estou chateado por você ter me obrigado a andar de dragão pela segunda vez. — Abriu um sorriso fraco, e meu coração se contorceu de medo, esperança e ansiedade. Sam era tão corajoso!

— Essa foi a última vez, prometo. Sem mais dragões.

Ele assentiu e voltamos a subir a escada.

— Vou te fazer cumprir a promessa.

Apertei sua mão e pensei no que estávamos prestes a fazer. Era improvável que conseguíssemos obter algum sucesso. Eu nem sequer tinha um plano, tinha? Pelo visto, estava fazendo o que sempre fazia: investindo cegamente num objetivo para lá de ambicioso.

Salvar a fênix e arruinar a vida de Janan.

— Talvez eu consiga matá-lo de irritação — murmurei.

— Jamais escutei um plano melhor em toda a minha vida. — Sam parou ao alcançarmos o topo da escada. — Vamos entrar. Podemos sair por uma das portas laterais.

— Boa ideia. — As portas de vidro tinham sido destruídas em algum momento, provavelmente durante a erupção. Nossas botas esmagavam os cacos e, ao entrarmos, precisamos parar para que eu pudesse retirar os pedaços maiores que haviam ficado presos nas solas. Não queria que nenhum dos dois acabasse escorregando por causa disso.

A Casa do Conselho estava escura e silenciosa. O ar abafava nossos passos e a respiração chiada do Sam. Paramos em um dos banheiros para limpar o ombro dele e lavar a fuligem que cobria nossos rostos e bocas, mas após tomarmos alguns bons goles de água, prosseguimos. Janan não parecia estar com pressa, mas não podíamos perder tempo.

— Gostaria de saber o que ele planeja fazer com a fênix — murmurei enquanto atravessávamos a biblioteca. De repente, me dei conta de como eu estava sendo estúpida. Cega.

Eu presumira que todos morreríamos na primeira erupção, e esse seria o fim. Sem mais reencarnações. Nada. Sarit, porém, estava certa ao dizer que Janan precisava de pessoas a quem pudesse governar. Ele não as deixaria morrer.

Ele não havia se tornado o líder há cinco mil anos mentindo para seu povo. Devia ter sido um homem forte, capaz de protegê-los. De manter suas promessas.

Janan prometera tornar-se imortal e, então, retornar e fazer o mesmo pelos outros. Isso não significava que todos seriam igualmente poderosos. Apenas que ele poderia governá-los por toda a eternidade.

Despenquei no sofá mais próximo e enterrei o rosto entre as mãos.

— Sam — falei. — Janan irá tornar todos vocês imortais.

31

VOZES

SAM DESPENCOU AO meu lado, ofegando terrivelmente.

Olhei para ele com atenção, para o cabelo emplastrado de sangue, a pele acinzentada e o feio machucado em seu ombro, já começando a infeccionar.

Ele não estava nada bem. Seu corpo cederia em pouco tempo e, a menos que encontrássemos um médico logo, não acreditava que ele fosse se recuperar. Sam estava morrendo, de forma lenta e dolorosa, e ambos sabíamos.

— Tem certeza? — Sua expressão ostentava um misto terrível de esperança e desespero. Ele não queria morrer. Ninguém queria. E, se realmente todos se tornassem imortais, talvez Stef, Armande, Whit e Sarit renascessem mais uma vez.

Mas eu não.

— Acho que sim — murmurei. — É por isso que ele queria a fênix. Por isso está com aquela maldita faca.

— Ninguém concordará com algo assim. — A voz do Sam soou pouco mais que um sussurro. — Ninguém irá consumir milhões de almasnovas para ser imortal.

Não discuti, embora não concordasse. Cinco mil anos antes, eles tinham deixado Janan consumir as almasnovas. E, nos últimos meses, muitos haviam apoiado Deborl. Alguns tinham até saído em viagem para capturar outra fênix. Whit me acusara de haver perdido a fé nas pessoas, mas seria isso tão surpreendente, levando em consideração que todos tinham abaixado a cabeça para Janan há cinco mil anos? Alguns podiam ter mudado desde então — ou conheciam a verdade agora ou amavam as almasnovas e desejavam protegê-las —, mas para a maioria das pessoas a mágica do esquecimento significava que elas não precisavam se sentir culpadas pelo que tinham feito.

— Além disso — continuou ele —, o templo foi destruído.

— Talvez Janan tenha descoberto um outro jeito.

— Talvez. — Sam fechou os olhos. — Eu não concordaria. Você sabe que não.

— Ele está com todos os esqueletos da primeira vida de vocês. Talvez vocês não tenham escolha.

Sam se levantou, cambaleando ligeiramente nos próprios pés.

— Então temos que detê-lo.

— Você tem algum plano?

— Além de você irritá-lo até a morte? — Ele estendeu a mão para me ajudar a levantar também. Dei a mão a ele, mas não apoiei meu peso. — A jaula está ligada a fios elétricos. Talvez seja isso que esteja impedindo a fênix de revidar, ou talvez Janan precise deles para... você sabe.

Eu sabia.

— Então, a gente sai pela porta lateral da biblioteca, se mistura à multidão e fica escondido até encontrarmos a fonte de alimentação dos fios.

— Me parece uma boa ideia. — Ele soltou minha mão e puxou o capuz para cobrir a cabeça. — Acho melhor escondermos nossos rostos.

Estendi os braços e ajeitei o capuz dele, afastando as mechas de cabelo que lhe caíam sobre o rosto.

— Você faz ideia de onde fica essa fonte de energia? Quem sabe num daqueles prédios pequenos que vimos ao sairmos do aqueduto?

Minutos antes de Whit morrer.

— Não tenho certeza. Gostaria...

Que Stef estivesse com a gente. Eu também.

— A gente encontra — murmurei. — Deve ser num daqueles prédios.

— Sinto muito, Ana. — Ele tocou meu ombro, sem conseguir disfarçar muito bem o fato de que precisava se apoiar em mim para manter o equilíbrio. — Sinto muito por termos sido tão egoístas cinco mil anos atrás. A vida não deveria ser assim. A gente deveria nascer, viver e morrer. Talvez haja algo depois, como você mesma disse. Algo bom. Sinto muito por termos sido tão medrosos, e por ainda sermos.

Abracei-o.

— Se você não tivesse feito isso, eu jamais teria te conhecido. Jamais teria escutado sua música. Desde que ouvi as primeiras notas da Sinfonia Fênix, você se tornou a pessoa mais importante da minha vida. Não posso desdenhar tudo o que nos permitiu ficar juntos. — Mesmo que nosso tempo fosse curto. Mesmo que não soubéssemos o que iria acontecer. — Eu te amo, Dossam. — Meus olhos se encheram de lágrimas e meu corpo pareceu se rasgar por dentro ao me afastar. Queria poder repetir isso para ele uma centena de vezes. Um milhão. Precisava ter certeza de que Sam sentia meu amor em sua alma.

Se ao menos tivéssemos tempo.

Enquanto seguíamos para a porta, não consegui evitar pensar no que aconteceria se permanecêssemos ali. Se ficássemos esperando, será que Sam seria miraculosamente curado quando Janan terminasse de fazer o que estava fazendo? Será que eu receberia permissão de ficar com ele, pelo menos até as cinzas assentarem, ou seria expulsa imediatamente?

Jamais saberíamos.

Abri a porta da biblioteca, mas em vez de conseguirmos nos misturar sorrateiramente à multidão, demos de cara com Janan.

Ele era apenas um pouco mais alto do que eu, mas não era pequeno. Era *compacto*. Os braços fortes, cruzados diante do peito, exibiam músculos definidos, apesar dos milhares de anos sem se mover; os olhos eram encovados, penetrantes. Os cabelos desgrenhados lhe garantiriam um ar quase cômico se o restante não exalasse um poder letal.

Girei nos calcanhares e fiz menção de correr, mas Janan estendeu a mão e me segurou pelo braço. Mesmo através da roupa, seus dedos se enterraram na minha pele. Tentei me desvencilhar, mas ele simplesmente me segurou com mais força enquanto, com a outra mão, agarrava o braço do Sam também. O que estava ferido. Sam soltou um grito de dor, mas Janan continuou com uma expressão dura e zangada.

Ele nos empurrou em direção a uma dupla de guardas vestidos de vermelho.

— Tragam os dois.

Ao sentir as mãos se fechando em volta de mim, lutei para me soltar, mas eles eram muitos. Eram também fortes demais, apesar de terem acabado de passar por uma série de erupções e explosões. Alguns estavam cobertos de sangue e ofegantes. Isso, porém, não os deteve.

Sam lutou também, mas não só estava com um braço incapacitado como havia perdido muito sangue. Alguém deu-lhe um soco no estômago. Ele se dobrou ao meio e pendeu, inerte, nos braços de seus captores.

Continuei lutando, chutando e me debatendo sempre que possível. Se eu conseguisse me desvencilhar, poderia encontrar um meio de libertar a fênix. No entanto, ao olhar por cima dos ombros dos guardas, tudo o que consegui ver foi mais gente. Milhares de pessoas. Eu jamais conseguiria passar por elas.

Perdi as forças. Meu corpo inteiro doía, e meu coração se contorcia de medo e tristeza ao deixá-los me arrastar até a jaula. Os esqueletos tinham sido dispostos em volta, da mesma maneira que se encontravam no aposento vermelho do templo, embora agora estivessem parcialmente amontoados uns sobre os outros, a fim de abrir espaço para as pessoas que se acotovelavam em torno, todas parecendo ansiosas e apreensivas.

As correntes de prata cintilavam sob o brilho das pedras. Os crânios, embora destituídos de olhos, pareciam nos observar. Havia quase um milhão deles. Um para cada pessoa ali, e para cada um dos que partira com as almas-novas. No entanto, nenhum daqueles que haviam morrido durante o Escurecimento do Templo; estes ainda se encontravam no buraco resultante da explosão do templo.

Sam e eu fomos empurrados com força e caímos no chão ao lado da jaula, no meio do círculo de esqueletos. Janan parou ao nosso lado, observando com uma expressão impassível os gemidos do Sam, que apertava o ombro, o rosto contorcido de dor.

— Sam! — Tentei me arrastar para junto dele, mas alguém me chutou, derrubando-me novamente. Bati com os cotovelos e a cabeça nas pedras do calçamento. Minha mente pareceu virar água.

— O erro continua vivo. — A voz de Janan era grave e profunda, como o reverberar de um canhão. — Você me intriga. Permaneci sozinho por milhares de anos, a não ser pela companhia ocasional de meu Escolhido, até que você apareceu. E passou direto por mim. Meu novo Escolhido explicou como isso aconteceu, contou sobre o veneno criado pelo seu pai. E que você tentou encontrar um lugar para si mesma, apesar de tudo.

Lancei-lhe um olhar de puro ódio.

— Eu seria um mau governante se não quisesse ver meu povo feliz e satisfeito com suas vidas. Pessoas felizes são menos propensas a causar problemas, tal como você vem fazendo.

— Como eu posso ficar feliz sabendo que você consome as almasnovas? Que manipula as lembranças do seu povo? E mente para eles? — Minhas palavras soaram entrecortadas de exaustão, embora minha intenção fosse que elas saíssem firmes e furiosas ao abrir a boca.

Janan assentiu.

— Entendo sua raiva. Por isso vou te fazer uma proposta.

— Você não tem nada que eu queira — rosnei.

Ele passou por mim e seguiu até a jaula.

— O que você está fazendo? — Minha voz falhou. Ele deu a impressão de não ter me ouvido. Corri os olhos em volta. As pessoas que tinham arrastado a mim e ao Sam até ali haviam desaparecido, retornado para o meio da multidão que circundava os esqueletos. Imaginei o que elas estariam pensando de nós dois jogados ali. Como se estivéssemos sendo favorecidos. No entanto, o verdadeiro motivo era para que não tentássemos escapar.

Lentamente, enquanto todos estavam distraídos observando Janan rondar a jaula, tirei a mochila do ombro. Será que eu tinha algo útil ali dentro? Tentei me lembrar do que havíamos posto dentro dela de manhã. Remédios. As luvas e meias aderentes, que tinham ficado no telhado. A flauta; seria um milagre se ela ainda estivesse inteira. Uma pequena caixa de ferramentas que Stef montara para mim. A faca que Sam me dera um ano antes. Eu queria me aproximar dele e verificar se ele estava bem, mas precisava deter Janan. Sam entenderia. Ele me diria para deter Janan primeiro.

Janan enfiou a faca entre as barras da jaula, investindo-a contra o montinho coberto por um pano. Meu coração bateu acelerado ao me aproximar sorrateiramente. Ele não ia matar a fênix ainda, ia?

A primeira corda que prendia a fênix rompeu sob a lâmina afiada. Em seguida outra. Será que havia algo que eu pudesse fazer? Estava paralisada, os pensamentos embotados, inúteis.

Uma a uma as cordas foram sendo cortadas até que o pano preto escorregou de cima do pássaro.

Senti como se um pequeno sol tivesse surgido subitamente diante de mim quando a fênix se levantou e soltou um pio poderoso e polifônico. Seu brilho alaranjado tornou-se branco. Lágrimas começaram a escorrer pelo meu rosto ao vê-la erguer as imensas asas acima da cabeça, provocando uma chuva gloriosa de faíscas e cinzas enegrecidas.

A fênix era duas vezes o meu tamanho, com uma plumagem cintilante belíssima, a coisa mais linda que eu já vira em toda a minha vida. Ela possuía um bico aquilino e garras grandes, como as de uma ave de rapina. Lembrei-me da história que eu tinha lido nos livros do templo: as fênix não tinham matado Janan e seus guerreiros, pois isso colocaria um fim a seu ciclo de reencarnação.

A multidão soltou um uníssono arquejo e em seguida recaiu no mais perfeito silêncio enquanto a criatura corria os olhos em volta, analisando seus captores.

Eu esperava que seus olhos fossem feitos de luz, como o restante dela, mas quando aqueles olhos grandes e redondos pousaram em mim, percebi que eram negros como uma noite sem lua. Sem uma única estrela. Eles eram profundos, antigos e transbordavam tristeza.

O mundo inteiro recaiu em silêncio. Até mesmo as trevas provocadas pelas cinzas ao redor da cidade pareceram se aquietar. Janan subiu na plataforma para se dirigir a todos.

— Cinco mil anos atrás, eu procurei pela chave da imortalidade. Quando fui capturado após descobrir o segredo, vocês vieram me resgatar, mas eu tinha outro plano, um que asseguraria a vida eterna a todos nós. Voltei para cumprir essa promessa. — Ele ergueu a voz. — Embora eu tenha tentado protegê-los, não pude impedir o que vocês chamam de Escurecimento do Templo nem a carnificina que aconteceu naquela noite. Perdemos muitos dos nossos. Ainda assim, precisamos começar a reconstruir. Como eu disse, quero ver meu povo feliz.

Janan voltou o olhar para Sam, que se esforçou para sentar mais ereto. O ombro voltara a sangrar, e o braço pendia inerte ao lado do corpo. Sua pele estava pálida e coberta por uma camada de suor, mas ele se aproximou de mim com movimentos lentos e atabalhoados. Não conseguiria aguentar muito mais tempo.

— Alguns de vocês — continuou Janan —, jamais ficarão satisfeitos sabendo o que perderam. Não posso fazer nada por aqueles que morreram durante o Escurecimento do Templo, mas para provar que não sou uma pessoa sem coração, vou acrescentar mais alguém à nossa lista.

Sam olhou para mim e eu olhei para Janan. Um murmúrio baixo ecoou em meio à multidão.

— Você me tornaria imortal? — perguntei. — Como todos os outros?

Ele assentiu.

— Você e Dossam se preocupam um com o outro. E você lutou com todas as forças para fazer parte desta sociedade. — Brandiu os braços acima do mar de cabeças da multidão. — Foi exilada, mas essa decisão pode ser revogada. Você poderá viver para sempre com seus amigos. Com Dossam.

Meu coração pulou uma batida. Uma vida com Sam. Com a música.

— Ana. — O sussurro rouco do Sam fez com que me aproximasse dele. Nossos olhos se cruzaram, e ele não precisou me dizer o que estava pensando. Já tinha me dito milhares de vezes.

Ele escolheria a mim.

Qualquer que fosse o preço, quaisquer que fossem as consequências. Sam escolheria a mim.

Meu coração se partiu.

— Você entende o motivo de eu não poder aceitar isso, certo? — Acariciei o rosto dele. Meus olhos ardiam devido às lágrimas. O sal delas queimava os cortes em minhas faces.

Ele anuiu.

— Entendo.

Rocei os lábios nos dele e, em seguida, me levantei para encarar Janan. Essa era a chance de fazer os outros enxergarem a verdade.

Isso se houvesse alguém ali que tivesse deixado de se opor por medo.

Se houvesse alguém ansioso por ter a chance de escolher, ainda que não soubesse como.

Se houvesse alguém disposto a se manifestar contra a morte de uma fênix e das almasnovas.

— Qual é o preço da imortalidade? — Minha voz soou demasiadamente fraca, como as derradeiras notas de uma música, mas tentei imprimir força a ela.

Janan respondeu calmamente.

— Uma vida jamais vivida. Uma pequena fagulha que jamais irá saber. — Apontou para a fênix, que observava a multidão com olhos indecifráveis. — E ela.

Será que ninguém conseguia ver como isso era errado? Whit e Orrin tinham insistido em dizer que estávamos deixando pessoas boas para trás. Eu *queria* acreditar nisso. *Queria* que elas defendessem o que era certo e provassem que eu estava errada.

Mas ninguém se manifestou.

E quanto às pessoas que tínhamos libertado da cadeia? Ao correr os olhos pela multidão, identifiquei alguns rostos familiares, mas quando nossos olhos se cruzaram, eles desviaram os deles.

— Cinco mil anos atrás, você disse a todos que as fênix tinham te aprisionado porque você descobriu o segredo delas, mas isso não é verdade. Elas o prenderam porque você capturou uma delas e a torturou.

Todos permaneceram em silêncio, apenas observando.

— As fênix jamais o matariam pelo que você fez, mas lhe deram a eternidade dentro de uma torre. Em vez de se arrepender, você começou com a troca de almas. Reencarnou as pessoas porque não suportava a ideia de ficar sem elas, e, então, as fez esquecer.

Janan inclinou ligeiramente a cabeça, mas não disse nada.

A cidade inteira estava quieta, salvo pelo ruído das respirações entrecortadas, pelos gemidos dos dragões moribundos e pelo rugido abafado do fluxo piroclástico ao redor de Heart.

Ninguém, porém, estava escutando nada disso.

— É verdade. — Sam se forçou a sentar mais ereto. — Você roubou nossas lembranças.

Um burburinho percorreu a multidão.

— Você os fez esquecer porque sabia que a culpa resultante da troca das almasnovas pelas deles acabaria por destruí-los — falei. — Você não queria que eles soubessem o que tinha feito.

— Você não trocou apenas a vida delas pelas nossas — continuou Sam. — Você as *devorava*. Consumia suas almas para ganhar mais poder. Nossa reencarnação foi comprada à custa da vida de todas essas almas roubadas.

— Não. Não pode ser. — Vozes rugiram em meio à multidão. Algumas das pessoas que havíamos libertado da prisão se aproximaram, murmurando e apontando.

— O que eu fiz antes foi uma perda de tempo — retrucou Janan. — Agora conheço um jeito melhor. Uma única alma em troca da vida eterna. Isso é tudo o que irá custar. Sem mais mortes e renascimentos. Sem mais reencarnações. Apenas vida. — Apontou para a fênix. — Agora eu tenho ela.

— Eu morreria pelos meus amigos — intervim. — E muitos *morreram* por mim. Fazemos isso por amor. Mas não posso aceitar um sacrifício forçado. Não da fênix, nem de uma alma que jamais viveu.

Janan assentiu.

— Muito bem. Eu temia que você dissesse isso; esperava que pudesse mudar de ideia. Continuaremos sem você.

A multidão se silenciou. Eu podia sentir todos os olhos fixos em mim. No entanto, não tinha a menor ideia do que fazer a seguir. Acalentara esperanças de conseguir inspirá-los, fazê-los enxergar a verdade, mas todos continuavam imóveis.

Ninguém parecia disposto a se manifestar.

— Espere! — gritou alguém. Um dos ex-prisioneiros? — Você nos fez esquecer?

— Que história é essa sobre as almasnovas? — perguntou outra pessoa. De repente, várias vozes espocaram em meio à multidão, falando umas com as outras, gritando perguntas para Janan.

— Elas são apenas almasnovas. Não sabem o que estão perdendo.

— Achávamos que as almasnovas tinham surgido para nos substituir, mas esse tempo todo nós é que as estávamos substituindo.

— Já tivemos uma quantidade de vidas mais do que suficiente, e o preço...

— Eu tenho medo de morrer.

— A garota está certa. Não podemos fazer isso.

As perguntas e demandas para mais informações se intensificaram. Eu não conseguia acreditar. As pessoas se importavam? Não todas, mas algumas faziam uma pergunta trás da outra enquanto tentavam se aproximar do anel de esqueletos. Janan parecia petrificado, como se não entendesse como elas podiam estar questionando sua oferta.

Ele não entendia o valor de uma vida. Havia subestimado o impacto que uma alma poderia exercer sobre as pessoas.

Meus amigos estavam certos. Havia gente boa ali.

Sentado aos meus pés, Sam agarrou meu tornozelo.

— Me ajude a levantar.

Curvei-me, passei o braço em volta dele e o ajudei a se colocar de pé, sustentando o máximo de peso que eu conseguia aguentar. Ele oscilou, mas recuperou o equilíbrio e acrescentou sua voz a das pessoas que se opunham a Janan.

— Não vou tomar parte nisso! — gritou alguém.

Fui inundada por uma onda de esperança ao ver as pessoas se fecharem em volta da jaula e de Janan, que continuava parado empunhando a faca. A fênix observava a multidão se voltar contra seu líder.

— Pois bem — vociferou ele. — Se vocês não querem meu presente, então não o darei a ninguém.

— Não! — Uma briga começou quando alguém próximo ao perímetro da multidão desferiu um soco em outra pessoa. Uma série de gritos cortou a noite. Luzes de mira azuis cintilaram, seguidas por vários berros de pedido de ajuda a Janan, que continuou parado sobre a plataforma, observando o bairro industrial sucumbir ao caos. O que restava da cidade seria destruído a menos que alguém impedisse.

Que detivesse Janan de uma vez por todas.

O que poderia deter um ser como ele? Janan era humano, mas era também imortal. Não tinha nada a temer.

Uma vez pensara que os dragões não tinham nada a temer, mas eles tinham pavor do Sam e do que ele poderia fazer. Se a música da fênix representava vida e morte, se ela podia destruir algo tão formidável quanto os dragões, então talvez pudesse afetar Janan também.

Enquanto a multidão se aproximava, berrando cada vez mais alto, e o sorriso de Janan se alargava, vasculhei a mochila até encontrar minha faca e o estojo da flauta.

— O que você está fazendo? — Sam apoiou a mão em meu ombro para se equilibrar.

— Temos uma fênix aqui. Vou fazê-la usar a música. A menos que você mesmo possa fazer isso.

— Não sei. — Ele arregalou os olhos. — Não sei como.

— Não tem problema — respondi. — Eu entendo. — Ele parecia abatido. Estava morrendo. Toda esperança e autoconfiança tinham esvaecido. De mãos dadas, nós nos aproximamos da jaula enquanto Janan continuava distraído observando a luta.

A fênix estava quieta agora, assistindo a tudo, embora eu não fizesse ideia de no que ela estaria pensando. Deixei Sam apoiado nas barras e procurei pela fechadura. No entanto, se havia um meio de abrir a jaula, devia estar perto de Janan.

— Ei, fênix.

Um par de olhos negros se virou para mim.

— Quero libertá-la.

Ela inclinou ligeiramente a cabeça.

— Mas preciso que você use a música. A que deixa os dragões apavorados. Sam até a conhece, mas não sabe como usá-la. E o braço dele está machucado demais para tocar minha flauta. Preciso da sua ajuda.

— Você simplesmente se aproxima da criatura que for e fala com ela, não é mesmo? — Sam fechou os olhos e sorriu. — Adoro isso em você.

— Até o momento, todas as criaturas me responderam. — Virei-me novamente para a fênix. — Preciso da sua ajuda. Por favor.

A fênix fez que não.

Não?

Porque ela não queria matar alguém e arriscar seu próprio ciclo de renascimento?

Sendo assim, o que eu devia fazer? Como deteria Janan? Como poderia garantir que as almasnovas tivessem uma chance de viver?

Eu já tinha falhado com as sílfides.

Não tinha?

Ainda sobre a plataforma, Janan ergueu a faca no ar. Um dos homens foi lançado para trás, tal como acontecera com os dragões. Ele estava simplesmente tornando a situação ainda mais caótica.

Se ele tivesse consumido as sílfides quando elas entraram no templo, será que elas estavam mortas? Ou sendo lentamente digeridas, assim como as almasnovas?

Certo. Cabia a mim tentar. Ergui a flauta e comecei a tocar.

Meu nervosismo fez com que o sussurro da flauta soasse alto e agudo. Sam, porém, ergueu os olhos. A fênix pareceu se acalmar. E Janan se virou, procurando pela origem daquele som prateado e desafiador.

Comecei com apenas quatro notas, que a princípio soaram hesitantes, mas que foram se enchendo de esperança à medida que a melodia ganhava os contornos de uma valsa familiar. Toquei sobre as ondas lambendo a orla e o vento cortando as árvores. Sobre o espocar de um raio, o reverberar de um trovão e o tamborilar da chuva ao bater no solo.

Parecia impossível que uma simples flauta conseguisse criar tudo aquilo, mas eu não estava sozinha. Sam assobiava comigo numa voz doce, mas ao mesmo tempo quente e raivosa, enquanto eu tocava a música do meu coração. Do coração dele.

Ele estava conseguindo, estava conjurando a mágica. *Nós* estávamos conseguindo.

Ao me virar para ele, Sam abriu um sorriso.

Outras vozes se juntaram às nossas. Os homens e mulheres mais próximos captaram a nota que Sam assobiava e começaram a cantar com ele. Eles formaram uma parede a nossa volta, e portanto da jaula. E quando Janan ergueu a faca para afastá-los, tal como fizera antes, nada aconteceu.

Outro estranho cantarolar emergiu de algum lugar que eu não consegui definir, um coro sobrenatural de harmonia e acompanhamentos.

Até mesmo o estampido das botas e o retinir das armas se juntaram à nossa música, entrelaçando-se à batida trovejante do fluxo piroclástico.

Despejei minha alma na melodia, que juntamente com as diferentes vozes acabou criando um som que transcendeu a música. Produzimos algo novo, ao mesmo tempo estranho, adorável e mágico.

Essa nova música preencheu a noite como se fosse a única coisa no mundo, a única que importava. Janan caiu de quatro e estremeceu, e uma ondulante coluna de fumaça negra começou a se desprender de seu corpo.

Sílfides.

A luta parou. Outras pessoas tinham reparado no que estava acontecendo e somaram suas vozes à música. Um raio espocou e Janan soltou um grito ao ser soterrado sob um manto de escuridão. Todas as minhas sílfides emergiram de dentro dele, deixando-o estatelado sobre a plataforma, imóvel. Ele mal respirava.

Enquanto as vozes se elevavam em uníssono e as sílfides acrescentavam sua própria melodia à valsa, abaixei a flauta e me aproximei de Janan.

Minha faca, com um fino cabo de pau-rosa e uma pequena lâmina de aço, surgiu subitamente em minha mão. Subi na plataforma e me agachei ao lado de Janan. Ao erguer os olhos por um breve instante, percebi que a maior parte das pessoas me observava para ver o que eu ia fazer. Algumas impediam outras de se aproximar, mas a maioria simplesmente cantava e assistia, pois, de alguma forma, aquela era minha escolha.

Almas antigas ou almasnovas. Começos ou um presente interminável.

As sílfides pairavam à minha volta, Cris entre elas, enquanto Sam aguardava ao lado da fênix. Ele parecia cansado, como alguém agarrando-se aos últimos fiapos de vida, mas quando fechei os olhos, lembrei do modo como ele me abraçara após eu desistir de matar Deborl. Sam dissera que tinha ficado feliz por eu não ter matado o conselheiro.

Olhei de volta para Janan. Será que eu conseguiria demonstrar compaixão por um homem que fizera as almasnovas sofrerem por milhares de anos, que capturara uma fênix duas vezes e que estava disposto a sacrificá-la em prol de seu próprio desejo egoísta de imortalidade?

Quem era eu ara decidir quem deveria viver ou morrer? Isso era o que Janan tinha feito por milhares de anos, decidir pelos outros, e eu não queria ser como ele, de jeito nenhum. Queria ser aquela que valoriza a vida, todas as vidas, ainda que o ser em questão fosse uma pessoa totalmente desprezível.

De qualquer forma, quem poderia saber? Talvez houvesse algo mais após a morte. Só porque a morte era uma coisa desconhecida, não significava que deveria ser ruim. Podia ser boa.

Embainhei minha faca e peguei a que Janan segurava, suja de sangue.

Um fluxo estonteante de luz e poder percorreu meu corpo, demasiadamente forte para uma alma suportar. Caí de costas, e a última coisa que escutei foi a fênix entoando quatro notas.

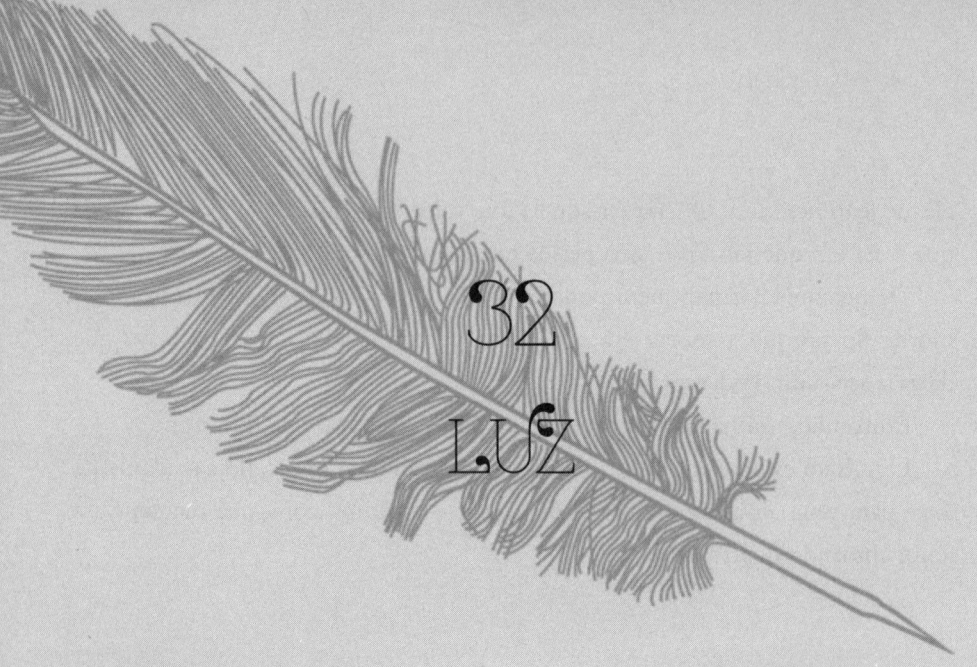

32
LUZ

QUANDO REABRI OS olhos, o céu adquirira um profundo tom violeta.

Minha pele pinicava e meu coração batia rápido demais. Talvez essa fosse a sensação de ser atingida por um raio.

Janan se fora, assim como a maior parte dos cidadãos de Heart, mas os esqueletos continuavam ali, as correntes de prata agora opacas e enferrujadas. As pedras do templo haviam perdido seu brilho iridescente, e ostentavam um branco simples, fosco e ligeiramente coberto de musgo. As sílfides também tinham desaparecido.

— Sam! — Levantei-me num pulo e desci da plataforma antes de perceber que Sam não estava mais parado ao lado da jaula. Ele estava esparramado no chão, respirando com dificuldade. Alguém colocara minha flauta em seus braços, mas ela escorregou da mão dele assim que me ajoelhei ao seu lado. — Sam.

O simples abrir de olhos pareceu causar-lhe uma dor excruciante.

— Ana, estava esperando você acordar. — Sua voz era pouco mais do que um sussurro fraco, uma lembrança fugaz.

— Ninguém veio te ajudar? — Verifiquei o curativo no ombro dele; era novo, mas estava úmido de suor e sangue.

— Não há o que fazer. Sinto muito. — Tentou erguer o braço bom, mas este caiu de novo e ele soltou um suspiro. Peguei a mão do Sam e a pressionei em meu rosto, já molhado de lágrimas. — O que foi aquilo? — perguntou. — A música da fênix?

— Acho que sim. — Ela me parecera mágica, e acabara com a imortalidade de Janan. Sam havia assobiado. Assim como os outros. E as sílfides. E a fênix.

Teria sido eu quem usara a música? Ou Sam?

Será que isso fazia alguma diferença?

Os dragões tinham medo de que a música da fênix os destruísse. Ela não havia destruído Janan; no final, poupar a vida dele tinha sido escolha minha. Mas nós o havíamos tornado mortal novamente. Se ninguém o matasse primeiro, ele morreria de velhice algum dia.

Os dedos do Sam acariciaram de leve minha bochecha.

— Ela está com você agora. A luz. Posso vê-la. Ela é linda.

— Não sei do que você está falando. — Mas eu sabia, não sabia? Meu coração batia num ritmo bastante acelerado e minha mente parecia clara e sagaz. *Alguma coisa* havia mudado dentro de mim.

Corri os olhos em volta, mas não vi ninguém, a não ser a fênix. A porta da jaula estava aberta e ela encontrava-se empoleirada na plataforma em torno, as asas dobradas ao lado do corpo.

— Ana — disse ela, a voz ao mesmo tempo aguda e grave e todos os tons intermediários.

Agora ela resolvia falar comigo?

— As sílfides foram absorver o fogo da caldeira, a fim de acalmá-la e impedir que ela entre novamente em erupção.

— Não. — Cris tinha dito que isso não era possível. Que o fogo era forte demais. — Isso irá matá-las.

— É verdade — respondeu a fênix. — Mas fizemos um acordo e elas irão renascer. Terão uma vida, a vida que teriam tido se não houvessem seguido Janan naquele dia.

— E quanto aos outros? — E quanto ao Sam? Eu ainda podia sentir o pulso dele sob a pele, cada vez mais fraco. Quanto tempo mais ele iria aguentar? O que aconteceria quando ele morresse? Eu já havia perdido gente demais.

— Isso — continuou a bela criatura —, cabe a você decidir. Dossam está certo. O fogo da imortalidade passou de Janan para você quando você tirou a faca das mãos dele. Se quiser, pode ficar com ele, ou então distribuí-lo, embora seu corpo talvez não sobreviva a uma segunda transferência de luz.

O que significava que eu poderia morrer. Ainda assim...

— Eu não quero esse fogo, não se tiver que ficar sozinha.

A fênix assentiu com um curvar de cabeça.

— Então acredito que você sabe o que fazer com ele. Saiba, porém, que isso irá funcionar apenas uma vez. Tal como as sílfides estão recebendo sua segunda chance, isso é o que você estará dando aos outros.

Então Stef, Whit, Sarit e Armande poderiam renascer mais uma vez. Sam também. E eu?

Engoli a pergunta antes de fazê-la. Não queria que a resposta afetasse minha decisão, pois só havia uma coisa a fazer.

— Obrigada.

A fênix levantou voo, produzindo um rastro de fagulhas e cinzas contra o céu pálido do amanhecer, já praticamente sem estrelas. O fluxo piroclástico desaparecera. O céu estava límpido. A aurora se aproximava tranquila e silenciosamente. Minhas sílfides estavam salvando o mundo, conquistando finalmente o perdão.

O silêncio era quebrado apenas por meus soluços baixos e pela respiração chiada dos momentos finais do Sam.

Eu precisava agir rápido.

Guardei a flauta de volta no estojo, depositei um beijo nos lábios dele e me aproximei do elo mais próximo da corrente.

— Ana? — ofegou ele. — O que você está fazendo?

— Estou escolhendo você.

— Espere, pense melhor.

— Já pensei. — Forcei um sorriso e me ajoelhei. — Estou escolhendo a vida. Estou escolhendo *você*. — Antes que qualquer um dos dois pudesse dizer mais alguma coisa, fechei as mãos em volta da corrente que conectava todo mundo e liberei a luz. Ela explodiu de dentro de mim como uma estrela.

E, então, pude ver tudo.

33
COMEÇOS

MUITOS ANOS SE passaram até Sam abrir novamente os olhos para o mundo. Tudo havia mudado.

O que restara da cidade branca exibia agora uma trama de rachaduras negras, as cicatrizes de uma pedra que não mais remendava a si mesma. O lago Midrange voltara a ser um lago; as florestas tinham crescido e os animais haviam retornado. Após a erupção, Range se enchera de vida renovada.

Quando Sam finalmente retornou, todos pareciam já entender que esta seria sua última encarnação. Ponto final. Uma única vida. Que ela fosse aproveitada ao máximo.

Para ele, isso não era novidade. Seus sonhos eram sempre sobre os últimos momentos de sua vida anterior, e a conversa de Ana com a fênix. Lembrava-se dela olhando para ele, escolhendo-o e abrindo mão da luz.

Carregara a dor de perdê-la através da morte e de seu primeiro quindec e, embora sempre procurasse por ela, o mundo agora fervilhava de almasnovas. Orrin, Lidea e Geral tinham retornado tempos antes de sua jornada para proteger as almasnovas e, pouco depois haviam sido criadas escolas tanto para as almas antigas quanto para as novas. Os Contadores de Almas ainda tinham trabalho, descobrindo entre as crianças que nasciam quais eram as antigas e catalogando as novas. Sam passou meses analisando os resultados, procurando por Ana, mas a alma dela não se encontrava em nenhum banco de dados. Se ela havia renascido, não havia documento algum que comprovasse isso.

Talvez ela retornasse. Talvez não. Ana não sabia o que iria acontecer ao desistir da luz. Ele tinha visto a interrogação nos olhos dela, assim como sua decisão em não fazer a pergunta.

Gostaria que ela tivesse feito.

Certa manhã ensolarada, Sam e seus amigos estavam sentados em volta de uma mesa, ao lado da barraquinha de pães de Armande, tomando café e escutando um flautista tocar em meio à multidão. A música era familiar; muitas pessoas tocavam "Ana Incarnate" desde a Noite da Fênix.

A praça estava repleta de rostos estranhos. Um burburinho de conversas ecoava em torno da mesa, pessoas rindo e barganhando. Bebês chorando. Era o dia do mercado, que reunia vendedores e compradores oriundos dos novos povoados ao redor de Range. E alunos em potencial, esperava Sam. Os professores de música ainda precisavam ganhar seu sustento. Tinha feito um cartaz abrindo inscrições para novos alunos, e já recebera vários olhares curiosos tanto de adultos quanto de crianças. Tentava ignorar as perguntas que as pessoas faziam umas às outras quando achavam que ele não estava escutando: era ele o Dossam que havia composto "Ana Incarnate"?

— O que você achou do novo piano, Sam? — perguntou Cris, tentando sugar a última gota de café de seu copinho descartável.

— Espetacular. Quando Orrin renascer, vou compor alguma coisa para ele. Ainda não consigo acreditar que com tudo o que estava acontecendo durante o retorno deles a Heart, Orrin tenha conseguido convencer o grupo a coletar peças para o piano. — Sam balançou a cabeça como se realmente não conseguisse acreditar. Seus amigos eram fantásticos.

— Eu quero uma sonata. — Sarit apoiou a cabeça no ombro de Cris. — E uma sinfonia. Isso, acho que assim fica bom.

Do outro lado da mesa, Stef, que retornara como homem, soltou uma gostosa e grave risada.

— Você nunca quer demais, não é mesmo?

— Só quero o que eu mereço. — Sarit riu também e deu uma mordida em seu bolinho.

Sam fechou os olhos, apreciando a companhia dos amigos e a doce cacofonia de Heart. No entanto, o flautista que tocava "Ana Incarnate" em algum lugar próximo ao Memorial da Fênix chamou sua atenção. Uma dor profunda inundou seu peito ao pensar nela novamente: Ana liberando a luz; optando por ele; abrindo mão de sua própria vida para se assegurar de que os outros sobrevivessem.

A tristeza era esmagadora.

Algo no vibrato mexeu com ele, juntamente com uma seção de acordes. Aquilo soava familiar...

— Você está bem, Sam? — Stef ergueu as sobrancelhas.

— Acho que sim. — Todos sabiam como ele se sentia a respeito da valsa, ao mesmo tempo uma benção e uma maldição. Na maioria dos dias, esperava que ninguém nunca mais voltasse a tocá-la. Mas aquele flautista. O modo como tocava. Estremeceu. — Preciso verificar uma coisa.

Ele se levantou da mesa e abriu caminho pela profusão de barracas e pessoas, dando uma rápida olhada em seu próprio reflexo ao passar por um espelho: cabelos louros platinados, pele clara já corada pelo tempo sob o sol. Ver uma pessoa diferente a cada vida jamais deixara de ser enervante.

Passou pelos cartazes que anunciavam comunidades voltadas a atender as necessidades das almasnovas e outras restritas às antigas. Nem todos estavam felizes com sua segunda chance.

Onde antes ficava o templo, agora se erguia o memorial, uma fênix de obsidiana circundada por rosas de todas as cores. O flautista estava tocando em algum lugar dos degraus que levavam à estátua.

Sam atravessou mais outro punhado de tendas e barracas até finalmente conseguir ver uma garota em pé nos degraus, perdida na execução de "Ana Incarnate". Um manto de cabelos negros e pesados pendia abaixo dos ombros, e seus membros eram bastante angulosos, como os de alguém ainda em fase de crescimento. Ela seria alta e, para uma menina que mal devia ter chegado ao seu primeiro quindec, tocava maravilhosamente bem.

Ele não era o único professor de música em Range, mas, ainda assim, o modo como ela se movia ao tocar, como se conectava com a música...

Enquanto continuava abrindo caminho pela multidão, a garota ergueu subitamente os olhos e o fitou. Suas bochechas se retesaram ao entrar nos últimos acordes da valsa, como se ela estivesse se esforçando para não sorrir.

Sam não conseguia respirar. Não podia acalentar esperanças. Não conseguia parar de pensar na luz vertendo de Ana para a corrente de prata.

Subiu a escada de dois em dois ao mesmo tempo em que a garota de cabelos pretos tocava as últimas quatro longas notas e abaixava a flauta. Quando ela se curvou para guardá-la no estojo, um par de asas negras de obsidiana se abriu às suas costas: a estátua da fênix.

Ele queria acreditar, mais do que qualquer coisa na vida.

Parou a um passo dela enquanto as pessoas zanzavam em torno, ignorando-os. Escutou Stef chamando-o ao longe, mas não se virou.

— É realmente você? — Jamais desejara tanto alguma coisa em sua vida.

A garota ergueu os olhos. Eram de um azul tão profundo que deixariam o céu envergonhado. Ela poderia ser qualquer pessoa, mas o atraíra com sua música. Mesmo que ele não pudesse confiar nos próprios olhos, podia confiar em seus ouvidos e no coração. Ela não era uma garota *qualquer*.

Com um grito estrangulado, Sam a tomou nos braços.

— Tinha medo de acalentar esperanças — ofegou ele. Ela o abraçou de volta; ambos estavam trêmulos. — Senti tanto a sua falta.

Ela se afastou e virou as palmas para cima, exibindo uma série de cicatrizes quase imperceptíveis. As marcas da corrente. Quando um punhado de sombras passou por cima de sua pele, as cicatrizes brilharam.

Ana o abraçou novamente e sussurrou:

— Eu renasci.

AGRADECIMENTOS

INFINITOS AGRADECIMENTOS A:

Lauren MacLeod, minha agente. Jamais conseguiria passar pelo processo de publicação sem você. De e-mails enlouquecidos enviados altas horas da madrugada a conselhos editoriais e negociações de contrato, você resolveu tudo e mais um pouco. Obrigada por sempre acreditar em mim.

Sarah Shumway, minha editora. Sempre achei que o melhor tipo de editor é aquele que consegue enxergar o coração da história num manuscrito rascunhado e ajudar o autor a melhorar a narrativa. Você é esse tipo de editor, e eu não poderia me sentir mais grata. Obrigada por sempre me incentivar a olhar os detalhes e trabalhar com mais afinco.

A toda a equipe da Katherine Tegen Books, entre eles:

Alana Whitman, Aubry Parks-Fried, Lauren Flower, Margot Wood, Megan Sugrue, Stephanie Stein e King Snarkles, uma equipe maravilhosa de pessoas inacreditáveis (incluindo um porco-espinho de pelúcia) que fizeram um trabalho fenomenal por esses livros. Amo vocês, meninas (você também, porquinho)!

Amy Ryan e Joel Tippie, respectivamente diretora de arte e designer, que produziram para a trilogia Incarnate capas maravilhosas e uma diagramação belíssima. Vocês são pura mágica.

Brenna Franzitta e Valerie Shea, respectivamente minhas editora de produção e copidesque, que não apenas corrigiram cada vírgula errada como fizeram todo tipo de comentários e emendas que me deixariam totalmente constrangida caso um dia eu os visse em papel. Obrigada por me fazerem parecer mais esperta do que eu sou.

Casey McIntyre, meu agente publicitário e ocasional super-herói. Eu organizaria uma parada em sua homenagem, mas acho que não conseguiria fazer isso sem a sua ajuda.

Lauren Dubin, gerente de produção, que jamais recebe crédito suficiente por tudo o que faz.

Laurel Symonds, extraordinária assistente editorial, que Faz Com Que as Coisas Aconteçam. Você é fantástica.

E, é claro, a própria Katherine Tegen, responsável por tantos livros maravilhosos. Obrigada por proporcionar um lar à trilogia Incarnate. Não poderia imaginar um lugar melhor para Ana e Sam.

Aos amigos que exerceram o papel de críticos neste manuscrito.

Adam Heine, que leu um dos primeiros (e tenebrosos) rascunhos de *Infinita* e nem assim deixou de ser meu amigo. Obrigada, meu chapa. (Quanto a sua pergunta se algum dia eu já andei de dragão, bem, não posso responder. Não em público.)

Christine Nguyen, a pessoa mais doce e engraçada que eu já conheci na vida. Você anima o dia a dia. Obrigada por seu entusiasmo e carinho. Você é para mim o que Sarit é para Ana.

C. J. Redwine, meu Gêmeo Genial. Você não só é hilário e talentoso, como uma das pessoas mais fortes que já conheci e um dos melhores amigos que eu poderia ter.

Corinne Duyvis, que também leu uma das primeiras versões deste livro. Você é uma aventureira! (Mas, falando sério, esquece essa história de querer fazer carinho em ursos selvagens, okay?)

Gabrielle Harvey, que deu o melhor de si para que eu não parecesse uma total leiga no quesito música (qualquer erro é responsabilidade minha!), e que também me ajudou a criar os grandes hits de Dossam. Um dia conseguiremos convencer alguém a compor a Sinfonia Fênix para nós. Um dia!

Jill Roberts, minha mãe, que sempre acreditou nos meus sonhos — algumas vezes mais do que eu mesma. Obrigada por jamais duvidar de mim.

Jillian Boehme, uma leitora incrível e amiga mais incrível ainda. Não posso imaginar como seria minha vida sem você. Obrigada por sempre estar comigo quando eu precisava. (Desculpe por ter digitado seu nome errado em *Almanegra*. Eu te amooo!)

Joy George Hensley, por ser uma amiga sempre pronta a me socorrer. Seu apoio e entusiasmo me incentivaram a prosseguir. Talvez devêssemos transformar o dia *Pride and Prejudice* & Cupcakes num evento anual. Ou semestral. Ou semanal.

Kathleen Peacock, uma das pessoas mais leais e humildes do mundo. Sou eternamente grata por sermos amigas.

Myra McEntire, uma das pessoas mais fortes e determinadas que eu conheço. Você é uma inspiração.

Sarah Schaffner, minha irmã, que deveria ter sido mencionada nos agradecimentos dos outros dois livros. Obrigada por me pedir mais momentos de perigo para "Ana e Sam". Isso é encorajamento. Você é a melhor irmã do mundo.

Algumas pessoas cuja amizade e incentivo significaram o mundo para mim: Amanda Downum, Bria Quinlan, Brodi Ashton, Celia Marsh, Cynthia Hand, Elizabeth Bear, Francesca Forrest, Gwen Hayes, Hannah Barnaby, Jaime Lee Moyer, Jeri Smith-Ready, Kat Allen, Kevin Kibelstis, Kristen-Paige Madonia, Lisa Iriarte, Mandy Buehrlen, Nina Nakayama, Phoebe North, Rae Carson, Robin McKinley, Stacey Lee, Valerie Cole, Wendy Beer e muitas, muitas mais. Sou abençoada por ter tantas pessoas fantásticas em minha vida, mais do que consigo encaixar aqui. Se eu tiver esquecido de mencionar você (que vergonha!), escreva seu nome no espaço em branco abaixo:

Os Apocalypsies, por seu infinito apoio e camaradagem.

As meninas Pub(lishing) Crawl, por sua força extraordinária em prol do bem.

A equipe Incarnate. Um toca aqui especial para Julie, que manteve o processo rolando.

Meus queridos blogueiros (vocês sabem quem são), por publicarem contínuos posts e tweets sobre a série e recomendá-la aos amigos. Amo vocês. Para sempre.

Os incontáveis livreiros, professores e bibliotecários que fazem com que os livros cheguem às mãos das pessoas que irão amá-los. Vocês são incríveis. Obrigada por tudo o que fazem.

Deus Pai, a quem jamais poderei agradecer o suficiente por essa vida maravilhosa e pelas pessoas fantásticas que me cercam.

E, como sempre, a vocês, leitores, por escolherem este livro. Tenho muita sorte por todos os comentários carinhosos que recebi de vários de vocês, e por ter conhecido alguns pessoalmente. Vocês fizeram com que esta experiência se tornasse real. Obrigada por se importarem. Por lerem. Obrigada por serem quem são.